L'AVOCAT DU DIABLE

MORRIS L. WEST

L'AVOCAT DU DIABLE

PLON

Cet ouvrage a paru en langue anglaise
sous le titre :
THE DEVIL'S ADVOCATE
et a été traduit par
Cécile MESSADIE

ISBN : 2-266-02834-0

MORRIS L. WEST

L'écrivain australien Morris L. West est né en 1916 à Melbourne. Après des études aux universités de Melbourne et de Tasmanie, il enseigne pendant sept ans l'anglais, le français et l'histoire européenne dans les écoles supérieures des Nouvelles Galles du Sud et de Tasmanie.

Lors de la Seconde Guerre mondiale, il sert dans le Pacifique en qualité de lieutenant des forces australiennes jusqu'en 1943. C'est à cette date qu'il est nommé secrétaire privé du Très Honorable William Morris Hughes, ancien Premier ministre d'Australie et membre du Conseil de Guerre.

Un an plus tard, il prend la direction de la publicité de la principale station de radiodiffusion de Melbourne. Par la suite, il est de ceux qui lancent l'A.R.P., une des plus grandes sociétés d'enregistrement et de transcription musicale d'Australie. Il en devient le directeur et garde ce poste jusqu'en 1954, traduisant en comédies radiophoniques les principaux succès littéraires anglo-saxons.

L'œuvre littéraire de Morris L. West précédant ce livre ne comprend pas moins de sept titres. Si l'on excepte son premier roman, la Lune dans ma poche, *écrit treize ans plus tôt, la parution de ces ouvrages s'est échelonnée sur les seules années 1956 et 1957 : trois romans,* Potences sur le sable, Kundu, la Grande Histoire; *deux drames,* les Illusionnistes, Enterrer la vérité; *un recueil d'essais,* les Enfants du soleil.

Les critiques anglais et américains ont réservé à l'Avocat du diable, *paru en 1959, un accueil absolument enthousiaste. Le* Times *estime que ce livre est le plus marquant de l'année. Le grand romancier américain Erskine Caldwell n'a pas marchandé son admiration : « Voilà un roman sous lequel se cache une violence mortelle et qui sera lu pendant longtemps... »*

« J'ai vu sous l'autel les âmes de ceux qui furent tués pour la parole de Dieu et pour le témoignage qu'ils portaient. »

Apocalypse, VI, 9.

CHAPITRE PREMIER

C'ÉTAIT son métier de préparer les autres à la mort; il fut bouleversé d'être si peu préparé à la sienne.

Il était un homme raisonnable et la raison l'avait prévenu que la sentence de mort d'un homme est écrite dans sa main le jour de sa naissance; il était un homme froid, guère troublé par la passion, pas du tout réfractaire à la discipline, pourtant sa première impulsion avait été de s'accrocher follement à l'illusion de l'immortalité.

Cela ressortit à la décence de la Mort, qu'elle arrive sans se faire annoncer, la face voilée et les mains cachées, à l'heure où elle est le moins attendue. Elle doit venir lentement, doucement, comme son frère Sommeil, ou rapidement et violemment comme la consommation de l'acte d'amour, afin que le moment de l'abandon ne soit que tranquillité et satiété plutôt qu'une poignante séparation de l'esprit et de la chair.

La décence de la Mort. C'est la chose que les hommes espèrent vaguement, pour laquelle ils prient s'ils sont disposés à prier, et regrettent amèrement quand ils savent qu'elle leur sera refusée. Blaise Meredith le regrettait maintenant, assis sous le faible soleil de printemps, observant les cygnes lents en procession sur la Serpentine, les couples d'amoureux sur l'herbe, les caniches en laisse trottant dégoûtés le long des sentiers, derrière les jupes aguicheuses de leurs propriétaires.

Au milieu de toute cette vie, l'herbe qui jaillissait, les arbres éclatants de sève nouvelle, les crocus et les asphodèles penchés, les jeux d'amour langoureux de la jeunesse, la vigueur des promeneurs âgés, lui seul, semblait-il, avait été désigné pour mourir. Il n'y avait aucune erreur sur l'imminence ni sur l'issue de la sentence. Il était écrit, tout le monde pouvait le lire, non pas dans les lignes de sa main, mais sur la feuille carrée du négatif photographique où une petite tache grise signifiait la sentence.

« Carcinome ! » Le doigt brutal du chirurgien s'était attardé un moment sur le centre de la tache grise, puis s'était déplacé vers l'extérieur, traçant le développement de la tumeur. « Lente à grandir, mais bien fixée. J'en ai trop vu pour me tromper sur celle-ci. »

Comme il observait le petit écran transparent, sur lequel le doigt spatulé glissait, Blaise Meredith fut frappé par l'ironie de la situation. Il avait passé toute sa vie à confronter les autres avec la vérité sur eux-mêmes, les fautes qui les harcelaient, les désirs qui les déséquilibraient, les folies qui les diminuaient. Maintenant il regardait dans son propre ventre où une petite tumeur maligne poussait comme une racine de mandragore jusqu'au jour où elle le détruirait.

Il demanda avec assez de calme :

— Est-ce opérable?

Le chirurgien éteignit la lumière derrière l'écran d'examen, la petite mort grise se fondit dans l'opacité, puis il s'assit et arrangea la lampe du bureau afin que son visage fût dans l'ombre et celui de son patient, éclairé comme une tête de marbre dans un musée.

Blaise Meredith remarqua le petit manège et le comprit. Tous deux étaient des professionnels. Chacun dans sa profession respective traitait avec l'animal humain. Chacun devait garder un détachement clinique, de crainte de trop se dépenser et de se trouver aussi faible et aussi craintif que ses patients.

Le chirurgien s'adossa à sa chaise, saisit un coupe-papier et le tint en équilibre aussi délicatement qu'un scalpel. Il attendit un moment, rassemblant les mots, choisissant celui-ci, écartant celui-là, puis les fixa en un modèle de précision méticuleuse.

— Je peux opérer, oui. Si je le fais, vous serez mort dans trois mois.

— Si vous n'opérez pas?

— Vous vivrez un peu plus longtemps, et mo[illegible] avec un peu plus de souffrance.

— Beaucoup plus longtemps?

— Six mois. Douze tout au plus.

— C'est un choix cruel.

— Vous devez le faire pour vous-même.

— Je comprends cela.

Le chirurgien se détendit sur sa chaise. Le pire était passé maintenant. Il ne s'était pas trompé sur son homme. Il était intelligent, ascétique, réservé. Il surmonterait le choc et se ferait à l'inévitable. Quand l'agonie commencerait, il saurait la supporter avec une certaine dignité. Son Église le garantirait du besoin, et l'enterrerait avec honneur lorsqu'il mourrait, et, s'il n'y avait personne pour le pleurer, ceci aussi pourrait être compté comme la récompense finale du célibat, de sortir de la vie sans regret pour ses plaisirs et sans crainte de ses obligations inaccomplies.

La voix calme, sèche de Blaise Meredith coupa à travers sa pensée :

— Je réfléchirai à ce que vous m'avez dit. Dans le cas où je déciderais de ne pas me faire opérer, de retourner à mon travail, seriez-vous assez bon pour m'écrire un rapport pour mon médecin de là-bas? Un diagnostic complet, une ordonnance peut-être?

— Avec plaisir, Monseigneur Meredith. Vous travaillez à Rome, je crois? Malheureusement je n'écris pas l'italien.

Blaise Meredith se permit un petit sourire découragé.

— Je le traduirai moi-même. Cela devrait faire un exercice intéressant.

— J'admire votre courage, Monseigneur. Je ne souscris pas à la foi catholique ni à aucune autre foi en ce qui concerne la matière, mais j'imagine que vous y trouvez une grande consolation en un moment comme celui-ci.

— J'espère que je pourrai, docteur, répondit Blaise Meredith avec simplicité, mais je suis depuis trop longtemps prêtre, pour y compter.

Maintenant il était assis sur le banc d'un parc, au soleil, l'air était plein du printemps, et l'avenir une brève et vide perspective qui culbutait dans l'éternité. Une fois, dans ses années d'étudiant, il avait entendu un vieux missionnaire prêcher sur la résurrection de Lazare d'entre les morts : comment le Christ s'était tenu devant le tombeau fermé et lui avait ordonné de s'ouvrir, de telle sorte que l'odeur de pourriture s'en était dégagée et s'était répandue dans l'air calme et sec de l'été, comment Lazare, à l'appel, était sorti, trébuchant dans les toiles d'embaumement, pour se tenir les yeux clignotants au soleil. Qu'avait-il ressenti en ce moment-là? avait demandé le vieux missionnaire. De quel prix avait-il payé son retour dans le monde des vivants? S'en était-il allé mutilé pour toujours après cela, de telle sorte que chaque rose sentait la pourriture et que chaque blonde jeune fille était un squelette branlant? Ou marcha-t-il, ébloui d'émerveillement devant la nouveauté des choses, son cœur compatissant de pitié et d'amour pour la famille humaine?

La conjecture avait intéressé Meredith pendant des années. Il avait une fois caressé le projet d'en tirer un roman. Maintenant, il avait enfin la réponse. Rien n'était aussi doux à l'homme que la vie; rien n'était plus précieux que le temps, rien de plus rassurant que le contact de la terre et de l'herbe, le murmure de l'air en mouvement, le parfum des floraisons nouvelles, la rumeur des voix et de la circulation et des chants aigus des oiseaux.

C'était cela qui le troublait. Il était prêtre depuis vingt ans, s'était consacré à prouver que la vie était une imperfection transitoire, la terre un pâle symbole de son créateur, l'âme immortelle dans une argile mortelle, se débattant péniblement pour se réfugier dans les bras protecteurs du Tout-Puissant. Maintenant que sa liberté lui était promise, la date de sa délivrance fixée, pourquoi ne pouvait-il l'accepter, sinon avec joie, au moins avec confiance?

A quoi s'accrochait-il qu'il n'eût rejeté depuis longtemps? Une femme? Un enfant? Une famille? Aucun être vivant ne lui appartenait. Des biens? Ils étaient insignifiants : un petit appartement près de la Porta Angelica, quelques ornements, une chambre pleine de livres, un modeste traitement de la Congrégation des Rites, une rente annuelle que lui avait laissée sa mère. Rien là qui pût tenter un homme et l'arrêter au seuil de la grande révélation. Sa carrière? Il y avait peut-être là quelque chose, auditeur à la Sacrée Congrégation des Rites, assistant personnel du Préfet lui-même, le cardinal Eugenio Marotta. C'était une situation influente, de flatteuse confiance. On était placé dans l'ombre du Pontife. On observait le fonctionnement compliqué et subtil d'une grande théocratie. On vivait dans un confort simple. On avait le temps d'étudier, la liberté d'agir dans les limites de la règle et de la discrétion. Il y avait là quelque chose... mais pas assez, — même pas assez de moitié — pour un homme qui désirait ardemment l'Union Parfaite qu'il prêchait.

Peut-être était-ce là le noyau de l'affaire. Il n'avait jamais rien désiré avidement. Il avait toujours eu tout ce qu'il voulait, il n'avait jamais aspiré à plus que ce qui lui était accessible. Il avait accepté la discipline de l'Église et l'Église lui avait donné la sécurité, le réconfort et un champ pour ses aptitudes. Plus que la plupart des hommes il avait atteint au contentement et s'il n'avait jamais demandé le bonheur, c'est parce qu'il n'avait jamais été malheureux. Jusqu'à présent... jusqu'à ce morne moment au soleil, le premier soleil de printemps, le dernier printemps à jamais pour Blaise Meredith.

Le dernier printemps, le dernier été. Le dernier quignon de la vie, mâché et sucé, et vidé de son suc comme une canne à sucre, puis jeté sur le tas d'ordures. C'est là que résidait l'amertume, le goût aigre de l'échec et de la désillusion. Quel mérite pouvait-il s'accorder et emporter avec lui pour le Jugement? Que laisserait-il derrière lui qui ferait que des hommes veuillent l'évoquer?

Il n'avait jamais adopté d'enfant, ni planté un arbre, ni posé une pierre sur l'autre pour une maison ou un monument. Il n'avait pas dépensé de colère, ni dispensé de charité. Son travail moisirait anonymement dans les archives du Vatican. Quel qu'eût été le mérite qui eût fleuri de son ministère, c'était un mérite sacramentel et non personnel. Nuls pauvres ne le béniraient pour leur pain, nuls malades pour leur courage, nuls pêcheurs pour leur salut. Il avait fait tout ce qui lui était demandé, cependant il mourrait stérile et, un mois après, son nom ne serait qu'un souffle de poussière dans le désert des siècles.

Il fut soudain terrifié. Une sueur froide couvrit son corps. Ses mains commencèrent à trembler et un groupe d'enfants qui jouaient à la balle près du banc où il était assis, s'éloignèrent de l'ecclésiastique décharné, au visage blême, qui regardait, les yeux aveugles, au-delà de l'eau miroitante de l'étang.

Les frissons passèrent lentement. La terreur s'apaisa et il devint de nouveau calme. La raison reprit possession de lui et il commença à penser à la manière d'organiser sa vie pour le temps qui lui restait.

Quand il était tombé malade à Rome et après le premier essai de diagnostic des médecins italiens, il avait instinctivement décidé de retourner à Londres. S'il devait être condamné, il préférait se faire lire la sentence dans sa langue. Si son temps devait être écourté, il désirait en passer la fin dans l'air doux de l'Angleterre, se promener dans les dunes et les hêtraies, et entendre le chant élégiaque des rossignols à l'ombre des vieilles églises, où la mort était plus familière et plus amicale, parce que les Anglais avaient passé des siècles à lui enseigner la politesse.

En Italie, la mort était dure, dramatique, une sorte de grand opéra, avec des chœurs plaintifs et des plumes qui s'agitent et des corbillards baroques noirs passant en trombe devant des palais de stuc jusqu'aux caveaux de marbre du Campo Santo. Ici, en Angleterre, elle avait un aspect plus aimable, les obits murmurés discrètement dans une nef normande, la tombe ouverte dans l'herbe tondue, parmi les pierres tombales effacées, les libations versées au pub lambrissé de chêne, en face de la porte du cimetière.

Mais ceci aussi s'était avéré illusoire, une pathétique erreur, et pas du tout une armure contre l'ennemi gris, insidieux, retranché dans son propre ventre. Il ne pouvait pas lui échapper, pas plus qu'il ne pouvait fuir la conviction de son propre échec, en tant que prêtre et en tant qu'homme.

Alors? Se soumettre au couteau? Couper court au supplice, abréger la peur et la solitude jusqu'à une limite admissible? Cela ne serait-il pas un nouvel échec, une sorte de suicide que les moralistes pourraient justifier mais que la conscience ne pouvait pardonner tout à fait? Il avait assez de dettes déjà pour le règlement de compte, cette dernière pouvait le mettre entièrement en faillite.

Retourner au travail? S'asseoir devant le vieux bureau sous le plafond à caissons du Palais des Congrégations à Rome. Ouvrir les grands in-folio où les vies, les travaux, les écrits des candidats à la canonisation depuis longtemps morts, étaient relatés par les mains d'un millier de clercs. Les examiner, les disséquer, analyser et annoter. Mettre en question leurs vertus et jeter de nouveaux doutes sur les hauts faits qui leur étaient attribués. Inscrire des notes nouvelles dans un manuscrit nouveau. A quelle fin? Pour qu'un candidat de plus aux honneurs de la canonisation soit rejeté parce qu'il avait été moins qu'héroïque, ou moins que sage en ses vertus. Ou que d'ici un demi-siècle, deux siècles peut-être, un nouveau Pape puisse proclamer à Saint-Pierre qu'un nouveau saint avait été ajouté au calendrier.

S'en souciaient-ils, ces morts, de ce qu'il écrivait d'eux? Se souciaient-ils qu'il fût accordé à une nouvelle statue de porter l'auréole, ou que les imprimeurs fassent circuler un million de petites cartes avec leur visage au recto et la liste de leurs vertus au verso? Riaient-ils de leurs aimables biographes ou désapprouvaient-ils leurs détracteurs officiels? Ils étaient morts et avaient été jugés depuis longtemps, de même que lui devait mourir et être bientôt jugé. Le reste n'était rien qu'addenda, post-scriptum et superfétation. Un nouveau culte, un nouveau pèlerinage, une nouvelle messe dans la liturgie ne les toucheraient pas du tout. Blaise Meredith, prêtre et philosophe, canoniste, pouvait travailler douze mois ou douze ans sur leurs dossiers, sans ajouter un iota à leur félicité, ou une seule peine à leur damnation.

Cependant c'était son travail et il devait le faire, parce qu'il était prêt, à portée de la main, et qu'il était trop fatigué et trop malade pour commencer n'importe quel autre. Il dirait la messe tous les jours, accomplirait sa mission quotidienne au Palais des Congrégations, prononcerait à l'occasion un prêche à l'Église anglaise, tiendrait le confessionnal pour un collègue en vacances, retournerait chaque soir à son petit appartement de la Porta Angelica, lirait un peu, dirait son office, puis lutterait durant les nuits sans repos jusqu'à l'âpre matin. Pendant douze mois. Ensuite il serait mort. Pendant une semaine, ils l'évoqueraient dans les messes... « notre frère Blaise Meredith »; puis il rejoindrait les anonymes et les oubliés dans la commémoration générale... « tous nos fidèles défunts ».

Il faisait froid dans le parc, maintenant. Les amoureux secouaient l'herbe de leurs manteaux et les jeunes filles lissaient leurs jupes. Les enfants traînaient avec nonchalance dans les sentiers, à la suite de leurs parents gourmandeurs. Les cygnes s'ébouriffaient pour retourner vers l'abri des petites îles, dans le brouhaha du trafic, à l'heure de pointe.

L'heure de partir. L'heure pour Mgr Blaise Meredith de ramasser ses pensées tourmentées et de recomposer ses traits minces en un sourire courtois, pour le thé de l'Administrateur à Westminster. Les Anglais sont un peuple poli et tolérant. Ils attendent d'un homme qu'il travaille sobrement à son salut ou qu'il se damne discrètement, qu'il boive comme un gentleman et garde ses ennuis pour lui-même. Méfiants vis-à-vis des saints, prudents à l'égard des mystiques, ils sont plus qu'à moitié convaincus que le Tout-Puissant partage leur sentiment. Même à l'heure de son Gethsémani privé, Meredith était content des conventions qui le forçaient à s'oublier et à écouter le bavardage de ses collègues.

Il se leva du banc avec raideur, resta debout un long moment, comme s'il n'était pas sûr d'habiter son corps, puis il s'en fut d'un pas ferme vers Brompton Road.

Le Dr Aldo Meyer avait ses propres préoccupations en cette douce soirée méditerranéenne. Il essayait de s'enivrer aussi rapidement et aussi facilement que possible.

Toutes les chances étaient contre lui. L'endroit où il buvait était une salle basse en pierres avec un sol en terre battue qui sentait le vin aigre. Il avait comme compagnons un grossier propriétaire paysan, une montagnarde trapue au cou et à la croupe de bœuf, aux seins en forme de melon qui tendaient, à la faire craquer, une robe noire et graisseuse. La boisson était une brûlante *grappa*, qu'on assurait capable de noyer la peine la plus obstinée, mais Aldo Meyer était trop sobre et trop intelligent pour l'apprécier.

Il était assis penché en avant sur le banc dur, une bougie fondant près de lui, et regardait dans son gobelet en traçant de monotones dessins avec la liqueur qui coulait lentement sur le bout de son doigt.

Le patron, appuyé sur le bar, se curait les dents avec une brindille et suçait bruyamment les restes de son souper. La fille était assise dans l'ombre, attendant de remplir le gobelet, aussitôt que le docteur l'avait vidé. Il avait bu vite au début, se tamponnant la bouche après chaque gorgée, puis plus lentement, à mesure que l'alcool vif s'emparait de lui. Pendant les dix dernières minutes, il n'avait pas bu du tout. On aurait dit qu'il s'attendait à voir arriver quelque chose avant de s'abandonner totalement à l'oubli.

Il avait quarante-neuf ans, mais paraissait déjà vieux. Ses cheveux étaient blancs, la peau de son beau visage de Juif était tendue et maigre sur les os. Ses mains étaient longues et souples, mais calleuses comme celles d'un homme de peine. Il portait un complet de ville d'une coupe démodée, aux manchettes effilochées et aux revers luisants, mais ses souliers étaient cirés et son linge propre, à part les taches fraîches, faites par les éclaboussures de la *grappa*. Il gardait un air de distinction effacée qui s'accordait de façon curieuse avec la grossièreté de son entourage et la rude vitalité de la fille et du patron.

Gemello Minore était loin de Rome, encore plus loin de Londres. La vieille boutique du marchand de vins n'avait aucun point de ressemblance avec le Palais des Congrégations. Pourtant le Dr Aldo Meyer était préoccupé de la mort comme Blaise Meredith; et, quoique aussi sceptique, il s'était trouvé lui aussi, aux prises avec la Béatitude.

Tard dans l'après-midi, il avait été appelé chez Pietro Rossi dont la femme avait depuis dix heures, les douleurs de l'enfantement. La sage-femme était au désespoir et la chambre était pleine de femmes caquetant comme des poules, pendant que Maria Rossi gémissait et se tordait dans les spasmes, pour reprendre ses faibles gémissements, lorsque les spasmes passaient. Dehors, les hommes étaient groupés devant la masure, parlant à voix basse et se passant une bouteille de vin de main en main.

Ils se turent à son arrivée, l'observant de biais, avec curiosité, pendant que Pietro le conduisait à l'intérieur. Le docteur avait vécu vingt ans parmi eux, pourtant il demeurait toujours un étranger; en ces moments de leur vie de tribu, il pouvait leur être nécessaire, mais il n'était jamais le bienvenu.

Dans la chambre, ce fut la même histoire avec les femmes : silence, méfiance, hostilité. Lorsqu'il se pencha sur le grand lit de cuivre, palpant, examinant le corps enflé, la sage-femme et la mère de Maria Rossi s'étaient tenues près de lui, et quand il y eut un nouveau spasme, un murmure choqué s'éleva, comme s'il en était la cause.

Il comprit en trois minutes qu'il n'y avait aucun espoir de naissance normale. Il serait obligé de pratiquer une césarienne. Il ne s'inquiéta pas outre mesure devant cette perspective. Il en avait fait avant, à la lumière d'une bougie, d'une lampe, sur des tables de cuisine, et sur des bancs en planches. Avec de l'eau bouillante, un anesthésique et les corps résistants des montagnardes, les chances étaient toutes en faveur des patientes.

Il attendait des protestations. Ces gens étant bêtes comme des mules, et deux fois autant accessibles à la panique, mais il ne s'attendait pas à un éclat. Ce fut la mère de la jeune femme qui commença, une forte mégère musclée, avec des cheveux plats et des dents espacées et des yeux noirs de serpent. Elle s'en prit à lui inopinément, vociférant dans un dialecte rapide :

— Je ne permettrai pas de couteaux dans le ventre de ma fille. Je veux des petits-enfants vivants, pas morts! Vous, les docteurs, vous êtes tous les mêmes. Si vous ne pouvez guérir les gens vous les découpez et les enterrez. Pas ma fille ! Donnez-lui le temps, elle lâchera celui-là comme un pois. J'en ai eu douze. Je devrais le savoir. Tous n'ont pas été faciles, mais je les ai eus et je n'ai pas eu besoin d'un boucher de cheval pour me les arracher!

Un éclat de rire strident couvrit les gémissements de la fille. Aldo Meyer se tenait debout, l'observant, ignorant les femmes. Il dit simplement :

— Si je n'opère pas, elle sera morte vers minuit.

Cela avait réussi d'autres fois, l'audacieuse déclaration professionnelle, le mépris de leur ignorance, mais cette fois, elle échoua complètement. La femme lui rit au nez.

— Pas cette fois, homme juif! Savez-vous pourquoi?

Elle plongea la main dans sa poche et en tira un petit objet enveloppé dans de la soie rouge. Ses doigts se fermèrent dessus et elle lui mit sous le nez.

— Savez-vous ce que c'est? Non, évidemment, puisque vous êtes un infidèle et un tueur du Christ. Nous avons un saint à nous, maintenant. Un vrai! Ils sont décidés à le canoniser à Rome d'une minute à l'autre. C'est un morceau de sa chemise. Une vraie relique ardente, tachée de son sang. Il a fait des miracles aussi. Des vrais. Ils sont tous notés. Ils ont été envoyés au Pape. Croyez-vous pouvoir faire plus que lui? Croyez-vous? Lequel allons-nous choisir, vous tous? Notre saint Giacomo Nerone ou cet individu!

La femme sur le lit cria de douleur soudaine et les femmes se turent, tandis que la mère se penchait sur le lit en chuchotant de petits mots de consolation et frottait la relique sale tout autour du ventre enflé, sous les couvertures. Aldo Meyer attendit un moment, cherchant les mots qu'il fallait. Puis lorsque la fille fut redevenue calme, il leur dit tranquillement :

— Même une infidèle sait qu'attendre des miracles, sans essayer de s'aider, est un péché. Vous ne pouvez rejeter la médecine et attendre des saints qu'ils vous guérissent. De plus, ce Giacomo Nerone n'est pas encore un saint. Il se passera beaucoup de temps avant même qu'on commence à discuter de son cas à Rome. Priez-le, si vous voulez, mais demandez-lui de me donner une main ferme, et à la fille un cœur fort. Cessez maintenant de faire les imbéciles et apportez-moi de l'eau bouillante et du linge propre. Je n'ai pas beaucoup de temps.

Personne ne bougea. La mère l'empêcha d'aller vers le lit. Les femmes se tinrent debout en demicercle serré et le dirigèrent dans la direction de la porte où se tenait Pietro Rossi, le visage pâle, observant le drame. Meyer se retourna pour l'interpeller.

— Vous Pietro! Vous voulez un enfant? Voulez-vous votre femme? Alors pour l'amour de Dieu écoutez-moi. Si je n'opère pas rapidement, elle mourra et l'enfant mourra avec elle. Vous savez ce que je peux faire, il y a vingt personnes pour vous le dire, dans le village. Mais vous ne savez pas ce que ce Giacomo Nerone peut faire... même si c'est un saint... ce dont je doute fort.

Pietro Rossi secoua la tête avec obstination.

— C'est pas naturel d'arracher un enfant comme un boyau de mouton. D'ailleurs, c'est pas un saint ordinaire. C'est le nôtre. Il nous appartient. Il veillera sur nous. Vous feriez mieux de partir, docteur.

— Si je pars, votre femme ne passera pas la nuit.

Le visage mat du paysan était aussi dénué d'expression qu'un mur. Meyer les regarda tous, le sombre peuple secret du Sud et pensa, avec désespoir, combien peu il les connaissait, combien peu de pouvoir il avait sur eux. Il haussa les épaules en signe de résignation, prit sa trousse et se dirigea vers la porte.

Il s'arrêta sur le seuil et se retourna pour leur faire face.

— Vous feriez mieux d'appeler le Père Anselmo. Elle n'en a plus pour longtemps, encore.

La mère cracha avec mépris par terre, puis se pencha de nouveau pour frotter le petit paquet de soie sur le ventre douloureux de sa fille, en murmurant des prières en dialecte. Les autres femmes observaient le docteur, le visage dur, silencieuses. Quand il sortit et s'en alla sur la route caillouteuse, il sentit les yeux des hommes comme des couteaux dans son dos. Ce fut alors qu'il décida de s'enivrer.

Pour Aldo Meyer, le vieux libéral, l'homme qui croyait en l'homme, c'était le geste final de la défaite. Il n'y avait aucun espoir pour ces gens. Ils étaient rapaces comme des éperviers. Ils vous auraient mangé le cœur et vous auraient laissé pourrir dans un fossé. Il avait souffert pour eux, lutté pour eux, vécu avec eux et essayé de les éduquer, mais ils prenaient tout et n'apprenaient rien. Ils se moquaient des connaissances les plus élémentaires, mais lapaient les légendes et les superstitions aussi avidement que des enfants.

Seule l'Église pouvait les diriger, sans pouvoir pour cela les rendre meilleurs. Elle les tourmentait avec des démons, les obsédait avec des saints, les enjôlait avec des madones pleureuses et des bambini au gros derrière. Elle pouvait les saigner à blanc pour un nouveau candélabre, mais elle ne pouvait pas — ou ne voulait pas — les amener à une clinique pour des injections contre la typhoïde. Leurs mères dépérissaient de tuberculose et leurs bambins avaient la rate enflée par la tenace malaria. Cependant ils auraient mieux aimé leur mettre le diable en bouche plutôt qu'une tablette d'atébrine, même quand le docteur la payait de sa poche.

Ils vivaient dans des taudis où un bon fermier n'aurait pas hébergé son bétail. Ils mangaient des olives et de la pâte et du pain qu'ils trempaient dans de l'huile, et de la viande de chèvre les jours de fête, s'ils pouvaient s'en procurer. Leurs collines étaient sans arbres, leurs terrasses avaient un sol avare dont les premières pluies entraînaient la substance nourricière, qui allait se perdre sur les pentes pierreuses. Leur vin était clair et leur maïs maigre, et ils avaient la démarche lente des gens qui mangent trop peu et travaillent trop dur.

Leurs propriétaires les exploitaient, pourtant ils se cramponnaient à eux comme des enfants. Leurs prêtres se dégradaient souvent dans l'alcool et le concubinage, pourtant ils les nourrissaient de leur pauvreté et les traitaient avec un tolérant mépris. Si l'été était tardif ou l'hiver rigoureux, la gelée brûlait les olives et la faim s'installait dans les collines. Ils n'avaient pas d'écoles pour leurs enfants, et n'auraient pas suppléé à ce que l'État ne fournissait pas. Ils n'auraient pas sacrifié leurs heures de loisir pour construire une école. Ils ne pouvaient payer un instituteur, et pourtant ils auraient gratté dans leurs petits tas secrets de lires pour financer la canonisation d'un nouveau saint, pour un calendrier qui en était déjà surchargé.

Aldo Meyer fixa le fond sombre de sa *grappa* pour y lire futilité, désillusion et désespoir. Il leva son gobelet et avala le reste d'un trait. C'était amer comme de l'armoise et ne contenait aucune chaleur.

Il était venu ici la première fois comme exilé, lorsque les fascistes avaient interné les Juifs, les intellectuels de gauche et les trop bruyants libéraux, et leur avaient offert la brusque alternative de l'exil en Calabre ou des travaux forcés à Lipari. Ils lui avaient donné le titre dérisoire de médecin sanitaire, mais sans salaire, ni médicaments ou anesthésiques. Il était arrivé avec les vêtements qu'il portait, une trousse d'instruments, un flacon d'aspirine et un compendium médical. Pendant six ans, il batailla et intrigua, cajola et fit du chantage, pour fonder un semblant de service médical, dans une région qui souffrait de perpétuelle sous-alimentation, de malaria endémique et d'épidémies de typhoïde.

Il vivait dans une ferme en ruine qu'il avait restaurée de ses propres mains. Il cultivait deux acres d'une terre pierreuse, aidé d'un journalier idiot. Son hôpital se composait d'une chambre dans sa maison. Sa cuisine servait de salle d'opération. Les paysans le payaient en nature, lorsqu'il leur arrivait de payer, et il tirait des autorités locales un tribut en médicaments et instruments chirurgicaux, et la protection d'un gouvernement hostile. Cela avait été une amère servitude, mais il y avait eu des moments de triomphe, des jours où il semblait avoir enfin pénétré dans le cercle fermé de la vie primitive montagnarde.

Quand les Alliés avaient traversé le détroit de Messine et commencé leur lente avance meurtrière dans la péninsule, il s'était enfui et avait rejoint les partisans, et après l'armistice, il avait passé quelque temps à Rome. Mais il avait été absent trop longtemps. Les vieux amis étaient morts. S'en faire de nouveaux était difficile, et les petits triomphes des années maigres avaient provoqué en lui le désir de plus grands triomphes. Avec la liberté et de l'argent, et le désir impétueux de réformer, un homme de bonne volonté pouvait faire des miracles dans le Sud.

Ainsi, il était revenu à la vieille maison, dans la vieille ville, avec un rêve nouveau et le sentiment d'une nouvelle jeunesse. Il deviendrait éducateur aussi bien que médecin. Il établirait un prototype d'organisation pour un effort de coopération, une organisation qui attirerait des capitaux de Rome et une aide en argent des fondations d'outre-mer. Il leur enseignerait l'hygiène et la conservation du sol et de l'eau. Il formerait des jeunes gens qui porteraient son message aux districts éloignés. Il serait enfin un missionnaire du progrès dans une contrée où le progrès s'était arrêté trois siècles auparavant.

Cela avait été un beau rêve, neuf, il y a douze ans. Maintenant, il avait compris que c'était une triste illusion. Il était tombé dans l'erreur de tous les esprits généreux : de croire que les hommes sont prêts à se réformer, que la bonne volonté attire la bonne volonté, que la vérité possède son propre levain. Ses plans avaient sombré par suite de la vénalité des fonctionnaires, du conservatisme d'une Église féodale, de la rapacité et de la méfiance d'un peuple primitif, ignorant.

Même à travers les vapeurs épaisses de la boisson, il voyait tout cela, trop clairement. Ils l'avaient battu, il s'était battu lui-même. Et il était trop tard pour arranger les choses.

De la nuit qui tombait au-dehors vint un long cri de lamentation, poussé par des voix de femmes. La fille et le patron se regardèrent et se signèrent. Le docteur se leva et marcha d'un pas incertain vers la porte, pour s'arrêter et regarder dans le frais crépuscule du printemps.

— Elle est morte, dit le patron de sa grosse voix enrouée.

— Dites-le au saint, répondit Aldo Meyer. Je vais me coucher.

Comme il s'en allait en titubant vers la route, la fille lui tira la langue et fit le signe contre le mauvais œil.

Le cri funèbre monta et retomba, gémissant comme le vent à travers la montagne endormie; il le suivit le long de la route pavée et à l'intérieur de sa maison, il frappa avec violence à la porte, fouilla dans ses volets et le hanta pendant toute une nuit d'un sommeil agité et plein de murmures.

A la tombée de ce même crépuscule de ce même printemps, le cardinal Eugenio Marotta se promenait dans le jardin de sa villa du Parioli. Loin au-dessous de lui, la cité se réveillait de la torpeur de l'après-midi et reprenait son activité avec le bruit des klaxons, le vacarme des scooters et le marchandage des boutiquiers. Les touristes fatigués, revenaient avec regret de Saint-Pierre, de Saint-Jean de Latran et du Colisée. Les marchands de fleurs aspergeaient leurs bouquets pour le dernier assaut sur les amoureux des marches de la Trinité des Monts. Le soleil couchant lançait ses feux au-dessus des collines et sur les sommets des toits, mais en bas dans les ruelles, la brume du crépuscule se condensait et les murs étaient gris et fatigués.

Là-haut au Parioli cependant, l'air était pur et les avenues silencieuses et Son Éminence se promenait sous les palmiers penchés et dans le parfum des fleurs de jasmin. Autour de lui, des hauts murs et des grilles protégeaient sa retraite, et des armoiries en bronze sur les linteaux rappelaient au visiteur le rang et les titres du cardinal Eugenio Marotta, archevêque d'Acropolis, titulaire de Saint-Clément, Préfet de la Sacrée Congrégation des Rites, Propréfet du Tribunal Suprême de la signature apostolique, membre de la commission pour l'interprétation du droit canon, Protecteur des Fils de Saint-Joseph et des Filles de Marie Immaculée et de vingt autres grandes et petites institutions religieuses dans la Sainte Église Romaine.

Les titres étaient imposants, grande était aussi la puissance qui s'étendait derrière; mais Son Éminence portait cela avec une affable bonne humeur qui cachait une intelligence subtile et une volonté dominatrice.

C'était un homme de petite taille, rond, avec des mains et des pieds minuscules, un visage plissé, et une tête étirée en forme de dôme, lisse comme un œuf sous la calotte rouge. Ses yeux gris pétillaient de bienveillance et sa bouche petite et rouge comme celle d'une femme, tranchait sur son teint mat et olivâtre. Il avait soixante-trois ans, ce qui est jeune pour un homme arrivé au chapeau rouge. Il travaillait énormément quoique sans effort apparent, et il avait encore assez d'énergie pour la tortueuse diplomatie et les intrigues du pouvoir à l'intérieur de la cité du Vatican si bien fermée.

Certains penchaient pour son élection à la papauté même, d'autres plus nombreux, maintenaient que le prochain Pontife devrait être un homme plus proche de la sainteté, moins préoccupé de diplomatie que de la réforme morale, tant dans le clergé que parmi les laïcs. Eugenio Marotta était content d'attendre le dénouement, sachant que celui qui entre Pape au conclave peut vraisemblablement en sortir cardinal. De plus, le Pontife pouvait être vieux, mais il n'était pas près de mourir, et il voyait d'un œil peu favorable ceux qui convoitaient ses mules.

Ainsi, Son Éminence se promenait dans le jardin de sa villa au Parioli, observant le déclin du soleil sur les monts Albains et méditant sur les questions du jour, dans l'attitude détendue d'un homme qui savait qu'en définitive il saurait répondre à toutes ces questions.

Il pouvait se permettre de se détendre. Il était arrivé par une progression régulière au sommet de l'avancement, dont ni la malveillance ni la défaveur ne pourrait le renverser. Il resterait cardinal jusqu'au jour de sa mort, prince pour le protocole, évêque par une irrévocable consécration, citoyen du plus petit et du moins vulnérable État du monde. C'était beaucoup pour un homme dans sa vigoureuse soixantaine. C'était encore plus, parce qu'il n'était pas entravé par une épouse, ni tourmenté par des fils et des filles, et tout à fait à l'abri des aiguillons de la passion. Il était arrivé aussi loin que le talent et l'ambition avaient pu l'amener.

Le prochain degré était la Chaire de Saint-Pierre mais c'était un grand saut qui l'aurait conduit à mi-chemin hors du monde et dans le vestibule de la divinité. L'homme qui portait l'anneau du Pêcheur et la triple tiare, portait aussi les péchés du monde comme une chape de plomb sur les épaules. Il se tenait sur une cime exposée à tous les vents, tout seul, les nations étendues au-dessous de lui, et au-dessus, la face sans voile du Tout-Puissant. Seul un fou lui envierait la puissance et la gloire et la terreur d'une telle principauté. Et le cardinal Eugenio Marotta était loin d'être fou.

En cette heure de crépuscule et de jasmin, les problèmes qu'il devait résoudre lui suffisaient.

Deux jours auparavant, une lettre de l'évêque de Valenta, petit diocèse dans une région appauvrie de la Calabre, avait été déposée sur son bureau. Il connaissait vaguement l'évêque comme un sévère réformateur qui avait un penchant pour la politique. Deux ans plus tôt, il avait provoqué une certaine agitation en faisant défroquer deux curés de campagne pour concubinage, et en mettant à la retraite quelques-uns de ses vieux pasteurs pour incompétence. Les chiffres des élections de son diocèse avaient montré une tendance sensible vers les démocrates chrétiens, et cela lui avait valu une lettre de louanges du Saint-Père. Seuls les plus fins observateurs comme Marotta avaient remarqué que l'augmentation était venue du parti monarchiste et non des communistes, qui avaient enregistré, eux aussi, un gain léger. La lettre de l'évêque était simple et explicite, trop simple pour être franche et trop explicite pour ne pas susciter des doutes chez un vétéran aguerri, tel que le cardinal Eugenio Marotta.

Elle commençait par les salutations fleuries et déférentes d'un humble évêque à un frère princier. Elle continuait pour dire qu'une pétition du curé et des fidèles de la paroisse des villages de Gemelli dei Monti avait été reçue, pour l'introduction de la Cause de béatification du Serviteur de Dieu, Giacomo Nerone.

Ce Giacomo Nerone avait été tué par des partisans communistes dans des circonstances que l'on pouvait peut-être bien qualifier de martyre. Depuis sa mort, une vénération spontanée lui avait été rendue dans les villages et les campagnes d'alentour et plusieurs guérisons d'une nature miraculeuse étaient attribuées à son influence. Des investigations préliminaires avaient confirmé sa réputation de sainteté et la nature apparemment miraculeuse de ses guérisons, et l'évêque était disposé à accepter la requête et à soumettre le cas à l'enquête juridique. Toutefois, avant d'agir de la sorte, il demandait conseil à Son Éminence, en tant que Préfet de la Congrégation des Rites, et son assistance, le priant de désigner de Rome même, deux hommes, sages et pieux, l'un, en tant que Postulateur de la Cause, pour diriger l'enquête et la faire avancer, l'autre comme Promoteur de la Foi, ou avocat du diable, pour soumettre le témoignage et les témoins à l'examen le plus minutieux, conformément aux clauses du droit canon.

Il y avait plus que cela, beaucoup plus encore, mais c'était là l'essentiel. L'évêque pouvait avoir un saint sur son territoire, un saint sans inconvénient, aussi, martyrisé par les communistes. La seule manière de prouver la sainteté était une enquête judiciaire, d'abord dans son diocèse, ensuite à Rome, sous l'autorité de la Congrégation des Rites. Mais la première enquête devait être faite dans son évêché et sous sa propre autorité, avec des juges nommés par lui-même. Les évêques locaux sont normalement jaloux de leur autonomie. Pourquoi alors, ce déférent appel à Rome?

Le cardinal Eugenio Marotta foula les pelouses bien entretenues du jardin de sa villa et réfléchit sur la proposition.

Gemelli dei Monti sont au fond de l'Italie du Sud, où les cultes se multiplient et meurent aussi rapidement, où la foi est recouverte d'une épaisse patine de superstition, où les paysans font de la même main le signe de la croix et le signe contre le mauvais œil et où l'image du Bambino est accrochée au-dessus du lit, et les cornes païennes clouées au-dessus de la porte de la grange. L'évêque était un homme prudent qui voulait un saint pour le bien de son diocèse, mais refusait de risquer sa propre réputation en même temps que celle du Serviteur de Dieu.

Si l'enquête avançait bien, il aurait non seulement un *beato* mais des verges pour battre les communistes. Si elle s'avérait inopportune, les hommes sages et pieux de Rome auraient à supporter une partie du blâme. Son Éminence rit tout bas de cette subtilité. Grattez un homme du Sud et vous découvrirez un renard qui flaire les pièges à un mille de distance et les contourne pour attraper le poulet.

Mais il y avait un autre enjeu que la réputation d'un évêque. La politique y était mêlée, et on n'était qu'à douze mois des élections italiennes. L'opinion publique était sensible à l'influence du Vatican dans les affaires civiles. Les anticléricaux feraient bon accueil à une occasion de discréditer l'Église, et ils possédaient suffisamment d'armes, il était donc inutile de leur en fournir une nouvelle.

Il y avait d'autres conséquences plus profondes encore, des problèmes se rapportant plus à l'éternité qu'au temps. Proclamer saint un homme, c'est le déclarer Serviteur héroïque de Dieu, le citer comme un modèle et un intercesseur pour les fidèles. Accepter ses miracles, c'est admettre sans doute possible que la puissance divine agit par son intermédiaire pour suspendre ou annuler les lois de la nature. L'erreur en pareille matière est impensable. Tout le massif mécanisme de la Congrégation des Rites était destiné à la prévenir. Mais une action prématurée, une enquête hâtive peuvent causer un grave scandale, et affaiblir la foi de millions de croyants en une Église infaillible, qui affirmait être inspirée directement par le Saint-Esprit.

Son Éminence frissonna comme la première fraîcheur de la nuit tombait sur le Parioli. C'était un homme endurci par le pouvoir et sceptique à l'égard de la dévotion, mais lui aussi portait sur les épaules le fardeau de la foi, et dans son cœur la peau du démon de midi.

Moins que les autres, il pouvait se permettre le luxe de se tromper. Trop de choses dépendaient de lui. La pénalité en cas de non-réussite serait dans ce cas plus rigoureuse. En dépit de son titre éclatant et de la dignité séculaire qui l'entourait, sa mission principale était spirituelle; elle avait trait aux âmes, à leur salut, à leur damnation. Le lourd anathème pouvait tomber tout aussi bien sur un cardinal dans l'erreur, que sur un curé sans foi. Ainsi se promenait-il en méditant tranquillement, tandis que l'harmonie affaiblie des cloches montait de la ville et que les grillons commençaient leur chœur aigu dans le jardin.

Il concéderait à l'évêque de Valenta son petit triomphe. Il lui trouverait les hommes voulus — un Postulateur pour établir le cas et le présenter, un avocat du diable, pour le détruire s'il le pouvait. Des deux hommes, l'avocat du diable était le plus important. Son titre officiel le démontrait avec précision : promoteur de la foi. L'homme qui veille à la pureté de la foi, même au prix de vies et de cœurs brisés. Il devait être érudit, méticuleux, sans passion, de jugement froid, et sans pitié dans la condamnation. Manquer peut-être de charité ou de pitié, mais jamais de précision. De tels hommes étaient rares, et ceux dont il pouvait disposer étaient déjà occupés par d'autres causes.

Puis il se souvint de Blaise Meredith, l'homme sec et sobre, sur qui planait le gris de la mort. Celui-ci avait les qualités requises. Il était anglais, ce qui enlèverait toute trace de complication politique. Mais savoir s'il avait la volonté ou s'il lui restait du temps à vivre était une autre question. Si le verdict médical n'était pas favorable, il pourrait ne pas se sentir disposé à accepter une tâche aussi lourde.

Cependant, c'était le commencement d'une réponse. Son Éminence n'était pas mécontent. Il fit sans se presser un autre tour du jardin, devenu sombre, puis retourna à la villa pour dire les vêpres avec tous les membres de sa maison.

II

DEUX jours plus tard, le cardinal Eugenio Marotta était assis dans le fauteuil derrière le grand bureau Boulle de son cabinet de travail et entamait la conversation avec Mgr Blaise Meredith. Son Éminence avait bien dormi et déjeuné légèrement, son visage rond, respirant la bonne humeur, était frais et brillait de l'effet du rasoir. Dans cette chambre somptueuse, au plafond à caissons, aux tapis d'Aubusson, aux magnifiques portraits dans leurs cadres dorés, il était revêtu de l'inconsciente dignité du pouvoir.

En face de lui l'Anglais semblait petit, gris et ratatiné. Sa soutane flottait sur son corps maigre, et le liséré rouge ne faisait qu'accentuer la pâleur maladive de son visage. Ses yeux étaient voilés de fatigue et des rides profondes creusaient les coins de ses lèvres. Même dans la vive et romanesque langue italienne, sa voix était sourde et sans expression.

— C'est ainsi, Éminence. Il me reste tout au plus douze mois, la moitié peut-être, pour un travail actif.

Le cardinal attendit quelques instants, l'observant avec une pitié détachée. Puis il dit doucement :

— Je suis peiné pour vous, mon ami. Cela nous arrive à tous, bien entendu, mais c'est toujours un choc.

— Cependant, nous en particulier, devrions y être préparés. Les lèvres aux coins tombants se contractèrent dans un sourire désabusé.

— Non! Les petites mains de Marotta s'agitèrent en signe de désapprobation. Nous ne devons pas trop présumer de nous-mêmes. Nous sommes des hommes comme les autres. Nous sommes prêtres par choix et vocation. Nous sommes célibataires par législation canonique. C'est une carrière, une profession. Les pouvoirs que nous exerçons, la grâce que nous dispensons, sont indépendants de notre mérite personnel. Il vaut mieux pour nous être saints que pécheurs, mais comme nos frères en dehors du ministère, nous sommes généralement quelque chose entre les deux.

— Petit réconfort, Éminence, quand on est tout près du trône du Jugement.

— C'est cependant la vérité, lui rappela calmement le cardinal, j'appartiens depuis trop longtemps à l'Église, mon ami. Plus on monte, mieux on voit, et plus clairement. C'est une pieuse légende, que la prêtrise sanctifie un homme, ou que le célibat l'ennoblit. Si un prêtre peut garder ses mains en dehors de ses poches et ses jambes en dehors du lit d'une femme jusqu'à l'âge de quarante-cinq ans, il a une chance raisonnable de le faire jusqu'à sa mort. Les célibataires de profession sont nombreux dans le monde aussi. Mais nous sommes toujours sujets à l'orgueil, l'ambition, la paresse, la négligence, l'avarice. Il est souvent plus difficile pour nous que pour les autres, de sauver notre âme. Un homme ayant une famille doit faire des sacrifices, imposer une discipline à ses désirs, mettre en pratique l'amour et la patience. Nous pouvons pécher moins, et cependant avoir moins de mérite à la fin.

— Je suis bien vide, répondit Blaise Meredith. Il

n'y a ni mal dont je me repente, ni bien dont je puisse tenir compte. Je n'ai eu à lutter pour rien. Je n'ai même pas de cicatrices à montrer.

Le cardinal s'adossa à sa chaise, jouant avec la grosse pierre jaune de son anneau épiscopal. On n'entendait dans la chambre que le doux tic-tac d'une montre en or, sur la cheminée de marbre. Un moment après, il dit pensivement :

— Je peux vous libérer maintenant si vous le désirez. Je peux vous donner une pension sur les fonds de la Congrégation. Vous pourriez vivre tranquillement...

Blaise Meredith secoua la tête.

— C'est trop de bonté, Éminence, mais je n'ai pas de disposition pour la contemplation. Je préférerais continuer à travailler.

— Vous devrez vous arrêter un jour. Et après cela?

— J'entrerai dans un hôpital. Je crois comprendre que je souffrirai beaucoup. Après... Il étendit les mains dans un geste de défaite. *Finita la commedia*. Si ce n'est pas trop demander, j'aimerais bien être enterré dans votre chapelle, Éminence.

Bien malgré lui Marotta fut touché par le morne courage de cet homme. Fatigué et malade, le plus pénible de son calvaire encore devant lui, il s'y dirigeait cependant avec une dignité désolée, typiquement anglaise. Avant que le cardinal n'ait eu le temps de faire de commentaire, Meredith continua :

— Dans tout cela, bien entendu, je présume que votre Éminence désire m'utiliser. Je... je crains de ne pouvoir assurer le meilleur des services.

— Vous avez toujours fait mieux que vous ne pensiez, mon ami, répondit avec douceur Marotta, vous avez toujours donné plus que vous n'aviez promis. De plus, il y a un problème dans lequel vous pouvez m'aider énormément, et peut-être... Il s'arrêta comme s'il était frappé par une curieuse réflexion... peut-être, vous aider vous-même aussi.

Puis, sans attendre de réponse, il lui parla de la pétition de l'évêque de Valenta et de sa demande d'un avocat du diable dans le procès de Giacomo Nerone.

Meredith écoutait, attentif comme un avocat sur les détails d'un nouveau procès. Une vie nouvelle semblait prendre possession de lui. Ses yeux brillèrent, il se redressa sur sa chaise, et une faible couleur anima ses joues pâles. Eugenio Marotta le remarqua mais ne fit aucun commentaire. Lorsqu'il eut terminé son résumé de la situation, il demanda :

— Eh bien! qu'en pensez-vous?

— C'est une imprudence, répondit Meredith, avec précision. C'est un coup politique et je m'en méfie.

— Tout dans l'Église est politique, lui rappela doucement Marotta. L'homme est un animal politique avec une âme immortelle. Vous ne pouvez le diviser, pas plus que vous ne pouvez diviser l'Église en fonctions séparées et sans lien entre elles. Tout ce que l'Église fait est destiné à donner un caractère spirituel à un déroulement matériel. Nous nommons un saint comme patron de la télévision. Qu'est-ce que cela signifie? Un symbole nouveau d'une vieille vérité : que chaque activité licite contribue au bien, ou peut être détournée vers le mal.

— Trop de symboles peuvent voiler le visage de la réalité, dit Blaise Meredith avec une pointe d'ironie. Trop de saints peuvent discréditer la sainteté. J'ai toujours supposé que notre fonction à la Congrégation des Rites était, non pas de les mettre dans le calendrier, mais de les empêcher d'y entrer.

Le cardinal inclina calmement la tête.

— Cela est vrai en un sens. Mais dans ce cas, comme dans tous les autres, le premier pas ne vient pas de nous. L'évêque commence dans son diocèse. Ce n'est qu'ensuite que les papiers nous sont envoyés. Nous n'avons pas d'autorité directe pour interdire l'enquête.

— Nous pouvons la déconseiller.

— Pour quelles raisons?

— La prudence. Le moment est mal choisi. Nous sommes à la veille des élections. Giacomo Nerone a été tué par des partisans communistes au cours de la dernière année de la guerre. Qu'est-ce que nous voulons en faire? Nous servir de lui pour gagner un siège à la province ou le proposer comme un exemple de charité héroïque?

Les lèvres rouges du cardinal grimacèrent un petit sourire ironique.

— J'imagine que notre frère l'évêque aimerait obtenir l'un et l'autre. Et, jusqu'à un certain point, il est vraisemblable qu'il réussisse. On prétend que des miracles ont eu lieu. Un culte, apparemment spontané, est né dans la population. On doit enquêter judiciairement sur tout cela. La première enquête a été faite et le verdict penche vers l'approbation. Le stade suivant suit presque automatiquement... l'introduction de la Cause de béatification devant le tribunal de l'évêque même.

— Une fois cela arrivé, tous les journaux d'Italie publieront l'histoire. Les agences de voyages commenceront à organiser des pèlerinages non officiels. Les commerçants locaux à le crier sur les toits. Vous ne pouvez l'éviter.

— Mais nous pouvons être à même de le contrôler. C'est pourquoi, j'ai décidé de donner à Son Excellence ce qu'il désire. C'est pourquoi aussi, j'aimerais que vous soyez l'avocat du Diable.

Blaise Meredith pinça ses lèvres minces et pâles et réfléchit sur l'offre. Puis après un moment, il secoua la tête.

— Je suis un homme malade, Éminence, je ne pourrais vous faire honneur.

— Vous devez me laisser seul juge en cela, lui reprocha calmement Marotta. De plus, comme je l'ai déjà dit, je crois que cela peut vous aider aussi.

— Je ne comprends pas.

Le cardinal repoussa sa haute chaise sculptée et se leva. Il traversa la chambre jusqu'à la fenêtre et tira de lourds rideaux, laissant le soleil du matin inonder la chambre, éclairant le rouge et l'or et faisant jaillir les riches dessins du tapis comme des fleurs vivantes. Blaise Meredith ferma à demi les paupières devant la lumière crue et mit sa main devant ses yeux. Le cardinal, debout, regardait le jardin à l'extérieur; Meredith ne voyait pas son visage mais quand il parla, sa voix contenait une rare compassion.

— Ce que j'ai à vous dire, Monseigneur, est probablement présomptueux. Je ne suis pas votre confesseur, je ne peux sonder votre conscience; mais je crois que vous êtes arrivé à un point critique. Comme plusieurs d'entre nous ici, à Rome, vous êtes un prêtre de profession, un homme d'Église de métier. Il n'y a aucune honte à cela. C'est déjà beaucoup d'être un bon professionnel. Plusieurs sont loin d'être à la hauteur, même dans cette perfection limitée. Vous avez découvert soudainement que ce n'est pas suffisant. Vous êtes embarrassé, effrayé. Cependant vous ne savez quoi faire pour réparer cette lacune. Ceci est dû en partie à ce que vous, moi et d'autres comme nous, avons été éloignés depuis trop longtemps du ministère pastoral. Nous avons perdu contact avec les gens qui nous gardent en contact avec Dieu. Nous avons réduit la foi à une conception intellectuelle, à un assentiment aride de la volonté, parce que nous ne l'avons pas vue à l'œuvre dans la vie des gens ordinaires. Nous avons perdu la pitié, la peur, et l'amour. Nous sommes les gardiens des mystères, mais nous en avons perdu la crainte. Nous travaillons par le droit canon et non par la charité. Comme tous les administrateurs, nous croyons que, sans nous, le monde tomberait dans le chaos; que nous portons l'Église même de Dieu sur notre dos. Ce n'est pas vrai, mais certains d'entre nous le croient jusqu'à leur dernier jour. Il est heureux pour vous que vous ayez été atteint, même à cette heure tardive, par l'insatisfaction... oui, par le doute même, parce que je crois que vous êtes actuellement dans le désert de la tentation... C'est pourquoi, je crois que cette enquête peut aussi vous aider. Elle vous éloignera de Rome jusqu'à une des régions les plus désolées de l'Italie. Vous reconstituerez la vie d'un homme mort grâce au témoignage de ceux qui ont vécu avec lui — les pauvres, les ignorants, les démunis. Qu'il soit pécheur ou saint, cela ne fera aucune différence à la fin. Vous vivrez et parlerez avec des êtres simples. Vous trouverez au milieu d'eux, peut-être, remède au mal qui vous tourmente l'esprit.

— Quel est mon mal, Éminence? La pathétique lassitude de la voix, l'embarras désolé de la question touchèrent le vieil homme d'Église jusqu'à la pitié. Il tourna le dos à la fenêtre et vit Meredith affaissé en avant dans sa chaise, le visage enfoui dans ses mains. Il attendit un moment, pesant sa réponse, puis il la donna gravement :

— Il n'y a aucune passion dans votre vie, mon enfant. Vous n'avez jamais aimé une femme, haï un homme, eu pitié d'un enfant. Vous vous êtes isolé trop longtemps et vous êtes un étranger dans la famille humaine. Vous n'avez rien demandé et rien donné. Vous n'avez jamais connu la dignité du besoin ni la gratitude d'une souffrance partagée. Voilà votre mal. C'est la croix que vous avez façonnée pour vos propres épaules. C'est là que commencent vos doutes et vos craintes aussi, parce qu'un homme qui ne peut aimer ses frères, ne peut, non plus, aimer Dieu.

— Comment commence-t-on à aimer?

— A partir du besoin, répondit Marotta d'un ton ferme. Du besoin de la chair et de celui de l'esprit. Un homme désire ardemment son premier baiser, et sa première vraie prière, il la fait quand il aspire au paradis perdu.

— Je suis si fatigué, dit Blaise Meredith.

— Rentrez à la maison et reposez-vous, dit vivement le cardinal. Demain matin vous pourrez partir pour la Calabre. Présentez vos lettres de créance à l'évêque de Valenta et commencez à travailler.

— Vous êtes un homme dur, Éminence.

— Des hommes meurent tous les jours, répliqua Marotta avec brusquerie. Certains sont damnés, d'autres gagnent leur salut; mais le travail de l'Église continue. Allez, mon fils, dans la paix, et au nom de Dieu!

A onze heures le lendemain matin, Blaise Meredith quitta Rome pour la Calabre. Ses bagages se composaient d'une petite valise de vêtements, et d'un porte-documents contenant son bréviaire, ses carnets et une lettre d'introduction du Préfet de la Congrégation des Rites, pour Mgr l'évêque de Valenta. Il avait devant lui un voyage de dix heures, et le *rapido* était chaud et poussiéreux et encombré de Calabrais revenant d'un pèlerinage organisé à la Cité sainte.

Les plus pauvres étaient entassés comme du bétail dans les voitures de deuxième classe, tandis que les plus fortunés s'étaient glissés en première classe et avaient envahi avec leurs bagages les sièges et les filets. Meredith se trouva solidement calé entre une forte matrone en robe de soie et un ecclésiastique au visage basané, qui mâchait bruyamment des pastilles puisées dans un paquet. Les sièges en face de lui étaient occupés par un villageois, sa femme et quatre enfants qui criaient comme des cigales et se jetaient dans les jambes de tout le monde. Les fenêtres étaient fermées et l'atmosphère était désagréable et suffocante.

Meredith sortit son bréviaire et commença à lire son office avec une farouche concentration. Dix minutes après la sortie de la gare centrale de Rome, il y renonça, dégoûté. L'air vicié lui donnait des nausées; le vacarme du train et les cris stridents des enfants résonnaient douloureusement dans sa tête. Il essaya de s'assoupir, mais la corpulente matrone changeait de position, gênée par sa robe serrée, et les bruyantes mastications du prêtre l'irritèrent à tel point qu'il aurait crié. Vaincu et l'estomac bouleversé, il se débattit pour quitter sa place et aller dans le couloir, où il resta debout, appuyé contre le panneau à regarder le paysage.

Celui-ci était vert maintenant, avec le premier éclat du printemps. Les traces d'érosion et de labourage étaient couvertes par la verdure nouvelle, le stuc des façades avait été lavé et nettoyé par les pluies et décoloré par le soleil, et même les ruines des aqueducs et les vieilles villas romaines avaient des taches de mousse nouvelle et d'herbes folles qui avaient poussé sur leurs pierres usées par les intempéries. Le miracle périodique du renouveau était plus éclatant ici que dans n'importe quel autre pays du monde. La terre était, ici, fatiguée, exploitée jusqu'à l'épuisement depuis des siècles, ses collines érodées, ses arbres abattus, ses fleuves desséchés, son sol saigné jusqu'à ne plus être que poussière, cependant chaque année en quelque sorte, elle faisait cette brève et courageuse exposition de feuilles, d'herbes et de fleurs. Dans les montagnes mêmes, sur les pentes de tuffeau, crevassées, trop pauvres pour y faire paître des chèvres, il y avait encore de petites taches de vert pour rappeler un passé de fertilité.

Si on pouvait laisser un peu reposer la terre, pensait Meredith, si on pouvait la débarrasser de ses prolifiques tribus durant un demi-siècle, elle pourrait reprendre vie de nouveau. Mais cela n'arrivera jamais. Les gens se reproduiraient et se reproduiraient tandis que la terre mourrait sous leurs pieds — lentement en vérité, pourtant trop vite pour que les techniciens et les agronomes puissent la restaurer.

Les échappées de vue ensoleillées commencèrent à lui fatiguer les yeux et Meredith porta son regard, d'un bout à l'autre du couloir, sur ceux qui avaient quitté les compartiments, chassés par la fumée, le salami rance, l'ail et l'odeur des corps mal lavés. Il y avait un homme d'affaires napolitain avec un pantalon en tuyaux de poêle, une courte veste et un flamboyant zircon sur un doigt potelé, un touriste allemand avec d'épaisses chaussures et un Leica de prix, deux Françaises à la poitrine plate, un étudiant américain à la tête tondue et au visage couvert de taches de rousseur, et, près des lavabos, un couple d'amoureux provinciaux qui se tenaient les mains.

Ce furent les amoureux qui retinrent son attention. Le jeune homme était un fruste paysan du sud, basané comme un Arabe, aux yeux flamboyants et aux mains volubiles. Son pantalon de coton léger moulait ses flancs, et sa chemise trempée de sueur collait à sa poitrine, de telle sorte que toute sa masculinité se révélait de façon suggestive. La femme était petite et brune comme lui, la taille et les chevilles épaisses, mais sa poitrine pleine et ferme tendait le corsage échancré de sa robe. Ils se tenaient en face l'un de l'autre dans l'étroit couloir, leurs mains enlacées comme une barrière contre toute intrusion, leurs yeux aveugles à tout ce qui n'était pas eux, leurs corps détendus et se balançant au rythme du train. Leur visible passion ne donnait cependant pas l'impression d'impatience. Le garçon était avantageux comme un coq, néanmoins sûr de sa possession. La femme était satisfaite de lui et d'elle-même, dans la petite éternité secrète d'un amour neuf.

En les regardant, Blaise Meredith fut pris d'une vague nostalgie pour un passé qui ne lui avait jamais appartenu. Qu'avait-il connu de l'amour à part une définition théologique et une faute murmurée dans un confessionnal? Quel sens pouvait avoir son conseil devant cette franche et érotique communion qui, par une disposition divine, était le commencement de la vie et la garantie de la perpétuation humaine? Bientôt, cette nuit même, peut-être, ces deux-là dormiraient ensemble de cette petite mort de laquelle jaillirait une vie nouvelle — un corps nouveau, une âme nouvelle. Mais Blaise Meredith dormirait seul avec tous les mystères de l'univers, réduits dans son cerveau à un syllogisme scolastique. Qui avait raison, lui ou eux? Qui était plus proche du divin dessein? Il n'y avait qu'une seule réponse. Eugenio Marotta avait raison. Lui, Meredith, s'était isolé de la famille humaine. Ces deux-là allaient de l'avant pour la renouveler et la perpétuer.

Ses pieds commençaient à le brûler. Son dos lui

faisait mal. La petite douleur énervante recommença dans le creux de son estomac. Il lui fallait s'asseoir et se reposer un moment. Comme il essayait de se frayer un chemin pour reprendre sa place, il trouva le prêtre calabrais lancé à fond dans un sermon : « ... Un homme merveilleux, le Saint-Père, un saint à juste titre. J'étais tout près de lui à Saint-Pierre. J'aurais pu tendre la main et le toucher. On pouvait sentir la puissance qui se dégageait de lui. Merveilleux... merveilleux!... Nous devrions remercier Dieu chaque jour de notre vie pour le privilège qui nous a été accordé par ce pèlerinage. »

Un flot de menthe envahit le compartiment. Blaise Meredith ferma les yeux et pria pour un peu de silence, mais la grosse voix calabraise continua à bourdonner sans arrêt :

« ... Venir à Rome, marcher sur les traces des pas des martyrs et s'agenouiller sur la tombe de Pierre, quelle autre expérience pouvait égaler ceci? Ici, on voit l'Église, telle qu'elle est réellement, une armée de prêtres, de moines et de nonnes, se préparant à conquérir le monde pour le Christ... »

Si c'est la manière dont nous le conquérons, pensa avec irritation Meredith, que Dieu aide le monde! Cette sorte de mômerie n'a jamais fait de bien à qui que ce soit. Ce gaillard parle comme un voyageur de commerce. Si seulement il se taisait et pensait un peu.

Mais le Calabrais était bien lancé maintenant et la présence d'un ecclésiastique le poussa au contraire, à de plus grands efforts.

— On a raison d'appeler Rome la Ville sainte. L'esprit du grand Pontife veille sur elle, nuit et jour. Notez bien, tous les saints ne sont pas à Rome. Oh non! Même dans notre petite province nous avons un saint — pas encore officiel — mais véritable. Ah oui, bien véritable!

Blaise Meredith eut instantanément l'esprit en éveil. Son irritation disparut et il attendit attentivement la suite.

— Déjà le procès de béatification a été ouvert. Giacomo Nerone. Vous avez entendu parler de lui peut-être? Non? Une étrange et merveilleuse histoire. Nul ne sait d'où il est venu, mais il a fait son apparition un jour dans le village, comme un homme envoyé par Dieu. Il a construit de ses mains un petit ermitage et s'est consacré à la prière et aux bonnes œuvres. Lorsque les communistes sont venus occuper le village après la guerre, ils l'ont tué. Il est mort en martyr pour la défense de la Foi. Et depuis sa mort, une série de miracles ont eu lieu sur sa tombe. Les malades ont été guéris; des pécheurs se sont repentis : signes certains de la faveur du Tout-Puissant.

Blaise Meredith ouvrit les yeux et demanda innocemment :

— L'avez-vous connu, Père?

Le Calabrais lui décocha un regard rapide, soupçonneux.

— Si je l'ai connu? Eh bien! pas personnellement. Quoique, bien entendu, je sache beaucoup sur lui. Je suis de Cosenza, moi-même. Le diocèse voisin.

— Je vous remercie, dit poliment Blaise Meredith, et il referma les yeux.

Le Calabrais changea de position, mal à l'aise sur son siège, et puis se leva pour aller aux toilettes. Meredith profita de son absence pour étendre les jambes et appuyer sa tête qui lui faisait mal, contre le dossier rembourré. Il n'eut aucun regret de ce qu'il venait de faire. Plus que jamais à présent, ce genre de boniment lui déplaisait. C'était une sorte de jargon ecclésiastique, une rhétorique avilie qui n'expliquait rien, mais jetait le discrédit sur la vérité. Cela soulevait un tas de questions, sans en résoudre aucune. La massive structure de la raison et de la révélation sur laquelle l'Église était fondée, était réduite à une incantation rituelle, confuse, stérile et essentiellement fausse. Piété à la menthe. Elle ne trompait personne, excepté l'homme qui la colportait. Elle ne satisfaisait que les vieilles dames et les candides jeunes filles; elle fleurissait cependant plus vigoureusement, là où l'Église s'était le plus solidement retranchée derrière l'ordre établi. C'était le signe de l'accommodement, du compromis, du relâchement chez le clergé, qui trouvait plus facile de prêcher la dévotion que d'affronter les problèmes sociaux et moraux du temps. Elle cachait la fatuité et le manque d'instruction. Elle laissait les gens dénudés et désarmés devant de terrifiants mystères : la douleur, la passion, la mort, le grand « peut-être » de l'au-delà.

Le Calabrais basané revint, tripotant maladroitement les boutons de sa soutane, et décidé à reprendre sa place devant son auditoire et le Monseigneur aux joues creuses. Il s'assit, se moucha bruyamment et donna une tape discrète sur le genou de Meredith.

— Vous êtes de Rome, Monseigneur?

— De Rome? Oui. Il était pris dans le filet par cette intrusion aux dépens de son repos, et son ton fut tranchant, mais le Calabrais était un homme au sens pratique, aveugle à tout obstacle.

— Mais vous n'êtes pas Italien?

— Non, je suis Anglais.

— Ah! un visiteur du Vatican? Un pèlerin?

— Je travaille là, répondit froidement Meredith.

Le Calabrais lui adressa un fraternel sourire qui découvrit une bouche pleine de dents cariées.

— Vous avez de la chance, Monseigneur. Vous avez des avantages qui nous sont refusés à nous, pauvres gens de la campagne. Nous peinons sur des acres pierreuses, pendant que vous cultivez les riches pâturages de la cité des saints...

— Je ne cultive rien, lui répondit sèchement Meredith. Je suis attaché à la Congrégation des Rites et Rome n'est pas la cité des saints pas plus que Paris ou Berlin. C'est un lieu gardé où règne un ordre relatif, parce que le Pape insiste sur les droits que lui confère le Concordat pour en préserver le caractère sacré, en tant que centre de la chrétienté. C'est tout.

Le Calabrais était aussi rusé qu'un blaireau. Il ignora la rebuffade et saisit rapidement le nouveau sujet qu'on lui présentait.

— Vous m'intéressez beaucoup, Monseigneur. Vous vivez naturellement dans un monde plus vaste que le mien. Vous avez beaucoup plus l'expérience des choses. Mais j'ai toujours dit que la vie simple de la campagne est plus propice à la sainteté que le remue-ménage mondain d'une grande ville. Vous travaillez à la Congrégation des Rites. Vous vous occupez, je présume, des causes des saints et des *beati*. N'est-ce pas?

Meredith était pris au piège et il le savait. Il serait finalement mis au supplice d'une conversation. S'y soumettre tout de suite lui épargnerait du temps et de l'énergie, puis à Formio ou à Naples, il essayerait de changer de place. Il répondit sèchement :

— Toute mon expérience me permet de dire que les saints sont découverts dans les lieux les plus invraisemblables et aux périodes qui promettaient le moins.

— Exactement! C'est ce qui m'a tellement intéressé au sujet de notre serviteur de Dieu, Giacomo

Nerone. Vous connaissez l'endroit où il a vécu, Gemelli dei Monti?

— Je n'y suis jamais allé.

— Mais vous savez ce que signifie le nom?

— Ce qu'il dit, j'imagine... les montagnes jumelles.

— Précisément. Des villages jumeaux, situés sur les pointes d'une colline dans une des régions les plus désolées de la Calabre. Gemello Minore est la petite ville. Gemello Maggiore est la grande. Elles sont à environ 60 kilomètres de Valenta, et la route est un cauchemar. Les villageois sont aussi pauvres que n'importe quel villageois de notre province; du moins l'étaient-ils jusqu'au moment où la renommée du serviteur de Dieu commença à s'étendre.

— Et alors? En dépit de lui-même, Meredith se découvrit un intérêt stimulé.

— Ah alors!... La main velue du Calabrais était levée dans un geste de prédicateur. Alors une chose étrange arriva. Giacomo Nerone avait vécu et travaillé à Gemello Minore. C'est dans ce village qu'il fut trahi et tué. Son corps fut secrètement porté dans une grotte à Gemello Maggiore où il fut enterré. Depuis ce temps, Gemello Minore est tombé de plus en plus profondément dans la ruine et la pauvreté, tandis que Gemello Maggiore devenait chaque jour plus prospère. Ils ont une nouvelle église, un hôpital, une auberge pour les touristes et les pèlerins. C'est comme si Dieu se vengeait, en punissant ceux qui ont trahi et en récompensant ceux qui ont donné sépulture au corps du serviteur de Dieu. N'êtes-vous pas du même avis?

— C'est une supposition gratuite, lui répondit Meredith avec une légère ironie. La prospérité n'est pas toujours le signe de la faveur divine. Elle pourrait être le résultat de quelque adroite instigation, de la part du maire, des citoyens, et même du curé de la paroisse. Ces choses-là sont arrivées.

Le Calabrais rougit de colère devant cette imputation et se lança dans une réfutation passionnée.

— Vous vous avancez trop, Monseigneur. Des hommes sages et pieux ont examiné cette affaire... des hommes qui comprennent notre peuple. Vous opposerez-vous à eux?

— Je ne m'oppose à personne, répondit doucement Meredith. Je désapprouve, simplement, tout jugement téméraire et toute doctrine douteuse. Les saints ne sont pas faits d'après le verdict populaire, mais par décision canonique. C'est pour cette raison que je vais en Calabre maintenant, pour agir en tant que Promoteur de la Foi dans la Cause de Giacomo Nerone. Si vous avez n'importe quelle preuve de première main à offrir je serais heureux de la recevoir, dans la forme appropriée.

Le prêtre resta bouche bée un moment, puis son assurance s'écroula et il murmura de confuses excuses auxquelles leur arrivée à Formio coupa miséricordieusement court.

Ils avaient vingt minutes d'attente pour le train qui arrivait du Nord, ce qui donna à Meredith l'occasion de se dégourdir les jambes et la grâce d'avoir honte de lui-même.

Qu'avait-il gagné par cette mesquine victoire dialectique sur un curé de campagne? Le Calabrais était un raseur — et, pire que cela, un raseur pieux — mais Blaise Meredith était un dyspeptique intellectuel, sans aucune charité en lui. Il n'avait rien gagné et n'avait rien donné, et il avait manqué la première chance d'apprendre quelque chose, concernant l'homme sur la vie duquel il était chargé d'enquêter.

Tandis qu'il arpentait le quai ensoleillé et observait les voyageurs provinciaux, serrés autour du vendeur de limonade, il se demanda pour la centième fois quel était le défaut qui l'empêchait de communiquer facilement avec ses semblables. D'autres prêtres, il le savait, trouvaient un énorme plaisir dans le dialecte cru, salé d'une conversation paysanne. Ils recueillaient des perles de sagesse et d'expérience à une table de fermier ou à l'occasion d'un verre de vin pris dans la cuisine d'un ouvrier. Ils parlaient avec la même familiarité aux prostituées du Trastevere, au langage cru, et aux signori distingués du Parioli. Ils prenaient autant de plaisir à l'humeur libertine du marché aux poissons qu'à l'esprit prodigué à une table de cardinal. Ils étaient bons prêtres aussi et ils faisaient beaucoup pour leurs ouailles, avec une singulière satisfaction pour eux-mêmes.

Quelle était la différence entre lui et eux? Passion, lui avait dit Marotta. La capacité d'aimer, de désirer, de sentir la peine des autres et de partager leur joie. Le Christ a mangé et bu du vin avec des racoleurs et des filles de taverne, mais Mgr Meredith, son disciple par profession, avait vécu seul, parmi les volumes poussiéreux de la bibliothèque du Palais des Congrégations. Et à présent, dans cette dernière année de sa vie, il était encore seul, avec une petite mort grise qui poussait dans son ventre, et nul être au monde pour lui tenir compagnie.

Le chef de gare siffla et Meredith monta dans le train pour transpirer durant tout le long et humide voyage : Naples, Nocera, Salerno, Eboli, Cassano, Cosenza et, tard dans la soirée, Valenta, où l'attendait l'évêque, pour l'accueillir.

Aurelio, l'évêque de Valenta, fut une surprise, et de plusieurs façons. C'était un homme grand, maigre, dans sa vigoureuse quarantaine. Ses cheveux, d'un gris fer, étaient soigneusement brossés et ses fins traits aquilins reflétaient l'intelligence et de l'humour. Il était du Trentin, ce qui paraissait un choix curieux pour un diocèse du Sud, et avant son transfert, il avait été auxiliaire du Patriarche de Venise. Il attendait à la station avec sa voiture privée, et au lieu de se diriger vers la ville, il emmena Meredith à une douzaine de kilomètres de là, dans une belle villa qui se dressait au milieu d'un champ d'orangers et d'oliviers, avec vue sur une vallée où un étroit cours d'eau brillait faiblement sous la lune.

— Une expérience, expliqua-t-il dans un anglais métallique. Une expérience d'éducation pratique. Ces gens s'imaginent que le clergé naît en soutane, et que son seul talent est de réciter des Pater et des Ave et de balancer des encensoirs dans la cathédrale. Je suis né dans le Nord. Mes parents étaient des fermiers montagnards, de bons fermiers. J'ai acheté cette parcelle de terrain à un propriétaire paysan qui était endetté jusqu'au cou, et je la cultive avec une demi-douzaine de garçons, à qui j'essaye d'apprendre les rudiments de l'agriculture moderne. C'est une lutte, mais je crois que je gagne. J'ai fait aussi de cette villa ma résidence officielle. L'ancienne était désespérément vieux style... juste au milieu de la ville, près de la cathédrale. Je l'ai donnée à mon vicaire général. Il est de la vieille école, il l'adore.

Meredith rit tout bas, gagné par la contagieuse bonne humeur du prêtre. L'évêque lui lança un rapide regard pénétrant.

— Êtes-vous surpris, Monseigneur?

— Agréablement, répondit Meredith. Je m'attendais à quelque chose de tout à fait différent.

— Du Louis XV baroque? Velours et brocart, et chérubins dorés dont la peinture est écaillée par-derrière?

— Quelque chose de semblable, oui.

L'évêque arrêta la voiture devant le portique en

stuc de la villa et resta un moment derrière le volant, regardant la pente où le clair de lune argentait la cime des arbres. Il dit tranquillement :

— Vous en trouverez plus qu'il n'en faut ici, dans le Sud... formalisme, féodalisme, réaction, des vieux suivant les vieilles formules parce qu'elles paraissent plus sûres et qu'ils ne sont pas préparés aux nouvelles. Ils considèrent la pauvreté et l'ignorance comme des croix à porter et non comme des injustices auxquelles il faut remédier. Ils croient que plus le nombre de prêtres, de moines, de nonnes est grand, plus le monde y gagne. Je préférerais qu'il y en ait moins et qu'ils soient meilleurs. Je préférerais avoir moins d'églises et voir plus de gens y aller.

— Moins de saints aussi? demanda avec douceur Meredith.

L'évêque leva vivement la tête, puis éclata de rire :

— Rendons grâce à Dieu pour les Anglais! Une petite tramontane sceptique nous ferait beaucoup de bien en ce moment. Vous vous demandez pourquoi un homme tel que moi se chargerait-il de la cause de Giacomo Nerone?

— Franchement, oui.

— Gardons cela pour la poire et le fromage, répondit sans malice Son Excellence.

Un domestique en veste blanche ouvrit la portière de la voiture et les précéda dans la maison.

— Dîner dans une demi-heure, dit Son Excellence. J'espère que vous trouverez votre chambre confortable. Au matin vous pourrez plonger du regard dans la vallée, et voir ce que nous avons accompli.

Il prit congé, et le domestique conduisit Meredith à l'étage supérieur jusqu'à une grande chambre d'hôte aux portes-fenêtres ouvertes sur un étroit balcon.

Meredith fut frappé par la ligne nette, moderne, des meubles, et par la force austère qui se dégageait du crucifix de bois, au-dessus du prie-Dieu dans le coin. Des livres neufs, français, italiens et anglais, couvraient une étagère, et un exemplaire de l'*Imitation de Jésus-Christ* se trouvait sur la table de nuit. Une porte de la chambre donnait sur une salle de bains nouvellement carrelée, et dans laquelle se trouvaient les toilettes et un renfoncement pour la douche. Son Excellence avait les instincts d'un constructeur et le bon goût d'un artiste. Il avait aussi le sens de l'humour, vertu trop rare dans l'Église italienne.

Tandis qu'il prenait son bain et se changeait, Meredith sentit la fatigue et la déception du voyage tomber comme une dépouille; même la douleur irritante de sa maladie semblait se calmer, et il se surprit à attendre avec plaisir et curiosité, le dîner avec l'évêque. Ce fut un repas simple — *antipasto, zuppa di verdura* et poulet rôti, des fruits du pays, et un piquant fromage de campagne — mais c'était finement préparé et servi avec soin, et le vin était un Barolo corsé, des vignobles du Nord. La conversation qui agrémenta le repas fut encore plus subtile, un assaut d'esprit entre deux experts, l'évêque de Valenta essayant les premières pointes.

— Jusqu'à votre arrivée, mon cher Meredith, je commençais à croire que j'avais commis une erreur.

— Une erreur?

— En faisant appel à Rome pour m'aider. Cela entraînait à une concession, voyez-vous, un certain sacrifice de mon autonomie.

— Cela vous coûtait-il tellement, Monseigneur?

L'évêque inclina gravement la tête.

— Cela aurait pu, oui. Les modernistes et les réformateurs sont toujours suspects, particulièrement ici, dans le Sud. S'ils réussissent, ils deviennent un reproche à leurs collègues plus conservateurs. S'ils échouent, ils deviennent un exemple. Ils ont essayé de trop faire et trop vite. Aussi ai-je toujours trouvé qu'il était plus sage de faire à ma façon et de garder mes affaires pour moi seul, et de laisser les détracteurs faire le premier geste.

— En avez-vous beaucoup?

— Quelques-uns, oui. Les propriétaires terriens ne m'aiment pas, et ils ont de puissants appuis à Rome. Le clergé me trouve trop rigide en matière de morale et trop indifférent aux rites et traditions locaux. Mon métropolitain est monarchiste, je suis socialisant modéré. Les politiciens n'ont pas confiance en moi, parce que je prêche que le parti est moins important que l'individu qui le représente. Ils font des promesses. Je tiens à constater qu'ils les tiennent. Lorsqu'ils ne les tiennent pas, je proteste.

— Êtes-vous soutenu à Rome?

Les lèvres minces de Son Excellence se détendirent dans un sourire.

— Vous connaissez Rome mieux que moi, mon ami. Ils attendent les résultats, et les résultats d'une politique comme la mienne dans une région comme celle-ci peuvent ne pas se montrer pendant dix ans. Si je réussis, tant mieux. Si j'échoue — ou me trompe à un moment mal choisi — ils hocheront la tête en hommes sages, et diront qu'ils s'attendaient à cela depuis des années. Aussi, je préfère les laisser dans la conjecture. Moins ils en savent, plus je suis libre.

— Mais alors, pourquoi avez-vous écrit au cardinal Marotta? Pourquoi avez-vous demandé des prêtres de Rome comme Postulateur et Promoteur de la Foi?

Son Excellence joua avec son verre de vin en en faisant tourner le pied entre ses doigts longs, sensitifs, observant la lumière qui se réfractait à travers le liquide rouge sur la nappe neigeuse. Il dit avec beaucoup d'attention :

— Parce que c'est un terrain nouveau pour moi. Je comprends la bonté, mais je suis peu familiarisé avec la sainteté. Je crois au mysticisme, mais je n'ai eu aucune expérience des mystiques. Je suis du Nord, un pragmatique de nature et d'éducation. Je crois aux miracles, mais je ne m'attendais pas à les voir s'accomplir à ma porte. C'est pourquoi j'ai fait appel à la Congrégation des Rites. Il sourit de façon désarmante. — Vous êtes expert en ces matières.

— Était-ce là la seule raison?

— Vous parlez comme un inquisiteur, dit Son Excellence avec une fausse bonne humeur. Quelle autre raison devrait-il y avoir?

— La politique, répondit carrément Meredith. Les élections politiques.

A la surprise de Meredith, l'évêque rejeta la tête en arrière et rit de tout cœur.

— Ainsi, c'est cela. Je me demandais pourquoi Son Éminence était tellement bien disposé à m'aider. Je me demandais pourquoi il avait envoyé un Anglais au lieu d'un Italien, et un prêtre séculier au lieu d'un triste barnabite. Habile de sa part. Mais j'ai bien peur qu'il ne se trompe.

Le sourire mourut soudainement sur ses lèvres et il devint sérieux de nouveau. Il posa son verre de vin et ouvrit les mains dans un geste éloquent d'explication.

— Il se trompe tout à fait, Meredith. Voilà ce qui arrive à Rome. Les stupides deviennent encore plus stupides, et les intelligents tels que Marotta, deviennent trop intelligents pour le bien de tous les autres. Il y a deux raisons pour lesquelles je m'intéresse à ce cas. La première est simple et officielle. C'est un culte non autorisé. Je dois enquêter là-dessus, pour l'approuver ou le condamner. La seconde n'est pas de moitié aussi simple, et on ne la comprendrait pas en haut lieu.

— Marotta le pourrait, répondit tranquillement Meredith. Je le pourrais aussi.

— Pourquoi seriez-vous différents, vous deux?

— Parce que Marotta est un sage vieil humaniste, et parce que je dois mourir, dans douze mois, d'un cancer.

Aurelio, l'évêque de Valenta, s'adossa à sa chaise et étudia le visage pâle, tiré, de son visiteur. Un long moment après, il dit avec douceur :

— Je m'étonnais à votre sujet. A présent, je commence à comprendre. Parfait. J'essayerai d'expliquer. Un homme près de mourir devrait être au-dessus du scandale, même venant d'un évêque. Je crois que l'Église dans cette région, a un sévère besoin de réforme. Je pense que nous avons trop de saints et pas assez de sainteté, trop de cultes et pas assez de catéchisme, trop de médailles et pas assez de médicaments, trop d'églises et pas assez d'écoles. Nous avons trois millions de chômeurs et trois millions de femmes vivant de prostitution. Nous contrôlons l'État par l'entremise du parti chrétien-démocrate et de la banque du Vatican; cependant nous encourageons une dichotomie qui donne la prospérité à la moitié du pays, et laisse l'autre moitié pourrir dans la misère. Notre clergé est peu instruit et peu sûr, et pourtant nous crions contre les anticléricaux et les communistes. Un arbre se reconnaît à ses fruits, et je crois qu'il vaut mieux ordonner une nouvelle et équitable répartition sociale que de proclamer un nouvel attribut de la Sainte Vierge. La première est une application nécessaire d'un principe moral, la seconde est simplement une définition d'une croyance traditionnelle. Nous, religieux, sommes plus jaloux de nos droits selon le concordat, que des droits de notre peuple, selon la loi naturelle et divine... Est-ce que je vous choque, Monseigneur?

— Vous m'encouragez, répondit Blaise Meredith. Mais, pourquoi voulez-vous un nouveau saint?

— Je ne veux pas, répondit l'évêque avec une surprenante énergie. Le cas m'a été confié, mais j'espère de tout cœur qu'il échouera. Le maire de Gemello Maggiore a recueilli quinze millions de lires pour faire avancer la Cause, mais je ne peux lui en tirer un millier pour un orphelinat du diocèse. Si Giacomo Nerone est béatifié, ils voudront une nouvelle église pour le loger, et moi, j'ai besoin de religieuses infirmières, d'un conseiller agronome et de vingt mille arbres fruitiers de Californie.

— Mais alors, pourquoi avez-vous demandé l'aide de Son Éminence?

— C'est un principe à Rome, mon cher Meredith. Vous obtenez toujours le contraire de ce que vous demandez.

Blaise Meredith ne sourit pas. Une nouvelle et troublante pensée prenait forme dans son esprit. Il fut silencieux pendant un moment, essayant de trouver les mots qu'il fallait pour l'exprimer.

— Mais si le cas est prouvé? Si Giacomo Nerone est réellement un saint et un faiseur de merveilles?

— Je suis un pragmatique, comme je vous l'ai dit, répondit l'évêque, en le regardant de côté avec humour. J'irai aux faits. Quand voudriez-vous commencer à travailler?

— Immédiatement, répondit Meredith. Mon temps est compté. J'aimerais consacrer quelques jours à étudier les documents. Ensuite j'irai à Gemelli dei Monti pour recueillir les témoignages.

— Je vous ferai remettre les dossiers dans votre chambre demain matin. J'aime à penser que vous considérerez cette maison comme la vôtre, et moi-même comme votre ami.

— Je vous suis reconnaissant, Monseigneur, plus reconnaissant que je ne puis l'exprimer.

— Il n'y a rien qui demande de la reconnaissance. L'évêque sourit en signe de protestation. Je serai heureux d'avoir votre compagnie. J'ai le sentiment que nous avons beaucoup de choses en commun. Oh!... il y a un petit conseil que je voudrais vous donner.

— Oui?

— C'est mon opinion personnelle, vous ne découvrirez pas la vérité sur Giacomo Nerone à Gemello Maggiore. On le vénère là. On tire profit de sa mémoire. A Gemello Minore, c'est une tout autre histoire, à condition que vous parveniez à vous la faire raconter. Jusqu'à présent, nul d'ici n'y a réussi.

— Y a-t-il une raison?

— Il vaut mieux que vous demandiez les raisons vous-même, mon ami. Comme vous le voyez, je suis plutôt prévenu. Il repoussa sa chaise et se leva. Il est tard et vous devez être fatigué. Je vous conseille de ne pas vous lever tôt, demain matin. Je vous ferai monter votre petit déjeuner dans la chambre.

Blaise Meredith fut touché par la noble courtoisie de l'homme. Il était avare de sa confiance et jaloux de son intimité, mais il dit très humblement :

— Je suis un homme malade, Monseigneur, je me sens soudainement très seul. Vous m'avez réconforté. Je vous en remercie.

— Nous sommes frères dans une grande famille, dit affectueusement l'évêque. Mais, étant célibataires, nous devenons égoïstes et singuliers. Je suis heureux de vous rendre service. Bonne nuit... et rêves dorés.

Seul dans la grande chambre d'amis, le clair de lune entrant à flots par les fenêtres ouvertes à deux battants, Blaise Meredith se prépara pour une autre nuit. Le déroulement de ses nuits lui était devenu familier, maintenant, mais non moins effrayant. Il resterait éveillé jusqu'à minuit, puis viendrait le sommeil, factice et sans repos. Avant que les coqs aient chanté la prime aube, il se lèverait, le ventre tendu de douleur, la bouche pleine du goût amer de la bile et du sang. Il lutterait avec peine pour arriver jusqu'aux toilettes, épuisé, avec des haut-le-cœur, puis, il se bourrerait de médicaments opiacés et retournerait au lit. Juste avant le lever du soleil, il se rendormirait — une ou deux heures tout au plus — pas assez pour se reposer, mais suffisamment pour maintenir en circulation dans ses artères le flot ralenti et diminué de la vie.

C'était un étrange mélange de terreurs : la peur de la mort, la honte de la lente dissolution, la mystérieuse solitude du croyant devant Dieu sans visage qu'il admettait sans le voir, mais qu'il devait bientôt affronter, sans voiles et magnifique, pour le jugement. Il ne pouvait fuir ces terreurs dans le sommeil, et il ne pouvait les exorciser par la prière, depuis que la prière était devenue un acte stérile de la volonté, incapable d'étouffer sa souffrance ou d'y mettre un baume.

Aussi, ce soir, en dépit de sa fatigue, essaya-t-il de retarder son purgatoire. Il se déshabilla, mit son pyjama, ses pantoufles et sa robe de chambre et sortit sur le balcon.

La lune était haute sur la vallée, vaisseau de vieil argent, placide sur une mer lumineuse. Les orangeraies luisaient d'une froide lumière, et les feuilles d'oliviers, dans la masse confuse des ombres, étincelaient comme des pointes de dagues. Au-dessous d'eux, l'eau s'étalait, unie et pleine d'étoiles, derrière une barricade de bûches et de blocaille entassées, tandis que les bras de la montagne encerclaient tout cela comme des remparts, pour l'abriter du chaos des siècles.

Blaise Meredith considéra le travail accompli par l'évêque et le trouva honnête. Honnête en lui-même, honnête de la part de l'homme qui l'avait fait. L'homme ne vit pas seulement de pain, mais il ne peut vivre sans pain. Les anciens moines avaient eu la même idée. Ils dressaient la croix au milieu d'un désert, et puis cultivaient du blé et des arbres fruitiers, de sorte que le symbole stérile fleurissait et devenait verte réalité. Ils savaient, mieux que la plupart des autres, que l'homme est une créature de chair et d'esprit, mais que l'esprit ne peut agir que dans la chair et par elle. Quand le corps est malade, la responsabilité morale de l'homme est réduite. L'homme est un roseau pensant, mais le roseau doit être solidement planté dans la terre noire, arrosé à ses racines, réchauffé par le soleil.

Aurelio, l'évêque de Valenta, était un pragmatique, mais un pragmatique chrétien. Il était l'héritier de la tradition la plus ancienne et la plus orthodoxe de l'Église : que la terre et l'herbe et l'arbre et l'animal sont le résultat du même acte créateur qui fit l'homme. Ils sont bons en eux-mêmes, parfaits dans leur nature et dans les lois qui règlent leur croissance et leur dépérissement. Seul un mauvais usage de l'homme peut les avilir en instruments du mal. Planter un arbre, c'est par conséquent un acte divin. Faire prospérer la terre stérile, c'est prendre part à l'acte de création. Enseigner ces choses aux autres hommes, c'est les faire participer aussi à un plan divin... Pourtant, Aurelio, l'évêque de Valenta, était suspect à plusieurs de ses collègues.

C'est le mystère de l'Église : qu'elle maintienne dans une unité organique des humanistes comme Marotta, des formalistes comme Blaise Meredith et des imbéciles comme le Calabrais, des réformateurs, des rebelles et des conformistes puritains, des papes politiciens et des sœurs infirmières, des prêtres mondains et des fervents anticléricaux. Elle demande un assentiment ferme à une doctrine définie, et permet une extraordinaire divergence dans la discipline.

Elle impose la pauvreté à ses prêtres, et joue cependant aux Bourses des valeurs internationales par l'entremise de la Banque du Vatican. Elle prêche le détachement du monde, et accumule pourtant les propriétés, comme n'importe quelle société publique. Elle pardonne à ceux qui commettent l'adultère et excommunie les hérétiques. Elle est dure envers ses propres réformateurs et signe des concordats avec ceux qui cherchent à la détruire. C'est la communauté où la vie est la plus dure, pourtant tous ses membres désirent mourir dans son sein, et, pape, cardinal ou laveuse, ils acceptent avec gratitude leur viatique du plus humble prêtre de campagne.

Elle est un mystère et un paradoxe, cependant Blaise Meredith était plus loin de le comprendre et de l'accepter qu'il ne l'avait été depuis vingt ans. C'est ce qui le troublait. Quand il avait été bien portant, son esprit s'était naturellement plié à accepter l'idée de l'intervention divine dans les problèmes humains. Maintenant que la vie s'écoulait lentement de lui, il se surprenait à s'accrocher désespérément à la plus simple manifestation de continuité physique, un arbre, une fleur, un lac paisible sous un éternel clair de lune.

Une faible brise souffla sur la vallée, agitant les feuilles sèches, troublant les étoiles sur l'eau. Meredith frissonna dans le froid soudain et rentra en fermant la porte-fenêtre derrière lui. Il s'agenouilla sur le prie-Dieu, sous l'image en bois du Christ, et commença à prier...

Pater noster qui es in cœlis...

Mais le ciel, si le ciel existait, lui restait muré, et il n'y eut pas de réponse de ce Père sans visage à son fils mourant.

III

LE Dr Aldo Meyer se tenait à la porte de sa maison et observait le village qui s'éveillait paresseusement pour une nouvelle journée.

D'abord, la vieille Nonna Patucci ouvrit sa porte et regarda de haut en bas la rue pavée, puis traversa la route d'un pas mal assuré et vida son pot de chambre par-dessus le mur, sur la terrasse de vignes au-dessous. Ensuite elle rentra furtivement, comme une sorcière, et referma la porte avec un claquement retentissant. Comme à un signal, Felici le cordonnier sortit, en gilet, pantalon et socques de bois, et se mit, en bâillant et en se grattant les aisselles, à regarder le soleil illuminer le toit du nouvel hôpital de Gemello Maggiore, à deux kilomètres de l'autre côté de la vallée. Après une minute de contemplation, il se racla la gorge bruyamment et cracha par terre, puis se mit à déverrouiller ses volets.

Ensuite la porte de la maison du prêtre s'ouvrit et Rosa Benzoni sortit en se dandinant, grosse et difforme dans une robe noire, pour s'en aller tirer de l'eau à la citerne. Aussitôt qu'elle fut partie, la fenêtre d'en haut s'ouvrit, et la tête grise et ébouriffée du Père Anselmo parut, curieuse comme une tortue faisant sa première prudente exploration de la journée.

Martino le forgeron vint ensuite, trapu, le torse en baril, brun comme une noix, pour ouvrir la porte de son établi et mettre en marche ses soufflets. Quand les premiers coups du marteau commencèrent à retentir sur l'enclume, tout le village était en pleine animation, des femmes vidant leurs seaux d'eaux ménagères, des jeunes filles aux jambes nues flânant vers la citerne avec de grandes bouteilles vertes sur la tête, des enfants à demi nus pissant contre le mur qui bordait la route. Les premiers journaliers descendaient vers les terrasses et les jardins, des vestes déchirées, jetées sur leurs épaules, leur pain et leurs olives enveloppés dans des mouchoirs de coton.

Aldo Meyer observait tout cela, sans curiosité, sans rancune, même quand ils le croisaient en détournant la tête, ou qu'ils faisaient le signe contre le mauvais œil dans la direction de sa porte. C'était la mesure de ses désillusions qu'il pût ignorer leur hostilité et s'attacher cependant comme un animal à des spectacles et des bruits familiers : le battement rythmé du marteau sur l'enclume, le cahotement d'une charrette à âne sur les pierres, les cris stridents des enfants, les querelles des ménagères; les vignes et les oliviers descendant la colline jusqu'aux champs de la vallée, les maisons branlantes disséminées sur le haut de la route, jusqu'à la grande villa qui couronnait le sommet de la colline, l'étincellement de l'aurore sur la ville prospère, perchée sur l'autre colline, où le saint accomplissait des prodiges pour les touristes, tandis que Maria Rossi mourait en couches, avec sa relique sur son corps enflé.

Chaque jour il se promettait de plier bagage le lendemain et de partir — pour un endroit nouveau avec un avenir nouveau — en laissant cette tribu sans grâce à sa stupidité. Mais chaque nuit la résolution l'abandonnait et il s'asseyait pour s'enivrer jusqu'au moment d'aller au lit. La triste vérité était qu'il n'avait nul endroit où aller ni aucun avenir à construire. Le meilleur de lui-même était ici : foi, espoir et charité, prodigués jusqu'à épuisement et gaspillés sur une terre aride, foulés aux pieds par un peuple ingrat et ignorant.

De loin, dans la vallée, il entendit le vrombissement atténué d'une motocyclette, et lorsqu'il se retourna du côté du bruit, il vit une petite Vespa cahotant deux passagers sur la piste, dans un nuage de poussière grise. Le spectacle était assez banal; mais il provoqua chez Aldo Meyer un amusement désabusé. La Vespa et l'automobile de la comtesse étaient les seuls véhicules à moteur à Gemello Minore. La Vespa avait suscité une petite révolution et un ébahissement émerveillé qui dura des semaines. Son conducteur était un personnage excentrique aussi, un peintre anglais, hôte de la comtesse qui vivait dans la villa du haut de la colline et à qui appartenaient toutes les fermes, ainsi qu'une grande partie de Gemello Minore. Le peintre s'appelait Nicholas Black et son passager de l'arrière était un jeune garçon du pays, Paolo Sanduzzi, qui s'était attaché à Black en tant que guide, bête de somme et professeur du dialecte et des coutumes de la région.

Pour les villageois, l'Anglais était *matto* — un individu fou qui déambulait avec un bloc à dessins ou s'asseyait pendant des heures au soleil, pour peindre des oliviers, des rochers écroulés et des vues de ruines. Son habillement était aussi fou que ses habitudes, une chemise rouge vif, un pantalon à la couleur passée, des sandales en corde et un chapeau de paille cabossé, sous lequel un visage de faune souriait en grimaçant au monde autour de lui. Il n'avait même pas l'excuse de la jeunesse, il avait plus de trente ans et lorsque les jeunes filles du village renoncèrent à soupirer sur son passage, des personnes plus âgées commencèrent à faire de grossiers commérages sur ses relations avec la comtesse, qui vivait dans une solitaire splendeur, derrière les grilles de sa villa.

Aldo Meyer entendait les rumeurs mais n'en tenait pas compte. Il était au courant de beaucoup de choses concernant la comtesse et lorsqu'il vivait à Rome, il avait rencontré trop d'artistes et un bon nombre d'Anglais comme Nicholas Black. Paolo Sanduzzi l'intriguait davantage, avec son corps élancé d'Arabe, son visage lisse et ses yeux brillants, rusés et la tyrannie qu'il exerçait sur son excentrique patron, d'autant plus qu'il avait assisté à la naissance du garçon et savait que son père était ce Giacomo Nerone que les gens commençaient à appeler le Saint...

La Vespa s'arrêta au bas du village, l'adolescent en descendit et Meyer l'observa dévaler la pente vers la maison de sa mère, une masure en pierres grossières, bâtie au milieu d'une petite parcelle de jardin et abritée par un bouquet de houx. La Vespa repartit en pétaradant et quelques minutes plus tard, s'arrêta devant la villa du Dr Meyer. Le peintre quitta son siège avec raideur et leva le bras pour une salutation théâtrale :

— *Come va, dottore?* Comment cela va-t-il ce matin? J'aimerais bien une tasse de café, si vous en avez.

— Il y a toujours du café, répondit Aldo Meyer avec un sourire. Autrement comment affronterais-je le lever du soleil?

— Gueule de bois? demanda le peintre avec une malicieuse insolence.

Meyer haussa les épaules et, prenant les devants, traversa la maison, pour sortir dans un petit jardin entouré de murs où un vieux figuier gris faisait office de parasol contre le soleil. Une table rustique était recouverte d'une nappe à carreaux et dressée avec des tasses et des assiettes de poterie calabraise. Une femme penchée dessus posait du pain frais, une tranche de fromage blanc et un bol de petits fruits du pays.

Ses jambes et ses pieds étaient nus à la mode paysanne, et elle portait une robe noire de coton et, sur la tête, un fichu de la même couleur, l'un et l'autre méticuleusement propres. Elle avait les épaules droites, la poitrine profonde et ferme et le visage du plus pur type grec, comme si quelque ancien colon de la côte s'était égaré dans les montagnes et avait pris épouse dans les tribus, pour donner naissance à cette nouvelle race hybride. Elle paraissait trente-six ans, peut-être. Et bien qu'ayant porté un enfant, elle ne s'était pas épaissie comme les femmes de la montagne, et sa bouche et ses yeux étaient curieusement sereins. Lorsqu'elle vit le visiteur, elle sursauta légèrement de surprise et regarda Meyer, l'air interrogateur. Il ne dit rien, mais fit un geste discret de renvoi. Tandis qu'elle rentrait dans la maison, le peintre la suivit des yeux et sourit comme un bouc malin.

— Vous me surprenez, docteur. Où l'avez-vous trouvée? Je ne l'ai jamais vue auparavant.

— Elle est du pays, répondit calmement Meyer. Elle possède une maison, et se tient à l'écart. Elle vient tous les jours faire le nettoyage et la cuisine pour moi.

— J'aimerais bien faire son portrait.

— Je ne vous le conseille pas, dit sèchement Meyer.

— Pourquoi pas?

— C'est la mère de Paolo Sanduzzi.

— Oh! Black rougit et laissa tomber le sujet. Ils

s'assirent devant la table et Meyer versa le café. Il y eut un silence pendant quelques instants, puis Black commença à parler avec volubilité et de façon dramatique.

— Grandes nouvelles de Valenta, *dottore!* J'étais là hier pour acheter des toiles et des couleurs. Tout le village en parle.

— Quelle sorte de nouvelles?

— Votre saint, Giacomo Nerone. On va le béatifier, semble-t-il.

Meyer haussa les épaules avec indifférence et sirota son café.

— Ce n'est pas nouveau. On en parle depuis douze mois.

— Ah! mais c'est ainsi! Le vif visage de faune refléta un sardonique amusement. On a fini de parler et on a commencé un processus officiel. On fait circuler les avis maintenant, en les affichant dans toutes les églises, et on fait appel à toute personne ayant un témoignage à apporter. L'évêque a un hôte chez lui. Un monseigneur de Rome chargé d'entamer la Cause. Il viendra ici dans quelques jours.

— Le Diable l'emporte!

Meyer posa sa tasse avec fracas.

— Êtes-vous sûr de cela?

— J'en suis certain. On en parle dans toute la ville. J'ai vu le personnage, moi-même, dans la voiture de Son Excellence, gris et pincé comme une souris du Vatican. C'est un Anglais, semble-t-il. Aussi ai-je pris sur moi de l'inviter, de la part de la comtesse, à venir habiter chez elle. C'est une pieuse femme, et solitaire comme vous savez.

Il eut un petit rire étouffé et tendit la main pour se verser une autre tasse de café.

— Cet endroit sera célèbre, *dottore*. Vous le serez aussi.

— C'est ce dont j'ai peur, répondit sombrement Meyer.

— Peur?

Les yeux du peintre brillèrent de curiosité.

— Pourquoi auriez-vous peur? Vous n'êtes même pas catholique. Cela ne vous concerne pas.

— Vous ne comprenez pas, répondit avec irritation Meyer. Vous ne comprenez rien du tout.

— Au contraire, mon cher ami! Les longues mains de l'artiste gesticulèrent avec force. Au contraire, je comprends tout. Je comprends ce que vous avez essayé de faire ici et pourquoi vous avez échoué. Je sais ce que l'Église essaye de faire, et pourquoi elle réussira, au moins pour quelque temps. Ce que je ne sais pas — et que je meurs d'envie de voir — c'est ce qu'il adviendra, quand on commencera à mettre au jour la vraie vérité sur Giacomo Nerone. J'avais l'intention de partir la semaine prochaine; mais maintenant, je pense que je resterai. Cela promet d'être toute une comédie.

— D'abord, pourquoi êtes-vous venu dans ce village?

Il y avait un ton de colère dans la voix de Meyer et Nicholas Black le remarqua aussitôt. Il rit et agita une main en l'air.

— C'est très simple. J'avais une exposition à Rome, très réussie même, quoique ce fût en fin de saison. La comtesse était l'une de mes clientes. Elle acheta trois toiles. Puis elle m'invita à venir faire de la peinture ici, pendant quelque temps. J'espère qu'elle financera une autre exposition dans un proche avenir. C'est aussi simple que cela.

— Rien n'est jamais aussi simple que cela, répondit froidement Meyer. Et la comtesse n'est pas une personne simple. Ni vous non plus. Ce que vous considérez comme une comédie de province pourrait bien tourner en tragédie. Je vous conseille de ne pas vous y mêler.

L'Anglais rejeta la tête en arrière et rit.

— Mais j'y suis mêlé, mon cher docteur. Je suis un artiste, un observateur et un historien de la beauté et de la folie du genre humain. Imaginez ce que Goya aurait pu tirer d'une situation comme celle-ci. Heureusement, il est mort depuis longtemps, aussi est-ce mon tour à présent. Il y a là toute une galerie de tableaux, et le titre est tout trouvé : *Béatification*, par Nicholas Black! Toute une exposition sur un seul thème. Un saint de village, les pécheurs du village et tout le clergé jusqu'à l'évêque lui-même. Qu'en pensez-vous?

Aldo Meyer regarda le dos de ses mains, étudiant les brunes taches hépatiques, la peau rugueuse et flasque, qui lui disaient plus clairement qu'avec des mots, combien il devenait vieux. Sans lever les yeux il répondit tranquillement :

— Je pense que vous êtes un homme très malheureux, Nicholas Black. Vous êtes à la recherche de quelque chose que vous ne trouverez jamais. Je pense que vous devriez quitter ce village immédiatement. Laissez la comtesse. Laissez Paolo Sanduzzi. Laissez-nous tous, nous occuper de nos problèmes à notre façon. Vous n'êtes pas d'ici. Vous parlez notre langage, mais vous ne nous comprenez pas.

— Mais si, docteur! Le visage à la beauté ambiguë reflétait la malice. Je comprends vraiment. Je sais que vous cachez tous quelque chose depuis quinze ans, et qu'à présent cela va être déterré. L'Église veut un saint et vous voulez garder un secret qui vous discrédite. C'est vrai, n'est-ce pas?

— C'est à moitié vrai; ce qui est toujours plus que la moitié d'un mensonge.

— Vous connaissiez Giacomo Nerone, n'est-ce pas?

— Je le connaissais, oui.

— Était-ce un saint?

— Je ne connais rien des saints, répondit Aldo Meyer gravement. Je ne connais que les hommes.

— Et Nerone...?

— ... était un homme.

— Et ses miracles?

— Je n'ai jamais vu un miracle.

— Y croyez-vous?

— Non.

Les yeux brillants, sardoniques, fixaient le visage tiré de Meyer.

— Mais alors pourquoi, mon cher docteur, avez-vous peur de cette enquête?

Aldo Meyer repoussa la chaise et se leva. L'ombre du figuier tombait sur son visage, accentuant le creux de ses joues, cachant la peine profonde contenue dans ses yeux. Un moment après, il répondit :

— Avez-vous jamais eu honte de vous-même, mon ami?

— Jamais, dit le peintre joyeusement, jamais de la vie.

— C'est ce que je veux dire, reprit le docteur avec douceur. Vous ne comprendrez jamais. Mais je vous répète, vous devriez partir — et partir rapidement.

Pour toute réponse, Black n'eut qu'un sourire de triste moquerie, tandis qu'il se levait pour prendre congé. Ils ne se serrèrent pas la main. Meyer ne fit aucun mouvement pour l'accompagner hors du jardin. A mi-chemin de la maison, le peintre s'arrêta et se retourna.

— J'allais presque oublier. Il y a un message pour vous de la part de la comtesse. Elle aimerait que vous dîniez avec elle demain soir.

— Je remercie la comtesse, répondit sèchement Meyer. Je serai heureux d'y aller. Bonne journée, mon ami.

— *Ci vedremo*, dit Nicholas Black négligemment. Nous nous reverrons bientôt.

Puis il s'en alla, mince silhouette, légèrement emprunté, trop désinvolte pour les années qui commençaient à montrer leurs traces sur son visage intelligent, malheureux. Aldo Meyer se rassit devant la table et fixa sans les voir les miettes de pain, et le marc foncé, couleur de boue, dans les tasses de café. Un moment après, la femme sortit de la maison et se tint devant lui, le regardant avec de la douceur et de la pitié dans les yeux. Lorsqu'il leva la tête et la vit là, debout, il dit avec brusquerie :

— Vous pouvez débarrasser la table, Nina.

Elle ne fit aucun mouvement pour obéir, mais demanda :

— Que voulait-il, celui-là qui ressemble à un bouc?

— Il m'a apporté des nouvelles, répondit Meyer, parlant en dialecte comme la femme. On commence une nouvelle enquête sur la vie de Giacomo Nerone. Un prêtre est venu de Rome pour faire partie du tribunal de l'évêque. Il viendra ici dans peu de temps.

— Il posera des questions, comme les autres?

— Plus que les autres, Nina.

— Alors, il aura la même réponse — rien.

Meyer secoua lentement la tête.

— Pas cette fois, Nina. Cela a été trop loin. Rome s'y intéresse. La presse s'y intéressera aussi. Il vaut mieux qu'on apprenne la vérité cette fois.

Elle le regarda, frappée de surprise.

— Vous dites cela, vous!

Meyer haussa les épaules avec découragement et cita un vieux proverbe paysan :

— Qui peut lutter contre le vent? Qui peut étouffer les cris qu'ils poussent de l'autre côté de la vallée? A Rome même, on les a entendus — et ceci en est le résultat. Racontons-leur ce qu'ils veulent savoir et finissons-en. Peut-être nous laisseront-ils alors en paix.

— Mais pourquoi veulent-ils cela? Il y avait de la colère dans les yeux et dans la voix de la femme, maintenant. Quelle différence cela fait-il? Ils l'ont appelé de toutes sortes de noms lorsqu'il était vivant — à présent, ils veulent le nommer *beato* . C'est tout juste un nom de plus. Cela ne change rien à ce qu'il a été, un homme bon, mon homme.

— Ils ne veulent pas d'un homme, Nina, dit d'un ton las Meyer. Ils veulent un saint en plâtre avec une plaque en or sur la tête. L'Église le veut parce que cela lui donne plus de prise sur le peuple, un nouveau culte, une nouvelle promesse de miracles, pour leur faire oublier leurs maux de ventre. Le peuple le veut pour pouvoir s'agenouiller et demander des faveurs, au lieu de se retrousser les manches et de travailler — ou de lutter. C'est la manière de l'Église : du sucre pour du vieux vin aigri.

— Pourquoi alors, voulez-vous que je les aide?

— Parce que si nous leur disons la vérité, ils laisseront tomber le procès. Ils y seront forcés. Giacomo était un homme remarquable, mais il n'était pas plus saint que je ne le suis.

— Est-ce là ce que vous croyez?

— Et vous, Nina?

Sa réponse le choqua comme un soufflet sur le visage.

— Je sais que c'était un saint, lui répondit-elle avec douceur. Je sais qu'il a fait des miracles, parce que je les ai vus.

Meyer la regarda bouche bée, puis il cria :

— Dieu Tout-Puissant! femme, même vous? Il a dormi dans votre lit. Il vous a donné un bâtard, mais il ne vous a jamais épousée. Et vous pouvez vous tenir là et me raconter que c'était un saint qui a fait des miracles! Pourquoi n'avez-vous pas dit cela aux prêtres, la première fois? Pourquoi ne vous êtes-vous pas jointe à nos amis de l'autre côté de la route et crié pour le faire béatifier?

— Parce qu'il ne l'aurait jamais voulu, répondit calmement Nina Sanduzzi. Parce que c'est la seule chose qu'il m'ait demandée — que je ne devrais jamais raconter ce que je sais de lui.

Il était battu et il le savait, mais il lui restait encore une arme et il s'en servit méchamment.

— Que répondrez-vous, Nina, quand ils montreront du doigt votre fils et qu'ils diront : « Voilà le fils d'un saint qui est devenu *femminella* pour l'homme anglais? »

Il n'y avait aucune trace de honte dans le calme visage aux traits classiques, quand elle répliqua :

— Qu'est-ce que je dis lorsqu'ils me montrent du doigt dans la rue, et qu'ils murmurent : « Voilà celle qui était la prostituée d'un saint? » Rien, rien du tout. Savez-vous pourquoi, *dottore?* Parce qu'avant de mourir, Giacomo m'a fait une promesse, en retour de la mienne. « Quoi qu'il advienne, *cara,* je veillerai sur toi et le garçon. Ils peuvent me tuer, mais ils ne peuvent m'empêcher de prendre soin de vous, dès à présent et jusque dans l'éternité! » Je l'ai cru alors, je le crois maintenant. Le garçon est fou, mais il n'est pas perdu encore.

— Alors il le sera fichtrement vite, dit brutalement Meyer. Rentrez chez vous pour l'amour de Dieu, et laissez-moi en paix.

Mais, même après son départ, il n'y eut pas de paix, et il savait qu'il n'y en aurait jamais, jusqu'à ce que les inquisiteurs soient venus tirer de force la vérité au grand jour.

*

Aucun signe du jour qui s'était levé n'avait encore pénétré dans la grande chambre baroque de la villa, où la comtesse Anne-Louise de Sanctis dormait derrière des rideaux de velours. Aucune prémonition d'ennuis n'aurait pu traverser la brume barbiturique derrière laquelle elle rêvait.

Tard, beaucoup plus tard, une servante viendrait tirer les rideaux pour laisser le soleil entrer à grands flots sur le tapis usé et le velours fané et la sombre patine du noyer sculpté. Il n'atteindrait pas le lit, ce qui était aimable de sa part, car la comtesse, le matin, était un déplaisant spectacle.

Plus tard encore, elle s'éveillerait la bouche sèche, le teint blême, les yeux bouffis et mécontente de l'avènement d'un jour nouveau, pareil exactement au précédent. Elle se réveillerait, se rendormirait, puis se réveillerait de nouveau pour insérer la première cigarette du jour entre ses lèvres pâles, pendantes. La cigarette fumée, elle tirerait le cordon de la sonnette et la servante reviendrait, souriant avec une inquiète bonne humeur et portant le plateau du déjeuner. Comme la comtesse n'aimait pas prendre ses repas seule, la servante demeurerait dans la chambre, pliant les vêtements éparpillés, en remettant d'autres frais, s'affairant en des allées et venues de la salle de bains à la chambre à coucher, tandis que sa patronne entretenait un flot d'aigres commentaires sur le personnel de la maison et sur ses négligences.

Le déjeuner terminé, la servante emporterait le plateau, la comtesse fumerait une autre cigarette avant de commencer le petit rite intime de sa toilette. C'était la seule importante cérémonie de sa journée si peu importante, elle l'accomplissait dans un secret absolu.

Elle écrasa sa cigarette dans le cendrier d'argent, puis sortit du lit, alla jusqu'à la porte et la ferma à clef. Ensuite elle fit le tour de la chambre, s'arrêtant à chaque fenêtre pour regarder sur les terrasses et les jardins et s'assurer que personne n'était à proximité de la maison. Un jardinier curieux avait une fois regardé à travers les persiennes et avait été renvoyé séance tenante pour cette violation sacrilège de choses secrètes.

Sûre enfin de sa retraite, la comtesse alla à la salle de bains, se déshabilla et entra dans la grande baignoire de marbre, aux robinets dorés, avec son étalage de savons, d'éponges, de flacons de sels de bain. Nul plaisir ne pouvait être comparé actuellement à celui de cette première et solitaire immersion dans l'eau chaude, fumante, qui noyait les vapeurs d'un sommeil drogué et redonnait l'illusion de la jeunesse à un corps vieillissant. Différent des autres plaisirs, celui-là pouvait être renouvelé à volonté, prolongé jusqu'à satiété. Il n'exigeait pas de partenaire, n'entraînait ni soumission, ni abandon, et la comtesse s'y cramponnait avec la dévotion d'une néophyte.

Tandis qu'elle était étendue dans l'eau, elle examina son corps : la ligne de ses hanches, minces encore et jeunes, le ventre plat et ne portant aucune des marques de la maternité, la taille alourdie un peu, mais pas beaucoup, les seins massés jusqu'à la fermeté, petits mais ronds et gardant toujours leur jeunesse. Si des rides marquaient son cou, aucun miroir ne le lui avait encore dit et les plis révélateurs de la bouche et des yeux pouvaient encore être massés et vaincus. La jeunesse en elle ne s'était pas encore desséchée, et l'âge pouvait être tenu en respect grâce à un envoi hebdomadaire de lotions, expédiées par un discret institut de beauté de la Via Veneto.

Mais le bain n'était que le commencement. Elle se séchait ensuite avec des serviettes moelleuses, chaudes, puis se frottait avec d'autres plus rugueuses, se parfumait avec une lotion astringente, piquante, se poudrait et enlevait délicatement l'excès de poudre, peignait ses cheveux une première fois — aucune trace de gris encore, quoique le blond se ternît déjà un peu — un ruban pour les retenir en arrière et dégager les joues frottées et brillantes. Elle était prête finalement pour l'achèvement processionnel du rite.

Toute nue et rayonnante de l'illusion d'une nouvelle jeunesse, elle retourna dans la chambre à coucher, alla jusqu'à la coiffeuse, et prit dans le tiroir de dessus la photographie d'un homme en uniforme de colonel alpin et la posa sur la coiffeuse, face à la chambre. Ensuite, avec une sûreté de mannequin, elle commença à s'habiller devant la photo, soigneusement et coquettement comme pour le séduire dans son cadre et l'attirer dans ses bras.

Lorsqu'elle fut habillée, elle remit la photo dans le tiroir et le ferma à clef, puis très calmement, s'assit devant le miroir et commença à se farder le visage.

Vingt minutes plus tard, portant une étonnante robe d'été, elle sortit de la chambre, descendit l'escalier jusqu'au jardin éclatant, où Nicholas Black, nu jusqu'à la ceinture, travaillait à une nouvelle toile.

Il se retourna au bruit de ses pas et vint l'accueillir avec une joie théâtrale, lui baisant les mains et la faisant tourner en rond, pour admirer sa robe, tout en bavardant comme un perroquet heureux :

— Magnifique, *cara!* Je ne sais comment vous faites! Chaque matin c'est comme une révélation nouvelle. A Rome vous étiez belle, mais plutôt imposante. Ici vous êtes une beauté de campagne réservée à ma seule admiration. Je dois faire votre portrait dans cette robe. Venez, asseyez-vous et laissez-moi vous admirer.

Elle se rengorgea, heureuse du compliment, et se laissa conduire jusqu'à un petit banc de pierre qu'un amandier en fleurs couvrait de son ombrage. Il fit beaucoup d'embarras pour l'installer comme il le voulait, étalant sa robe sur le banc, lui relevant la tête vers les fleurs et lui faisant poser les mains sur les genoux. Ensuite, il tira un bloc à dessin et commença à dessiner à traits rapides et fanfarons, tout en parlant sans arrêt.

— J'ai pris le café avec notre ami le docteur ce matin. Il avait sa gueule de bois habituelle, mais ses yeux ont brillé lorsque je lui ai fait part de votre invitation à dîner. J'avais l'impression qu'il est plus qu'à moitié amoureux de vous... Non, non! ne parlez pas, vous allez gâcher la pose. Je crois que le pauvre diable n'y peut rien. Il a vécu si longtemps au milieu des paysans; vous devez ressembler à une princesse de contes de fées dans votre château ici... Oh! et autre chose, l'évêque de Valenta commence une enquête en règle sur la vie et les vertus de Giacomo Nerone. Il a fait venir de Rome un monseigneur, comme avocat du Diable. Il viendra ici dans quelques jours. J'ai pris la liberté de dire à Son Excellence que vous seriez heureuse de l'avoir comme hôte.

— Non! Ce fut un cri de panique. Tout son calme tomba et elle regarda Black, fâchée et effrayée.

— Mais, *cara!* Il eut instantanément l'air contrit. Il posa son bloc de dessin et s'approcha d'elle, les mains et la voix pleines de sollicitude.

— J'ai pensé que c'était ce que vous auriez souhaité que je fisse. Je ne pouvais vous consulter, mais je savais que vous êtes en rapports amicaux avec l'évêque et il n'y avait vraiment pas d'autre endroit pour loger le visiteur. Il ne pouvait dormir avec les paysans, voyons, était-ce possible? Ou sous le comptoir de la boutique du marchand de vins? De plus, c'est un de vos compatriotes, et le mien. J'ai pensé que cela vous ferait plaisir. Si je vous ai offensée, je ne me le pardonnerai jamais.

Il s'agenouilla devant elle et enfouit sa tête dans ses genoux, comme un enfant tout contrit.

C'était un vieux, vieux tour, pour séduire les douairières et il réussit encore. Elle passa des doigts caressants dans les cheveux de Black et dit avec douceur :

— Vous ne m'avez pas offensée, bien entendu, Nicki. J'ai été surprise, voilà tout. Je... je ne suis pas préparée à recevoir actuellement comme je l'étais autrefois. Vous avez bien fait naturellement. Je serais heureuse de recevoir chez moi ce Monseigneur.

— Je savais que vous le seriez! Il redevint instantanément gai. Son Excellence était reconnaissant, et je ne pense pas que notre visiteur soit trop collet monté. De plus... Un petit sourire malin brilla de nouveau dans ses yeux. Nous pourrons suivre l'enquête de près, n'est-ce pas?

— Je le suppose. Son visage se rembrunit de nouveau et elle commença à tirer nerveusement sur les plis de sa robe. Mais que fera-t-il ici?

Nicholas Black leva les bras au ciel.

— Ce qu'ils font tous. Poser des questions, prendre des notes, interroger les témoins. J'en viens à penser que vous en serez probablement un, vous-même. Vous connaissiez Giacomo Nerone, n'est-ce pas?

Elle changea de position, mal à l'aise, et déroba son regard.

— Un petit peu, seulement. Je... Je ne pourrais rien dire qui mérite qu'on le sache.

— Alors, qu'est-ce qui vous tourmente, *cara?* Vous aurez une loge à une comédie de village, et quelques potins de Rome, aussi. Allons, venez, installez-vous et laissez-moi finir ce dessin.

Mais en dépit de ses efforts, il ne put la débarrasser de ses craintes, et lorsqu'il en vint à dessiner son visage, chaque trait était un mensonge. Mais toutes les femmes sont stupides. Elles ne voient que ce qu'elles veulent bien voir et Nicholas Black avait profité de leurs folies pour la meilleure part de sa vie.

Lorsque le dessin fut terminé, il le lui présenta d'un geste avantageux et rit sous cape devant son expression de soulagement et de plaisir. Puis avec une négligence calculée il lui baisa la main et la renvoya :

— Vous me troublez, chérie. Vous êtes un beau tourment. Allez me choisir quelques fleurs pour ma chambre, et laissez-moi finir mon tableau.

Il rit tout bas en l'observant s'en aller d'un pas incertain à travers la pelouse. Elle avait été bonne pour lui, il n'avait aucune méchanceté personnelle à son égard. Mais lui aussi avait ses plaisirs secrets, et le plus subtil de ces plaisirs était d'humilier par des intrigues ce qu'il n'avait jamais pu soumettre par la possession — l'affamée, haïssable chair féminine.

Pour le moment, Anne-Louise de Sanctis avait des préoccupations totalement différentes. Elle n'était ni stupide ni vicieuse, quoiqu'elle cédât également aux folies de l'âge mûr et aux vices imposés par un corps toujours exigeant. Lorsqu'elle s'était pliée aux petites tyrannies du peintre, c'était parce qu'elles piquaient sa vanité et qu'elle se savait être encore la plus forte. Il voulait faire financer par elle une nouvelle exposition à Rome. Elle pouvait le faire, comme elle pouvait le renvoyer le lendemain, à sa vie d'attrape-nigaud, d'artiste médiocre, et à la poursuite ardue de complaisantes douairières.

Il lui plaisait de voir qu'il devenait vieux, lui aussi, et que chaque nouvelle conquête devenait un peu plus difficile. Sa malice était semblable à celle d'un enfant, blessante parfois, mais toujours accompagnée du besoin inavoué qu'il avait d'elle. Et depuis longtemps elle n'avait été nécessaire à personne. Elle avait ses propres besoins aussi, mais quoiqu'il les eût compris, et joué là-dessus, il était impuissant à les utiliser contre elle. Il profitait de ses peurs et de sa solitude, mais sa vraie terreur, il ne l'avait pas encore découverte.

C'était cette terreur qui l'accompagnait à présent dans le jardin aux couleurs éclatantes, sur le haut de la colline, où la richesse et le labeur à vil prix avaient planté une oasis dans la terre aride et desséchée de la Calabre. Pour les pelouses et les parterres de fleurs, la terre avait été apportée jusqu'au sommet de la colline, dans des paniers, sur les épaules des villageoises. La pierre avait été taillée dans les flancs de la colline par des maçons du pays, les oliviers et les pins et les bosquets d'orangers, plantés par les fermiers comme tribut à la famille qui les avait tenus en servage depuis des siècles. Des artistes napolitains avaient peint les murs et les plafonds à caissons, et une douzaine de connaisseurs avaient enchéri sur les tableaux, les statues et la porcelaine, qu'exigeait le comte de Sanctis pour son épouse anglaise.

Des murs d'enceinte avaient été solidement construits, des grilles pointues forgées pour préserver son intimité. Le personnel avait été choisi par le comte lui-même pour qu'elle fût servie avec sollicitude. La maison, les terres et tout ce qui s'y trouvait, étaient le cadeau de noces du comte à sa jeune épouse; une retraite en province, après la fiévreuse saison de Rome, où Gabriele de Sanctis occupait une situation de plus en plus élevée au service du Duce. Pour la fille d'un petit diplomate, sortie toute fraîche de sa première saison de Londres, c'était comme un enchantement des mille et une nuits, mais la terreur était entrée en même temps qu'elle par la porte de la grille et ne l'avait pas quittée depuis, durant toutes ces années. C'est Gabriele de Sanctis qui l'avait amenée; celui-ci était mort depuis longtemps, d'une façon douteuse — suicide suspect — dans le désert de Libye. Une douzaine d'autres hommes étaient venus et partis depuis lors, mais aucun d'eux n'avait été capable de la guérir de cette terreur.

Puis était venu Giacomo Nerone. Dans ce même jardin, un matin pareil à celui-ci, elle s'était humiliée et lui avait demandé de l'en délivrer, mais il avait refusé. Elle s'était vengée à la fin, mais la vengeance avait attiré de nouvelles furies pour la tourmenter, des cauchemars dans le grand lit baroque, des fantômes hantant les bosquets d'oliviers et grimaçant comme des satyres à travers les orangers en fleurs. Ils l'avaient moins tourmentée ces derniers temps. Il existait des drogues pour donner le sommeil la nuit et Nicholas Black pour la distraire le jour.

Mais à présent, un autre homme allait venir : un prêtre de Rome au visage blême, chargé de fouiller dans le passé, de vérifier les vieilles dettes, et d'exhumer les fautes enterrées, quelle que soit la peine qui pourrait s'ensuivre après la révélation. Il logerait dans sa maison et mangerait à sa table. Il fouillerait et sonderait, et même la porte fermée à clef de sa chambre à coucher ne lui cacherait aucun secret.

Soudainement la vie, qu'elle avait tirée de son bain du matin, sembla se retirer d'elle, la laissant sans force et fatiguée. Elle avança d'un pas lent et traînant jusqu'à une petite tonnelle en bordure de la plantation d'oliviers, où une petite statue de faune dansant était posée sur un piédestal de pierre usée. En face du faune se trouvait un banc rustique sur lequel retombait du chèvrefeuille languissant et fade. Elle s'assit sur le banc, alluma une cigarette et aspira avidement, inhalant la fumée profondément dans ses poumons, et sentit la tension se relâcher lentement en elle.

Elle avait compris, maintenant. Elle avait couru trop longtemps. Elle ne pouvait échapper à la peur qu'elle portait comme un hôte dans son propre corps. Il fallait en finir, autrement elle tomberait dans la noire folie qui menace toutes les femmes atteignant, malheureuses et non préparées, les années critiques. Mais comment y mettre fin? Abattre toutes les portes, s'humilier devant les inquisiteurs, se soumettre à la purification d'un confessionnal. Elle l'avait essayé déjà et cela avait complètement échoué.

Il existait une autre solution, triste, peut-être, mais sûre, le petit flacon plein de capsules gélatineuses qui la plongeaient chaque soir dans le sommeil. Un peu en plus — le si si petit peu en plus — et ce serait fini une fois pour toutes. Ce serait en un sens, l'achèvement de sa revanche sur Giacomo Nerone et une revanche sur le corps qui l'avait trahie face à Giacomo Nerone, et à cause duquel, lui, l'avait humiliée.

Mais ce n'était pas encore le moment. Il restait un peu de temps. Que vînt le prêtre, et s'il ne la harcelait pas trop, ce serait un présage favorable, une promesse d'autres solutions. S'il le faisait... alors ce serait simple, ironique et final; et lorsqu'on la trouverait, elle serait encore belle, comme elle l'était chaque matin après son bain parfumé.

IV

LES jours qu'il passa dans la maison de l'évêque furent, pour Blaise Meredith, les jours les plus heureux de sa vie. Froid de nature, il avait commencé à comprendre le sens de la fraternité. Retiré et se suffisant à lui-même, il voyait, pour la première fois, la dignité dans la dépendance, l'agrément d'une mutuelle confiance. Aurelio, l'évêque de Valenta, était un homme doué de compréhension et d'un rare talent pour attirer l'amitié. La solitude et le courage désabusé de son hôte l'avaient profondément touché, et, avec tact et sympathie, il se mit en devoir de créer une intimité entre eux.

Tôt, le premier matin, il vint dans la chambre de Meredith, portant le gros volume des rapports de la première enquête sur la vie de Giacomo Nerone. Il trouva le prêtre, pâle et fatigué, assis dans son lit, le plateau du petit déjeuner sur ses genoux. Il posa le volume sur la table et vint plein de sollicitude, s'asseoir sur le bord du lit.

— Une mauvaise nuit, mon ami?

Meredith hocha faiblement la tête.

— Un peu plus mauvaise que d'habitude. Le voyage peut-être et l'agitation. Je dois m'excuser. J'avais espéré servir votre messe, Monseigneur.

L'évêque secoua en souriant la tête.

— Non, Monseigneur. Maintenant vous êtes sous ma juridiction. Interdiction de dire la messe, sauf le dimanche. Vous dormirez tard dans la matinée et vous vous retirerez tôt, et si je vous trouve en train de trop travailler je serai obligé peut-être de vous retirer du procès. Vous êtes à la campagne, maintenant. Prenez votre temps. Respirez la terre et les orangers en fleur. Débarrassez vos poumons de la poussière des bibliothèques.

— Votre Excellence est trop aimable, répondit gravement Meredith. Mais il me reste si peu de temps.

— Raison de plus pour en consacrer un peu à vous-même, lui dit l'évêque. Et un peu à moi aussi. Je suis un étranger ici, moi aussi, rappelez-vous. Mes collègues sont de braves gens pour la plupart, mais leur compagnie est ennuyeuse. J'aimerais bien vous montrer certaines choses, et en apprendre d'autres de vous. Quant à cela — il montra du doigt le gros volume relié de cuir — vous pouvez le lire dans le jardin. La moitié des dossiers n'est que répétition et rhétorique. Vous pouvez venir à bout du reste en deux jours. Les personnes que vous désirerez voir ne sont qu'à une heure de voiture d'ici et la mienne est à votre disposition à n'importe quelle heure, avec un chauffeur pour veiller sur vous.

Un sourire lent naquit sur le pâle visage de Meredith.

— Vous êtes bon pour moi et je trouve cela étrange. Je me demande pourquoi?

Un sourire jeune illumina le visage de l'évêque.

— Vous avez vécu trop longtemps à Rome, mon ami. Vous avez oublié que l'Église est une famille de fidèles et non simplement une bureaucratie de croyants. C'est un signe des temps, l'un des moins encourageants. C'est le siècle de la machine et l'Église lui a trop concédé. Ils ont des horloges pointeuses au Vatican maintenant, des machines à calculer et des tickets pour contrôler la cote des valeurs.

En dépit de sa fatigue, Meredith rejeta la tête et rit de bon cœur. L'évêque approuva.

— Cela va mieux. Un peu de rire honnête nous ferait du bien à tous. Nous avons besoin d'un ou deux satiriques pour nous rendre le sens des proportions.

— On les poursuivrait, probablement pour diffamation, dit Meredith avec ironie, ou on les accuserait d'hérésie.

— *Inter fœces et urinam nascimur*, cita l'évêque tranquillement. C'est un saint qui a dit cela et cela s'applique également aux Papes, aux prêtres et aux prostituées de Reggio di Calabria. Un peu plus de rire sur notre risible condition, quelques larmes sincères pour nous apitoyer sur les choses et nous serions de meilleurs chrétiens. A présent, finissez votre petit déjeuner et allez faire un tour au jardin. J'ai passé beaucoup de temps à y travailler et je détesterais qu'un Anglais ne le sache pas!

Une heure plus tard, son bain pris, rasé et reposé, Meredith descendit au jardin, emportant le volume des dépositions sur Giacomo Nerone. Il avait plu pendant la nuit, le ciel était clair et l'air rempli de l'odeur de la terre humide, des feuilles lavées et des floraisons nouvelles. Les abeilles bourdonnaient autour des orangers en fleur et les hibiscus rouges et les giroflées jaunes se dressaient droits et vifs le long des bordures de pierre, des sentiers. De nouveau Meredith fut envahi de l'ardent désir d'une permanence sur cette terre en jeunes pousses dont il voyait la beauté comme pour la première fois. Si seulement il pouvait y demeurer plus longtemps, s'y enraciner comme un arbre, pour être battu par les intempéries et courbé par le vent, mais toujours survivre pour la pluie et le soleil et le renouveau du printemps. Non pas ! Il avait vécu dans la poussière des bibliothèques trop longtemps, et quand viendrait l'heure, on l'enterrerait dans cette poussière. Nulle fleur ne pousserait de sa bouche comme elles avaient poussé de la bouche d'hommes plus humbles, nulles racines ne s'enrouleraient autour des moisissures de son cœur et de ses reins. On le visserait dans une boîte de plomb et on le porterait dans un caveau de l'Église du cardinal, où il tomberait en poussière, stérile comme il avait vécu, jusqu'au Jour du Jugement.

L'herbe était verte autour des troncs des oliviers et l'air chaud et calme. Il enleva sa soutane et ses chaussettes et déboutonna sa chemise pour laisser pénétrer la chaleur sur sa maigre poitrine; puis il s'assit et s'appuya contre le tronc d'un arbre, ouvrit le gros volume relié de cuir et commença à lire :

« Témoignages préliminaires sur la vie, les vertus et les prétendus miracles du serviteur de Dieu, Giacomo Nerone. Recueillis à la demande et sous l'autorité de S. Exc. Aurelio, Titulaire de Valenta, dans la province de Calabre, par Geronimo Battista et Luigi Saltarello, prêtres du même diocèse. »

Puis suivait un prudent rejet de responsabilité :

« Les témoignages et informations qui suivent sont de caractère non judiciaire, étant donné que jusqu'à présent, aucun tribunal n'a été institué, aucune autorité n'a été chargée d'examiner officiellement la cause du serviteur de Dieu. Quoique tous les efforts aient été faits en vue d'arriver à la vérité, les témoins n'ont pas prêté serment, et n'ont pas été soumis à une sanction canonique, pour révéler tous les faits connus d'eux. Aucune des procédures d'un tribunal diocésain n'a été observée, ni au point de vue du secret ni quant à la façon dont les faits ont été recueillis. Toutefois, les témoins ont été avertis qu'ils pourraient être appelés à témoigner, sous la foi du serment, dans le cas où le dit tribunal serait effectivement constitué. »

Blaise Meredith hocha la tête et serra ses lèvres minces avec satisfaction. Jusque-là, c'était parfait. C'était la bureaucratie de l'Église en action, la légalité romaine appliquée aux affaires spirituelles. Les sceptiques pouvaient en ricaner, les croyants pouvaient rire de ses excès, mais son essence était saine. C'était le même génie qui avait donné à l'Occident le code civilisateur sous lequel, en partie du moins, il vivait encore. Il tourna la page et continua à lire :

« *De non cultu* (décret d'Urbain VIII, 1634).

« En vue des rapports sur les visites des pèlerins et la vénération rendue par un certain nombre de fidèles sur la tombe du Serviteur de Dieu, nous avons jugé que notre premier devoir était de nous assurer que les décrets du Pontife Urbain VIII, interdisant le culte public, avaient été observés. Nous avons constaté que plusieurs personnes parmi les fidèles — visiteurs aussi bien que gens du pays — allaient prier sur la tombe de Giacomo Nerone. Certains d'entre eux affirment avoir obtenu des faveurs spirituelles et temporelles par son intercession. Les autorités civiles, et en particulier le maire de Gemello Maggiore, ont organisé une certaine publicité de presse et amélioré les moyens de transport, pour encourager l'afflux des visiteurs. Quoique ce puisse être inconsidéré, cela n'enfreint pas cependant les canons. Dans le sens canonique, aucun culte public n'est permis.

Le Serviteur de Dieu n'est pas invoqué dans les cérémonies liturgiques. Aucune photo ou image de lui n'est exposée à la vénération du public, et, en dehors de quelques comptes rendus, dénaturés, de la presse, aucun livre ou fascicule contenant le récit de ses miracles n'a circulé jusqu'aujourd'hui. Certaines reliques du Serviteur de Dieu circulent sous le manteau, parmi les fidèles, mais aucune vénération publique n'a été permise. Par conséquent, à notre avis, les canons interdisant le culte public ont été observés... »

Blaise Meredith somnola légèrement sur les phrases conventionnelles. C'était un vieux sujet pour lui, familier, mais rassurant. La fonction de l'Église n'était pas d'imposer simplement la croyance, mais d'en garder aussi les limites, d'encourager la piété, mais de décourager les piétistes. Les lois demeuraient, même obscurcies par l'ignorance, et leur froide raison était un frein aux excès des dévots et aux âpres réclamations des puritains. Mais Blaise Meredith était encore très loin du fond du problème, la vie et les vertus et les prétendus miracles de Giacomo Nerone. Le paragraphe suivant ne l'en rapprocha pas davantage. Il était intitulé : *De scriptis*.

« Aucun écrit d'aucune sorte, attribuable au Serviteur de Dieu, n'a été découvert. Certains renseignements, notés plus loin dans les dépositions, indiquent la possibilité de l'existence d'un manuscrit qui a été ou perdu, ou détruit, ou caché délibérément par des personnes intéressées. Jusqu'à ce qu'une procédure juridique soit entamée et qu'il soit possible d'user de pression morale sur les témoins, il est peu probable que nous obtenions de plus amples informations sur ce point important. »

Blaise Meredith fronça les sourcils avec mécontentement. Pas d'écrits. Dommage. Du point de vue juridique, les écrits d'un homme sont la seule indication certaine sur ses croyances et ses intentions, et dans la rigoureuse logique de Rome, ils importent plus que ses actes. Un homme peut même tuer sa femme ou séduire sa fille, il demeure toujours un membre de l'Église; mais qu'il rejette un iota d'une vérité définie, et il se met immédiatement en dehors de l'Église. Il peut se dépenser durant toute sa vie en œuvres de charité, et cependant n'avoir aucun mérite à la fin. La valeur morale d'une action dépend de l'intention avec laquelle elle est accomplie. Mais quand un homme est mort, qui peut dire les secrets de son cœur?

C'était un début décourageant et ce qui suivait était encore moins rassurant :

Résumé biographique :

Nom : Giacomo Nerone.

Une raison — notée plus tard dans les dépositions — fait supposer que c'était un pseudonyme.

Date de naissance : Inconnue.

Les descriptions physiques données par les témoins varient considérablement mais, selon l'avis général, il pouvait avoir de trente à trente-cinq ans.

Lieu de naissance : Inconnu.

Nationalité : Inconnue.

Il y a des preuves que Giacomo Nerone fut pris d'abord pour un Italien, mais que plus tard, des doutes naquirent sur sa véritable identité. On le décrivait grand, les cheveux noirs, la peau brune. Il parlait couramment et correctement l'italien, quoique avec un accent du Nord. Il n'a pas parlé le dialecte au début, mais l'apprit plus tard et l'employait constamment. Durant la période de sa vie passée à Gemelli dei Monti, des unités des troupes allemandes, américaines, anglaises et canadiennes opéraient dans la province de Calabre. Diverses suppositions ont été faites sur sa nationalité, mais la preuve donnée à l'appui, est, à notre avis, peu concluante.

Nous pensons toutefois, pour des raisons encore obscures, qu'il a fait un effort délibéré pour cacher sa véritable identité. Nous pensons aussi que certaines personnes connaissaient son identité et essaient encore de la cacher.

Date de son arrivée à Gemelli dei Monti :

La date exacte est incertaine, mais selon l'avis général, ce fut vers la fin d'août 1943. Cette date correspond à peu près à celle de la conquête de la Sicile par les Alliés et des opérations de la 8e armée britannique dans la province calabraise.

Période de résidence à Gemelli dei Monti :

D'août 1943 au 30 juin 1944.

Tous les témoignages se réfèrent à cette période de moins de douze mois, et toutes les revendications à la sainteté héroïque doivent être jugées d'après les rapports dont on dispose sur ce laps de temps exceptionnellement court.

Date de sa mort : 30 juin 1944, 15 heures.

Giacomo Nerone fut tué par un peloton d'exécution des partisans, sous la conduite d'un homme connu comme Il Lupo, le Loup. La date et l'heure sont précises, et confirmées par des témoins oculaires. Les circonstances sont aussi confirmées par des témoignages unanimes.

Enterrement :

L'enterrement eut lieu à 22 h 30 le 30 juin. Le corps de Giacomo Nerone fut enlevé par six personnes, du lieu de l'exécution, et enterré à l'endroit connu sous le nom de Grotta del Fauno, où il repose maintenant. L'identification du corps et les circonstances de l'enterrement sont entièrement confirmées par le témoignage unanime de ceux qui prirent part à l'inhumation.

Blaise Meredith ferma l'épais volume et le posa près de lui, sur l'herbe. Il appuya sa tête contre le tronc rugueux de l'olivier et réfléchit à ce qu'il venait de lire. En vérité, ce n'était qu'un commencement, mais du point de vue de l'avocat du Diable, il était douteux.

Il y avait trop d'inconnues et la supposition d'un silence délibéré était troublante. Tout ce qui était connu et couvert par le témoignage représentait une période de onze mois d'une vie de trente à trente-cinq ans. Il n'existait pas d'écrits permettant un examen minutieux. Rien de tout cela n'excluait la sainteté, mais tout pouvait parfaitement exclure la preuve de la sainteté, laquelle était l'objet de l'enquête de Meredith et du procès juridique du tribunal de l'évêque.

Dans les cas comme celui-ci, on était toujours forcé d'en revenir à la froide logique des théologiens.

Elle pose comme prémices un Dieu personnel, se continuant, se suffisant à lui-même, omnipotent. L'homme est le résultat d'un acte créateur de la volonté divine. La relation entre le Créateur et Sa créature est définie d'abord par la loi naturelle, dont les œuvres sont visibles et appréhensibles se culminant par l'Incarnation, l'Enseignement, la Mort et la Résurrection de Dieu-fait-homme, Jésus-Christ.

La perfection de l'homme et son ultime union au Créateur dépendent de sa conformité à la religion qui les unit, son salut dépend de son état de conformité au moment de la mort. Pour atteindre à cette conformité, il est assisté de l'aide divine, appelée Grâce, qui lui était toujours offerte dans une mesure suffisante pour lui permettre d'assurer son salut, à condition qu'il coopère avec elle, par sa libre volonté. Le salut implique la perfection, mais une perfection limitée.

Mais la sainteté, la sainteté héroïque implique un appel spécial à une plus grande perfection, acquise en répondant à des grâces exceptionnelles, qu'un homme ne peut atteindre par lui-même. Chaque époque a produit sa moisson de saints, mais tous ne sont pas connus, et ceux qui ont été connus, n'ont pas tous été canonisés.

Une canonisation suppose autre chose encore : l'implication que la Divinité désire faire connaître les vertus du saint en attirant l'attention sur elles par des miracles — actes au-delà du pouvoir humain — suspensions divines des lois de la nature.

C'est cette implication qui avait troublé Meredith dès le début du procès de Giacomo Nerone. C'est un axiome évident pour tout théologien, qu'un Être omnipotent ne peut, de par sa nature, se prêter, ni à la banalité, ni à un silence trivial.

Il n'y avait rien de trivial dans la naissance d'un homme, puisqu'elle implique la projection d'une âme nouvelle dans les dimensions de la chair. Il n'y a rien de trivial dans le déroulement de sa vie, puisque chacun de ses actes le prépare au dernier moment de cette vie. Et sa mort est le moment où l'esprit est rejeté du corps dans l'attitude irrévocable de conformité ou de refus.

Ainsi, quelles que fussent les lacunes de l'histoire personnelle de Giacomo Nerone, elles devaient être comblées. Si des faits avaient été dissimulés, Blaise Meredith devait les déterrer, car lui aussi allait être bientôt appelé devant son Juge.

Mais le devoir d'un homme et ce que lui permettent ses forces sont souvent deux choses différentes. L'air chaud, le bourdonnement trompeusement apaisant des insectes et la fatigue d'une nuit sans sommeil l'envahirent insidieusement. Blaise Meredith s'y abandonna et dormit sur l'herbe tendre jusqu'à l'heure du déjeuner.

Son Excellence rit tout bas avec ravissement lorsque Blaise Meredith lui fit le déplorable aveu de sa faiblesse du matin.

— Parfait! Parfait! Nous ferons de vous un campagnard aussi. Avez-vous fait des rêves agréables?

— Je n'ai pas rêvé, répondit Meredith avec bonne humeur. Et cela a été une grâce aussi importante que le sommeil. Mais je n'ai pas beaucoup travaillé. J'ai parcouru quelques dépositions, juste avant le déjeuner, mais j'ai bien peur de les trouver plutôt peu satisfaisantes.

— Comment?

— C'est difficile à définir. Elles sont régulières dans la forme. Et visiblement le résultat d'un minutieux contre-interrogatoire. Mais — comment vous dire cela? — elles ne donnent aucune image claire, ni de Giacomo Nerone, ni des témoins eux-mêmes. Et pour le but que nous poursuivons ils sont également importants. L'image peut se développer, bien entendu, à mesure que j'avancerai, mais actuellement je n'ai aucune clarté dans l'enquête.

L'évêque approuva de la tête.

— C'était mon impression personnelle aussi. Une des raisons qui me font douter dans cette affaire. Les dépositions se ressemblent toutes. Il n'y a pas d'éléments de contradictions ou de controverse. Et les saints sont généralement des gens qui prêtent beaucoup à controverse.

— Mais il y a des éléments tenus secrets, lui expliqua calmement Meredith.

— Précisément. L'évêque sirota son vin et réfléchit sur son explication. C'est comme si une partie de la population s'était convaincue que cet homme était un saint et voulait le prouver à tout prix.

— Et l'autre partie?

— ... décidée à ne rien dire — soit pour, soit contre.

— Pour moi, il est trop tôt pour juger cela, dit prudemment Meredith. Je n'ai pas assez lu ni assez étudié le dossier. Mais le ton des déclarations que j'ai lues jusqu'à présent est guindé et curieusement irréel, comme si les témoins parlaient un nouveau langage.

— C'est ce qu'ils font! dit l'évêque avec un vif intérêt. Assez singulièrement, mon ami, vous avez mis le doigt sur un problème qui m'a longtemps occupé : la difficulté d'un contact adéquat entre le clergé et les laïcs. C'est une difficulté qui s'amplifie au lieu de diminuer et qui même, empêche l'intimité apaisante du confessionnal. La base en est vive, je pense : l'Église est une théocratie gouvernée par une caste sacerdotale, dont vous et moi sommes membres. Nous avons un langage à nous — un langage hiératique, si vous aimez mieux — formel, stylisé, admirablement adapté à des définitions légales et théologiques. Malheureusement, nous avons aussi notre rhétorique, qui, de même que celle des politiciens, dit beaucoup et explique peu. Mais nous ne sommes pas des politiciens. Nous sommes des prédicateurs; prédicateurs d'une vérité que nous prétendons essentielle au salut de l'homme. Cependant, comment la prêchons-nous? Nous parlons rondement de foi et d'espérance comme si nous récitions une incantation de fétichiste. Qu'est-ce que la foi? Un saut aveugle dans les mains de Dieu. Un acte inspiré par la volonté, et qui est notre seule réponse au mystère terrible de notre origine et de notre fin. Qu'est-ce que l'espérance? La confiance d'un enfant dans la main qui le conduira loin des terreurs des ténèbres. Nous prêchons l'amour et la fidélité comme si c'était des histoires entre deux tasses de thé — et non des corps se mêlant sur un lit et des mots enflammés dans l'ombre, et des âmes tourmentées par la solitude et poussées vers la communion momentanée d'un baiser. Nous prêchons la charité et la compassion, mais nous expliquons rarement ce qu'elles signifient — des mains se souillant dans la saleté des chambres de malades, nettoyant la purulence des plaies syphilitiques. Nous parlons au peuple chaque dimanche, mais nos mots ne les atteignent pas, parce que nous avons oublié notre langue mère. Il n'en a pas toujours été ainsi. On n'oserait presque plus imprimer aujourd'hui les sermons de saint Bernardin de Sienne mais ils touchaient les cœurs, parce que la vérité qu'ils contenaient était tranchante comme une épée et blessait comme elle... Il se tut et sourit, comme s'il désapprouvait sa propre ardeur. Puis, un moment après, il dit avec douceur : c'est là l'ennui avec nos témoins, Monseigneur. Nous ne les comprenons pas, parce qu'ils nous parlent comme nous leur parlons. Et cela n'explique rien, ni d'un côté ni de l'autre.

— Alors, comment dois-je faire, moi particulièrement, pour me rapprocher d'eux? demanda Meredith avec une humilité désolée.

— La langue mère, répondit Aurelio, l'évêque de Valenta. Vous êtes né semblable à eux, *inter fœces et urinam,* et ils seront surpris de voir que vous ne l'avez pas oublié, suffisamment surpris, peut-être, pour vous dire la vérité.

Plus tard, ce même après-midi, tandis que le soleil dardait ses rayons à l'extérieur des persiennes fermées, et que le peuple sage du Sud dormait en attendant que passe la chaleur, Blaise Meredith, étendu sur son lit, réfléchissait aux paroles de l'évêque. Elles étaient vraies et il le savait. Mais l'habitude des années était forte, l'euphémisme circonspect, la pruderie sacerdotale, comme si la langue devait souffrir de la honte de mentionner le corps qui l'avait porté et l'acte sublime qui lui avait donné naissance.

Et cependant le Christ lui-même avait parlé le même langage commun. Il avait parlé dans une langue vulgaire, de symboles vulgaires : une femme en travail, criant; des eunuques gras se dandinant à travers les bazars; la femme que plusieurs maris ne pouvaient satisfaire, et qui allait avec un homme qui n'était pas son mari. Il n'avait invoqué aucune convention pour se tenir à l'écart des hommes. Il s'était fait enfanter. Il avait mangé avec des voleurs et bu avec des femmes publiques et Il n'avait pas reculé au contact des mains qui l'oignaient, et qui avaient caressé les corps des hommes dans les amours d'un millier de nuits.

Et Giacomo Nerone? S'il était un saint, il serait

comme son Maître. S'il ne l'était pas, il serait toujours un homme et la vérité sur lui serait dite dans le simple langage de la chambre à coucher et de la boutique du marchand de vins.

Comme l'après-midi touchait à sa fin et que la première fraîcheur de la soirée entrait dans la chambre, Blaise Meredith commença à réaliser la tâche qui l'attendait.

Son premier problème était de tactique. Bien que les avis aient été publiés et les deux principaux enquêteurs nommés, le tribunal même n'avait pas été constitué. Puisque tous les témoignages d'audience se feraient sous serment et seraient secrets — et puisqu'il était inutile de perdre son temps avec des gens légers et peu disposés à coopérer — il était nécessaire de les mettre à l'épreuve d'abord, en privé et dans des entretiens sans serment, de la même manière dont un avocat civil éprouve les témoins avant de les présenter.

Ils avaient été déjà questionnés une fois par Battista et Saltarello, dont les comptes rendus se trouvaient entre ses mains. Mais c'étaient des prêtres du pays et on pouvait les présumer impartiaux, s'ils n'étaient pas réellement en faveur du candidat. Sa propre position était très différente. Il était un étranger, un enquêteur officiel du Vatican, Procureur de la Couronne. Il était suspect par la nature même de sa fonction, et, si des intérêts matériels étaient en jeu — comme ils l'étaient indubitablement — il pouvait compter sur une active et puissante opposition.

Ceux qui soutenaient la cause du saint prendraient soin de le diriger loin de toute information litigieuse. S'ils avaient donné des témoignages en faveur de Giacomo Nerone, ils ne les changeraient pas pour l'avocat du Diable — bien qu'ils pussent être confondus, si lui, Meredith, pouvait trouver des motifs pour récuser leurs témoignages. C'est de la folie, bien entendu, de susciter des intrigues autour du Tout-Puissant, mais il y a autant de folie et d'intrigues au sein de l'Église qu'en dehors de l'Église. L'Église est une famille d'hommes et de femmes, dont pas un seul n'est garanti irréprochable, même par le Saint-Esprit.

Sa meilleure chance dès lors semblait se trouver auprès de ceux qui avaient refusé tout témoignage. Il ne serait peut-être pas facile de découvrir pourquoi certaines personnes ne croyaient pas aux saints et considéraient leur culte comme une novice superstition. Ceux-là pouvaient bien être disposés à révéler tout ce qui attirait l'attention sur les pieds d'argile de l'idole populaire. Certains croient aux saints, mais ne veulent pas du tout avoir affaire à eux. Ils estiment leur compagnie peu commode et considèrent leurs vertus comme un perpétuel reproche. Il n'y a pas plus entêté qu'un catholique brouillé avec sa conscience. Finalement, on pourrait trouver des gens qui hésitaient à révéler des faits à l'honneur du saint, parce que ces faits les discréditaient eux-mêmes.

Le problème suivant consistait à savoir où trouver ces gens. Selon les comptes rendus de Battista et de Saltarello, toutes les informations positives venaient de Gemello Maggiore, le village prospère, et tous les refus du triste village de l'autre côté de la vallée. La différence était trop visible pour être ignorée et trop artificielle pour être acceptée sans être mise en doute. Meredith décida d'en discuter avec l'évêque à leur prochain repas en commun.

Son Excellence aborda la question avec plus de prudence que d'habitude.

— Pour moi aussi, ceci a été une des particularités

les plus embarrassantes de la question. Laissez-moi essayer de vous situer cela. Voici deux villages, jumeaux de nom et de nature, perchés sur les crêtes d'une même montagne. Avant la guerre, qu'étaient-ils? De typiques hameaux calabrais, petits lieux désolés, habités par les locataires des fermes dont les propriétaires étaient absents. Aucune différence apparente entre les deux villages dans leur aspect extérieur et leur niveau de vie; sauf qu'à Gemello Minore, il y avait une *padrona* résidente. La comtesse de Sanctis... L'évêque appuya sur la parenthèse avec ironie. Une femme intéressante, la comtesse. Je serai curieux de savoir ce que vous pensez d'elle. Vous serez son hôte quand vous irez à Gemello Minore. Toutefois, en ce temps-là de même qu'aujourd'hui, sa présence n'apportait aucune différence dans la condition de la population locale... Puis vint la guerre. Les jeunes gens furent pris pour l'armée, les vieillards et les femmes, laissés pour cultiver la terre. C'est une terre pauvre pour tout dire, comme vous le verrez, et elle s'appauvrit au fur et à mesure des années. Il y avait un impôt sur les récoltes, et quand les propriétaires avaient pris leur part, il restait juste assez pour les paysans et souvent c'était vraiment la faim dans les montagnes. Alors... Les longues mains remarquables de l'évêque gesticulèrent avec force. Au beau milieu de cette situation, vient un homme, un étranger, qui se donne le nom de Giacomo Nerone. Que savons-nous de lui?

— Assez peu, répondit Meredith. Il arrive on ne sait d'où, habillé de guenilles de paysan. Il est blessé et souffre de malaria. Il prétend qu'il est déserteur des troupes qui se battent au sud. Les villageois l'acceptent sur sa prétendue identité. Ils ont des fils au loin et n'ont aucune sympathie pour une cause qu'ils savent perdue. Une jeune veuve appelée Nina

Sanduzzi l'héberge dans sa maison et le soigne. Ils ont une liaison qui est rompue plus tard... juste au milieu de sa grossesse.

— Et alors? souffla avec malice l'évêque.

Blaise Meredith haussa les épaules, embarrassé.

— A ce moment, je ne comprends plus. Le compte rendu n'est pas clair. Les témoins sont vagues. On parle de conversion, d'un retour à Dieu. Nerone quitte la maison de Nina Sanduzzi et se construit une petite hutte dans le coin le plus désolé de la vallée. Il plante un jardin. Il passe des heures dans la solitude et la contemplation, va à l'église tous les dimanches et reçoit les sacrements. Dans le même moment — le même moment, notez bien — il semble avoir pris en main la direction des deux villages.

— Comment les dirige-t-il, et vers quoi? Je vous pose des colles, Meredith, pour savoir ce que vous, le nouveau venu, avez compris de cette histoire. Moi, je la connais par cœur, mais elle m'intrigue toujours.

— Suivant les témoignages que j'ai lus, répondit Meredith prudemment, il commença par aller de maison en maison, offrant ses services à tous ceux qui en avaient besoin — un vieillard dont la terre dépérissait, une grand-mère, faible et seule, un fermier malade et ayant besoin de quelqu'un pour sarcler son carré de tomates. A ceux qui pouvaient payer, il demandait un salaire en nature, lait de chèvre, olives, vin, fromage, qu'il donnait à ceux qui en manquaient. Plus tard, quand vint l'hiver, il instaura une mise en commun du travail et des ressources, et la mit en vigueur très rigoureusement, quelquefois même violemment.

— Procédé certainement peu saint? insinua l'évêque avec un fin sourire.

— Cela a été mon sentiment, admit Meredith.

— Mais le Christ lui-même fouetta les changeurs et les chassa du temple, n'est-ce pas? Et lorsque vous connaîtrez nos Calabrais, vous conviendrez qu'ils ont les têtes les plus dures et les poings les plus serrés d'Italie.

Meredith fut forcé de rire du piège que lui avait tendu l'évêque.

Il concéda le point en souriant :

— Nous le marquons donc au crédit de Giacomo Nerone. Ce qui suit est aussi en sa faveur. Il soigne les malades et paraît avoir mis sur pied un rudimentaire service médical, en collaboration avec un certain docteur Aldo Meyer, un exilé politique qui, chose curieuse, refuse de donner quelque témoignage que ce soit sur le cas.

— Ce point aussi, m'a longtemps préoccupé, lui dit l'évêque. C'est d'autant plus intéressant que, avant comme après la guerre, Meyer lui-même a essayé d'organiser ces gens pour leur propre profit, mais a complètement échoué. C'est un homme d'une remarquable humanité, mais désavantagé par le fait d'être juif, dans une contrée catholique — peut-être par d'autres choses aussi. Vous devriez essayer de vous approcher de lui. Vous pourriez avoir des surprises... Continuez, je vous en prie.

— Ensuite nous trouvons la preuve d'une plus grande activité religieuse. Nerone prie avec les malades, réconforte les mourants. Il fait de longs trajets dans la neige pour amener le prêtre avec les derniers sacrements. Quand il n'y a pas de prêtre, lui-même assiste les agonisants. Ici, je trouve quelque chose de curieux...

Meredith s'arrêta pendant un moment d'incertitude.

— Deux des témoins disent : « Quand le Père Anselmo refusait de venir... » A votre avis, que signifie cela?

— Ce que cela dit, j'imagine, répliqua calmement Son Excellence. Il y a eu beaucoup de scandale autour de ce prêtre. J'ai souvent songé à le déplacer, mais jusqu'ici, j'y ai renoncé.

— Vous êtes réputé pour votre sévère discipline. Vous en avez révoqué d'autres. Pourquoi pas celui-là?

— C'est un vieil homme, répondit avec douceur l'évêque. Vieux et, je pense, très près du désespoir. Je haïrais la pensée que j'aie pu être celui qui l'y a poussé.

— Je suis désolé, s'excusa Meredith immédiatement.

— Pas du tout. Nous sommes des amis. Vous avez le droit de demander. Mais je suis un évêque et pas un bureaucrate. Je porte la houlette du pasteur et les brebis égarées sont aussi les miennes. Continuez. Lisez-moi encore un passage du rapport sur Giacomo Nerone.

Meredith passa une main dans ses cheveux rares. Il commençait à être fatigué. C'était un effort pour lui de garder ses pensées en ordre.

— Aux environs de mars 1944, les Allemands arrivèrent — un petit détachement d'abord, puis un autre plus important — des renforts de garnison pour ceux qui se battaient contre la 8e Armée britannique, laquelle avait traversé le détroit de Messine et luttait pour avancer vers la pointe de la Calabre. Giacomo Nerone est l'homme qui négocie avec les Allemands, et semble-t-il avec succès. Les paysans fourniront un minimum de nourriture fraîche contre des médicaments et des vêtements d'hiver. Le commandant de la garnison se chargera de la discipline de ses troupes et protégera les femmes dont les maris et les frères sont loin. L'accord est observé convenablement, et Nerone s'affirme comme un médiateur respecté. Cette association avec les Allemands fut alléguée plus tard comme un motif de son exécution, par les partisans. Lorsque les Alliés se frayèrent un passage et commencèrent leur poussée vers Naples, ils contournèrent les villages et laissèrent les partisans traiter avec les forces allemandes, éparpillées et en retraite. Giacomo Nerone resta...

L'évêque interrompit Meredith de sa main fine levée.

— Arrêtez-vous ici un instant. Que voyez-vous jusque-là?

— *Ignotus!* répondit calmement Meredith. L'inconnu. L'homme de nulle part. Un homme perdu qui devient subitement un homme pieux. Il a le sens de la gratitude, le sentiment de la compassion, l'aptitude et peut-être l'amour du commandement. Mais qui est-il? D'où vient-il, et pourquoi agit-il comme il le fait?

— Vous ne voyez pas un saint en lui?

Meredith secoua la tête.

— Pas encore. De la piété peut-être, mais pas de sainteté. Je n'ai pas encore examiné le témoignage des prétendus miracles, aussi je mets cela à part. Mais je fais une remarque. Il y a dans la sainteté une constante, qui est une grande modération. Jusqu'à présent, je ne vois pas de modération, rien que secret et mystère.

— Il n'y a peut-être pas de mystère — rien qu'ignorance et incompréhension. Dites-moi, mon ami, que savez-vous des conditions de vie ici, dans le Sud, à cette époque-là?

— Presque rien, admit franchement Meredith. Pendant toute la durée de la guerre j'étais bloqué dans la cité du Vatican. Je ne savais que ce que j'entendais ou lisais — et Dieu sait que tout cela était assez dénaturé.

— Alors, laissez-moi vous expliquer.

L'évêque se leva et alla jusqu'à la fenêtre pour regarder le jardin où la brise s'agitait faiblement à travers les massifs d'arbustes, où les ombres étaient profondes, car la lune n'avait pas encore paru au-dessus des collines. Quand il parla, sa voix était empreinte d'une vieille tristesse.

— Je suis italien et je comprends cette histoire mieux que beaucoup d'autres, quoique je ne comprenne pas encore les gens qui y sont mêlés. D'abord, vous devez vous rendre compte que les peuples vaincus n'ont aucune fidélité. Leurs chefs ont failli à leurs devoirs envers eux. Leurs fils sont morts pour une cause perdue. Ils n'ont foi en personne — même pas en eux-mêmes. Lorsque nos conquérants sont venus en criant démocratie et liberté, nous ne les avons pas crus non plus. Nous avons seulement regardé le pain qu'ils avaient en main et calculé exactement le prix qu'ils nous en demanderaient. Les gens affamés ne croient même pas au pain, jusqu'à ce qu'il soit avalé en toute sécurité, et qu'ils puissent le sentir faire mal à leurs estomacs déshabitués. C'était comme cela ici, dans le Sud. Les gens étaient vaincus, sans chef, affamés. Pire que cela, ils étaient oubliés, et ils le savaient.

— Mais Nerone ne les avait pas oubliés, objecta Meredith. Il était toujours avec eux. Il était toujours un chef.

— Non, c'était fini. De nouveaux barons régnaient sur les terres. Des hommes avec des revolvers tout neufs, et des cartouchières chargées, et un simple rescrit des conquérants, leur donnant autorité pour nettoyer les montagnes et y faire régner l'ordre, jusqu'à ce qu'un nouveau gouvernement responsable fût formé. Leurs noms et leurs visages étaient familiers : Michele, Gabriele, Luigi, Beppi. Ils avaient du pain pour marchander, de la viande en conserve, des tablettes de chocolat et aussi de vieux comptes à régler, comptes politiques et personnels. Il saluaient du poing fermé de la camaraderie et du même poing frappaient au visage ceux qui osaient avoir une opinion différant de la leur. Ils étaient nombreux et ils étaient forts, parce que votre Mr. Churchill avait dit qu'il s'entendrait avec quiconque pourrait l'aider à mettre de l'ordre en Italie et lui permettre de réussir son invasion de la France. Que pouvait faire Giacomo Nerone contre eux — votre Ignotus de nulle part?

— Qu'a-t-il essayé de faire? C'est ce qui m'intéresse. Pourquoi certains se sont-ils cramponnés à lui comme à un saint, et d'autres l'ont-ils rejeté et livré à ses exécuteurs? Pourquoi les partisans étaient-ils contre lui, en premier lieu?

— C'est dans le dossier, répondit l'évêque avec un sourire las. Ils l'ont traité de collaborateur. Ils l'ont accusé d'avoir fait du commerce avec les Allemands à son profit.

Meredith rejeta énergiquement la suggestion.

— Ce n'est pas suffisant! Ce n'est pas assez pour expliquer la haine, la violence et la division, et pourquoi un village devient prospère et l'autre tombe de plus en plus dans le dénuement. Ce n'est pas assez pour nous non plus. Le peuple clame le martyre — une mort pour la défense de la foi et des principes de la morale. Tout ce que vous m'avez montré c'est une exécution politique, injuste et cruelle peut-être, mais quand même rien que cela. Nous ne nous intéressons pas à la politique, mais à la sainteté, la relation directe d'un homme avec le Dieu qui l'a créé.

— Peut-être n'était-ce que cela — un honnête homme victime de la politique.

— Est-ce que Votre Excellence croit cela?

— Ce que je crois importe-t-il, Monseigneur?

Le fin visage patricien était tourné vers lui. Les lèvres minces sourirent ironiquement.

Puis, brusquement, la vérité frappa Meredith, froide, comme de l'eau glacée au visage. Cet homme aussi avait sa croix à porter. Il pouvait être évêque, mais cela n'empêchait pas les doutes de le tourmenter ni les craintes de le harceler jusqu'à l'extrême bord de la tentation. Une rare compassion remua le cœur desséché de Meredith, il répondit calmement :

— Si cela importe? Je pense que cela importe beaucoup.

— Pourquoi, Monseigneur? Les yeux profonds et sages le provoquaient.

— Parce que je pense que vous, tout comme moi, vous avez peur du doigt de Dieu.

V

LE peintre Nicholas Black commençait un nouveau tableau.

C'était une composition simple, mais étrangement dramatique; une chute de rochers, isolés, crevassés, rongés par les intempéries, tachés de mousse et tachetés comme la peau d'un serpent; un olivier solitaire s'élançait de ces rochers, desséché et sans feuilles, ses branches dénudées tendues comme une croix contre le bleu clair du ciel.

Il y travaillait depuis une heure, dans l'éclatante solitude d'un petit plateau, derrière l'épaulement de la montagne; au-dessous, la vallée s'étendait comme un échiquier, et au-dessus s'élevait la montagne couverte de touffes d'herbe, éclaboussée par le soleil de midi.

Le soleil chauffait son torse brun et nerveux. L'air était languissant et sec, mais bruyant du chant des cigales, et Paolo Sanduzzi dormait à un mètre environ des pieds du peintre, détendu comme un lézard sur un rocher gris.

Nicholas Black n'avait jamais connu le contentement, et rarement était pleinement satisfait; mais dans cet endroit calme et en cette heure paisible, dans la compagnie du garçon endormi et le tableau prenant vigoureusement forme sous son pinceau, il était plus près de cet état qu'il ne l'avait jamais été.

Il peignait posément, avec satisfaction, ses pensées extériorisées sur la toile et sur l'arbre gris, tordu, semblable à une potence sur un petit Golgotha. Il y avait dans l'arbre une force qui l'attirait, dans le bois, du nerf, et sous la dure écorce grise, des muscles et des os, comme si un jour il allait se fendre en deux et qu'un homme en surgirait éclatant et neuf en une sorte de résurrection à l'aube.

Il admirait la force — d'autant plus qu'il en avait si peu — cependant il était rarement capable de l'exprimer dans ses œuvres. Les critiques avaient remarqué cette lacune depuis longtemps. Ils admiraient le charme, le brio, l'éclat dramatique de ses tableaux, mais en déploraient la mollesse et le manque de chaleur sous le brillant vernis. Plus tard, ils le traitèrent de *raté*, d'homme qui n'arriverait jamais tout à fait à cause de quelque faiblesse fondamentale dans sa propre personnalité. Après cela, bien entendu, ils se montrèrent bienveillants, dans le style condescendant qu'ils réservent aux aimables médiocrités et aux perpétuels audacieux. Ils signalaient toujours ses expositions, le louaient assez pour que les douairières continuent à acheter ses toiles, et pour que les petits marchands de tableaux s'y intéressent modérément. Mais ils ne le prirent jamais au sérieux.

De temps en temps, un jeune critique se faisait les dents sur une exposition de Nicholas Black, et ce fut l'un d'eux qui écrivit cette épitaphe brutale dont tout Londres s'esclaffa pendant une semaine, et qui chassa Black à travers le Channel, jusqu'à Rome et Anne-Louise de Sanctis.

— Un des eunuques du métier, disait l'habile

jeune critique. Condamné à vivre pour toujours dans la contemplation de la beauté, mais à ne jamais, jamais la posséder.

Dans les clubs, Bag O'Nails, le Stag et celui de la B.B.C., ils riaient en buvant leur bière. Dans les salons georgiens de Knightsbridge, ils gloussaient par-dessus leurs cocktails. Sous les toits mansardés de Chelsea, ils en firent une chanson obscène; et celui qui partageait son appartement et plus que la moitié de son amour, la lui chanta au visage après une soirée de dispute.

Ce fut le plus amer moment de la vie de Nicholas Black et, même maintenant, à deux milles lieues de distance et six mois après, le souvenir en demeurait vivace et plein de honte. C'était là une terreur toute spéciale; un enfer tout particulier, réservé à ces pauvres diables qui, par oubli ou ironie du Créateur, viennent au monde diminués dans les attributs qui définissent un homme. Leurs semblables, plus normaux, les dédaignent, comme les rimailleurs dédaignent une parodie qui souligne l'emphase de leurs œuvres, comme les honnêtes épouses dédaignent la prostituée qui vend pour de l'argent ce que ces épouses refusent par amour. Ainsi, ces déshérités forment un royaume entre eux, une moitié de monde, d'amants dégénérés, de rencontres furtives et d'étranges mariages. Dans ce demi-monde la loyauté existe, mais pas assez pour en forger une armure contre les intrigants à l'intérieur et les railleurs du dehors. Et quand un homme comme Nicholas Black le quitte, c'est pour devenir le pèlerin solitaire d'un culte secret, dont les symboles sont les graffiti sur les murs des cabinets, le signe phallique et le frôlement dans une assemblée d'étrangers.

Mais, à présent, il était arrivé à une oasis sur son chemin de pèlerin. Il peignait un arbre aussi fort et aussi vivant qu'un homme. Et un adolescent à la peau couleur de baie, languissant, dormait à ses pieds, dans le soleil. Il traça un dernier trait soigneusement, puis posa son pinceau et sa palette et se leva pour regarder Paolo Sanduzzi.

Ce dernier dormait sur le dos, un genou replié, un bras sous sa tête et l'autre mollement étendu sur le rocher gris et chaud. Il n'avait d'autres vêtements qu'un court pantalon taché, des sandales de cuir, usées. Dans l'air sec et chaud sa peau brillait comme du bois huilé, et son doux visage d'enfant prenait au repos un air étrangement innocent.

Nicholas Black était depuis longtemps étranger à toute innocence, il s'était trop souvent joint aux railleurs et aux corrupteurs de l'innocence. Mais il lui était cependant possible de la reconnaître et d'en être jaloux, et ici, loin de toute moquerie, d'en regretter encore la perte.

Il s'assit sur le rocher brûlant, à quelques pas du garçon, et se mit à fumer pensivement une cigarette, pris dans un rare moment de contentement, entre son passé accusateur et son avenir incertain.

Brusquement, le garçon s'assit et le regarda les yeux rusés, curieux.

— Pourquoi me regardez-vous toujours ainsi?

Black sourit calmement et dit :

— Tu es beau, Paolino. Tu ressembles au jeune David que Michel-Ange sculpta dans un bloc de marbre. Je suis un artiste, un amoureux de la beauté. Voilà pourquoi j'aime bien te regarder.

— Je veux pisser, dit le garçon en souriant.

Il bondit, alla jusqu'au bord du plateau et, debout les jambes écartées, se soulagea ostensiblement devant Nicholas Black, qui comprit la moquerie, mais ne protesta pas. Le garçon revint nonchalamment s'accroupir près du peintre. Il souriait encore, mais on lisait dans ses yeux un calcul sournois. Il demanda effrontément :

— Allez-vous m'emmener, lorsque vous irez à Rome?

Black haussa les épaules à la façon du Sud.

— Qui sait? Rome est loin et cela coûte cher. Là-bas, je peux avoir de nombreux domestiques. Mais un ami — cela pourrait être différent.

— Mais vous m'avez dit que j'étais votre ami! L'empressement était si vif et si enfantin qu'il aurait pu s'y laisser prendre, mais la vérité était visible dans les yeux sombres comme de l'onyx.

— Un ami doit se prouver, dit le peintre avec une indifférence calculée. Nous avons le temps encore. Nous verrons.

— Mais je suis un bon ami, un véritable ami, plaida Paolo. Regardez, je vais vous montrer!

Il jeta ses bras autour du cou de Black et l'embrassa rapidement, puis bondit loin de lui, hors d'atteinte, comme un animal timide. Le peintre s'essuya la bouche du revers de sa main et se leva lentement, le goût amer de la désillusion dans sa bouche. Il ne regarda pas le garçon, qui se tenait sur le bord d'un rocher, les poings sur les hanches, à dix pieds loin de lui. Black marcha jusqu'au chevalet, prit son pinceau et sa palette et dit par-dessus son épaule :

— Enlève tes vêtements!

Le garçon le regarda ébahi.

Black cria avec dureté :

— Allons! Enlève-les. Tu vas me servir de modèle. C'est pour cela que tu es payé, entre autres choses.

Après un moment d'embarras, le garçon obéit et Black sourit avec une sardonique satisfaction en voyant l'effronterie et le défi tomber en même temps que les culottes déchirées. Ce n'était plus qu'un enfant, à présent, effrayé, peu sûr de lui-même, en présence de son capricieux patron.

— Étends les bras. Comme cela.

Le garçon leva lentement les bras à la hauteur de ses épaules.

— Garde-les ainsi, maintenant.

A traits rapides et sûrs, Nicholas Black commença à peindre un personnage crucifié sur la forme tordue de l'olivier, pas un Christ tourmenté, mais un adolescent en pleine puberté, avec le visage et le corps de Paolo Sanduzzi, cloué à l'arbre, par les mains et les pieds, une lance rouge transperçant sa poitrine, mais souriant encore tandis que se vidait son sang emportant sa vie.

Le garçon se fatigua bien avant que le tableau ne fût achevé, mais Nicholas Black le forçait à rester debout, et l'injuriait chaque fois qu'il laissait tomber ses bras. Puis quand le peintre eut fini, il appela Paolo et lui montra le tableau. L'effet fut saisissant. Le visage du garçon se tordit en un masque de terreur, sa bouche s'ouvrit toute grande, et il se mit à frissonner et à baragouiner en montrant la toile du doigt.

— Qu'est-ce qu'il y a? Qu'essayes-tu de me dire?

Black criait d'une voix dure, mais cela ne fit aucune impression sur Paolo Sanduzzi. Il semblait au bord d'une crise d'épilepsie. Black s'approcha de lui et le gifla vivement sur les deux joues. Le garçon cria de douleur, puis commença à pleurer, s'accroupit par terre et se couvrit le visage de ses mains, tandis que Nicholas Black s'agenouillait près de lui, essayant de le calmer. Un moment après, il lui demanda de nouveau :

— Qu'est-ce qu'il y a? Qu'est-ce qui t'a effrayé?

La voix du garçon fut comme un murmure.

— Le tableau!

— Qu'est-ce qu'il a?

— C'est l'arbre de mon père!

Le peintre le regarda ébahi.

— Qu'est-ce que tu veux dire?

— C'est comme cela qu'ils ont tué mon père. Sur ce même arbre. Ils y ont attaché mon père les bras étendus, comme si c'était une croix, et ils l'ont fusillé.

— O Dieu! jura doucement Nicholas Black. Anges du ciel, quelle histoire! Quelle charmante, charmante histoire!

Puis, un moment après, il se mit à rire et le garçon partit furtivement, effrayé et subjugué, en tenant à la main ses culottes et ses sandales.

Ce même midi vit le Dr Aldo Meyer réintégré temporairement dans les bonnes grâces de Gemello Minore.

Martino, le forgeron, avait eu une attaque d'apoplexie pendant qu'il travaillait à l'enclume. Il était tombé contre la forge, et s'était sérieusement brûlé la poitrine et le visage. On l'avait porté sur la route jusqu'à la villa de Meyer, et le docteur le soignait actuellement, aidé de Nina Sanduzzi, tandis que la femme de Martino regardait nerveusement d'un coin de la pièce et que les villageois jacassaient comme des étourneaux, sur ces miettes de drame.

Le corps du forgeron, épais comme un tonneau, enveloppé de couvertures, était étendu sur la table en planches de la cuisine de Meyer. L'un des côtés du forgeron était complètement paralysé, la jambe et le bras inutiles, le visage tordu de côté, dans un rictus de surprise et de frayeur. Les yeux étaient clos et la respiration courte et bruyante. Pendant que Meyer examinait et nettoyait les brûlures des joues, un cri bas, inarticulé sortit de sa bouche tordue. Une fois le visage pansé, ils déroulèrent les couvertures et

Meyer fit entendre un sifflement sourd et inquiet, lorsqu'il vit l'étendue et la profondeur des brûlures du corps. Nina Sanduzzi se tenait impassible comme une statue, tenant le bol d'eau bouillante et les tampons d'ouate. Lorsque la femme de Martino voulut s'approcher, elle posa très calmement le bol et la ramena dans le coin, la calmant et la grondant d'une voix basse et réconfortante. Puis elle revint vers Meyer, et attentive comme une infirmière, l'aida à enlever les éclats de charbon des blessures, à nettoyer celles-ci et à les humecter légèrement avec de la gentiane violette et avec les dernières gouttes de réserve de Merthiolate.

Les pansements terminés, Meyer ausculta une fois encore le malade et compta les pulsations, puis l'enveloppa de nouveau dans les couvertures, et se retourna pour parler à la femme du forgeron, en pleurs dans son coin. Il lui dit avec douceur :

— Vous feriez mieux de le laisser ici, pour une couple d'heures. Ensuite je le ferai porter chez vous.

Elle plaida pour son mari en gémissant comme un animal.

— Il ne va pas mourir, n'est-ce pas, docteur? Vous ne le laisserez pas mourir?

— Il est aussi fort qu'un bœuf, dit calmement Meyer. Il ne mourra pas.

Elle lui saisit les mains, les embrassa et invoqua tous les saints pour bénir le bon Dr Meyer qui se dégagea avec brusquerie :

— Rentrez chez vous à présent comme une femme raisonnable et donnez à manger à vos enfants. Je vous enverrai chercher si j'ai besoin de vous, et vous aurez votre mari plus tard à la maison.

Nina Sanduzzi la prit par le bras et la conduisit hors de la chambre, tandis que Meyer revenait vers son patient; il entendit Nina crier à la porte aux gens rassemblés, les pressant de retourner à leurs affaires. Lorsqu'elle revint, elle lui demanda d'un ton brusque :

— Vous pensiez ce que vous lui avez dit? Qu'il vivra?

— Il vivra, répondit Meyer en haussant les épaules. Mais il ne sera bon à rien, pas plus pour lui-même que pour elle.

— Il a six enfants.

— C'est beaucoup trop, répondit sèchement Meyer.

— Mais il les a, insista-t-elle avec obstination. Qui va les nourrir maintenant qu'il ne peut plus travailler?

Meyer haussa les épaules :

— Il y a les secours publics. Ils ne mourront pas de faim.

— Secours publics! lui lança-t-elle avec mépris. Une douzaine de démarches et une centaine de formulaires à remplir pour un kilo de pâtes! Est-ce une réponse?

— C'est la seule que je connaisse de nos jours, répondit Meyer avec une froide amertume. J'en connaissais un tas d'autres dans le temps, mais personne n'a voulu m'écouter, ils voulaient continuer à l'ancienne manière. Eh bien!... c'est la vieille manière.

Nina Sanduzzi le regarda. Il y avait de la pitié et du mépris dans ses yeux sombres, intelligents.

— Vous savez ce que Giacomo Nerone aurait fait, n'est-ce pas? Il serait allé à la forge lui-même, et y aurait travaillé. Il aurait frappé à toutes les portes, supplié ou malmené les gens pour les forcer à apporter leur aide. Il serait monté à la villa, parler à la comtesse, lui demander de l'argent et du travail pour la femme de Martino. Il aurait soutiré au Père Anselmo quelque argent du tronc des pauvres. Il comprenait cette sorte de choses. Il savait combien les gens s'affolaient. Il n'aurait pas supporté de laisser pleurer un enfant...

— Votre Giacomo était un homme remarquable, dit poliment Meyer. C'est pour cela qu'ils l'ont tué. Si je me rappelle bien, Martino faisait partie du peloton d'exécution.

— Et vous avez signé un papier disant qu'il avait été exécuté légalement, après un procès dans les règles.

Il n'y avait aucune colère dans sa voix, rien qu'un calme souvenir de faits familiers.

— Mais nul d'entre vous n'a jamais donné la vraie raison pour laquelle on l'a tué.

— Mais quelle était cette raison, alors? la défia-t-il, rudement.

— Il n'y avait pas qu'un motif. Il y en avait vingt. Celui de Martino, celui de la comtesse, celui du Père Anselmo, celui de Battista, celui de Lupo et le vôtre aussi, mon cher docteur. Mais vous ne pouviez alors les avouer, même entre vous : aussi, en avez-vous trouvé un qui vous convenait à tous — Giacomo était un collaborateur, un ami des fascistes et des Allemands! Vous étiez les libérateurs, les amis de la liberté, les petits frères du monde entier. Vous nous avez apporté la démocratie. Tout ce que Giacomo a jamais apporté, c'est un croûton de pain et un bol de soupe et deux mains pour travailler quand l'homme de la maison était malade.

Cette calme accusation le piqua, il s'emporta et lui répliqua :

— C'est ce qu'il y a de stupide en ce pays. Voilà pourquoi nous sommes en retard de cinquante ans sur le reste de l'Europe. Nous ne nous organisons pas, nous ne nous disciplinons pas, nous ne coopérons pas. On ne peut bâtir un monde meilleur sur un bol de pâtes et un seau d'eau bénite.

— Vous ne pouvez le bâtir non plus sur des balles, docteur. Vous avez eu ce que vous vouliez. Vous avez tué Giacomo. Alors, qu'est-ce que cela prouve? Martino ne peut plus travailler. Qui va nourrir sa femme et ses six enfants?

Il n'y avait pas de réponse à cette brutale logique, il s'éloigna, honteux et impuissant, marcha jusqu'à la porte qui donnait accès au jardin chaud et éclatant. Un moment plus tard Nina Sanduzzi l'y suivit et posa une main hésitante sur sa manche.

— Vous croyez que je vous hais, docteur. Non. Giacomo non plus ne vous haïssait pas. Avant de mourir, il est venu me voir. Il savait ce qui allait advenir. Il savait que vous y aviez pris part. Mais savez-vous ce qu'il m'a dit? « Cet homme est bon, Nina. Il a essayé de faire beaucoup, mais il est malheureux, parce qu'il n'a jamais vraiment compris ce que c'est qu'aimer et être aimé. Il veut organiser et réformer, mais il ne voit pas que tout cela, sans amour, est stérile. J'ai eu la chance de t'avoir près de moi, dès le premier jour, pour me l'apprendre. Lui, il a été trop longtemps seul. Quand je serai mort, va à lui, il sera bon pour toi. S'il devait t'arriver de te sentir à nouveau le besoin d'un homme — celui-ci serait bon pour toi et pour le garçon. » Il vous a écrit une lettre, docteur, il l'a laissée parmi ses papiers. Je devais vous la remettre après sa mort.

Meyer se retourna brusquement pour la regarder, ébahi.

— Une lettre! Où est-elle, femme? Où, pour l'amour de Dieu?

Nina Sanduzzi étendit les mains dans un geste de désespoir.

— J'avais tous ses papiers dans mon armoire. Un

jour, lorsque Paolo était petit, il réussit à les atteindre et à les mélanger tous ensemble. Il en a déchiré quelques-uns, froissé d'autres et quand j'ai eu tout ramassé de nouveau, je n'ai pas pu les distinguer les uns des autres... Elle rougit comme d'une révélation honteuse. Je... je n'ai jamais appris à lire!

Le docteur la prit rudement aux épaules.

— Je dois voir les papiers, Nina. Je dois les voir. Vous ne savez pas comme c'est important.

— Six enfants sont importants, répondit calmement Nina Sanduzzi. Et une femme dont le mari ne peut plus travailler.

— Si je les aide, me montrerez-vous les papiers?

Elle secoua la tête dans un refus catégorique.

— Il y a encore autre chose que disait Giacomo : « On ne devrait jamais marchander avec le corps des autres. » Si vous voulez les aider, vous le ferez sans demander à être payé en retour. Plus tard, nous pourrons parler des papiers.

Il était battu et il le savait. Il y avait, en cette femme qui ne savait pas lire, une force de granit, une inviolable réserve de sagesse avec lesquelles il ne pouvait se mesurer, lui, l'étudiant à vie. Ce qui le surprenait, c'est que cette sagesse, elle ne l'avait pas puisée dans ses origines paysannes, et il ne voulait pas admettre qu'elle l'eût acquise de Giacomo Nerone. Cependant, tout comme Giacomo Nerone, elle détenait la clef d'un mystère qui avait échappé pendant vingt ans à Aldo Meyer : pourquoi certains hommes avec des dispositions, de la bonne volonté et de la compassion, ne réalisent jamais complètement le contact humain et ne provoquent que critiques et moqueries chez ceux qu'ils essayent d'aider; et pourquoi d'autres, sans effort apparent, sont intégrés immédiatement dans l'intimité et sont évoqués avec amour longtemps après leur mort.

Il pourrait peut-être trouver dans les papiers de Nerone la réponse qu'il n'avait pas le courage de demander à Nina Sanduzzi. Mais il ne pouvait l'obtenir qu'au prix imposé par elle. Il haussa les épaules, résigné, et lui dit :

— Je dîne ce soir avec la comtesse. Je lui parlerai de Martino et verrai ce que nous pourrons faire.

Un sourire illumina le visage calme et classique de Nina. D'un geste impulsif, elle lui saisit la main et l'embrassa.

— Vous êtes un homme bon, docteur. Je le dirai à la femme de Martino. Il ne faut laisser personne trop longtemps dans la crainte.

— Vous pourrez me dire autre chose, aussi, Nina.

— Oui, docteur?

— Que diriez-vous si je vous demandais de m'épouser?

Les yeux noirs et profonds de Nina n'exprimèrent ni surprise ni plaisir.

— Je vous dirais ce que je vous ai dit la première fois, docteur. Vous auriez mieux fait de ne pas le demander.

Puis elle le quitta rapidement et Aldo Meyer retourna à son malade, compter les pulsations faibles et inégales et écouter le robuste cœur paysan qui luttait pour la vie dans la poitrine brûlée.

Debout au bord du torrent, Paolo Sanduzzi lançait des cailloux dans l'eau et les regardait rebondir dans les fourrés du côté opposé. Le fleuve avait un nom et trois physionomies. Son nom était Torrente del Fauno — le torrent du faune — car autrefois, longtemps avant que le Christ descendît de Rome, avec saint Pierre, les faunes jouaient là, satyres rieurs poursuivant les filles des bois qu'on appelait les dryades. Lorsque l'église fut construite, ils s'en allèrent tous; c'était plutôt regrettable, car la vallée devint triste sans eux. Mais le nom resta et quelquefois les garçons et les filles du village se rencontraient là, pour jouer aux anciens jeux païens.

La physionomie du torrent changeait avec les saisons. En hiver il devenait sombre, froid et sinistre, bordé parfois de gelée blanche et de neige accumulée. Au printemps, il était de couleur brune et tumultueux, grondant si fort sous l'eau du dégel qu'on pouvait l'entendre du village. Quand venait l'été, il se réduisait à un mince filet clair murmurant doucement sur les pierres, étendu en flaques tranquilles au pied des berges. Avant la venue de l'automne, il était sec à nouveau — un lit desséché plein de pierres blanchies. A présent, il avait repris sa douce physionomie, et Paolo Sanduzzi, ressemblant lui-même à un faune, était heureux de se trouver là, loin de l'arbre mort pareil à une potence et loin de l'Anglais dont le rire résonnait comme de l'eau bouillonnant dans une marmite noire.

Il n'avait jamais été aussi effrayé de sa vie, et il l'était encore. On aurait dit que le peintre détenait la clef de sa vie : du passé dont il avait honte, et du futur qu'il ne pouvait qu'entrevoir obscurément, comme une vision de Rome avec ses églises et ses palais, ses rues pleines de brillantes automobiles et ses trottoirs encombrés de jeunes filles habillées comme des princesses.

La vision l'avait frappé d'un charme — moitié plaisant, moitié sinistre — tels ces fétiches que la vieille Nonna Patucci donnait aux jeunes filles pour attirer leurs amoureux. Il pouvait le sentir actuellement comme une démangeaison sous sa peau, comme une image oppressante derrière le globe de ses yeux. Tôt ou tard, ce charme le ramènerait vers l'Anglais, dont le rire moqueur lui donnait quelquefois le sentiment d'être gauche comme un enfant et, d'autres fois, éveillait en lui d'étranges et troublantes passions, même sans un mot ni le contact d'une main.

Il jeta mollement une dernière pierre dans l'eau, fourra ses mains dans ses poches et commença à descendre le long du torrent, vers l'aval. Comme il contournait une courbe de la berge, une voix aiguë l'appela :

— Eh! Paoluccio!

Il leva les yeux et vit Rosetta, la fille de Martino le forgeron, assise sur un rocher les jambes pendant dans l'eau. C'était une maigre enfant espiègle, d'un an plus jeune que lui, avec des cheveux plats, un petit visage effronté et une poitrine naissante sous la chemise de coton fané qu'elle portait pour tout vêtement. Au village, il l'ignorait avec soin, mais à présent il fut heureux de la voir. Il agita une main indifférente :

— Eh! Rosetta!

Puis, il alla s'asseoir près d'elle sur le rocher.

— Mon père est malade. Il est tombé à la suite d'une attaque et s'est brûlé sur la forge. Il est dans la maison du docteur.

— Va-t-il mourir?

— Non. Le docteur dit qu'il vivra. Ma mère pleure. Elle nous a donné à tous du pain et du fromage et nous a envoyés jouer. Tu en veux?

Elle tenait un quignon de gros pain et un morceau de fromage de chèvre.

— J'ai faim, répondit Paolo.

Elle partagea le pain et le fromage en parties égales et lui donna sa part. Ils se mirent à mâcher silencieusement au soleil, les pieds au frais dans l'eau. Après un moment, elle lui demanda :

— Où as-tu été, Paolino?

— Avec l'Anglais.

— Quoi faire?

Il haussa les épaules avec indifférence, comme les hommes avec les femmes trop curieuses.

— Je travaille.

— Quelle sorte de travail?

— Je porte ses affaires. Lorsqu'il peint je regarde. Quelquefois il me demande de faire le modèle pour lui.

— Quel modèle?

— Je reste simplement là et il me peint.

— Teresina dit qu'il y a des filles à Naples qui se déshabillent pour que les hommes les peignent.

— Je sais, dit-il d'un air entendu.

— Est-ce que tu te déshabilles aussi?

La question le prit à l'improviste et il répondit rudement.

— C'est mon affaire.

— Mais tu le fais, n'est-ce pas? C'est-à-dire si tu es un modèle.

— C'est un secret, Rosetta, lui confia-t-il sérieusement. Ne le dis à personne, ils ne comprendraient pas.

— Je ne le dirai pas. Je te promets. Elle l'entoura de son bras maigre et posa sa tête sur son épaule nue. Le geste embarrassa Paolo, mais lui fit plaisir aussi. Il la laissa ainsi, et, parce qu'il était content, lui expliqua :

— L'Anglais dit que je suis beau comme la statue que Michel-Ange a sculptée dans le marbre.

— C'est idiot. Seules les femmes sont belles. Les garçons sont gentils ou vilains. Pas beaux.

— C'est ce qu'il a dit en tout cas, lui répondit-il, sur la défensive. Il a dit que j'étais beau et qu'il aimait la beauté et qu'il aimait me regarder!

Elle se fâcha, de sa façon drôle, gamine. Retirant son bras, elle se redressa pour lui faire face.

— Maintenant je sais que tu l'as inventé. Les hommes ne disent pas de pareilles choses. Les femmes seulement!

Elle lui entoura le cou de ses bras et pressa ses lèvres contre les siennes; lorsqu'il essaya de résister, elle resserra son étreinte, et quand il sentit à travers la chemise la jeune poitrine contre la sienne, il décida que cela lui plaisait après tout. Et il commença à l'embrasser, lui aussi.

Un peu plus tard, elle lui prit le visage dans ses petites mains et lui dit gravement :

— Je t'aime, Paoluccio. Je t'aime vraiment. Pas comme une statue.

— Je t'aime aussi, Rosetta!

— Je suis contente.

Elle bondit sur ses pieds et lui tendit la main.

— A présent, emmène-moi en promenade.

— Pourquoi?

— Parce que nous nous aimons, nigaud, et c'est ce que font les amoureux. De plus, j'ai un secret.

— Quel secret?

— Emmène-moi en promenade et je te ferai voir.

Malgré lui, il lui tendit la main. Elle la saisit pour le mettre debout, et ils remontèrent le torrent, à travers l'eau claire, et s'en allèrent sous les verts fourrés pour partager les vieux secrets que les dryades racontèrent aux faunes dansants.

De son aire élevée, du haut-plateau derrière l'épaule de la montagne, Nicholas Black considérait le cours déroulé de son passé. Pour la première fois de sa vie, il en voyait clairement le tracé, et comment l'avenir en découlait inévitable et identique, comme les jeunes pousses d'un arbre.

Dès l'origine, il avait été frustré : la secrète fatalité apparaissant au moment où les éléments déterminants furent parcimonieusement distribués par cette puissance, quelle qu'elle fût, qui décida que, de l'aveugle accouplement d'un homme et d'une femme, devait naître une parodie d'homme.

Il était né jumeau — absolument identique de visage et de forme au frère né une heure avant lui. Il était né catholique dans une des vieilles familles du pays marécageux, lesquelles avaient conservé la foi intacte, depuis l'époque de la première Elizabeth jusqu'à celle du dernier George. Il avait été baptisé en même temps que son frère et reçu la même bénédiction dans la chapelle du manoir à partir des marches de laquelle les larges et vertes pelouses s'étendaient jusqu'à la lisière de roseaux et des marais gris.

Mais là s'arrêtait l'identité et commençait la divergence. Le premier-né poussa, hâlé et fort, le second pâle et maladif. Ils étaient comme Esaü et Jacob — mais Esaü jouissait de son droit d'aînesse : les sports, la pêche, les longues chevauchées dans l'été éclatant, tandis que Jacob s'accrochait au refuge de la maison et au havre sûr de la lingerie et de la bibliothèque. A l'école il traîna en queue de sa classe, perdit un an à Oxford; et lorsque son frère jumeau partit comme officier d'artillerie pour le désert de l'Ouest, lui resta confiné sur un lit d'hôpital avec une fièvre rhumatismale. Toute la force s'était accumulée en l'un des frères, et toute la faiblesse en l'autre. Toute la virilité alla au premier-né, et Nicholas Black n'eut qu'une beauté ambiguë, et la douce subtilité d'un esprit trop longtemps replié sur lui-même.

Tant que son frère vécut, il espéra puiser force et dignité dans l'affection. Quand ensuite arrivèrent les mots : « Manquant et présumé mort », le dernier espoir mourut et la secrète amertume commença à se développer. Il avait été frustré : par Dieu, par la vie, par son frère mort, par son père qui, après un scandale étouffé à Londres, lui avait donné l'ordre de quitter la maison avec une petite rente annuelle pour l'empêcher d'y retourner.

Depuis, il avait été solitaire. Sa foi avait fait naufrage en se heurtant au mystère le plus difficile à comprendre : qu'un Dieu juste pût créer des monstres, et cependant exiger d'eux de vivre comme des hommes. Son cœur s'était endurci dans les amours brèves de ce milieu où il les cherchait. Et soudain, maintenant, le pouvoir était mis en ses mains — le pouvoir de faire d'un autre ce qu'il n'avait pas réussi à faire de lui-même : un homme, noble de nature et de comportement. Ce faisant, il pourrait refaire sa propre vie — lui conférer de la dignité, de la compréhension et un amour plus pur qu'aucun autre jamais expérimenté.

Il vieillissait. La passion était plus lente à s'éveiller et plus facile à maîtriser, sauf quand la vanité et la rivalité l'aiguillonnaient. En prenant le garçon comme pupille il réaliserait une sorte de paternité qui donnerait à sa vie la discipline et la direction qui lui avaient toujours manqué.

Ce fut un moment de vertige et de divine élévation.

Cet adolescent était le fils d'un prétendu saint et avait été conçu dans le corps d'une prostituée de village. Sa vie était aussi prévisible que celle d'un million d'autres, dans les villages sans travail de l'Italie du Sud. Il mûrirait dans la paresse, se marierait trop jeune et engendrerait trop souvent et vivrait sans aucun but sur l'extrême marge de la pauvreté. Quelles que fussent ses aptitudes, elles seraient étouffées par la lutte brutale pour la vie. L'Église le critiquerait de son vivant et l'absoudrait avant sa mort. L'État serait chargé d'une douzaine de ses enfants, féconds et affamés comme des lapins, se nourrissant des dernières pousses d'une terre appauvrie.

Mais qu'on le sortît de son village, qu'on lui donnât une chance et une éducation, et il pourrait bien atteindre la grandeur, se rendant justice à lui-même autant qu'à son maître. Là où son père et l'Église avaient échoué, Nicholas Black pouvait encore réussir — et son succès infligerait un éclatant démenti aux croyances qu'il avait rejetées depuis longtemps.

Pour les critiques, Nicholas Black était un artiste médiocre. Si de cette argile paysanne il pouvait former un homme parfait, ce serait un triomphe au-delà de tout argument, un travail de maître, hors de l'atteinte de la malveillance.

C'était une étrange ambition, et cependant pas plus étrange que les triomphes et les revanches rêvés par d'autres hommes pour eux-mêmes, empires de la finance assez forts pour briser toute opposition, puissance dans la presse qui fabrique des hommes ou les enterre dans l'oubli, rêves de femmes et rêves d'opium, et le rêve d'arriver un jour à entendre ses ennemis dire : « L'Honorable Premier ministre... »

Chaque homme, pour sa propre damnation, et des hommes plus nobles que lui, ont plus bassement rêvé dans leur chemise de nuit, que Nicholas Black sur son plateau ensoleillé de Calabre.

Il était tard et il n'avait pas mangé, mais il s'était grisé du vin capiteux de l'anticipation et n'en avait cure. Le village devait se préparer à la sieste. La comtesse, enfermée dans sa chambre baroque, il pourrait ainsi transporter son tableau dans la villa sans trop attirer l'attention.

Il comptait beaucoup sur cette toile. Il se demanda

comment réagiraient Anne-Louise de Sanctis en la voyant, et Aldo Meyer, et le blême religieux qui venait faire des recherches dans le passé de Giacomo Nerone. Il sourit en les imaginant, bouche bée, leurs secrets écrits dans leurs yeux et sur leur visage, voyant le tableau pour la première fois.

Il chercha un titre et en trouva un, presque immédiatement : « Le Signe de Contradiction. » Plus il y pensait, plus il lui plaisait. Il lui rappelait le vieux graffito, où un âne crucifié représentait le Christ, obscène plaisanterie d'un lourdaud de comédien. Mais, pour Nicholas Black, le symbole avait une signification nouvelle : la jeunesse crucifiée sur la croix de l'ignorance, de la superstition et de la pauvreté, mourant presque et déjà condamnée, mais souriant encore, victime droguée et extatique du temps et de ses tyrannies.

VI

MGR Blaise Meredith et Aurelio, l'évêque de Valenta, étaient préoccupés d'une autre contradiction : les prétendus miracles de Giacomo Nerone.

Ils se tenaient sur la large terrasse carrelée de la villa, donnant sur la vallée où les ouvriers allaient lentement, du haut en bas de la plantation, vaporisant les jeunes arbres avec des appareils nouveaux, de modèle américain, qu'ils portaient sur l'épaule. Sur le mur du petit barrage, d'autres ouvriers travaillaient à installer les portes de l'écluse qui devaient régler l'écoulement de l'eau jusqu'aux fermes en dehors du domaine de l'évêque. Au-delà du déversoir, sur un flanc de coteau, gris et inculte, des femmes avec des paniers sur le dos, transportaient des pierres pour les nouvelles terrasses de vigne, et de la terre pour la tasser derrière elles.

Petites et laborieuses, elles ressemblaient à des fourmis, et Meredith fut ému par l'ironie de la réflexion; c'était un miracle aussi grand que ceux de son in-folio de cuir; une terre stérile rendue lentement à la fertilité, par la volonté créatrice d'un seul homme. Il fit part de sa réflexion à l'évêque dont le visage fin et intelligent se plissa dans un sourire.

— C'est de la mauvaise théologie, mon ami, mais

un compliment agréable. Pour ces gens, c'est une sorte de miracle. Tout d'un coup, il y a du travail et du pain sur la table et un litre d'huile en plus pour la marmite. Ils ne peuvent pas comprendre comment cela est arrivé, et, même maintenant, ils soupçonnent malicieusement qu'il y a un piège quelque part dans cette histoire. Ces vaporisateurs par exemple... Il montra du doigt les silhouettes courbées qui se faufilaient entre les orangers. J'ai dû les payer de ma poche, mais ils valaient jusqu'à la dernière lire de leur prix. Il y a seulement un an ou deux que ces gens lavaient leurs arbres avec l'eau « d'un seau à cracher » — un seau flanqué au milieu du plancher et dans lequel les hommes de la maison crachent le jus de tabac qu'ils fument ou mâchent. Certains parmi les vieux refusent encore de convenir que ma méthode est meilleure que la leur. La seule chose qui les convaincra, c'est lorsque j'aurai obtenu trois oranges contre une des leurs et que je les aurai vendues deux fois plus cher, parce qu'elles sont très juteuses. Mais nous le leur montrerons à la fin.

— Vous m'intriguez, dit avec franchise Meredith.

— Pourquoi?

— Qu'est-ce que les oranges ont à faire avec l'âme?

— Tout, répondit nettement l'évêque. Vous ne pouvez couper un homme en deux et façonner son âme tandis que vous jetez son corps aux ordures. Si le Tout-Puissant l'avait voulu ainsi, il aurait fait de lui un bipède portant son âme dans un sac autour de son cou. Si la raison et la révélation ont un sens quelconque, elles signifient qu'un homme obtient son salut dans son corps, par l'utilisation de choses matérielles. Un arbre négligé, un fruit de deuxième qualité sont des imperfections dans le plan divin des choses. Une inutile misère est encore une plus grande imperfection, car c'est un obstacle au salut. Lorsque vous ne savez d'où viendra votre prochain repas, comment pouvez-vous penser à l'état de votre âme ou vous en préoccuper? La faim n'a aucune moralité, mon ami.

Meredith inclina pensivement la tête.

— Je me suis souvent demandé pourquoi les missionnaires sont ordinairement meilleurs prêtres que leurs frères des centres de la chrétienté.

Son Excellence haussa les épaules et agita les mains de façon expressive.

— Paul était un fabricant de tentes et exerçait son métier pour ne pas être à la charge de ses fidèles. Le Christ lui-même était charpentier dans la Galilée des Gentils et j'imagine qu'il était bon charpentier. Lorsque je serai mort, j'aimerais que l'on se souvienne de moi comme d'un bon prêtre et d'un bon fermier.

— C'est suffisant, dit gravement Meredith. Suffisant pour vous et pour moi. J'imagine que le Tout-Puissant lui-même trouverait difficilement à y redire. Mais, est-ce suffisant pour tout le monde?

— Que voulez-vous dire?

— Les miracles existent tout autour de nous : le miracle d'un oranger, le miracle du mécanisme qui maintient les roues tournantes de l'univers, en mouvement sur leur axe. Mais les gens veulent malgré tout un signe — un signe nouveau. S'ils ne l'obtiennent pas du Tout-Puissant, ils se tournent vers les chiromanciens, les astrologues ou ceux qui font tourner les tables. Que signifie tout ceci, il tapa sur le lourd volume des dépositions, si ce n'est que les gens réclament des merveilles dans le ciel et des miracles sur la terre?

— Et les obtiennent quelquefois, lui rappela l'évêque d'un ton mordant.

— Et quelquefois les font pour eux-mêmes, rétorqua Blaise Meredith.

— Vous n'êtes pas satisfait des miracles de Giacomo Nerone?

— Je suis l'avocat du Diable. Ma fonction est de ne pas être satisfait.

Il sourit tristement.

— C'est une mission étrange quand on y songe. Vérifier par la raison les prétendues opérations de l'Omnipotence, appliquer le code du droit canon au Législateur qui régit l'univers.

Son Excellence approuva gravement de la tête et répondit calmement :

— Penser à Giacomo Nerone serait peut-être moins troublant.

Blaise Meredith reprit son attitude compassée, doctorale :

— C'est le problème de toutes les nouvelles Causes : appliquer aux prétendus miracles les méthodes médico-légales du XXe siècle. Dans le cas de Lourdes par exemple, c'est assez facile. Un bureau médical a été institué et une série d'épreuves établies, également conformes aux connaissances médicales et aux sévères exigences de l'Église. Le malade arrive avec un historique médical complet. Le bureau examine le patient selon la méthode classique — rayons X, examens cliniques et pathologiques. Tous les désordres d'origine nerveuse ou hystérique sont éliminés en tant que preuves d'un miracle. Seules les maladies organiques bien enracinées et dont les symptômes sont familiers, sont acceptées. Si une guérison est alléguée, le bureau examine le patient à nouveau et rédige un certificat provisoire de guérison. Mais elle n'est définitivement certifiée que deux ans plus tard et après un nouveau constat médical.

— Jusque-là et employée ainsi, c'est une méthode

sûre. Elle nous permet de dire que, dans l'état actuel des connaissances médicales, cette guérison a eu lieu à l'encontre — ou par une suspension — des lois connues de la nature. Par ailleurs... dans le cas d'un nouveau thaumaturge, en d'autres lieux ces textes ne peuvent être appliqués. Tout au plus avons-nous les rapports des témoins oculaires, un historique médical incomplet, avec, peut-être, une attestation d'un médecin local. Il se peut que ce soit un miracle. Mais dans le sens légal, exigé par le droit canon, nous le prouvons très difficilement. Nous pouvons l'accepter sur la seule foi du témoignage d'un profane, mais généralement nous ne le faisons pas.

— Et l'évidence dans le cas de Giacomo Nerone?

— Des quarante-trois dépositions que j'ai lues, trois seulement montrent quelque conformité aux exigences canoniques. L'une est la guérison d'une vieille femme, déclarée atteinte de sclérose multiple, la seconde est celle du maire de Gemello Maggiore, qui prétend avoir été guéri d'une blessure à la colonne vertébrale, reçue au cours de la guerre, et la troisième est celle d'un enfant au dernier stade de la méningite, guéri après application d'une relique de Giacomo Nerone. Mais, même celles-ci... Il s'arrêta et continua de sa voix emphatique d'avocat : même celles-ci exigent un examen beaucoup plus sévère, avant que nous soyons à moitié disposés à les accepter.

A sa grande surprise, l'évêque sourit comme d'une simple plaisanterie.

Meredith fut piqué.

— Ai-je dit quelque chose qui ait amusé Votre Excellence?

— Je me demandais ce qui se passait autrefois, lorsque les connaissances médicales étaient limitées et les règles des témoignages moins strictes. N'est-il pas possible que plusieurs miracles acceptés alors n'aient pas du tout été des miracles?

— C'est très probable, dirai-je.

— Et que certains saints, dont les dossiers sont si obscurs, que leur existence même est douteuse, soient vénérés?

— C'est vrai. Mais je ne vois pas où veut me mener Votre Excellence.

— Je lisais récemment, reprit calmement Son Excellence, que certains théologiens avancent de nouveau l'opinion que la canonisation d'un saint constitue une déclaration infaillible du Pape, imposée à tous les fidèles. A mon point de vue c'est une proposition douteuse. La canonisation est généralement basée sur la biographie du saint et l'historique des miracles. Tous les deux sont sujets à l'erreur, et le Pape n'est infaillible que dans l'interprétation du dépôt de la foi. Il ne peut ajouter à cela. Et chaque nouveau saint est une addition au calendrier.

— Je suis d'accord avec Votre Excellence, dit Meredith étonné en fronçant les sourcils. Mais je ne pense pas que l'opinion théologique d'une minorité importe beaucoup.

— Ce n'est pas l'opinion qui me tracasse, Meredith. C'est la tendance : la tendance à tant compliquer ces canonisations par des commentaires, des glossaires et des hypothèses, que la stricte simplicité de la foi essentielle en est obscurcie, non seulement pour les fidèles, mais pour les honnêtes enquêteurs du dehors. Je déplore cela. Je le déplore énormément, car je constate que cela dresse des barrières entre le pasteur et les âmes qu'il essaye d'atteindre.

— Croyez-vous aux saints, Votre Excellence?

— Je crois aux saints comme je crois en la sainteté. Je crois aux miracles comme je crois en Dieu, qui peut suspendre les lois de sa propre création.

Mais je crois aussi que la main de Dieu écrit clairement et simplement, pour que tous les hommes de bonne volonté comprennent. Je doute fort de Sa Présence dans la confusion et les voix discordantes.

— Comme je doute des miracles de Giacomo Nerone?

L'évêque ne lui répondit pas immédiatement, mais s'éloigna quelque peu et se mit à regarder la paisible vallée, les oliviers gris et les verts orangers et l'eau calme, où les hommes travaillaient à installer les vannes, nus jusqu'à la ceinture, au soleil. Son visage s'était assombri comme s'il était absorbé par une lutte intérieure. Meredith l'observait avec embarras et anxiété, craignant de l'avoir offensé. Après un moment, l'évêque revint vers lui. Son visage était toujours sombre, mais ses yeux étaient remplis d'une douceur grave. Il dit lentement :

— J'ai beaucoup réfléchi ces jours derniers, Meredith. J'ai prié aussi. Vous êtes venu dans ma vie en un moment de crise. Je suis un évêque de l'Église; cependant je me trouve en opposition avec beaucoup de ce que disent et font couramment mes collègues à Rome, non en matière de foi, mais en ce qui concerne la discipline, la ligne de conduite et l'attitude. Je crois que j'ai raison, mais je sais qu'en suivant mon propre chemin, je risque de tomber dans l'orgueil et de ruiner tous mes projets. Vous aviez raison lorsque vous m'avez dit que j'ai peur du doigt de Dieu. J'ai peur effectivement... Je suis sur un pinacle. Je ne dépends que du Pape. Je suis solitaire et souvent embarrassé... comme je le suis par cette question de Giacomo Nerone. Je vous ai dit que je ne souhaitais pas de saint. Mais si Dieu le veut? Ceci n'est qu'un cas, parmi tant d'autres. Et puis, vous arrivez, un homme dans l'ombre de la mort. Vous aussi êtes embarrassé et vous avez peur du doigt de Dieu. J'ai trouvé en vous un frère que j'en suis venu à aimer et en qui j'ai confiance de tout mon cœur. Tous deux en ce moment, nous cherchons un signe... une lumière dans les ténèbres qui nous entourent.

— Je reste éveillé la nuit, dit Meredith. Je sens la vie m'échapper. Quand vient la douleur, je crie, mais il n'y a aucune prière dans mes cris, rien que de la peur. Je m'agenouille et récite mon office et le rosaire, mais les mots sont vides — gourdes vides faisant un bruit de crécelle dans le silence. La nuit est terrible et je me sens si seul. Je ne vois aucun signe, mais des symboles de contradiction. J'essaye de m'abandonner à la foi, à l'espérance et à la charité, mais ma volonté est un roseau battu par les vents du désespoir... Je suis heureux que Votre Excellence prie pour moi.

— Je prie pour nous deux, répondit Aurelio, l'évêque de Valenta. Et par la prière, je suis arrivé à une décision. Nous devrions demander un signe.

— Quel signe?

L'évêque hésita et puis, très solennellement lui déclara :

— Nous devrions faire tous les deux la prière que voici : « Si c'est votre volonté, ô Dieu, de montrer les vertus de votre serviteur Giacomo Nerone, montrez-le dans le corps de Blaise Meredith. Rendez-lui la santé et gardez-le plus longtemps loin des mains de la mort, par Jésus-Christ, Notre Seigneur! »

— Non! Le mot échappa à Meredith, comme un cri. Je ne puis le faire! Je n'oserai pas!

— Si ce n'est pour vous, faites-le alors pour moi!

— Non! Non! Non! Le désespoir de l'homme était pitoyable, mais l'évêque le harcela brutalement.

— Pourquoi pas? Niez-vous l'omnipotence?

— J'y crois.

— Et la miséricorde?
— J'y crois aussi.
— Mais pas pour vous-même?
— Je n'ai rien fait pour la mériter.
— La miséricorde est donnée et non méritée. Accordée aux mendiants et non achetée par le mérite!
— Je n'ose pas la demander. La peur fit monter sa voix. Je n'ose pas!
— Vous le demanderez, lui dit l'évêque avec douceur, non pour vous, mais pour moi et pour tous les pauvres diables comme moi. Vous direz les mots, même s'ils ne signifient rien, parce que moi, votre ami, je vous le demande.
— Et si les mots échouent... Meredith leva enfin son visage ravagé. S'ils échouent, je tomberai dans une plus profonde obscurité, ne sachant si je me suis montré trop présomptueux ou si j'ai trop peu cru. Votre Excellence charge mon dos d'une nouvelle croix.
— C'est un dos solide, mon ami. Plus fort que vous ne pensez et vous pouvez encore, en portant le Christ sur ce dos, traverser le fleuve.
Mais Meredith était figé comme un homme de pierre, le regard fixé sur la vallée ensoleillée, et quelques instants plus tard, l'évêque le quitta pour aller parler aux jardiniers qui vaporisaient les orangers.
C'était le moment qu'il avait longtemps redouté, mais jamais tout à fait compris : le moment où les dures conséquences de la foi devenaient finalement claires.
Pour un homme né dans l'Église, il y a un singulier réconfort dans les mailles serrées de la logique de la Foi. Ses axiomes certainement acceptables. Les syllogismes sont posés l'un sur l'autre, solides comme les briques d'une maison bien bâtie. Ses disciplines

sont sévères mais les mouvements y sont libres, comme au sein d'une famille bien élevée. Ses promesses sont rassurantes : se soumettre à la logique et à la discipline, c'est se diriger naturellement dans la voie du salut. La complexe et terrifiante relation entre le Créateur et Sa créature est réduite à une formule de foi et à un code de bonnes manières.

Pour des prêtres, des moines, des nonnes, la logique est plus méticuleuse, les disciplines plus sévères, mais la sécurité du corps et de l'esprit est proportionnellement plus grande. De telle sorte que si un homme peut complètement s'abandonner à la volonté de Dieu, ainsi que l'exprime la volonté de l'Église, il peut vivre et mourir en paix — soit comme une plante, soit comme un saint!

Blaise Meredith était conformiste de tempérament. Il avait observé les règles toute sa vie : toutes les règles, sauf une : que tôt ou tard, il devrait dépasser les formes et les conventions et entrer en relation directe, personnelle, avec ses semblables et son Dieu. Une relation de charité — mot de bas latin, signifiant amour. Et l'amour sous toutes ses formes et degrés est abandon des corps dans la petite mort du lit, et abandon de l'esprit, dans la grande mort qui est le moment de l'union de Dieu et de l'homme.

Durant toute sa vie, Blaise Meredith ne s'était jamais abandonné à personne. Il n'avait sollicité les faveurs de personne, car demander une faveur c'est faire abandon de son orgueil et de son indépendance. Et maintenant, quelque nom qu'il lui donnât, il ne pouvait se résoudre à demander une faveur au Tout-Puissant, en qui il faisait profession de croire, et vis-à-vis de qui, selon cette même croyance, il se trouvait dans la relation d'un fils avec son père.

Et là était la raison de sa terreur. S'il ne se soumettait pas, il demeurerait à jamais dans la condition où il se trouvait actuellement : solitaire, stérile et sans ami, jusque dans l'éternité.

Assis dans son austère et frais cabinet de travail, Aurelio, l'évêque de Valenta, écrivait des lettres. C'était une activité dont il se méfiait, même lorsque sa haute charge l'y contraignait. Il avait été élevé en fermier, et il aurait plutôt observé un arbre pousser qu'écrit un traité là-dessus. Il avait été formé à la diplomatie et savait que la chose écrite ne peut plus être rétractée. Plus d'un infortuné collègue avait été condamné pour hérésie à cause de sa faiblesse en grammaire ou de son imprudence.

Aussi, quand il écrivait officiellement, sous le sceau de son évêché, s'en tenait-il au langage conventionnel : pour son clergé, un message bref, à peine orné d'une rhétorique méridionale; pour Rome, une circonlocution recherchée, une attentive réserve, un style légèrement fleuri. Ceux qui le connaissaient bien, riaient sous cape de sa finesse. Ceux qui le connaissaient peu — même des collègues à l'esprit pénétrant comme Marotta — étaient enclins à s'y laisser prendre. Ils le considéraient comme un provincial quelque peu collet monté, qui convenait parfaitement aux gens de sa province, mais qui, à Rome, aurait été un bourdonnant tourment. Ce qui était, précisément, l'intention de l'évêque. Trop d'évêques nouveaux avaient été brusquement transférés à Rome, juste au moment où leurs projets prenaient forme dans leur diocèse. C'était la manière du Vatican, leur faire grimper les marches d'un coup de pied : un évêque, dans son évêché, est une puissance avec laquelle il faut compter; dans la cité des Papes, il n'est en vérité que de la très petite bière.

Mais les lettres de cet après-midi étaient des lettres

personnelles, et Son Excellence les composa avec plus de soin que d'habitude. A Anne-Louise de Sanctis il écrivit :

« ... Je suis plus reconnaissant que je ne puis l'exprimer de votre offre de recevoir Mgr Meredith comme votre hôte, durant son séjour à Gemello Minore. Nous, prêtres, sommes souvent un fardeau pour nos ouailles, et quelquefois un embarras; mais je suis sûr que vous trouverez en Mgr Meredith un agréable et spirituel compatriote. C'est un homme malade et malheureusement marqué pour une mort précoce, et quoi que vous puissiez faire pour lui, je considérerai cela comme une faveur personnelle.

« Vous êtes souvent dans mes pensées ces jours-ci. Je n'ignore pas la solitude dont vous êtes affligée en tant que châtelaine d'une pauvre et primitive communauté. J'espère que vous trouverez en Mgr Meredith un confident pour vos problèmes et un conseiller pour les affaires de votre conscience.

« Croyez, ma chère comtesse, à mon affection pour vous en Jésus-Christ. »

AURELIO †
évêque de Valenta.

Il signa de son nom avec un paraphe et durant un moment, éplucha sa lettre, se demandant s'il aurait dû dire plus ou moins — et si c'étaient les mots capables de toucher le cœur d'une telle femme.

Les femmes sont le perpétuel problème du clergé. Elles sont plus nombreuses que les hommes à s'agenouiller derrière la grille du confessionnal. Leurs épanchements sont plus francs et plus troublants pour le célibataire assis derrière cette grille. Elles essayent souvent de faire de lui le remplaçant d'un mari difficile à émouvoir et parlent librement et souvent crûment, dans la boîte-cercueil de la nef latérale de l'église, de ce qu'elles n'osent murmurer dans le lit conjugal. Les hommes peuvent être troublés par les femmes, les enfants aussi. Mais souvent le vieil Adam qui sommeille sous la soutane est dangereusement réveillé par les confidences murmurées par une adolescente ou une matrone insatisfaite.

Aurélio, l'évêque de Valenta, était un homme dans le vrai sens du mot, et il comprit rapidement la passion qui couvait derrière la distinction raffinée de la comtesse de Sanctis. Elle aussi était une de ses brebis, mais la prudence la mettait hors d'atteinte de sa houlette de berger, et il se demanda si Blaise Meredith, cet homme froid et malade, pourrait s'approcher d'elle davantage.

Au Dr Aldo Meyer il écrivit en termes très différents :

« ... Mgr Blaise Meredith est un homme sensible, à l'esprit libéral, que je suis arrivé à chérir comme un frère.

« La mission qui lui est assignée d'enquêter sur la vie de Giacomo Nerone n'est pas aisée, et j'espère que vous voudrez bien mettre votre considérable connaissance du pays à sa disposition. Il se peut toutefois qu'en tant que non-catholique vous préfériez ne pas vous mêler de cette délicate affaire. Laissez-moi vous assurer dans ce cas que ni Mgr Meredith ni moi-même n'aimerions vous embarrasser de demandes de renseignements.

« Néanmoins, j'ai une faveur personnelle à vous demander. Mgr Meredith est un homme très malade. Il souffre d'un carcinome à l'estomac et, selon l'enchaînement normal des choses, doit mourir très bientôt. Il est réservé, comme le sont les Anglais, mais il a un courage considérable et je suis préoccupé à l'idée qu'il pourrait se surmener et endurer plus de souffrances que cela n'est nécessaire.

« Par conséquent, il me plairait beaucoup que vous vouliez bien consentir à être son conseiller médical, durant son séjour à Gemello Minore, et à agir au mieux pour prendre soin de lui. Je me ferai un devoir de vous procurer tous les médicaments dont vous pourrez avoir besoin et serai personnellement responsable de tous les frais de consultations et traitements.

« Je le recommande très chaudement à votre charité et à vos soins professionnels... »

Basta! pensa Son Excellence. Assez. On ne fait pas d'homélies aux Séphardims. Ils nous comprennent aussi bien que nous les comprenons. Ils sont théocrates comme nous — absolutistes, comme nous. Ils savent ce que signifient les mots charité et fraternité, et les pratiquent souvent mieux que nous. Ils ont été persécutés comme nous. Ils ont leurs pharisiens, comme nous — Dieu nous aide — avons les nôtres, même dans les plus hautes charges. Meredith, mon frère, sera en bonnes mains.

La troisième lettre était la plus difficile à rédiger et Son Excellence réfléchit longtemps avant d'écrire, de sa fine écriture cursive, l'en-tête :

Le Très Révérend Père Anselmo Benincasa
Curé de l'église de la Madone-des-Sept-Douleurs,
Gemello Minore (Diocèse de Valenta).

« Cher Révérend Père,

« Nous écrivons pour vous informer de l'arrivée dans votre paroisse de Mgr Blaise Meredith, auditeur de la Sacrée Congrégation des Rites, qui a été nommé Promoteur de la Foi dans le procès ordinaire de béatification du serviteur de Dieu, Giacomo Nerone. Nous vous prions de lui accorder une fraternelle hospitalité et de lui prêter toute assistance, pour accomplir sa mission canonique.

« Nous n'ignorons pas votre pauvreté et l'étroitesse de votre logement, et nous avons par conséquent accepté une invitation de la comtesse de Sanctis qui le logera durant son séjour à Gemello Minore. Nous savons toutefois que vous ne vous considérerez pas dispensé, à cause de cela, de la courtoisie due à un frère en religion, qui est aussi membre du tribunal diocésain.

« Grâce aux rapports qui nous parviennent, nous avons été depuis longtemps habitué, Révérend Père, au triste niveau des affaires spirituelles dans votre paroisse et de certains scandales touchant votre vie privée. Le moindre n'est pas votre longue liaison avec la veuve Rosa Benzoni, qui remplit chez vous les fonctions de gouvernante.

« Normalement, une telle liaison nous aurait amené à une action canonique contre vous, mais nous nous sommes abstenu de cette démarche dans l'espoir que Dieu vous donne la grâce de voir votre erreur et de vous en repentir, afin que les dernières années de votre sacerdoce se passent dans la pénitence et la dignité et au service de votre troupeau.

« Il se peut bien — Dieu le veuille — qu'étant donné votre âge avancé, cette liaison ait perdu son caractère charnel et que nous soyons dès lors disposé à vous permettre de garder cette femme à votre service, pour vous acquitter des dettes que vous avez contractées envers elle. Mais une telle clémence de notre part ne vous dispenserait pas du devoir moral de réparer le scandale et de vous consacrer, avec une force nouvelle, aux intérêts spirituels de votre troupeau.

« Nous suggérons que la présence d'un prêtre visiteur dans votre paroisse vous donne l'occasion de prendre conseil de lui et de mettre votre conscience en ordre sans trop de contrainte.

« Notre patience a été longue et nous nous préoccupons beaucoup à votre sujet, en tant que notre fils en Jésus-Christ, mais nous ne pouvons fermer les yeux sur l'état regrettable des âmes qui sont à votre charge. On ne peut trop longtemps tenter Dieu. Vous êtes déjà vieux et le temps s'abrège dangereusement.

« Nous ne vous oublions pas dans nos prières quotidiennes et nous vous recommandons à la Patronne de votre église, la Madone des Douleurs.

« Fraternellement vôtre en Jésus-Christ. »

AURELIO †
évêque de Valenta.

Il posa sa plume et resta un long moment le regard fixé sur l'épais papier à lettres orné d'armoiries et sur l'écriture qui le couvrait en lignes serrées et régulières.

Le cas du Père Anselmo était le symbole de tous les maux de l'Église méditerranéenne.

Ce n'était pas un cas isolé. Il était assez commun pour être devenu un cliché dans cette région désolée du Sud — et il n'était pas trop rare non plus dans le Nord. Dans le contexte local, cela ne représentait qu'un petit scandale. L'Église est fondée sur l'idée du péché, et sa plus vieille maxime est que l'habit ne fait pas le moine, ni la tonsure un homme religieux. Mais dans l'esprit d'une Église nationale, dans un pays où le catholicisme était l'influence dominante, il indiquait des défauts graves, un singulier besoin de réforme.

Un homme comme Anselmo Benincasa était le produit d'un séminaire manquant de prêtres enseignants, et dispensant une méthode d'éducation périmée. Il était arrivé à l'ordination à moitié éduqué, à moitié discipliné, et sa vocation mal affermie. Il en était sorti prêtre à son tour, dans un pays où il y avait déjà trop de prêtres et pas assez de sacerdoce, et immédiatement, il devenait une charge de plus pour une autre communauté déjà accablée. Le traitement reçu du diocèse était purement théorique. Avec la rapide dévaluation de la monnaie de nos jours, il n'aurait pas suffi à acheter un pain. Et la Hiérarchie s'accrochait toujours à la commode fiction que ceux qui prêchent l'évangile doivent vivre par l'évangile, sans se soucier de définir trop clairement comment ils devaient le faire. Il n'avait pas de pension et aucune institution ne le recevrait quand il tomberait dans la sénilité; de telle sorte qu'il était tourmenté par la peur constante de l'âge et la tentation constante de l'avarice.

Lorsqu'il arriva dans un village comme Gemello Minore, il représentait une bouche de plus à nourrir. Et s'il l'ouvrait trop grande, il risquait de s'en aller affamé. Ainsi fut-il forcé de s'accommoder : de se soumettre au patronage du propriétaire terrien local, ou d'accepter un malheureux compromis avec son triste troupeau. Dans plusieurs communautés calabraises, les hommes manquaient. L'émigration d'avant-guerre et les prélèvements de guerre les avaient dépouillées et les femmes vivaient pendant des années, séparées de leurs maris; tandis que les jeunes filles en âge de se marier étaient forcées de prendre des amants provisoires ou des maris beaucoup plus âgés qu'elles. Mais le prêtre était là. Le prêtre était pauvre et dépendait des pauvres pour avoir son linge lavé, sa nourriture préparée, sa maison nettoyée et le plateau de sa quête assez plein pour acheter la *pasta* de la semaine suivante.

Rien d'étonnant à ce qu'il eût souvent péché et que son évêque eût préféré déplorer la faute comme un péché de fornication, plutôt que de le traîner devant un tribunal en liaison du scandale canonique de concubinage public.

C'était le système qui était à blâmer autant que l'homme, et les réformateurs tels qu'Aurelio, évêque de Valenta, auraient eu trop de peine à le changer, chargés comme ils l'étaient par les péchés historiques d'une Église féodale. On pouvait y remédier en envoyant moins de prêtres et de meilleurs, de l'argent pour pourvoir au moins à une vie de base indépendante des contributions des fidèles; des pensions pour la vieillesse et la maladie, une meilleure préparation dans les séminaires et un tri plus sévère des aspirants aux saints ordres. Malheureusement l'argent était rare et des hommes comme Anselmo Benincasa tardaient trop à mourir, et les adolescents qui grandissaient dans les villages étaient sans éducation et inaptes.

Un évêché comme Valenta était pauvre et obscur. Rome était riche, éloignée et préoccupée, et les requêtes pour des fonds spéciaux, nécessaires à des réformes de tendance, étaient froidement accueillies par les cardinaux, régisseurs du patrimoine de Pierre.

Ainsi, Anselmo Benincasa demeurait à Gemello Minore et Son Excellence l'évêque de Valenta fut laissé aux prises avec le problème de fixer son sort et de chercher comment sauver, au moins, son âme immortelle.

Son Excellence plia les lettres, les mit dans des

enveloppes, les cacheta avec de la cire rouge et le sceau de son évêché, puis sonna pour qu'un messager les portât immédiatement par motocyclette à Gemello Minore. Il était conscient de leur importance. Depuis longtemps dans le sacerdoce, il savait que la vérité peut rester stérile pendant des années, jusqu'au jour où elle prend racine dans le cœur d'un homme.

La veille de son départ pour Gemello Minore, Blaise Meredith se sentit plus seul qu'il ne l'avait jamais été de sa vie.

La brève et fraternelle communion entre lui et l'évêque était sur le point de se briser. Il devrait aller parmi des étrangers, diligent, inquisiteur, mettant au jour des faits peu populaires. Il devrait supporter seul ses terreurs nocturnes. Il ne pourrait plus faire de confidences, mais seulement essayer de les soutirer aux autres. Il devrait échanger la retraite douillette du domaine de l'évêque pour la pauvreté et la désolation d'un village de montagne, où l'intimité existait peu, même dans la naissance, la mort et l'acte d'amour.

Il serait l'hôte d'une femme, et, différent en cela de beaucoup de ses collègues, il n'avait guère de talent dans le commerce du sexe opposé. Il était célibataire de profession et de prédisposition, et l'effort qu'il aurait à faire pour de menus propos entre deux tasses de café l'irritait. Ses forces s'en allaient rapidement et il ne pouvait supporter l'idée de les gaspiller pour les banalités de relations familiales.

Ainsi, tandis que les journaliers dormaient sous les oliviers et que Son Excellence écrivait dans son cabinet de travail, Meredith ne résista pas à l'ultime plaisir d'une promenade autour des plantations. Il enleva sa soutane et ses chaussettes, releva ses manches pour laisser le soleil réchauffer ses bras maigres et pâles, puis s'engagea dans l'étroit sentier qui conduisait au barrage et jusqu'à l'extrémité du domaine.

Sous les arbres, l'air était frais et le sentier tacheté de soleil, mais quand il sortit dans la vallée où le barrage brillait entre les murs gris de la colline, la chaleur le frappa comme le souffle d'un four. En regardant autour de lui, il pouvait la voir s'élever en vagues chatoyantes des rochers de tuffeau. Il hésita un moment, regrettant l'abri des plantations, mais honteux de sa faiblesse, avança fermement vers le bord du barrage et du côté du mur de soutènement.

Sur la pente, au-dessus du sentier, les journaliers dormaient la tête appuyée contre leurs vestes, à l'ombre des rochers saillants, leurs corps courts et bruns étendus, relâchés comme des poupées en chiffons, et Meredith, qui depuis longtemps ne connaissait plus le sommeil, en fut touché jusqu'à leur envier leur chance.

Ils étaient pauvres, mais pas autant que beaucoup d'autres. Ils travaillaient pour un patron bienveillant. Leurs vêtements étaient sales et poussiéreux et ils portaient des sandales de bois en guise de chaussures, mais ils pouvaient dormir tranquillement et rentrer chez eux avec dignité, car ils avaient du travail, et de la *pasta* pour la table, et du vin et de l'huile pour aller avec. Dans un pays pauvre, ayant trois millions de chômeurs, c'était beaucoup en vérité.

Du bord du déversoir, le sentier bifurquait en deux pistes de chèvre, l'une descendant jusqu'au lit du torrent, l'autre montant vers le col de la colline. Meredith choisit le sentier montant, espérant vaguement que du sommet, il pourrait avoir une vue d'ensemble de la région environnante. La piste était raboteuse et couverte de pierres aiguës, mais il continua à avancer péniblement avec une morne détermination, comme pour défier la faiblesse de son corps décharné et affirmer qu'il était encore un homme.

A mi-chemin, il se trouva sur un petit plateau, invisible de la vallée, où les rochers groupés formaient un angle rentrant, profond comme une grotte. Il y avait de l'ombre là, et il s'assit avec joie, pour se reposer quelques instants. Ses yeux une fois habitués à l'ombre, il vit près de la base du mur, quelques assises de maçonnerie grossière, réticulées à la manière des Romains, et au-dessus d'elles, les traces d'outils sur les murs où d'autres assises avaient été construites dans la pierre naturelle. Il se leva et commença à les examiner de plus près, en suivant les lignes de la maçonnerie jusqu'au fond de la grotte.

Il faisait plus sombre à cet endroit, et ce n'est qu'au bout d'une ou deux minutes qu'il remarqua une petite niche taillée dans le rocher et sur le rebord de laquelle on avait posé quelques soucis fanés et des feuilles de vignes desséchées. Derrière les offrandes se trouvait un morceau de marbre si vieux, si usé par le temps, et si taché, qu'il ne put tout d'abord distinguer ce que c'était. Puis il vit que c'était une partie de la base d'une statue ancienne, de forme à peu près cubique, et de laquelle saillait la forme grossière d'un phallus.

Autrefois, quand les collines étaient couvertes de forêts, avant que les tribus affamées ne les eussent dépouillées pour leur combustible et leurs constructions, cette grotte avait dû être le temple d'un dieu de la forêt. Tout ce qui restait de lui à présent était ce symbole de la fertilité; mais les fleurs étaient du XXe siècle — la première offrande du printemps à un ancien dieu tombé en discrédit.

Meredith avait entendu parler, assez souvent, des superstitions qui persistaient encore parmi les montagnards — des sortilèges, des sorts, des philtres d'amour et des rites étranges — mais c'était la première fois qu'il en voyait la preuve de ses yeux. Le morceau de marbre était taché et décoloré, mais le phallus était blanc et poli comme s'il était fréquemment touché. Les femmes venaient-elles ici, comme elles en avaient l'habitude autrefois, pour être protégées contre la stérilité? Les mâles adoraient-ils encore le symbole de leur domination? Y avait-il encore chez ces gens de la montagne un espoir à demi conscient que Pan pouvait accomplir ce que le nouveau dieu n'avait pas fait : rendre la terre violée, vierge de nouveau et féconde en herbe et en arbres?

Le culte du principe mâle était profondément enraciné parmi ce peuple. Les jeunes gens étaient arrogants et avantageux comme de jeunes coqs, tandis que les jeunes filles se présentaient avec une virginité tout au moins supposée, pour parader et se faire admirer. A peine mariés, ils engrossaient leurs femmes jusqu'à l'épuisement, et gâtaient leurs fils jusqu'à leur précoce puberté, pendant qu'ils battaient leurs filles pour qu'elles demeurent chastes. Dans une région stérile, ces jeunes gens étaient les derniers symboles de la fécondité et les premiers symboles de joie pour une femme destinée à une triste servitude dans une masure en ruine sur les collines.

Peut-être était-ce la raison pour laquelle le symbole chrétien correspondant n'était pas le Christ agonisant, mais la féconde Madone avec le Bambino tétant à son sein de paysanne.

Blaise Meredith constata qu'il était curieusement fasciné par le grossier symbole de pierre et son active survivance à un demi-mille à peine du domaine de l'évêque. Peut-être était-ce l'explication d'une grande partie de l'anomalie de l'Église méditerranéenne : la forte croyance au surnaturel, l'épaisse couche de superstition, la farouche dévotion envers les saints latins et le rejet également farouche des communistes et des anticléricaux. Peut-être était-ce pourquoi les froids libéraux et les distingués sceptiques impressionnaient si peu ces gens-là et pourquoi un mysticisme exalté était le seul remède à la frénésie bachique qui se réveillait dans leurs corps bruns et sous-alimentés. Était-ce la véritable explication de la mort de Giacomo Nerone, avait-il été piétiné sous les sabots du dieu-bouc?

Et comment Blaise Meredith, le légaliste de Rome, pouvait-il pénétrer la pensée de ce peuple secret, qui était vieux quand Rome était jeune, et qui autrefois fit alliance avec le dieu noir et fier de la Carthage d'Annibal?

En dépit de la chaleur, il eut soudainement froid. Il tourna le dos à l'image obscène et sortit au soleil.

Une vieille femme, presque pliée en deux sous le fardeau de brindilles et de bois ramassés dans le lit du torrent, montait péniblement le sentier et se dirigeait vers le col de la colline. Lorsqu'elle fut à sa hauteur, il leva la main et la salua dans son italien précis de Rome. Elle tourna la tête et le regarda de ses yeux humides et sans expression, puis passa sans dire un mot.

Blaise Meredith s'arrêta un instant, la regardant s'en aller, puis tourna son visage vers la vallée. Il se sentait vieux et fatigué et étrangement effrayé de devoir se rendre à Gemello Minore.

VII

ANNE-LOUISE de Sanctis se réveilla de sa sieste dans un état de noir découragement. Son humeur s'assombrit encore en se rappelant qu'Aldo Meyer venait dîner; et quand la lettre de Son Excellence lui fut apportée, elle atteignit le point culminant. C'était beaucoup trop à la fois. Elle ne pouvait lutter contre toutes ces intrusions dans son intimité. L'ennui même était préférable à l'effort qu'elle aurait à fournir pour être aimable.

Lorsqu'ils se rencontrèrent pour le thé de l'après-midi, Nicholas Black fut prompt à remarquer sa mauvaise humeur, et assez souple pour suggérer un remède immédiat.

— Vous êtes fatiguée, *cara*, lui dit-il avec sollicitude. C'est la chaleur, la fièvre du printemps. Pourquoi ne pas me laisser vous en débarrasser comme par enchantement?

— Je souhaite que vous en soyez capable, Nicki.

— Me le permettrez-vous?

— Comment? Je dois encore faire face à Meyer. Et demain arrive ce prêtre. Sa voix prit le ton vif d'un enfant. Je voudrais bien qu'ils me laissent tranquille.

— Vous m'avez moi, *cara*, lui dit-il avec douceur. Je les amuserai. Je ne les laisserai pas vous ennuyer.

Allons, pourquoi ne me laissez-vous pas vous faire un massage du visage et vous coiffer pour le dîner?

Elle s'anima immédiatement.

— J'aimerais cela, Nicki. C'est ce qui me manque le plus ici. J'ai l'impression de devenir une vieille sorcière.

— Jamais, *cara!* Mais un nouveau chapeau et une nouvelle coiffure sont les meilleurs remèdes contre les migraines. Où allons-nous faire cela?

Elle hésita un instant, puis répondit avec une négligence affectée :

— Je suppose que ma chambre à coucher est le meilleur endroit. J'ai là tout ce qu'il faut.

— Allons vite, alors! Commençons. Donnez-moi une heure et je vous rendrai aussi ravissante que n'importe quelle beauté romaine.

Il prit sa main avec une théâtrale galanterie et la conduisit en haut, dans la chambre à coucher de style baroque, riant intérieurement de sa facile victoire. S'il existait des secrets à connaître sur la comtesse, il les trouverait là, avec du temps, de la patience et l'habileté appliquée de ses douces mains.

La porte fermée à clef derrière eux, il fit, sans aucun trouble, une petite cérémonie, pour l'aider à enlever sa robe, à mettre son déshabillé et à s'installer dans un fauteuil tapissé de brocart, devant la table de toilette, encombrée de produits de beauté dans des flacons de cristal. Elle se laissa faire docilement, et fit de provocantes remarques dans le but de souligner l'intimité de cette occasion. Le peintre souriait, brandissait ses serviettes et la laissa babiller, heureuse. Il avait un talent de caméléon pour s'identifier à chaque situation, même lorsque ses pensées et ses desseins couraient en sens contraire. A présent il était le *parrucchiere* — le confident de Madame, témoin de choses refusées même aux amants, conteur de petites histoires scabreuses au récit desquelles Madame n'avait point besoin de rougir, puisque les valets sont imperméables à cette vertu à laquelle elles prétendent le plus.

Il lui renversa la tête, nettoya son visage de tout maquillage, y étendit soigneusement de la crème et commença à masser avec des doigts fermes mais doux, en remontant du cou à la peau relâchée avec les coins de sa bouche maussade. Elle était guindée et prudente avec lui au début, mais elle s'abandonna rapidement à son toucher rythmé et hypnotisant, et quelques instants plus tard, il pouvait sentir les sens se réveiller lentement en elle. Il éprouvait une satisfaction particulière à la câliner alors qu'il restait lui-même insensible et, tout en massant, se mit à parler le langage ambigu des salons de beauté :

— Vous avez une belle peau, *cara;* souple comme celle d'une jeune fille. Certaines femmes perdent cette souplesse très tôt. Vous êtes une des favorisées... comme Ninon de Lenclos, qui avait gardé le secret d'une éternelle jeunesse... C'est une étrange histoire. A l'âge de soixante ans, alors qu'elle était encore la coqueluche de tout Paris, son propre fils vint à la courtiser sans connaître son identité. Il tomba amoureux d'elle et se suicida quand il découvrit qu'elle était sa mère... Il eut un rire léger. Vous avez de la chance, vous n'avez pas de fils!

Elle laissa échapper un petit soupir d'aise.

— J'ai toujours désiré des enfants, Nicki. Mais... peut-être est-ce aussi bien de n'en avoir pas eu.

— Vous pouvez toujours en avoir, n'est-ce pas?

Elle gloussa comme une petite fille.

— Il me faudrait de l'aide, non?

— Je me suis souvent demandé pour quelle raison vous ne vous êtes jamais remariée, pourquoi une femme attirante comme vous a décidé de s'enterrer dans la sauvage région de la Calabre. Vous n'êtes pas pauvre. Vous pouviez vivre là où il vous plaisait — Londres, Rome, Paris...

— J'ai visité toutes ces villes, Nicki. Je continue à aller régulièrement à Rome, comme vous le savez. Mais ici, c'est ma maison, j'y reviens toujours.

— Vous n'avez pas répondu à ma question, *cara*.

Ses mains firent merveille pour cacher la malice de sa question. Tout en lui massant les joues et le fin réseau de rides autour des yeux, il pouvait sentir la tension de la comtesse augmenter tandis qu'elle cherchait une réponse.

— J'ai été mariée, Nicki. J'ai aimé. J'ai eu des liaisons aussi et des propositions de mariage. Aucune de ces propositions ne me satisfait vraiment. C'est aussi simple que cela.

Mais ce n'était pas simple, et il le savait; elle était plus compliquée que toutes les femmes qu'il avait connues, et elle fut assez fine pour renverser les rôles immédiatement, à son avantage.

— Vous ne vous êtes jamais marié non plus, chéri, pourquoi?

— Je n'en ai jamais senti le besoin, lui dit-il d'un ton léger. Je me suis toujours arrangé en dehors du mariage.

— Vous autres, joyeux célibataires!

— S'il n'y avait pas de joyeux célibataires, *cara*, il n'y aurait pas de veuves joyeuses, rien que des douairières frustrées.

— Avez-vous jamais été frustré, Nicki?

Il sourit secrètement à la nouvelle note plaintive de sa voix. Curieux, pensait-il, comme ce mot les attire chaque fois; comme elles peuvent employer le jargon freudien comme si c'était la réponse à la dernière énigme de l'univers. Elles ne sont jamais fanées, elles ne s'éprennent jamais d'un homme qu'elles ne peuvent avoir. Elles n'ont jamais peur de devenir trop vieilles pour faire la culbute dans les foins. Elles sont frustrées. Dans ce cas je le suis aussi, mais que je sois damné si je le lui laisse jamais savoir.

— Avec vous, *cara*, comment un homme pourrait-il être frustré?

Comme pour le remercier du compliment, elle tendit le bras et lui prit la main, encore grasse de crème et la pressa sur ses lèvres. Puis sans aucun avertissement, elle la tira vers le bas et la pressa sur la rondeur nue de sa poitrine, sous le déshabillé. Le geste le prit par surprise et il réagit violemment.

— Ne faites pas cela!

Alors de façon surprenante, elle se mit à rire.

— Pauvre Nicki! Vous ne pensiez pas que je savais?

— Je ne sais pas de quoi vous voulez parler!

Sa voix était pleine d'irritation, mais Anne-Louise de Sanctis riait toujours.

— Que vous n'êtes pas comme tout le monde, chéri. Que vous ne vous souciez vraiment pas du tout des femmes. Que vous êtes éperdument et follement amoureux du jeune Paolo Sanduzzi. C'est vrai, n'est-ce pas?

Il pleurait presque de colère tandis qu'il se tenait là, la serviette dans les mains fixant, par-dessus la tête de la comtesse, les amours dorés du plafond. Elle tendit la main de nouveau vers lui et parvint à le saisir. Elle s'arrêta de rire et sa voix était basse, presque caressante.

— Vous ne devez pas vous fâcher, Nicki. Vous ne devez pas avoir de secrets pour moi!

Il s'arracha violemment d'elle.

— Il n'y a pas de secret, Anne. J'aime bien le garçon. Je pense que je peux faire beaucoup pour lui. J'aimerais bien le sortir du village, lui donner une bonne éducation et un décent départ dans la vie. Je n'ai pas beaucoup d'argent, Dieu sait, mais je suis prêt à y mettre jusqu'à mon dernier penny.

— Et que désireriez-vous en retour?

Sa voix était toujours douce, mais teintée d'ironie.

Il répondit avec une curieuse et pathétique dignité :

— Rien. Rien du tout. Mais je ne m'attends pas à ce que vous le croyiez.

Elle le fixa pendant un long moment, les yeux brillants, curieux. Puis elle lui dit :

— Je vous crois, Nicki. Et je crois que je pourrais vous aider à l'emmener.

Étonné, il leva la tête et la regarda, essayant vainement de deviner les pensées qui se cachaient derrière le fin sourire.

— J'ai mes raisons, Nicki. Mais je parle sérieusement. Aidez-moi à me tirer d'affaire avec ce prêtre et je vous aiderai pour Paolo Sanduzzi. Est-ce entendu?

— C'est entendu, *cara*.

Il se baissa et lui baisa la main en signe d'abjecte gratitude, et elle lui ébouriffa les cheveux, du geste à la fois maternel et dédaigneux dont elle avait l'habitude.

C'était une alliance intéressée, et tous les deux le savaient. Mais même les ennemis se sourient par-dessus la table du traité. Ainsi, lorsque le docteur arriva pour le dîner, la comtesse était radieuse et Nicholas Black aussi déférent qu'un page au service d'une maîtresse bien-aimée.

Meyer lui-même était fatigué et mal disposé à se trouver en société. Il avait passé l'après-midi avec Martino le forgeron, dans l'attente de la deuxième et peut-être fatale attaque, qui risquait de suivre la première. Il faisait presque nuit quand il jugea que l'on pouvait transporter le malade chez lui sans danger, et alors il avait été forcé d'écouter les lamentations de la femme qui venait juste de réaliser la situation précaire de sa famille. Il avait dû donner des assurances qu'il n'était pas sûr de voir tenues : que la maladie ne durerait pas trop longtemps, que quelqu'un — la comtesse peut-être — veillerait à ce que la famille soit nourrie, que lui-même se chargerait des arrangements pour obtenir l'aide de la commune, qu'il essayerait de trouver quelqu'un capable d'assurer la bonne marche de la forge sans trop exiger.

Lorsqu'il réussit à s'échapper, il avait hypothéqué son âme et sa réputation, vingt fois de suite, et il était convaincu plus que jamais de l'impossibilité de réformer ces gens ignorants, élevés pendant des siècles pour le servage, qui embrasseraient la main du plus vil seigneur, pourvu qu'elle tienne un pain et qu'elle leur offre une illusion de sécurité contre les décrets de Dieu et des politiciens.

Arrivé chez lui, la lettre de l'évêque l'attendait, mettant le comble à toutes les irritations de la journée. Son Excellence ne demandait rien qu'un service professionnel, mieux payé que ses habituels services médicaux, mais Son Excellence suggérait bien plus; une courtoisie qui pouvait se transformer en un lourd engagement. Aldo Meyer, le juif libéral, se méfiait beaucoup de l'ecclésiastique absolutiste dont les prédécesseurs avaient harcelé son peuple jusqu'à le chasser d'Espagne, pour lui donner ensuite refuge dans les peu confortables ghettos du Trastevere. Mais, bon gré, mal gré, l'Anglais viendrait, et en vertu du serment d'Esculape, il serait tenu de lui donner des soins. Il caressa avec méchanceté l'espoir de ne pas être entraîné dans des relations amicales.

Il n'y avait aucune amitié dans ses relations avec Anne-Louise de Sanctis. Il était son médecin à défaut d'un autre, meilleur que lui. Il était son invité, faute d'une société plus raffinée que la sienne, pour la distraire à l'heure du dîner. A l'occasion, il était le porte-parole des doléances des villageois à la *padrona*. Mais au-delà de ces limites étroites, il y avait entre eux une zone de méfiance muette et d'animosité dissimulée.

Tous deux avaient connu Giacomo Nerone. Chacun d'eux, pour une raison différente, avait été mêlé à sa mort. Meyer ne connaissait que trop bien la nature de la maladie de sa patiente, quoiqu'il ne l'eût jamais exprimée par des mots. Anne-Louise de Sanctis connaissait les échecs de son médecin et profitait de ce qu'il en savait trop sur elle pour lui lancer des pointes. Mais, comme ils se voyaient rarement, ils s'en tiraient avec une politesse raisonnable, et étaient reconnaissants l'un envers l'autre de façon bourrue : Meyer pour le bon vin et le dîner bien préparé, la comtesse pour l'occasion qui lui était donnée de s'habiller et de dîner avec un homme ni rustre, ni prêtre.

Mais ce soir il y avait quelque chose d'autre dans l'air. La présence de Nicholas Black et l'arrivée de l'émissaire de Rome prêtaient un caractère nouveau et légèrement sinistre à la réunion. Tout en se rasant et en s'habillant à la lumière jaune d'une lampe à pétrole, il se prépara à une désagréable soirée.

Au début ses craintes semblèrent sans fondement. La comtesse était bien soignée, détendue et charmante. Elle paraissait sincèrement contente de le voir. Le sourire du peintre était dépouillé de ses sardoniques subtilités et il discourait calmement et aimablement sur tous les sujets abordés.

A l'apéritif, ils parlèrent du temps, des coutumes locales et du déclin de l'école napolitaine de peinture. Au potage, ce fut le tour de Rome, et Black racontait les scandales les plus drôles de la via Margutta et du prix que les critiques exigeaient pour un compte rendu favorable. Quand le poisson fut apporté, ils en avaient fini avec le Vatican et avaient abordé les hommes politiques, discutant des perspectives des prochaines élections. Le vin avait délié la langue du docteur et il était embarqué dans une dissertation animée :

— ... la dernière fois, les démocrates-chrétiens l'emportèrent grâce au confessionnal et à l'aide du dollar américain. L'Église tenait la menace de l'enfer suspendue sur la tête de chaque catholique qui votait pour les communistes, et Washington agitait un paquet de dollars dans les coulisses. Le peuple voulait la paix et du pain à n'importe quel prix, et le Vatican était toujours la seule institution en Italie avec de la stabilité et un crédit moral. Et ainsi ils emportèrent les sièges. Mais nous avons encore le parti communiste le plus fort en dehors de la Russie et il règne un singulier désaccord, même parmi ceux qui ont voté sous la bannière du Vatican, quant à leurs visées politiques. Que va-t-il arriver cette fois? Les démocrates tiendront encore, bien entendu, mais ils perdront des voix au profit de la gauche par suite d'un mouvement général. Les monarchistes gagneront quelque peu dans le Sud et les communistes se maintiendront à peu près sur leurs positions — un dur noyau de mécontentement.

— Quelle sera la cause des pertes de voix chez les démocrates-chrétiens? Nicholas Black posa la question avec un vif intérêt.

Meyer haussa les épaules de façon expressive.

— Les indices d'abord. Il n'y a eu aucune réforme spectaculaire, aucune diminution sensible dans le nombre des chômeurs. Il y a un équilibre dans l'industrie, maintenu par l'absorption des dollars américains et l'aide de la banque du Vatican. Il y a une augmentation du revenu national, mais qui n'a pratiquement aucun effet sur le niveau de vie d'une grande partie de la population. Cela suffit cependant à garder les financiers raisonnablement heureux et à conserver la stabilité des voix jusqu'aux prochaines élections. La deuxième raison est que le Vatican lui-même a perdu du crédit en s'identifiant à un parti. C'est l'ennui avec un Pape qui fait de la politique. Il veut toujours les deux — le royaume des Cieux et la majorité au Parlement terrestre également. Il peut l'obtenir en Italie — à un certain prix, et ce prix est l'anticléricalisme au milieu de son propre troupeau.

— Cela m'intéresse.

Black saisit ce point vif de l'exposé du docteur.

— On voit dans toute l'Italie, des femmes communiant tous les jours et des hommes portant les insignes d'une demi-douzaine de congrégations, citer encore la vieille rengaine : « *Tutti i preti sono falsi* ». (Tous les prêtres sont menteurs.) C'est amusant mais fichtrement illogique.

Meyer rit et leva les mains dans un geste de feinte désolation.

— Mon cher ami, c'est la chose la plus logique du monde. Plus il y a des prêtres, plus on voit leurs défauts. Un régime clérical ressemble à un régime d'opérette, mauvais pour les deux parties. Je ne crois pas que tous les prêtres soient des menteurs. J'en ai rencontré de bigrement bons de mon temps. Mais malgré cela, je suis anticlérical. Le Latin est un logicien dans le fond. Il est prêt à admettre que le Saint-Esprit guide le Pape dans les problèmes de la foi et de la morale, mais il s'esclaffe lorsqu'on prétend que le Saint-Esprit fixe aussi le taux de la banque.

— A propos de prêtres, dit Anne de Sanctis, je me demande comment sera ce Mgr Meredith.

C'était aussi douceâtre que du beurre, mais Aldo Meyer en comprit la malice. Ils l'avaient cerné comme un mouton, le menant d'un sujet à un autre, et à présent, ils l'avaient coincé et l'observaient en ricanant, moqueurs et rusés, pour voir ce qu'il ferait pour s'échapper. Qu'ils aillent au diable, alors. Il ne leur donnerait aucune satifaction. Il haussa les épaules, esquivant la question.

— Vous voulez dire notre inquisiteur romain? Il ne m'intéresse pas. Il viendra et s'en ira. C'est tout. Pour le moment j'ai des problèmes qui me préoccupent personnellement, et je voudrais en discuter avec la *padrona*.

— Quelle sorte de problèmes?

La comtesse se renfrogna devant l'échec de sa ruse.

— Martino le forgeron a eu une attaque aujourd'hui. Il est paralysé et incapable de faire quoi que ce soit. La famille va avoir besoin d'aide. Je me demandais si vous voudriez mettre un peu d'argent à leur disposition — et aussi prendre une ou deux filles à votre service ici. Teresina et la jeune Rosetta sont assez grandes pour commencer à travailler.

A sa surprise, la comtesse prit cela tout naturellement.

— Bien entendu. C'est le moins que je puisse faire. J'ai beaucoup pensé dernièrement à toute cette jeunesse. Il n'y a rien à faire pour eux ici, et même s'ils essayent d'émigrer, ils finissent dans les rues de Reggio ou de Naples. J'ai pensé que nous devrions reprendre certains de vos projets, docteur, et créer du travail pour eux ici.

— C'est une bonne idée, répondit avec prudence Meyer; et il se demanda où diable elle voulait le mener. Ce qu'elle dit ensuite le lui montra très clairement.

— Paolo Sanduzzi, par exemple. Nicki me dit que ce garçon est intelligent et de bonne volonté. Il me semble que c'est vraiment dommage de le laisser traîner trop longtemps. Je le ferai venir pour travailler ici avec les jardiniers. Il est certain que sa mère aurait ainsi un peu plus d'argent.

Maintenant il était vraiment pris au piège. Il avait accepté une faveur et il devait avaler l'aigre potion qui l'accompagnait. Ils étaient assis là, lui souriant par-dessus leurs verres, le mettant au défi de protester et de faire l'imbécile. Mais lui hocha la tête et dit avec indifférence :

— Si vous pouvez l'employer, pourquoi pas? Vous devrez en discuter avec sa mère, bien entendu.

— Pourquoi? demanda Black.

— Parce qu'il est encore mineur, répondit de façon mordante Meyer. Sa mère est encore sa tutrice légale.

Le peintre rougit et baissa le nez dans son verre, et Anne-Louise se permit un petit sourire secret, devant sa déconfiture. Elle dit simplement :

— Vous pourriez demander à Nina Sanduzzi de venir me voir demain, docteur.

— Je le lui demanderai, certainement. Elle peut ne pas vouloir venir.

— Pour des paysans nu-pieds, ils sont bien prétentieux! commenta aigrement Black.

— Nous sommes des gens bizarres, lui répondit froidement Meyer. Il faut du temps pour nous comprendre.

Anne-Louise ne dit rien, mais fit signe au domestique de verser encore du vin et de servir le rôti. Elle avait exposé son projet. Meyer l'avait accepté — et si Nicki avait envie de croiser le fer avec le juif, elle pourrait s'en amuser, mais elle ne s'en mêlerait point. Ce que Meyer dit ensuite la ramena dans la discussion.

— J'ai reçu une lettre de l'évêque aujourd'hui. Il me demande de remplir le rôle de conseiller médical auprès de Mgr Meredith. Apparemment, ce dernier se meurt d'un carcinome.

— Mon Dieu! jura doucement Nicholas Black. C'est fichtrement ennuyeux.

— C'est vous qui l'avez invité, Nicki, dit la comtesse avec irritation. Je ne vois pas de quoi vous vous plaignez.

— C'est à vous que je pensais, *cara.* Un homme malade dans la maison est un grand fardeau.

— J'ai une chambre chez moi, dit avec amabilité Meyer. Elle n'est pas trop confortable, mais elle est convenable.

— Il n'en est pas question, réagit-elle vivement. Il restera ici. Il y a des domestiques pour s'occuper de lui et vous pourrez venir le voir toutes les fois qu'il aura besoin de vous.

— Je savais que vous diriez cela, dit calmement Meyer et ses yeux ne contenaient aucun signe d'ironie.

Le rôti fut servi et le vin versé; durant un moment ils mangèrent en silence, chacun d'eux comptant les points dans cette lutte intéressée, se déroulant sous le couvert de la mince politesse de la conversation. Quelques instants plus tard, la comtesse posa sa fourchette et annonça :

— J'ai pensé qu'en signe de courtoisie envers Son

Excellence, nous devrions organiser une réception pour cet homme.

Nicholas Black faillit s'étrangler avec le morceau de poulet qu'il avait dans la bouche.

— Quelle sorte de réception, *cara?* Une procession de la Congrégation des morts et des enfants de Marie et de la Société du Saint Nom? Bannières, bougies et acolytes et le Père Anselmo trottant derrière en surplis sale?

— Rien de la sorte, Nicki! Son ton était sec et tranchant. Un dîner tranquille, demain soir, avec nous deux, le docteur et le Père Anselmo. Rien de compliqué, mais une simple occasion de lui faire rencontrer les gens du village les plus capables de l'aider.

Aldo Meyer gardait les yeux soigneusement fixés sur son assiette. Comment pouvait-on lutter contre une femme pareille? Un simple dîner — avec la *padrona* jouant à la gracieuse hôtesse, pour un médecin de campagne et un rustre de prêtre qui tiendrait son couteau de travers, renverserait son vin et tomberait probablement de sommeil sur sa coupe de fruits, tandis que le Monseigneur romain regarderait avec une indulgente bonne humeur. Et lorsqu'il en viendrait à recueillir les témoignages, sur qui s'appuierait-il, si ce n'est sur cette gracieuse dame, qui lui avait donné si courtoisement l'hospitalité?

Un simple dîner — combien vraiment, vraiment simple!

— Eh bien! docteur, qu'en pensez-vous?

Il leva les yeux, froid et sérieux.

— C'est votre maison; il est votre hôte.

— Mais vous viendrez?

— Certainement.

Il la vit se détendre, et il saisit une furtive lueur de triomphe brillant dans ses yeux. Lorsqu'il regarda

Nicholas Black, ce dernier aussi souriait, et Aldo Meyer se sentit soudain exposé sans défense aux lames de ces deux intrigants qui s'entendaient de façon singulière.

— Je me demande à quoi il ressemble? Black ne posa la question à personne en particulier.

— Qui? demanda la comtesse.

— Notre Monseigneur de Rome. Quand je l'ai vu à Valenta, il avait les traits tirés, était blême et ressemblait plutôt à une taupe.

— Il est mourant, lui dit avec brusquerie Meyer, cela n'arrange pas le teint d'un homme.

Le peintre rit.

— Mais n'influence pas son caractère, j'espère. Je déteste les gens grincheux à table. Il est anglais, bien entendu, ce qui devrait faire une différence. Probablement sec et brillant et triste comme un bonnet de nuit dans sa conversation. Je me demande s'il sera collet monté. Certains de ces prêtres de Rome ont l'esprit très libéral. D'autres voudraient voir le monde défait, pour tout refaire eux-mêmes. Je suis curieux de savoir comment celui-ci interprétera l'histoire de la liaison de Giacomo Nerone.

Aldo Meyer se retourna vivement pour lui faire face.

— Que savez-vous là-dessus?

Le sourire du peintre était mielleux et insultant.

— Pas tout à fait autant que vous, peut-être. Mais son fils est à mon service et sa maîtresse fait votre ménage. Bien entendu cela aussi pourrait être utile. Les dernières listes sont pleines de vierges, de confesseurs et de garçons imberbes sortant à peine du noviciat. On pourrait citer un bon pénitent comme saint Augustin ou sainte Marguerite de Cortone. Cela aide à convaincre les pécheurs. Vous savez... « Il y a toujours moyen de revenir à Dieu! » Ces prêtres sont de grands opportunistes. N'êtes-vous pas d'accord, docteur?

— Je suis juif, répondit Meyer, d'un ton aigre et définitif. J'aime peu le catholicisme, mais encore moins le blasphème. J'aimerais bien changer de sujet.

La comtesse de son côté, ajouta un brusque avertissement.

— Vous buvez trop, Nicki.

Le peintre rougit de colère, repoussa sa chaise et quitta la chambre. Sur un signe de la comtesse, le domestique sortit lui aussi, et Anne-Louise de Sanctis demeura seule dans la pièce avec son conseiller médical.

Elle prit une cigarette, poussa la boîte sur la table du côté de Meyer et attendit qu'il eût allumé leurs deux cigarettes. Puis elle se pencha en avant et lui envoya en plein visage un nuage de fumée.

— Et maintenant, *dottore mio*, cessez d'attaquer et dites ce que vous avez à dire.

Meyer secoua la tête.

— Vous ne m'en remercierez pas, Anne. Et vous ne me croiriez pas.

— Essayez. Je suis d'humeur réceptive ce soir.

Elle rit légèrement et lui tendit la main par-dessus la table.

— Vous êtes un homme obstiné, Aldo *mio*, et quand vous me regardez par-dessus ce damné nez juif, vous me rendez aussi obstinée. Allons, dites-le-moi gentiment, qu'est-ce qui ne va pas chez moi, et quelle est votre ordonnance?

Le docteur resta un moment silencieux, regardant le visage qui avait été beau autrefois, l'ovale fin, le mol affaissement des muscles, les pattes d'oie autour des yeux. les rides de l'amertume qui creusaient la peau fatiguée sous le soigneux maquillage. Puis avec une franchise professionnelle, il lui répondit.

— Je vous donnerai l'ordonnance d'abord. Cessez de vous bourrer de barbituriques. Cessez de recueillir des individus excentriques comme Black, qui vous farcissent la tête d'histoires sordides et qui en définitive ne vous donnent aucune joie. Vendez cette propriété — ou mettez-y un régisseur — et prenez un appartement à Rome. Puis mariez-vous à un homme qui puisse vous rendre heureuse au lit et qui vous donnera la possibilité de le rendre heureux ensuite.

— Vous avez un esprit bas, docteur, lui dit-elle avec un sourire.

— Il va devenir plus bas encore. Vous n'avez pas été satisfaite dans le mariage parce que vous étiez trop jeune et que votre mari était trop insouciant pour s'en préoccuper. Vous ne l'avez jamais été depuis car, chaque fois que vous avez essayé, cela a été un échec pour vous et pour l'homme. La chose est assez courante et assez guérissable, à condition que vous affrontiez ce que vous désirez et ce qui vous manque, pour vous préparer à l'obtenir. Mais vous n'avez jamais fait cela. Vous vous êtes retirée dans votre petit monde à vous, et l'avez rempli d'une pornographie mentale qui vous rend folle de désir et vous laisse toujours insatisfaite. Vous êtes arrivée à un mauvais âge pour cela, ma chère. C'est dangereux. Vous finirez avec des gigolos et des individus tels que Nicholas Black et une dose massive de sédatifs en définitive. Vous pouvez encore être une amante. Mais vous risquez de faire de vous-même une dévergondée, comme vous le faites déjà avec Paolo Sanduzzi.

Elle ignora la dernière pointe et lui demanda en souriant :

— Et comment pourrai-je avoir un mari, docteur? M'en acheter un?

— Vous pourriez faire pis, répondit sérieusement Aldo Meyer. Étant donné ce que nous savons vous réussirez mieux par un accord honnête que par un amour malhonnête. C'est parce que votre corps vous tyrannise qu'il vous plaît de tyranniser votre peintre.

— Autre chose encore, docteur?

— Rien qu'une chose, répondit Meyer avec calme. Ne songez plus à Giacomo Nerone. Cessez de chercher à vous venger de lui sur Nina et le garçon. Vous n'êtes pas la première femme qui ait détruit un homme parce qu'il l'avait rejetée. Mais si vous ne pouvez regarder cela en face, vous finirez par vous détruire.

— Vous avez oublié la chose la plus importante, docteur.

Meyer la regarda avec un vif intérêt.

— Qu'est-ce que c'est?

— J'ai toujours désiré un enfant, j'en avais besoin plus que vous ne l'imaginez. Mon mari ne pouvait m'en donner. Giacomo Nerone me l'a refusé pour le donner à une paysanne va-nu-pieds. Je l'ai haï pour cela. Mais à présent je ne le hais plus. Si vous ne vous mettiez pas en travers, entre sa mère et moi, je pourrais faire quelque chose pour le garçon... lui donner la chance d'un bon départ dans la vie et l'empêcher de monter en graine comme le reste des garçons du village.

— Que feriez-vous de lui, Anne? demanda froidement Meyer. Le donner à votre peintre?

Sans dire un mot, elle prit un verre de vin à moitié vide et lui lança le contenu au visage. Puis elle posa sa tête sur ses bras et éclata en sanglots convulsifs. Aldo Meyer essuya le vin sur ses joues maigres, se leva et sonna un domestique pour se faire reconduire.

Arrivé chez lui, il fut surpris de voir la lampe allumée et Nina Sanduzzi assise devant une pile de raccommodages sur la table. Sa présence à cette heure tardive était tellement inhabituelle qu'il en demanda la raison. Sa réponse fut très simple.

— J'ai passé la soirée avec la femme de Martino. Elle est sotte, mais bonne, et elle commence à peine à se rendre compte du pétrin dans lequel elle se trouve. Après avoir fini de mettre toute la famille au lit et d'installer confortablement Martino, j'ai pensé venir attendre ici les nouvelles que vous alliez apporter de chez la comtesse.

Pendant un moment il fut tenté de décharger ses sentiments dans un éclat d'ironie; et puis il se rappela qu'elle ne comprenait pas l'ironie et que cela ne ferait que la troubler. Aussi lui répondit-il laconiquement :

— De bonnes nouvelles pour Martino. La comtesse leur fera don d'une somme d'argent et prendra à son service Teresina et Rosetta. Avec leurs gages et le modique secours de l'assistance publique, ils ne seront pas trop mal en point.

— Bon! Elle lui offrit un de ses rares et calmes sourires. C'est un commencement. Plus tard peut-être, nous pourrons l'améliorer. Voulez-vous du café?

— Oui, s'il vous plaît.

Meyer se laissa lourdement tomber dans un fauteuil et commença à délacer ses chaussures. Instantanément elle fut à ses pieds pour l'aider. Ceci aussi était nouveau; elle n'avait jamais auparavant assumé les fonctions de servante. Meyer ne dit rien, mais l'observa pensivement traverser la pièce pour allumer le petit primus sous la cafetière. Il dit d'un ton détaché :

— La comtesse aimerait aussi vous voir demain.

— Pourquoi voudrait-elle me voir?

— Elle veut offrir à Paolo un emploi d'aide-jardinier.

— Est-ce la seule raison? Elle était toujours penchée sur le primus.

— Pour vous, oui. Pour Paolo, il pourrait y avoir d'autres raisons!

Elle se retourna lentement pour lui faire face à travers la chambre un peu sombre. Elle demanda :

— Quelle sorte de raisons?

— Le peintre anglais a de l'affection pour lui. La comtesse désire se servir de Paolo d'une manière qui n'est pas tout à fait claire encore. Je pense aussi qu'elle désire que le garçon soit là quand le prêtre viendra de Valenta pour enquêter sur Giacomo Nerone.

— Ils sont comme des chiens grattant un tas de fumier, dit doucement Nina. Il n'y a aucun amour dans tout ce qu'ils font. Je n'irai pas, le garçon non plus.

Meyer approuva de la tête.

— J'ai seulement promis de vous dire d'aller. Pour le reste je pense que vous êtes assez sage. C'est une maison qui a un grain de folie.

— Ils font des expériences sur nous comme si nous étions des animaux. Elle rejeta ses bras dans un geste de colère. C'est un enfant — un garçon dont la première phase d'homme s'éveille — et ils veulent s'en servir pour cette raison.

— Je vous ai prévenue, lui rappela-t-il avec calme.

— Je sais. Elle commença à poser les tasses sur la

table et elle parlait tout en se déplaçant. Et ceci est une autre raison pour laquelle je suis venue ce soir. Paolo m'a raconté qu'il avait été se promener au bord du Torrente del Fauno, avec la jeune Rosetta. J'en ai été très contente. Ils sont jeunes tous les deux et c'est le bon moment pour que naisse l'amour, à la condition qu'il commence de la manière convenable. Je crois que Paolo en était content aussi. Je sais qu'il voulait se confier, mais il ne savait par quels mots l'exprimer. Je voulais l'aider, mais... vous comprenez comment cela peut être avec un garçon. Il n'aurait jamais cru sa mère capable de comprendre, aussi. C'est difficile lorsqu'il n'y a pas un homme dans la maison, et je me suis demandée si... si vous ne pourriez pas l'aider un peu.

L'eau commença à bouillir dans la cafetière et tandis qu'elle se dépêchait de l'enlever, Meyer eut le temps de réfléchir avant de répondre. Il lui dit avec douceur et hésitation :

— Un garçon qui s'éveille est comme un pays étranger, Nina. Il n'y a ni cartes ni poteaux indicateurs. Le langage même est différent. Je pourrais me tromper et lui faire du mal. Que ressent-il pour l'Anglais, je n'en sais rien. Qu'est-il arrivé entre eux, je n'en sais rien. Mais quel que soit ce qui existe, il en aura toujours honte; exactement comme il a honte de son premier désir pour une fille. C'est ce qui le rend sournois comme un renard et timide comme un oiseau. Vous comprenez?

— Je comprends certainement. Mais je comprends son besoin aussi. C'est un monde étrange pour lui. Son père était un homme qu'ils appellent un saint et sa mère est une femme qu'ils appellent une prostituée. Je ne me justifierai pas à ses yeux, pas plus que je ne le ferai pour son père. Mais comment lui expliquer la chose merveilleuse qui existait entre son père et moi? Et pourquoi elle devrait être merveilleuse pour lui aussi?

— Comment puis-je l'expliquer, rit tristement Meyer, quand je ne l'ai pas comprise moi-même?

Sa question suivante fut pour lui un choc qui lui fit oublier sa lassitude.

— Haïssez-vous le garçon?

— Dieu Tout-Puissant, non! Qu'est-ce qui vous fait dire cela?

— Il aurait pu être le vôtre, avant que ne vienne Giacomo.

Le visage de Meyer se rembrunit à ces vieux souvenirs.

— C'est vrai. Mais je n'ai jamais haï l'enfant.

— Me haïssez-vous?

— Non. Il fut un temps où j'ai haï Giacomo et quand il mourut, j'en fus content... mais pas longtemps. Maintenant je le regrette.

— Assez pour aider son fils?

— Et vous aussi, si je le pouvais. Envoyez-le-moi et j'essayerai de lui parler.

— J'ai su depuis toujours que vous êtes un homme bon.

Et ce furent tous ses remerciements pour le moment. Elle alla près du fourneau, prit la cafetière et l'apporta sur la table. Elle remplit une tasse pour lui et une autre pour elle et se tint debout, l'observant, tandis qu'il essayait de boire à petits coups le liquide brûlant et amer. Elle but son café d'un trait et traversa la chambre pour ramasser dans un coin ses sandales de bois et le vieux panier qui contenait ses achats de la journée : un petit tas de charbon, de la *pasta* et quelques légumes.

Puis elle revint vers lui et lui tendit un épais paquet enveloppé dans un tissu de coton et noué d'un ruban fané.

— Prenez-les, dit-elle fermement. Je ne veux plus les garder.

— Qu'est-ce que c'est?

Les yeux de Meyer scrutaient son visage calme.

— Les papiers de Nerone — il y a dedans la lettre qu'il vous a laissée — ils pourraient vous aider à nous comprendre lui et moi. Et, peut-être aussi, à aider son fils.

Étonné, il prit le paquet taché et le tint entre ses mains comme il avait tenu la tête pendante et sans vie de Giacomo Nerone. Les souvenirs se précipitèrent en un flot vivant et oppressant, vieilles peurs, vieilles haines, vieilles amours, petits triomphes et monstrueux échecs. Il eut les larmes aux yeux et sentit comme un nœud dans l'estomac et un petit nerf au coin de sa bouche se mit à battre.

Lorsqu'il leva la tête, Nina Sanduzzi était partie et l'avait laissé seul dans la lumière de la lampe, avec l'âme d'un homme mort entre ses doigts tremblants.

Nina Sanduzzi retourna chez elle dans la paix du clair de lune de printemps. Les contours aigus des collines s'étaient estompés sous les étoiles; le village délabré n'était plus gris, mais argenté et avait acquis la beauté d'un vestige antique, et en bas, dans la vallée, coulait le torrent, ruban de lumière grise à travers les ombres. L'air était sec et pur et ses sandales de bois claquaient bien fort sur les pierres, couvrant les cris intermittents des criquets et le bruit sourd et lointain de l'eau.

Mais Nina Sanduzzi était aveugle à la beauté et sourde à la musique de la nuit. Elle était paysanne, enracinée dans la campagne comme un arbre, rude, persistante et insensible au pathétique fallacieux, qui n'est tout au plus qu'une sentimentale diversion pour le littérateur. Le paysage était le lieu où elle vivait.

Seuls les personnages y étaient importants. La beauté qu'elle voyait — et elle en voyait assez — se trouvait dans les visages, les mains et les yeux, les sourires et les pleurs et le rire des enfants, et les souvenirs soigneusement conservés, comme l'eau dans un puits. Le printemps, c'était dans son corps robuste qu'elle le sentait. L'été, c'était la chaleur sur la peau et de la poussière sous ses pieds nus, et l'hiver une froide hibernation et l'aménagement attentif de brindilles et de charbon.

Elle ne pouvait ni lire ni écrire, cependant elle comprenait la paix de l'esprit, car elle avait connu la lutte, et elle était sensible à l'harmonie, parce que cette harmonie naissait lentement mais perceptiblement des dissonances de la vie autour d'elle.

Ce soir, elle était en paix. Elle pouvait voir commencer l'accomplissement de la promesse de Giacomo Nerone, que même après sa mort, il prendrait soin d'elle et du garçon. Ils étaient pauvres, mais la pauvreté était leur condition naturelle et Giacomo ne les avait jamais laissés trop dépourvus ou trop longtemps dans le besoin. A présent qu'il leur fallait tant être aidés, Aldo Meyer était là, prêt à payer une dette à un mort, parce qu'il en éprouvait lui-même le besoin.

Il y avait aussi de l'harmonie dans sa vie — une lente concorde se formant entre elle et les villageois. Ils avaient besoin d'elle. Ils lui étaient reconnaissants, comme la femme de Martino, pour l'aide qu'elle leur apportait dans leurs ennuis; et s'ils l'appelaient quelquefois de vieux mots crus — « la prostituée », « la femme qui dormait avec un saint » — ils n'y mettaient plus aucune malice; rien que le vague souvenir de vieilles jalousies. C'était un peuple rude, usant de mots rudes, car ils en connaissaient très peu d'autres. Leurs symboles étaient grossiers car ils menaient une vie de brute, et la faim au ventre ne peut se satisfaire de songes.

Aussi ce soir, en se dirigeant vers sa petite masure perchée dans le bouquet de houx, se sentait-elle reconnaissante; et toute sa reconnaissance se concentrait sur Giacomo Nerone, mort depuis longtemps et enterré dans la grotte du faune, où les gens allaient prier et d'où ils s'en retournaient guéris de leurs infirmités du corps et de l'esprit.

Le souvenir de cet homme avait effacé de sa vie tout ce qui n'était pas lui : ses parents morts de malaria, lorsqu'elle avait seize ans, en lui laissant cette masure, quelques meubles et un petit coffre de mariage; son mari, garçon brun et fougueux qui l'avait épousée à l'église et avait dormi un mois avec elle, et puis avait été pris par l'armée pour mourir dans la première campagne de Libye. Après sa mort, elle avait vécu comme les autres femmes, seule dans sa petite masure, se louant à la journée pour des travaux de ferme et d'occasionnels services domestiques, quand l'une des femmes de chambre de la comtesse tombait malade.

Puis, Giacomo Nerone était venu...

*

C'était un soir d'été, chaud et lourd d'orage. Elle était étendue toute nue sur le grand lit de cuivre, agitée et tourmentée par la chaleur et les moustiques et le besoin qui s'éveillait souvent dans son corps robuste, des bras et de la présence d'un homme dans le lit près d'elle. Il était plus de minuit et, même après une journée harassante dans les terrasses de vigne, le sommeil ne venait pas.

Elle entendit alors des coups faibles et furtifs à la porte fermée par une barre. Elle s'assit dans le lit, soudain effrayée, et tira les couvertures sur sa poitrine. Les coups recommencèrent et elle cria :

— Qui est-ce?

Une voix d'homme lui répondit en italien.

— Un ami. Je suis malade. Ouvrez-moi pour l'amour de Dieu!

La prière urgente dans la voix faible la toucha. Elle sortit du lit, mit sa robe et alla à la porte. Quand elle eut enlevé la barre, et ouvert avec précaution la porte, il s'écroula en avant sur le sol, un homme grand et brun avec du sang sur le visage et une tache gluante qui suintait de la manche déchirée de sa chemise. Ses mains étaient blessées par les ronces et ses chaussures déchirées bâillaient, et quand il essaya de se relever, il avança péniblement de deux pas et s'écroula la face en avant.

Il lui fallut toute sa force de paysanne pour le tirer et le soulever sur le lit. Tandis qu'il était encore inconscient, elle lava les écorchures de son visage et coupa la chemise autour de la blessure de l'épaule qu'elle lava aussi. Puis, elle lui enleva ses chaussures, tira les couvertures sur lui et le laissa dormir jusqu'à l'heure où la première aube éclaira le ciel à l'est. Il se réveilla dans la soudaine panique de l'homme traqué, regardant autour de lui, les yeux grands ouverts et effrayés; mais lorsqu'il vit Nina, il sourit et se détendit de nouveau, grimaçant douloureusement à cause de son épaule.

Elle apporta du vin, du pain noir et du fromage, et fut stupéfaite de le voir tout engloutir avec avidité. Il but trois gobelets de vin, mais refusa de reprendre de la nourriture, disant que les gens avaient faim et qu'il n'avait droit qu'à la part du voyageur. Il sourit encore en disant cela, d'un grand sourire jeune qui chassa ses dernières craintes et la fit s'asseoir sur le bord du lit et demander qui il était, ce qui l'avait amené à Gemello Minore et d'où lui venait cette blessure à l'épaule.

Son accent était étranger et il avait de la difficulté à comprendre le rude dialecte calabrais de Nina, mais les lignes de son histoire étaient assez claires. Il était artilleur, disait-il, dans la garnison basée à Reggio, à l'extrémité de la botte italienne. Les Alliés s'étaient emparés de la Sicile et les Anglais avaient traversé le détroit de Messine et se frayaient un chemin vers la péninsule. Reggio était tombé. Sa compagnie s'était dispersée et il s'était enfui. S'il rejoignait son armée, il serait soigné et envoyé de nouveau au front. Si les Anglais l'attrapaient, ils feraient de lui un prisonnier de guerre. Aussi, il essayait de rejoindre sa famille à Rome. Il s'était caché le jour et avait voyagé la nuit, vivant de ce qu'il pouvait chaparder. La dernière nuit, il avait été pris en chasse par une patrouille anglaise qui avait tiré sur lui. La balle était encore dans son épaule. Il fallait l'enlever, sinon il en mourrait.

Comme elle n'était qu'une paysanne, elle accepta son histoire telle qu'elle lui fut présentée. Parce qu'il lui plaisait et qu'elle se sentait seule, sans homme, elle consentit à le cacher et à le soigner jusqu'à la guérison de sa blessure. Sa masure était éloignée du village et personne ne venait jamais de ce côté. Ç'avait été le commencement : simple et insignifiant comme une centaine d'autres histoires de guerre, de veuves solitaires et de soldats en fuite. Mais la richesse du sentiment qui en naquit, et la tragédie qui l'acheva, et la paix qui en découla, constituaient son émerveillement quotidien et ses souvenirs de chaque nuit...

En arrivant chez elle, elle trouva la lampe en veilleuse et Paolo couché en boule, apparemment endormi sur le lit à roulettes dur et bas, qui se trouvait de l'autre côté de la chambre, en face du grand *letto matrimonio* en cuivre, dans lequel il avait été conçu et était né. Jusqu'à l'éveil de sa puberté Paolo avait dormi avec elle selon la coutume du Sud où toute la famille dort dans un seul grand lit, mari, femme, bébés, garçons mûrs et filles adolescentes. Mais pour une femme seule et son fils unique, ce n'était pas convenable, aussi avait-elle acheté un autre lit, et chacun d'eux dormait seul.

Elle ferma la porte, mit la barre et le verrou, posa son panier et rejeta ses sandales. De son lit, le garçon l'observait les yeux à demi fermés en feignant de dormir. Chaque détail du rite qui suivit, lui était familier, toutefois il avait depuis longtemps refusé d'y prendre part.

Nina Sanduzzi traversa la pièce pour aller au grossier coffre de mariage qui se trouvait à la tête du lit. De dessous sa robe elle prit une petite clef qui y était épinglée et avec laquelle elle l'ouvrit. Puis elle en sortit un paquet plat enveloppé de papier blanc. Elle ouvrit avec précaution le paquet qui contenait une chemise d'homme, vieille et usée et tachée en plusieurs endroits, comme avec de la rouille. Elle la pressa un moment sur ses lèvres, la déplia et l'étendit sur le dossier d'une chaise, de telle sorte que l'on pouvait voir que les déchirures étaient de vieux trous faits par des balles, et que les taches étaient des traces de sang. Ensuite elle s'agenouilla lourdement, enfouit son visage dans ses mains posées sur le siège de la chaise et commença à prier à voix basse.

Malgré tous ses efforts, le garçon n'avait jamais réussi à saisir un seul mot de ce qu'elle murmurait. Lorsqu'il s'était agenouillé auparavant près de sa mère, elle lui avait simplement dit de réciter des *Pater* et des *Ave* comme à l'église, parce que son père était un saint, et qu'il avait un grand pouvoir auprès de Dieu, comme saint Joseph, le père adoptif du *Bambino*. Mais elle n'avait jamais voulu l'admettre dans l'intimité de sa communion avec son père et il en était curieusement jaloux. A présent, il considérait tout cela comme un acte d'absurdité féminine.

Ses prières une fois terminées, Nina Sanduzzi enveloppa de nouveau la chemise et la mit sous clef dans le coffre. Puis elle s'approcha du lit de son fils, se pencha, l'embrassa et s'éloigna. Paolo Sanduzzi avait gardé les yeux fermés et respiré de façon régulière, car, il avait souvent envie de l'embrasser et souhaitait qu'elle le prît dans ses bras comme autrefois, il y avait en lui maintenant une répulsion qu'il ne pouvait expliquer. Le même sentiment lui faisait fermer les yeux et tourner la tête quand elle déshabillait son corps qui s'épaississait ou qu'elle se levait la nuit pour se soulager. Il avait honte d'elle et de lui-même.

Aussi se tint-il tranquille jusqu'à ce que sa mère eût soufflé la lampe et grimpé sur le lit de cuivre, grinçant. Puis, lui-même se prépara à dormir et glissa lentement dans le sommeil. Il rêva, en dormant, de Rosetta debout sur le rocher au bord du torrent et l'appelant à elle. Il s'élança, en courant et en grimpant, vers ses lèvres entrouvertes, ses yeux qui riaient et ses bras ouverts pour l'accueillir. Mais avant que les bras de Rosetta se soient refermés sur lui, ils étaient devenus ceux de Nicholas Black, et au lieu du visage de la jeune fille, c'était le pâle visage de satyre du peintre.

Paolo Sanduzzi s'agita, grogna et ouvrit les yeux dans le moment, mi-doux mi-honteux, où déborde la sève de la jeunesse et qu'un garçon n'est pas sûr de dormir ou d'être éveillé.

VIII

C'ÉTAIT la dernière nuit de Blaise Meredith à Valenta : sa dernière en la compagnie d'Aurelio l'évêque. Ils dînèrent comme ils l'avaient toujours fait, confortablement et bien. Ils parlèrent sans nostalgie de divers sujets et le repas terminé, Son Excellence proposa de prendre le café dans son cabinet de travail.

C'était une grande pièce bien aérée, tapissée de livres, du plancher jusqu'au plafond, mais à peine meublée d'un bureau, d'un prie-Dieu et d'un ensemble de casiers en acier et de quelques fauteuils de cuir, groupés autour d'un grand poêle en majolique. Elle reflétait cependant avec exactitude le caractère de l'homme qui y travaillait : érudit, ascétique, d'esprit pratique et un penchant pour un modeste confort.

On apporta le café avec une bouteille de cognac portant encore la poussière de la cave et non encore débouchée. Son Excellence insista pour l'ouvrir et verser lui-même l'alcool.

— Une libation, dit-il à Meredith en souriant. La dernière coupe de l'*agape*. Il leva son verre. A l'amitié ! Et à votre santé, mon ami !

— A l'amitié, répondit Blaise Meredith. Je regrette d'y être venu si tard.

Ils burent en connaisseurs le précieux et vieil alcool, en le savourant lentement.

— Vous me manquerez, Monseigneur, dit aimablement l'évêque, mais vous reviendrez. Si vous êtes malade, envoyez-moi un mot immédiatement et je vous ferai ramener ici.

— Je vous le promets, dit Meredith les yeux soigneusement fixés sur son verre pour cacher sa peine. J'espère que je ferai du bon travail pour Votre Excellence.

— J'ai un petit cadeau pour vous, mon ami.

L'évêque mit la main dans la poche de sa soutane et en tira une petite boîte en cuir florentin travaillé, qu'il tendit à Meredith.

— Allez, ouvrez-la.

Meredith pressa le fermoir et le couvercle se souleva pour montrer, couchée sur du satin, une petite *bulla*, une bulle d'or antique, de la dimension du bout d'un pouce, attachée à une fine chaîne en or. Il l'enleva de l'écrin et la mit sur sa main ouverte.

— Ouvrez la bulle, lui dit Son Excellence.

Mais les doigts de Meredith tremblaient et l'évêque prit la bulle, l'ouvrit et la lui tendit. Meredith laissa échapper un petit cri de surprise et de plaisir.

Une grande améthyste était enchâssée dans l'or : elle avait la forme du plus ancien symbole de l'Église chrétienne, le poisson, avec les pains sur son dos, et dont le nom était le symbole du mot Christus.

— C'est très ancien, dit Son Excellence. Probablement du début du IIe siècle. Elle fut trouvée dans les fouilles de la catacombe de San Callisto, et m'a été donnée à l'occasion de ma consécration. La bulle était un ornement romain assez courant, comme vous le savez, et celle-ci a dû appartenir à l'un des premiers chrétiens — un martyr peut-être, je ne sais pas. J'aimerais bien que vous la gardiez, en souvenir de mon amitié.

Blaise Meredith, l'homme froid, fut touché comme il ne l'avait pas été pendant vingt ans. Il avait des larmes au bord des paupières et sa voix était mal assurée.

— Que puis-je dire, si ce n'est vous remercier? Je la garderai jusqu'à ma mort.

— Je crains qu'il n'y ait un prix à payer. Vous aurez à écouter mon sermon final.

— Elle sera mon fétiche contre l'ennui, lui répondit Meredith avec une feinte bonne humeur.

L'évêque s'adossa à sa chaise et sirota son cognac. Son jeu d'attaque semblait curieusement déplacé.

— J'ai réfléchi, Meredith, au sujet du petit autel phallique. Que me conseillez-vous de faire?

— Je ne sais pas... Le détruire, je suppose.

— Pourquoi?

Meredith haussa les épaules.

— Eh bien!... c'est un lien avec le paganisme, un symbole d'idolâtrie, et obscène en tant que symbole. Il est visible que quelqu'un lui rend une sorte d'hommage.

— Je me demande si c'est bien cela. Son Excellence se posait pensivement la question. Ou est-ce quelque chose de beaucoup plus simple?

— Quoi, par exemple?

— Une plaisanterie vulgaire; une réjouissante superstition, comme de jeter des sous dans la fontaine de Trevi.

— J'aurais difficilement pensé que réjouissante était le mot, dit Meredith. Obscène peut-être. Sinistre même.

— Tous les peuples primitifs sont obscènes,

mon cher Meredith. Ils vivent dans une telle familiarité des fonctions naturelles les plus grossières que leur caractère devient vraiment très terre à terre. Écoutez les propos ou les chansons à un mariage de village — et si vous pouvez traduire le dialecte et les allusions, vous rougirez jusqu'à vos révérendes oreilles. Mais de telles gens ont aussi leurs propres pudeurs, lesquelles, si peu logiques semblent-elles, sont souvent plus sincères que les fausses pudeurs des communautés évoluées... Quant à « sinistre », oui, il pourrait être sinistre. Des traces de paganisme existent ici. Vous trouverez à Gemello Minore une femme qui vend des fétiches et des philtres d'amour... Mais, que faire de cet autel? Faire toute une histoire et des embarras? L'exorciser et briser le marbre en morceaux? Ils peuvent faire un dessin obscène sur n'importe quel mur de la ville, s'ils le veulent vraiment — et ils mettraient probablement mon visage sur ce dessin. Vous comprenez?

Malgré lui, Meredith se mit à rire de tout cœur et l'évêque sourit d'un air approbateur.

— Mon sermon réussit bien, Meredith. Et vous en avez déjà le thème. « *Piano, piano!* » Allez doucement et parlez avec douceur. Vous êtes un personnage officiel, rappelez-vous, et ils se méfient des officiels — les officiels de l'Église surtout. Vous avez aussi le point de vue officiel. Ce qui est désavantageux. Regardez! D'un geste énergique, il montra les murs recouverts de livres. Tous les Pères de l'Église, depuis saint Augustin jusqu'à saint Thomas d'Aquin. Tous les grands historiens, tous les grands commentateurs. Toutes les encycliques des cinq derniers Pontifes — ainsi qu'un choix des plus grands mystiques. Toute la pensée de l'Église sur ces quatre murs. L'homme qui a porté cette bulle n'avait jamais entendu parler d'aucun d'entre eux — cependant il était catholique autant que vous ou moi. Il avait la même foi, bien qu'une grande partie de cette foi fût implicite et non explicite comme elle l'est de nos jours. Il était proche des apôtres qui enseignèrent ce qu'ils avaient appris de la bouche même du Christ, et ce qui leur avait été inspiré par le Saint-Esprit, le jour de la Pentecôte. La pensée de l'Église est semblable à la pensée d'un homme, se développant à partir des vieilles croyances, vers de nouvelles conséquences, comme une nouvelle connaissance fleurit des vieilles, comme les feuilles naissent d'un arbre... Qui parmi mon troupeau peut méditer tout cela? Le pouvons-nous, vous ou moi? Telle est la pensée de l'Église, complexe et subtile. Mais le fond même est simple, comme le sont ces gens. Aussi lorsque vous irez à eux vous devrez travailler avec votre cœur et non avec votre tête.

— Je sais, dit Meredith et ses mots ressemblaient tout à fait à un soupir. Le malheur est que je ne sais comment travailler ainsi. Je l'avoue franchement, c'est seulement auprès de Votre Excellence que j'ai acquis tant soit peu de chaleur. Je n'inspire pas de sympathie, je suppose. Je le regrette, mais je ne vois pas comment je peux pallier cela. Je ne connais pas les mots qu'il faut. Mes gestes sont gauches et théâtraux.

— C'est une question d'attitude, mon ami. Si vous ressentez de la pitié et de la compassion vous n'êtes pas loin de l'amour. Ces choses se communiquent, même à travers les mots les plus hésitants. C'est à travers leurs besoins et leurs enfants qu'il faut arriver à ces gens. Essayez de remplir vos poches de bonbons et d'allez vous promener dans les rues. Essayez de leur faire cadeau d'un kilo d'huile ou de pâtes, quand vous irez dans les maisons des pauvres. Cherchez où se trouvent les malades et allez les visiter avec une fiasque de *grappa* à la main... Et cela, mon ami, est la fin de mon sermon!

Il se pencha et remplit de nouveau les petits verres de cognac. Meredith but à petits coups la douce liqueur parfumée et regarda la petite bulle d'or dans son écrin de satin. L'évêque Aurelio était un bon pasteur. Il mettait en pratique tout ce qu'il prêchait. Et Blaise Meredith ne s'était pas encore acquitté de ce qu'exigeait de lui l'amitié. Il le confessa gravement :

— J'ai essayé plusieurs fois de me résoudre à prier pour ce miracle, mais j'en suis incapable. Cela me désole.

Son Excellence haussa les épaules comme si le délai n'avait aucune importance.

— Vous y arriverez à la fin. *Piano... piano!...* Maintenant, je crois que vous devriez monter dormir. Demain sera une longue journée, et peut-être fatigante, pour vous.

Il se leva, et mû par une impulsion soudaine, Meredith s'agenouilla pour baiser l'anneau épiscopal de Son Excellence.

— Voulez-vous me bénir pour le voyage, Excellence?

Aurelio, l'évêque de Valenta, leva sa main fine dans le geste rituel.

— *Benedicat te Omnipotens Deus...* Que Dieu vous bénisse, mon fils, qu'il vous garde du démon de midi — et de la terreur de la longue nuit... au nom du Père et du Fils et du Saint-Esprit.

— *Amen,* répondit Blaise Meredith.

Mais la bénédiction n'eut aucune efficacité contre la douleur de cette nuit-là : la plus pénible de sa maladie, des spasmes atroces qui l'épuisèrent à tel point qu'à son départ, le matin, il ressemblait à un homme se rendant à ses propres funérailles.

*

De Valenta à Gemello Minore, la distance n'est que de soixante kilomètres, mais la route est si tortueuse, si étroite et couverte d'ornières, la montée si raide, qu'il faut deux bonnes heures pour la parcourir en voiture.

Dès qu'ils eurent quitté la ville, Meredith glissa dans un inconfortable assoupissement mais, bientôt, les secousses et les manœuvres aux tournants le réveillèrent et le forcèrent à s'intéresser au paysage. Les collines n'étaient pas élevées en comparaison des autres montagnes mais elles étaient à pic et escarpées et repliées les unes sur les autres, de sorte que la route semblait dangereusement accrochée à leurs flancs, tantôt grimpant, tantôt plongeant vers le bas, d'un coude en épingle à cheveux à un pont branlant, qui semblait pouvoir à peine supporter une charrette à mulet.

Les vallées étaient vertes aux endroits où les paysans exploitaient les couches de limon, mais les collines étaient peu cultivées et propres tout juste à faire paître des chèvres. Il était difficile de croire qu'autrefois les Romains avaient ici coupé des pins pour construire leurs galères et brûlé du charbon de bois pour les forges de leurs armuriers. Tout ce qui restait à présent était une rare culture entourant une villa dont le propriétaire ou le régisseur était meilleur fermier que ses concitoyens.

Quelques-uns des villages étaient construits sur les cols des collines, vieilles maisons serrées les unes contre les autres autour d'une église croulante, construite peut-être par quelque ancien mercenaire angevin qui avait traîné sa pique et son titre insignifiant autour de ce fanfaron royaume du Sud. D'autres, plus bas dans les vallées, n'étaient qu'une ligne de masures paysannes où l'eau était plus proche et moins rare la terre. Mais tous étaient pauvres et désolés. Leurs habitants avaient l'air battu et usé comme les montagnes elles-mêmes. Leurs enfants étaient aussi crottés et aussi maigres que leurs chèvres, leurs poulets et leurs vaches aux côtes saillantes.

C'était une pauvreté que Meredith n'avait jamais vue, même dans les ruelles les plus sordides de Rome. C'était ce que voulait dire l'évêque Aurelio, quand il faisait remarquer la folie de venir ici avec un manuel dans une main et une croix de missionnaire dans l'autre. Ces gens savaient ce que signifie une croix... ils avaient enduré leur propre crucifiement pendant longtemps; mais ils ne pouvaient se nourrir d'idées, et le Christ de Calabre aurait besoin, pour se faire connaître, d'un nouveau miracle des pains et des poissons et de sa vieille compassion pour les estropiés et les impurs, pour s'annoncer.

Ils vivaient dans des maisons qui n'étaient pas mieux que des étables à vaches. Quelques-uns d'entre eux étaient encore troglodytes et habitaient des cavernes dans les rochers, où l'humidité rongeait les murs. Ils n'avaient ni gaz, ni électricité, ni égouts, ni installation d'eau potable. Leurs enfants mouraient de malaria, d'infections tuberculeuses et de pneumonie. Leurs femmes mouraient de septicémie et de fièvre puerpérale. Les hommes étaient tordus par l'arthritisme avant quarante ans. La typhoïde supprimait parfois toute une communauté en un mois. Cependant ils survivaient tant bien que mal. Ils s'accrochaient malgré tout à la croyance en Dieu et à l'Au-Delà, à la prière et aux offices de l'Église, s'y accrochaient avec une farouche logique, car dans cette croyance se trouvait la source de la dignité humaine. Sans elle ils deviendraient ce qu'ils paraissent être aux yeux de la plupart du monde, des bêtes, par leur allure et leurs coutumes.

Le cœur de Blaise Meredith se serrait à mesure qu'ils avançaient dans la montagne. Après son épreuve de la nuit, un profond découragement s'était abattu sur lui, et il se voyait se dépensant sans espoir auprès de ces gens et priant la mort de le libérer de leur compagnie. S'il devait mourir dans le délai prévu, qu'on le laisse au moins mourir dans la dignité, dans des draps propres, dans une odeur saine et le soleil entrant par les fenêtres. C'était une pensée puérile, et il essaya de la repousser, mais il ne parvenait pas à secouer son découragement. Soudain le conducteur s'arrêta au sommet d'une côte en pointant du doigt l'autre côté de la vallée :

— *Ecco, Monsignore!* Regardez! Les voilà, Gemelli dei Monti — les Montagnes jumelles!

Meredith sortit de la voiture et marcha jusqu'au bord de la route pour avoir une meilleure vue générale. Au-dessous de lui, la route descendait en pente rapide dans une vallée, de l'autre côté de laquelle s'élevait une seule montagne vers le ciel clair. Jusqu'à plus de la moitié de sa hauteur, elle ne formait qu'une masse solide; puis elle se partageait en deux sommets, séparés par une large crevasse de deux milles environ. Sur chaque sommet se trouvait un village, entouré d'un mur croulant, à partir duquel commençaient les cultures qui s'étendaient dans le creux qui les séparaient. De ce même creux dévalait un torrent à flanc de coteau jusque dans la vallée, aux pieds de Meredith.

La différence entre les deux sommets frappa vivement Meredith. L'un était entièrement exposé au soleil; l'autre complètement obscurci par l'ombre de son jumeau. Le village ensoleillé semblait plus grand, moins pauvre et juste en son milieu, sous le campanile de l'église, un grand bâtiment blanc tranchait sur les tuiles brûlées des toits environnants. La route qui y conduisait était noire et brillante de bitume frais, et au bout de cette route, à l'extérieur des murs, un grand parc avait été aménagé où une demi-douzaine d'autocars étaient arrêtés, leurs pare-brise brillant au soleil.

— Gemello Maggiore, dit le conducteur à ses côtés. Vous voyez ce que le saint a fait pour le village. Le nouveau bâtiment est l'hôpital pour les pèlerins.

— Il n'est pas encore saint, lui dit froidement Meredith.

Le conducteur étendit les mains, écœuré, et s'éloigna. On ne pouvait discuter avec un prêtre qui avait mal à l'estomac. Blaise Meredith se renfrogna et se retourna pour regarder le village dans l'ombre, Gemello Minore.

Il n'y avait aucune voiture sur le poussiéreux sentier de chèvre qui y conduisait, rien qu'une petite charrette à âne et un vieux paysan trottant à côté. Les murs avaient des brèches en plusieurs endroits et sur quelques-unes des plus hautes maisons, il pouvait voir les toitures dépouillées de leurs tuiles emportées par le vent et jamais remplacées. Les maisons étaient espacées et délabrées, contrastant avec les maisons solidement serrées entre elles de Gemello Maggiore. Meredith ne savait que trop bien ce qu'il trouverait à l'intérieur de ces murs — une seule rue principale, une petite *piazza* devant l'église, une garenne d'étroits sentiers avec le linge pendu entre les murs et les immondices étalés sur les pierres, et des enfants déguenillés braillant au milieu des ordures. Pendant un moment, le courage lui fit défaut et il pensa presque à se diriger vers Gemello Maggiore et à établir son quartier général dans le nouvel hôtel, ou même chez le maire qui serait heureux d'accueillir un membre du tribunal de l'évêque. Mais il savait qu'il ne pourrait jamais survivre à la honte d'une telle lâcheté, aussi il remonta dans la voiture et dit au chauffeur :

— Gemello Minore, *subito!*

Les journaliers travaillant dans les champs d'en bas le virent les premiers, tandis que la voiture faisait des embardées sur les trous de la route et dérapait sur le gravier mal tassé. Ils s'appuyèrent sur leurs houes et le regardèrent passer, et quelques-uns parmi les plus jeunes, agitèrent le bras d'un air moqueur, mais le plus âgés essuyèrent simplement la sueur de leur visage, frottèrent leurs mains sur leurs pantalons et recommencèrent à travailler. Une automobile ou un carrosse à quatre chevaux — ou une fusée vers la lune — c'était pareil. On sarclait une ligne et on en commençait une autre. Les femmes entassaient la mauvaise herbe pour l'engrais et glanaient les brindilles comme combustible. Et quand la dernière rangée était sarclée, il fallait aller prendre de l'eau au torrent et la verser avaricieusement sur les racines des jeunes plants. Il y avait aussi les pierres à transporter pour combler les brèches faites par l'orage dans les terrasses, et les mottes de gazon à retourner dans la terre en friche... On ne pouvait faire de la *pasta* avec de l'huile de machine, ni obtenir du lait d'un téton d'un prêtre. Alors, qu'ils aillent au diable, tous, et retournons à notre sarclage!

Paolo et Rosetta le virent passer aussi, accroupis derrière les épais buissons où Paolo avait juré avoir vu une caille et où il n'y avait rien hormis les gouttes que laissait tomber le lièvre qui grignotait les plans de chou et un vieux lézard gris qui dormait dans un carré de soleil. Rosetta tapa des mains, cria et sauta d'un pied sur l'autre, elfe brun en robe déchirée; mais Paolo resta figé, les poings sur les hanches, les yeux fixés sur la voiture. Le temps viendrait où ce personnage voudrait lui parler de son père et lui, Paolo, était décidé à lui parler comme un homme et non comme un gamin morveux, qu'on cajole d'abord et qu'on bat ensuite. De plus, la question était trop importante pour lui, et si Rosetta tenait à devenir son amie, elle devrait le comprendre. Et s'il avait un peu peur d'un indiscret furetage dans la vie de sa mère et dans la sienne et transformant le village en une fourmilière de curiosité, ceci après tout, ne regardait que lui, et son amie devrait être la dernière à le savoir. Aussi, la voiture passée, il prit Rosetta par la main, et malgré ses protestations, l'entraîna à travers les buissons, vers l'endroit caché, près du torrent où personne ne venait jamais durant le jour.

Aldo Meyer vit Meredith quand la voiture ralentit juste devant sa porte et commença à se frayer lentement un chemin à travers une meute d'enfants hurlants. Il vit le visage blême, tiré, les lèvres pincées dans un sourire fatigué et la main levée sans entrain, pour saluer les enfants. C'était bien un homme marqué par la mort, et comme il n'en avait jamais vu. Il se demanda quel tortueux raisonnement avait amené l'évêque à accepter un enquêteur comme celui-ci, et à l'envoyer se faire harceler et tourmenter par tous les intérêts en conflit dans l'affaire Giacomo Nerone. Il se demanda quelle sorte d'homme il pouvait être, et ce que la souffrance et l'idée familière et quotidienne de la mort, avaient fait de lui : quelle serait son opinion de la comtesse et de ses invités, comment il réagirait aux histoires embrouillées qu'il devrait entendre. Puis il se souvint qu'il aurait à recueillir le dernier souffle de cette vie, et il fut honteux de n'avoir même pas salué le visiteur lorsqu'il était passé devant lui.

Quand la voiture eut atteint la *piazza*, tout le village était déjà dehors. Le Père Anselmo même, l'invitation de la comtesse encore à la main, regardait furtivement à travers les persiennes fermées en se demandant comment il devrait montrer de la « courtoisie à un frère en religion », comme le lui demandait l'évêque. Toutefois, son problème le plus urgent était de savoir ce qu'il mettrait pour aller au dîner à la villa; et dès le passage de la voiture, il trotta jusqu'à la cuisine pour crier à la vieille Rosa Benzoni de lui laver un col et d'enlever les taches de sauce de sa plus convenable soutane.

Seule Nina Sanduzzi refusa de prendre part au spectacle de cette arrivée de mauvais augure. Elle était assise sur le lit de Martino le forgeron et mettait des cuillerées de bouillon dans la grande bouche tordue du gros homme, et elle refusa de bouger quand on lui fit signe d'aller à la porte. Elle avait sa dignité et si le prêtre désirait la rencontrer, il viendrait à elle, et elle saurait alors quoi répondre.

Quant à Blaise Meredith, il les avait tous vus sans en distinguer un seul cependant. Ils n'étaient qu'une tache confuse de virages, une clameur de voix étrangères et une pénétrante odeur de poussière, de corps et d'ordures pourrissant au soleil. Il fut soulagé lorsque la voiture sortit du village pour grimper en vrombissant la dernière montée vers la villa, où le portier attendait devant la grille de fer pour l'introduire et où la comtesse sur la pelouse tondue se préparait à l'accueillir, fraîche comme une fleur.

— Mon cher Monseigneur Meredith! Je suis si heureuse de vous voir!

Le sourire était chaud, les yeux sereins, la main douce mais ferme dans son salut. Après le brouhaha du dialecte du village, Meredith fut réconforté par le son d'une voix anglaise. Son visage fatigué s'éclaira d'un sourire.

— Ma chère comtesse! Je vous remercie de m'accueillir chez vous!

— Avez-vous fait bon voyage?

— Assez bon. Les routes sont dures et je ne suis pas bon voyageur, ces jours-ci. Mais me voilà sain et sauf.

— Pauvre de vous! Vous devez être tout à fait épuisé. Je vais dire à Pietro de vous montrer votre chambre, vous pourrez vous laver et vous reposer un peu, avant le déjeuner.

— J'en serai heureux, lui dit Meredith.

Et il pensa avec gratitude : « Rendons grâce au Seigneur pour les Anglais. Ils comprennent ces choses mieux que quiconque au monde! Ils ne s'agitent pas et ils savent que le premier besoin d'un homme fatigué est la solitude et de l'eau chaude! »

A un signe de la comtesse, le domestique prit les valises de Meredith et le conduisit dans la maison. La comtesse, au bord de la pelouse, observa le dos courbé qui s'en allait, jusqu'à ce que l'entrée obscure l'engloutît.

Un moment plus tard, Nicholas Black sortit du massif d'arbustes et la rejoignit. Il souriait de tout son maigre visage de satyre.

— Bien, bien, bien! Ainsi c'est cela qui nous attend! Il ressemble à une copie fatiguée de John Henry Newman. Oxford, dirais-je, Magdalen probablement, avec un soupçon de collège anglais et un vernis du Vatican sur le tout... Vous vous en êtes tirée admirablement, *cara*. Ni trop, ni trop peu. La charmante châtelaine accueillant l'Église, l'expatriée anglaise faisant les honneurs à un compatriote. Vous êtes une actrice parfaite.

Elle ignora son ironie et dit pensivement :

— Il paraît très malade.

— La prière et le jeûne produisent cet effet aussi, chérie. Je me demande s'il porte un cilice.

— Oh! pour l'amour de Dieu, Nicki!

Il haussa les épaules avec irritation et demanda :

— Qu'est-ce que vous attendiez que je fasse? Embrasser son religieux derrière et lui demander de bénir mes médailles? Qu'est-ce qui vous arrive donc? Ne me dites pas que vous êtes en pleine crise de conversion!

Elle se retourna contre lui et l'invectiva férocement et à voix basse.

— Écoutez, Nicki! Vous êtes un assez gentil petit homme et un assez bon peintre. Vous profitez largement de moi et je vous aide à obtenir certaines choses dont vous avez grand besoin. Mais j'ai mes propres problèmes avec ce prêtre et je ne veux pas vous laisser en créer d'autres, plus grands, rien que pour prouver votre intelligence. Si vous n'êtes pas disposé à bien vous tenir, vous pouvez faire vos valises et Pietro vous conduira jusqu'à Valenta pour attraper le premier train pour Rome. J'espère que c'est clair.

Il voulait crier, la frapper au visage et l'appeler de tous les noms obscènes dont il pouvait se souvenir, mais, comme toujours, il eut peur. Aussi il lui prit la main, la baisa et dit à sa façon de petit garçon repentant :

— Je suis toujours sage, *cara*, non? Je regrette, je ne sais pas ce qui m'a pris. Je serai sage. Je le promets! Je vous en prie, je vous en prie, pardonnez-moi.

Anne-Louise de Sanctis sourit. Elle lui avait dit ce qu'elle pensait de lui. Elle avait une fois encore goûté l'aigre plaisir de le flageller avec des mots, elle pouvait se permettre d'être généreuse. De sa main elle ébouriffa les rares cheveux de Black, lui tapota la joue et lui dit :

— C'est bon, chéri. Nous oublierons pour cette fois. Mais soyez un bon garçon à l'avenir.

Puis elle se laissa prendre le bras pour faire le tour du jardin en bavardant des derniers scandales de Rome. Mais si intelligente qu'elle fût, elle ne comprit jamais tout à fait combien il la haïssait.

Seul dans sa grande chambre, les persiennes baissées contre le chaleur de midi, Blaise Meredith se lava et se changea et s'étendit dans le grand lit en noyer.

Une fois encore, semblait-il, il avait lieu d'être satisfait. Sa chambre était confortable, son hôtesse charmante, les domestiques empressés. Quelle que fût la saleté du village, il pouvait revenir ici et l'oublier. Quels que puissent être ses problèmes, il pouvait compter sur la bonne volonté de la comtesse pour l'aider à se débrouiller. S'il était plus malade, il ne serait pas seul et avec un personnel au complet, il ne serait pas trop à charge.

Il se rappela qu'il devait écrire à l'évêque et lui dire sa satisfaction des arrangements pris pour lui. Puis, détendu, et tout en se reposant, il se mit à réfléchir à son travail et à la manière de s'y prendre.

Un entretien avec la comtesse tout d'abord, décida-t-il; passer en revue le village et ses personnages, noter les sources les plus susceptibles de donner des informations sur Giacomo Nerone. Elle devait savoir bien des choses. Elle devait avoir aussi une certaine autorité appréciable. En tant que châtelaine souveraine, elle devait être *in loco parentis* pour les paysans, et un mot d'elle pourrait délier pas mal de langues.

Puis, il devait rendre visite au curé de la paroisse pour présenter la lettre le mandatant et solliciter son officielle coopération. Quelle que fût la réputation du pasteur, il avait une responsabilité canonique en la matière. Il avait eu aussi de longs rapports avec Giacomo Nerone, mais apparemment orageux. Ce point naturellement soulevait un problème. S'il avait été, ne fût-ce que pour quelque temps, le confesseur de Nerone, on ne pourrait l'appeler à témoigner. Même si son pénitent l'avait libéré du secret de la confession, le tribunal n'admettrait pas son témoignage. C'était une sage précaution de la loi; mais c'était aussi une utile échappatoire pour un homme qui avait quelque chose à cacher. Il pouvait se taire, et même refuser d'indiquer les sources d'information, et les canonistes approuveraient sa discrétion. Tout compte fait, il semblait que le Père Anselmo pourrait s'avérer un problème pour l'avocat du Diable.

Quel serait le suivant? Le docteur, peut-être. Cet Aldo Meyer était un juif et un libéral aux espoirs déçus. Là aussi se poseraient des problèmes. Il devait savoir pas mal de choses. Son témoignage était recevable puisque les infidèles et les hérétiques peuvent témoigner, pour ou contre la cause. Mais on ne pouvait le forcer à donner son témoignage, comme on y obligerait un catholique, par des sanctions morales. Cela dépendrait de la bonne volonté d'Aldo Meyer. Pour le présent au moins, le Dr Aldo Meyer devait être noté comme un témoin incertain.

Ensuite il y avait Nina Sanduzzi qui avait été la maîtresse de Giacomo Nerone et lui avait donné un fils. Selon les rapports de Battista et de Saltarello, elle avait refusé de donner la moindre information. Il paraissait invraisemblable qu'un prêtre étranger pût en obtenir davantage. Mais, même en obtiendrait-il, l'enquête promettait d'être très déplaisante. Elle entraînerait à un sondage de confessionnal dans les plus secrètes intimités de leurs relations : leurs confidences mutuelles, leur attitude morale, les raisons de leur séparation et même la nature de leurs relations sexuelles. Et tout ceci, entre un prêtre qui ne parlait que l'italien de Rome et une femme parlant un dialecte calabrais abâtardi par des éléments de grec, de phénicien, d'arabe levantin et de français angevin...

Blaise Meredith se débattait encore avec ces problèmes lorsqu'un domestique entra et annonça que le déjeuner était servi et que la comtesse l'attendait à l'étage au-dessous.

Le repas commença de façon parfaite : une agréable conversation entre gens de goût et de bonne éducation, réunis par un curieux hasard sur une terre étrangère. La comtesse dirigeait la conversation avec beaucoup d'attention, Nicolas Black semblait prendre plaisir à son rôle de cosmopolite courtois, et Blaise Meredith, détendu par son repos, parlait avec un charme rare et une considérable connaissance, de livres, de musique et de la politique de l'Europe et de l'Église.

Au fromage et aux fruits, la comtesse avait commencé à se sentir de nouveau à l'aise. Voilà un homme qu'elle pouvait comprendre. Elle en avait rencontré un certain nombre comme lui à Londres, et à Rome autrefois. Il avait du brillant et de la discrétion et, ce qui était plus important, il comprenait le langage anglais d'allusions et de sous-entendus. Avec un peu de doigté, elle pourrait l'amener à s'appuyer sur elle, pour lui traduire les rudesses du langage provincial. A condition que Nicki continue à se bien tenir, il n'y aurait aucun ennui. Elle se sentit assez confiante pour poser à Meredith les premières questions de sondage.

— Vous devez pardonner à mon ignorance, Monseigneur : mais comment commencez-vous habituellement à travailler, dans un procès comme celui-ci?

Meredith fit un petit geste triste.

— Je crains qu'il n'y ait aucune règle. C'est question de parler avec autant de gens que possible et ensuite de collationner et de comparer les informations. Plus tard, quand le tribunal de l'évêque sera institué, on pourra les questionner et leur faire subir un contre-interrogatoire, sous serment — et bien entendu, en secret.

— Et par où pensez-vous commencer maintenant?

— J'avais espéré que vous pourriez m'aider tout d'abord. Vous avez longtemps vécu ici. Vous êtes la *padrona*. Votre connaissance des conditions de vie locales pourrait être une bonne préparation pour moi.

Nicholas Black lança un regard rapide et ironique à la comtesse, mais elle souriait calmement.

— Je serai heureuse de faire tout mon possible bien entendu, mais je crois qu'il y a un risque à vous en référer à moi avant tout le monde. Je suis la *padrona* comme vous dites, mais je suis Anglaise aussi. Je mène une vie différente, je pense aussi d'une façon différente. Je peux parfaitement me tromper. Cela m'est arrivé tant de fois. Mais je veux vous prêter mon aide par égard pour vous et pour l'évêque. C'est un vieil ami à moi, comme vous le savez.

— Naturellement.

Meredith inclina la tête et n'appuya pas trop là-dessus. La comtesse continua :

— Après que Son Excellence m'eut écrit, j'ai pensé que la chose la plus utile pour vous serait de vous faire rencontrer ici le docteur et le curé de la paroisse. Ils en savent tous les deux beaucoup plus que moi sur le village. Je leur ai demandé de venir dîner ce soir. Nous pourrons alors échanger tous les quatre nos points de vue. Je me sentirai plus confiante après, quand vous aurez une opinion plus équilibrée. Nicki est d'accord avec moi, n'est-ce pas, Nicki?

— Naturellement, *cara*. C'est une région étrange, tout à fait différente de Rome. Je suis sûr que votre idée est la bonne. N'êtes-vous pas d'accord, Monseigneur?

— Vous êtes plus au courant que moi, répondit Meredith en s'excusant. J'apprécie tout le mal que vous vous donnez pour moi.

La comtesse repoussa sa chaise.

— Je ne prends pas habituellement de café dans l'après-midi. Je trouve que cela me gâte ma sieste. Pietro vous servira le vôtre sur la terrasse et ensuite, Nicki vous fera faire le tour des jardins. Voulez-vous m'excuser, Monseigneur? Le sommeil de beauté d'une femme, vous savez...

Les deux hommes se levèrent tandis qu'elle quittait la table, et après son départ, Nicholas Black prit le premier le chemin vers la terrasse, où le café était servi à l'ombre d'un parasol rayé. Le peintre offrit une cigarette à Meredith en lui présentant son porte-cigarettes en or.

— Vous fumez?

— Non, je vous remercie. C'est un luxe auquel j'ai dû renoncer depuis que je suis malade.

— La comtesse me dit que vous avez été très malade.

— Très, répondit brièvement Meredith. Il se sentait réchauffé et détendu et ne tenait pas à entendre évoquer sa mort.

Le domestique vint servir le café et Black se mit à fumer pendant quelques instants en silence, réfléchissant à son prochain gambit. Malgré tout son charme, ce personnage avait l'esprit pénétrant et était intelligent. Une erreur avec lui pourrait être irréparable. Au bout d'un moment, il dit négligemment :

— J'espère que vous me laisserez faire votre portrait pendant votre séjour ici, Monseigneur. Vous avez un visage intéressant et des mains expressives.

Meredith haussa les épaules de façon désarmante.

— Vous devez avoir une vingtaine de meilleurs sujets que moi, monsieur Black.

— Mettons que vous m'offrez le contraste, lui dit le peintre avec un sourire. Le courtois Romain parmi les provinciaux. Par ailleurs j'entreprends un document en images de toute l'histoire de Giacomo Nerone. Il pourrait servir de base merveilleuse à toute une exposition. J'ai pensé lui donner le titre de *Béatification*.

— Il se peut qu'on n'arrive jamais à la béatification, répondit prudemment Meredith. Y arriverait-on même, que cela pourrait durer des années.

— Aucune importance du point de vue artistique. Ce sont les personnages qui comptent, et il y en a toute une fantastique galerie. Je me demande ce que vous allez pouvoir tirer d'eux, Monseigneur.

— Je me le demande aussi, lui dit franchement Meredith.

— La chose qui m'intéresse, bien entendu, c'est la liaison. Je ne comprends vraiment pas comment on peut considérer la possibilité de béatifier un homme qui séduit une fille de village, lui donne un enfant bâtard, et l'abandonne ensuite. Il est resté ici assez longtemps pour l'épouser.

Meredith inclina pensivement la tête.

— Cela soulève des problèmes, bien entendu, des problèmes de fait et de raison. Mais cela n'empêche pas nécessairement d'être jugé. Il y a l'exemple classique d'Augustin d'Hippone qui a vécu avec de nombreuses femmes et qui avait eu lui-même un fils illégitime. Pourtant il est devenu finalement un grand Serviteur de Dieu.

— Après une vie plus longue que celle de Nerone.

— Cela est vrai, aussi. Je l'admets franchement, les circonstances de l'affaire Nerone me déconcertent. J'espère découvrir toute l'histoire pendant que je suis ici. Mais, en théologie stricte, on ne peut ignorer la possibilité d'une soudaine et miraculeuse conversion.

— Si l'on croit aux miracles, bien entendu, lui dit le peintre avec une pointe d'ironie.

— Si l'on croit en Dieu, on croit nécessairement aux miracles.

— Je ne crois pas en Dieu, dit Nicholas Black.

— Sans Lui le monde est absurde, lui dit Blaise Meredith. Et il est assez rude avec Lui. Mais... on ne peut amener un homme à la foi en discutant. Aussi gardons chacun notre opinion, voulez-vous.

Mais le peintre ne se laissait pas facilement rebuter. Il était trop désireux de voir quelle sorte d'homme se trouvait sous la soutane noire. Il revint à la discussion.

— J'aimerais croire. Mais il y a tant de chinoiseries religieuses autour de la foi. Tant de mystères.

— Il y a toujours des mystères, mon cher ami. S'il n'y en avait pas, il n'y aurait pas besoin de foi.

— Mais ce n'est pas à cause de sa foi que vous

prenez le cas de Giacomo Nerone, lui dit Black très judicieusement. Vous enquêtez légalement sur lui.

— C'est une question de fait et non de foi, répondit Meredith.

Le peintre rit joyeusement.

— Mais vous trouverez encore un tas de mystères, Monseigneur. Beaucoup plus que vous n'en attendiez, je pense. Et le plus grand de tous ces mystères est la raison qui bâillonne tout le monde à son sujet à Gemello Minore... même la comtesse.

— Le connaissait-elle alors? Un intérêt nouveau mit de l'animation dans la voix de Meredith.

— Bien entendu, elle le connaissait. Elle essaye, en ce moment, d'amener son fils à travailler chez elle. Elle était ici quand Nerone vivait. Elle était ici quand il est mort. Tous les autres étaient là aussi. Ils ne sont pas tous amnésiques. Mais ils sont aussi fermés que des huîtres. Vous verrez ce soir au dîner.

— Et quel est votre intérêt dans cette affaire? Il y avait une légère irritation dans la question.

— Une comédie de village, répondit Black avec affabilité. Et toute une exposition à en tirer. C'est très simple. De toute façon vous êtes engagé dans ce procès. Moi, je ne le suis pas. Je vous donne simplement un tuyau amical... Si vous avez bu votre café, je vais vous montrer le jardin.

— Je resterai un moment si cela ne vous ennuie pas. Il se peut que je fasse la sieste ensuite.

— C'est comme vous voulez. Je suis peintre et je n'aime pas gaspiller la lumière. Je vous verrai au dîner, Monseigneur.

Meredith reste et le regarda partir, haute et mince silhouette, traversant à pas lents la pelouse pour s'engager dans le bouquet d'arbrisseaux. Il avait rencontré des hommes comme celui-ci auparavant, quelques-uns d'entre eux même sous l'habit religieux. Il se demanda quelle pouvait être la cause de sa rancune à l'égard de la comtesse, et pourquoi celle-ci continuait à l'héberger. Il se demanda aussi pour quelle raison la comtesse, lorsqu'il lui demandait de l'aide, lui avait pour toute réponse promis un dîner campagnard.

Le Dr Aldo Meyer, assis dans sa cuisine, regardait Nina Sanduzzi cirer ses chaussures, repasser sa chemise et nettoyer les revers de son dernier complet convenable. Lui aussi était préoccupé par le dîner de la comtesse. Après la scène de la nuit dernière, il avait été tenté de ne pas s'y rendre, mais plus il réfléchissait, plus il était convaincu de son devoir d'y assister. C'était comme si une bataille avait été engagée, et il ne pouvait se permettre d'abandonner un seul avantage à la comtesse et à son intrigant cavalier Nicholas Black.

Ce qui l'ennuyait surtout, c'était de ne pouvoir discerner ce qui le poussait à lutter contre elle, à moins que ce ne fût dans l'intérêt de Nina et Paolo Sanduzzi. Mais c'était un but trop limité pour expliquer son désir de rencontrer le prêtre anglais, et tout son comportement dans l'affaire Giacomo Nerone.

Il cherchait la clef du mystère de son propre échec et un signe indicateur dans le désert de son avenir. Il avait l'étrange conviction que Blaise Meredith pouvait lui fournir les deux. Une partie de la réponse se trouvait dans les papiers de Giacomo, toujours enfermés dans le tiroir de son bureau, mais qu'il n'avait pas encore eu le courage de lire.

Plusieurs fois il avait pris le paquet dans ses mains et cherché à l'ouvrir mais, chaque fois, il avait reculé, effrayé de la peine et de la honte qu'ils pourraient lui réserver. C'était comme les lettres d'un amant rejeté et qui, une fois rouvertes, lui rappelleraient les moments où il avait été indigne du nom d'homme. Tôt ou tard il aurait à faire face à ce qu'ils révéleraient : mais pas pour le moment, pas encore.

Nina Sanduzzi qui repassait, leva la tête et dit calmement :

— J'ai réfléchi au sujet de Paolo. J'ai décidé qu'il devrait, après tout, travailler chez la comtesse.

Meyer la regarda bouche bée.

— Grand Dieu, femme! Pourquoi?

— D'abord, parce que Rosetta sera là, et je pense que sa compagnie fait du bien à Paolo. Bientôt elle deviendra une petite femme et elle luttera pour ce qu'elle désire. Elle parlera aussi, et je saurai ce qui se passe à la villa. Une fois qu'elle commencera à travailler, Paolo n'aura plus rien à faire, sinon traîner et errer à travers les collines, et le peintre finira par arriver à ses fins de toute manière.

— La comtesse sera là aussi, la prévint prudemment Meyer. Et c'est une femme plus âgée et plus habile que Rosetta.

— J'ai réfléchi à cela aussi, admit-elle tranquillement. Mais j'ai pensé également qu'il y aura le prêtre dans la maison. Il viendra me voir, comme les autres prêtres l'ont fait et je lui raconterai ce qui se passe là-haut. Je lui demanderai de veiller sur Paolo.

— Il pourrait ne pas vous croire.

— Si je lui raconte toutes les autres choses — sur Giacomo — je pense qu'il me croira.

Meyer la regarda avec des yeux étonnés et inquiets.

— Hier vous étiez décidée à ne rien lui dire du tout. Qu'est-ce qui vous a fait changer d'idée? Et votre promesse à Giacomo?

— Le garçon est plus important qu'une promesse

et de plus — il y avait une curieuse assurance dans sa voix — j'ai prié Giacomo la nuit dernière, comme je le fais toujours. Je ne le vois pas, je ne l'entends pas, il n'y a que la chemise qu'il portait quand il a été tué, avec les trous faits par les balles autour de son cœur. Mais je sais ce qu'il veut, et c'est cela que je vais faire.

— Je ne pensais pas que les gens changeaient d'idée quand ils étaient morts, dit Meyer avec un sourire découragé, mais aucun sourire sur le calme visage de la femme ne répondit au sien. Elle dit simplement :

— Ce n'est pas qu'il ait changé d'idée. C'est simplement que le moment n'était pas encore venu. Maintenant il est arrivé. Le prêtre viendra à moi, lorsqu'il sera prêt. Et je lui raconterai tout.

Meyer haussa les épaules et étendit les bras dans un geste désabusé.

— Quoi que je vous dise, vous ferez à votre guise. Mais avant que le garçon ne monte à la villa, laissez-moi au moins lui parler.

— Je le ferai. Avez-vous lu les papiers de Giacomo?

— Pas encore.

— Vous ne devriez pas avoir peur, lui dit-elle avec une singulière douceur. Il ne vous haïssait pas, même à la fin. Pourquoi vous ferait-il avoir honte à présent?

— J'ai honte de moi-même, répondit Meyer avec brusquerie, et il sortit dans le jardin où les cigales chantaient dans la lumière de l'après-midi, et où la poussière collait aux feuilles vertes des figuiers.

IX

QUAND Meredith descendit pour le dîner, ce soir-là, il trouva la comtesse et ses invités déjà réunis au salon et prenant l'apéritif.

Le contraste entre eux était saisissant. La comtesse s'était soignée comme pour une soirée romaine et Nicholas Black était impeccable dans un smoking. Meyer portait un minable complet qui avait subi plusieurs nettoyages et luisait d'avoir été trop porté. Sa chemise était propre et fraîchement repassée, mais le col et les manchettes commençaient à s'effilocher et sa cravate était défraîchie et démodée. Cependant il se tenait avec dignité et son visage, las et intelligent, était serein. Meredith fut attiré immédiatement vers lui et son salut fut moins réservé qu'à son habitude.

— Je suis heureux de rencontrer mon conseiller médical. Je serai en de bonnes mains.

— Il vaut mieux réserver votre jugement, Monseigneur, lui dit Meyer avec un humour froid. J'ai mauvaise réputation.

Et ils en restèrent là, la comtesse ayant tiré de son coin le Père Anselmo pour le présenter à son collègue romain.

C'était un homme de petite taille, de plus de

soixante ans. Son visage était ridé et fatigué comme celui d'un paysan et ses cheveux gris et plats étaient longs et retombaient sur son col. Sa soutane était couverte de pellicules sur les épaules et maculée par-devant de vieilles taches de vin et de sauce. L'arthrite lui avait rendu les mains noueuses et il ne cessait de les serrer et de les desserrer tout en parlant. Il salua Meredith dans un italien au rude accent provincial.

— Je suis heureux de vous voir, Monseigneur. Nous ne voyons pas beaucoup de Romains par ici. C'est trop loin et trop pénible pour eux, je suppose.

Meredith sourit, gêné, et murmura une banale réponse, mais le vieil homme était bavard et ne se laissa pas rebuter.

— C'est notre malheur dans ce coin du monde. Le Vatican ne sait même pas ce qui se passe ici. Ils ont tant d'argent entassé qu'on ne pourrait y enfoncer un bâton, mais nous n'en voyons jamais la couleur. Je me rappelle que quand j'étais à Rome...

Il aurait continué à parler pendant une heure si la comtesse n'avait fait signe au domestique, qui lui mit un verre de sherry dans les mains, et l'éloigna délicatement du visiteur. Meredith était gêné. Les prêtres mal embouchés lui déplaisaient tout au plus, mais la perspective d'une longue fréquentation avec celui-ci était extrêmement décourageante. Puis, il se souvint d'Aurelio, l'évêque de Valenta, et de son souci pour cette brebis égarée de son troupeau, et il eut instantanément honte de lui-même. Sans tenir compte du domestique, il retourna vers le vieillard et lui dit avec amitié :

— Son Excellence vous envoie ses salutations et espère que je ne serai pas la cause de trop de tracas pour vous. Mais j'ai bien peur d'avoir à compter beaucoup sur votre jugement.

Le Père Anselmo avala une longue gorgée de sherry et le regarda d'un œil humide. Il secoua la tête et dit d'un ton plaintif :

— Son Excellence envoie ses salutations! C'est gentil de sa part! je suis comme une puce dans son oreille et il aimerait bien se débarrasser de moi. Mais il ne peut le faire sans porter le cas devant un tribunal. C'est ainsi. Nous pourrions nous comprendre aussi.

Comme la plupart des gens polis, Meredith était sans défense devant la grossièreté des autres. Cela le peina, mais il n'avait pas la brutalité voulue pour infliger un franc soufflet. Il dit assez cordialement :

— Je suis le visiteur, je ne suis pas au courant de la politique locale. Il n'y a pas de raison pour que nous ne nous entendions pas.

Puis, il se remit à s'entretenir de menus propos avec Anne-Louise de Sanctis.

Aldo Meyer avait tout de suite remarqué le brusque petit échange de mots et le marqua au crédit de Meredith. L'homme a de l'éducation et de la discrétion, pensa-t-il. On pouvait espérer qu'il montrerait du cœur aussi, plus tard.

Nicholas Black l'avait également remarqué, et il sourit sournoisement à la comtesse, dont les sourcils levés lui disaient mieux qu'avec des mots : cela marche comme je l'avais manigancé — tortueusement et parfaitement. Et comme, pour l'instant, leur intérêt était commun, il était prêt à coopérer et à oublier sa haine pour elle. Tandis que Blaise Meredith s'entretenait avec la comtesse et que le Père Anselmo se tenait un peu à l'écart, un œil sur son sherry et une oreille à l'écoute de ce qu'ils disaient, Black tira Meyer de côté et lui dit en souriant :

— Eh bien! *dottore mio,* que pensez-vous de notre avocat du Diable?

— Je suis navré pour lui. Il est marqué du signe de la mort. Il doit déjà beaucoup souffrir.

Le peintre frissonna involontairement comme si on avait piétiné sa tombe. Il répondit plaintivement :

— Ne parlons pas de mort à un dîner, mon cher ami. Je pensais à quelque chose d'autre. Comment croyez-vous qu'il fera son travail? De manière agréable ou...?

Il laissa la question suspendue comme une corde tendue pour une note d'ironie; mais Meyer ne fit aucun mouvement pour y répondre.

— Pourquoi devrions-nous nous en inquiéter vous et moi?

— Oui vraiment, dit Nicholas Black d'un ton mordant, et il laissa tomber le sujet.

Meyer sirota son sherry et observa le visage de Meredith pendant que celui-ci s'entretenait avec la comtesse et le Père Anselmo. Il remarqua sa maigreur, la transparence blafarde de la peau, les rides que la souffrance creusait de plus en plus profondément autour de sa bouche, les yeux fatigués, injectés, qui dormaient trop peu et voyaient trop le dépérissement des choses. Les hommes réagissent différemment à la souffrance et à la peur. Celui-ci semblait supporter les deux avec courage, mais il était trop tôt pour voir ce qui lui arriverait d'autre.

Quelques instants plus tard, le dîner fut annoncé et ils s'en furent vers la salle à manger. La comtesse prit place au bout de la table avec Meredith à sa droite et Meyer à sa gauche, tandis que Nicholas Black et le Père Anselmo s'asseyaient aux autres places. Avant de s'asseoir, elle se tourna vers Meredith.

— Voulez-vous dire le bénédicité, je vous prie, Monseigneur?

Tandis qu'il récitait la formule latine, la tête penchée, le peintre riait sous cape. Quelle comédienne que cette femme! Elle n'oubliait rien de son rôle! Il était si absorbé dans sa gaieté, qu'il fit machinalement le signe de croix après le bénédicité et passa cinq minutes à se demander, gêné, si Meredith l'avait remarqué. En tant qu'athée invétéré, Meredith le laisserait à la miséricorde de Dieu, mais en tant que catholique dans l'erreur, il chercherait à repêcher son âme, ce qui pourrait entraver ses plans concernant Paolo Sanduzzi.

Comme répondant à un signe, la comtesse répéta le nom à Meyer.

— Au sujet du jeune Paolo, docteur, viendra-t-il travailler chez moi?

— Je crois, lui répondit prudemment Meyer. Sa mère montera vous voir probablement, demain.

— J'en suis contente. Elle se pencha du côté de Meredith pour lui expliquer la chose. Ceci vous intéressera certainement, Monseigneur. Le jeune Paolo Sanduzzi est, bien entendu, le fils de Giacomo Nerone. Il a été baptisé sous le nom de sa mère. Il est plutôt sauvage, mais nous — c'est-à-dire, le Dr Meyer et moi — avons pensé qu'il serait bon pour lui de commencer à travailler. Je lui ai offert un emploi d'aide-jardinier.

— Cela semble une aimable pensée, dit Meredith d'un ton détaché, De quoi vit sa mère?

— Elle travaille chez moi, lui répondit Meyer.

— Oh!

— C'était une très jolie femme, dit le Père Anselmo, la bouche pleine de poisson. Elle s'est épaissie maintenant, évidemment. Je me souviens d'elle au moment de sa première communion. Belle enfant!

Il fit passer le poisson avec une gorgée de vin et s'essuya la bouche avec la serviette toute froissée. Puis, comme personne ne répondait, il se pencha de nouveau sur son assiette. Meredith se tourna vers Meyer.

— Vous connaissiez Giacomo Nerone, je crois, docteur?

— Oui, je le connaissais.

Meyer répondit avec une franchise aisée.

— J'ai été la première personne à le voir, après Nina Sanduzzi. Elle m'avait appelé pour lui enlever une balle qu'il avait reçue à l'épaule.

— Elle devait avoir confiance en vous, docteur, lui dit aimablement Nicholas Black.

Meyer ignora la pointe.

— Aucune raison ne l'empêchait d'avoir confiance en moi. J'étais un exilé politique. On savait que mes sympathies n'allaient pas au gouvernement.

Le peintre sourit et attendit la question suivante. Son visage se rembrunit de désappointement quand Meredith dit simplement :

— Vous n'ignorez probablement pas, docteur, que dans un procès de béatification, on admet même le témoignage des non-catholiques, s'ils veulent bien le donner. J'aimerais bien vous en parler, lorsque vous voudrez.

— N'importe quand, Monseigneur.

Et Meyer pensa ravi : « Il est supérieur au jugement que je m'étais fait de lui. Ils ne le cerneront pas trop facilement. »

Anne-Louise de Sanctis interrompit rapidement le petit silence qui suivit.

— Le Père Anselmo peut probablement vous aider beaucoup, aussi, Monseigneur. Il est très proche de tous nos gens. Vous connaissiez Nerone vous aussi, n'est-ce pas, Père?

Anselmo posa sa fourchette avec bruit et prit une autre gorgée de vin. Sa voix devenait sensiblement plus épaisse et son accent, plus prononcé que jamais.

— Je n'ai jamais pensé grand-chose de cet homme. Il s'ingérait trop dans les affaires des autres. On aurait cru qu'il était prêtre lui-même. Venait frapper à ma porte sitôt que quelqu'un avait mal au ventre. Voulait que je vienne en courant avec les sacrements. Une nuit, par sa faute, j'ai failli me faire tirer dessus par les Allemands. A la suite de cette histoire, j'ai refusé de sortir après le couvre-feu.

— J'avais oublié, dit Meredith avec aisance. Vous aviez les Allemands ici, c'est vrai. Cela a dû être désagréable.

— Ils ont occupé la villa, dit vivement la comtesse et m'ont mise en résidence forcée, presque tout le temps. C'était terrible. Je n'ai jamais eu aussi peur de ma vie.

Nicholas Black essuya ses lèvres minces et ricana derrière sa serviette. Il se représenta la comtesse se promenant sur la pelouse avec les conquérants, faisant ses coquetteries au bras d'un blond capitaine, dormant avec lui derrière les rideaux de velours, dans la grande chambre baroque, tandis que les paysans mouraient de faim à l'extérieur des grilles de fer et des murs de pierre. Résidence forcée? Il devait se trouver d'autres noms pour cela. Un peu de patience et il saurait toute l'histoire d'Anne-Louise de Sanctis.

Blaise Meredith ne semblait guère se douter de l'ironie de la chose, et continua :

— Les premiers témoignages semblaient indiquer que Giacomo Nerone agissait comme une sorte de médiateur entre les paysans et les troupes d'occupation. Qu'en pensez-vous, comtesse!

— Je pense que c'est probablement exagéré. La plupart des médiations, sinon toutes, étaient faites par moi-même. Quand les rapports se tendaient au village, mes domestiques me le disaient et je voyais le commandant... Sous un prétexte très officiel, bien entendu. Il était habituellement disposé à coopérer. Je pense que Nerone a peut-être exagéré son influence, dans le but d'augmenter son mérite auprès de ces gens.

A ce moment les domestiques s'affairèrent autour de la table pour enlever les assiettes et en remettre d'autres pour le plat suivant. Meredith ne semblait pas pressé de poursuivre la question. Nicholas Black profita de l'agitation pour poser une épineuse question :

— A-t-on jamais su exactement qui était cet homme et d'où il venait?

— Cela n'a jamais été clairement établi. Il fut accepté d'abord comme Italien. Plus tard, semble-t-il, on a supposé qu'il était membre d'une des unités alliées qui opéraient dans le sud, Anglais peut-être, ou Canadien.

— Intéressant, dit le peintre d'un ton ironique. Il y avait bien un millier de déserteurs sur le théâtre des opérations italiennes.

— Cela aussi est possible, répondit Meredith. C'est une chose que j'espère découvrir de façon plus précise.

— S'il était déserteur, il ne pouvait être saint, n'est-ce pas?

— Pourquoi pas? demanda Meyer avec un intérêt soudain.

Le peintre leva les mains avec une feinte humilité.

— Je ne suis pas théologien, bien entendu, mais tout soldat prête serment de loyalisme. Violer un serment légal serait un péché, n'est-ce pas? Et un déserteur serait en état permanent de péché.

— Pour un incroyant, vous avez une logique très chrétienne, lui dit avec un humour froid Meredith.

Un petit rire courut autour de la table et le peintre rougit, mal à l'aise.

— Cela me semble une affirmation logique.

— Parfaitement logique, reprit Meredith. Mais il peut y avoir d'autres faits. Un homme ne peut se lier par serment à commettre le péché. Si on lui demande de commettre un péché en vertu du serment de son engagement, il est obligé de refuser.

— Comment pouvez-vous établir le fait, Monseigneur? Et le motif?

— Nous devons nous fier au témoignage donné sous serment par ceux qui l'ont connu intimement. Puis, le tribunal devra examiner la valeur de ce témoignage.

Il sourit de désarmante façon.

— C'est un long travail.

— L'ennui avec vous autres, Romains, dit le Père Anselmo, c'est que vous ne voyez pas les choses les plus simples — même quand vous les avez sous le nez...

Sa voix était si confuse, si hésitante, que les invités se regardèrent tous, vivement embarrassés, puis regardèrent la comtesse qui se tenait toute raide au bout de la table. Le vieil homme continua d'une voix trébuchante :

— Ils parlent tous comme s'ils ne connaissaient rien. Nous connaissions tous son identité. Je savais. Le docteur savait. Le...

— Il est ivre, dit la comtesse d'une voix claire et dure. Je suis désolée de cette exhibition, Monseigneur, mais il devrait être ramené chez lui immédiatement.

— Il est vieux, dit tranquillement Meyer. Son foie se sclérose et il n'en faut pas beaucoup pour le mettre sous la table. Je le ramènerai à la maison.

Le vieil homme regardait, hébété, autour de la

table, cherchant le fil de ses idées. Sa tête grise dodelinait et un mince filet de vin coulait de ses lèvres molles.

— Pietro peut vous accompagner, déclara la comtesse d'un ton sec.

— J'irai, dit Nicholas Black.

Meredith repoussa sa chaise et se leva. Il y avait dans sa voix nette et précise, un ton nouveau.

— C'est un confrère dans le sacerdoce. Je l'accompagnerai avec le docteur.

— Prenez ma voiture, dit Anne-Louise de Sanctis.

— Il vaut mieux qu'il marche, déclara doucement Aldo Meyer. L'air le dégrisera un peu. Ce n'est pas loin. Aidez-moi à le soutenir, Monseigneur.

Ils soulevèrent tous les deux le vieux curé de sa chaise et le conduisirent jusqu'à la porte où se tenait le domestique, et sortirent par l'allée sablée.

Nicholas Black et la comtesse demeurèrent immobiles, devant la table, se regardant les yeux fixes. Au bout d'un moment, le peintre dit doucement :

— Nous l'avons échappé belle, *cara*, de justesse, n'est-ce pas?

— Allez au diable! dit la comtesse et elle le laissa seul, riant comme un satyre devant la ruine du dîner de Madame.

Comme ils descendaient le dur chemin conduisant au village, le Père Anselmo pendu à leurs épaules, ses pieds trottant sans but, au rythme des leurs, Meredith fut étonné de le trouver si léger. Au salon et à table, il avait semblé bouffi et gros; maintenant il n'était qu'un frêle vieillard avec un gros ventre et une tête dodelinante et grasse, marmottant, bavant et s'accrochant à eux, sans défense, comme un enfant malade.

Meredith qui n'avait jamais approché un homme ivre et jamais vu un prêtre gris, fut d'abord écœuré, puis touché d'une vive compassion. Voilà ce qui arrivait à certains hommes lorsque la peur de la vie les saisissait. Voilà ce qu'ils devenaient, quand l'âge réduisait leurs facultés et que la décrépitude envahissait les tissus et que la volonté vacillait sous le fardeau du temps et de la mémoire. Qui pouvait aimer cette vieille ruine croulante? Qui pouvait se soucier s'il vivait ou s'il mourait et si son âme était damnée pour l'éternité — s'il lui restait vraiment une âme après le long ravage des années?

Meyer se souciait de lui assez, au moins, pour le soustraire rapidement à d'autres indignités, trouver pour lui des excuses dignes, leur prêter son épaule, et l'accompagner chez lui en le maintenant sur ses deux pieds. Meyer se souciait de lui : le juif pauvre, à la réputation ternie, qui comprenait ce qui arrive à un homme quand son foie se sclérose, que sa prostate le trahit et qu'il ne peut tenir sa cuillère droite à cause de l'arthrite de ses jointures. Et Blaise Meredith? Se souciait-il aussi de lui? Ou était-il si préoccupé de son propre mal de ventre, qu'il ne pouvait voir qu'il y a d'autres manières de mourir plus misérables et des tourments plus vifs que les siens?

Il ruminait encore cette pensée sans saveur, lorsqu'ils arrivèrent devant la maison du prêtre. Ils le dégagèrent de leurs épaules et l'appuyèrent contre le mur, et Meyer frappa à la porte, à coups redoublés et forts. Quelques instants plus tard, ils entendirent des pas traînants à l'intérieur, puis la porte fut ouverte par une grosse femme dans une informe chemise noire et un bonnet de nuit crasseux, de travers sur ses cheveux en désordre. Elle les regarda, mal réveillée encore.

— Eh bien! qu'est-ce qui se passe? Vous ne pouvez pas laisser dormir quelqu'un? Si c'est le prêtre que vous voulez, il n'est pas là, il est...

— Il est ivre, lui dit aimablement Meyer. Nous l'avons ramené. Vous feriez bien de le mettre au lit, Rosa.

Elle s'en prit à lui, avec colère.

— Je savais que cela arriverait. Je l'avais prévenu. Pourquoi ne le laissent-ils pas tranquille? Il n'est pas fait pour boire avec la noblesse. Ce n'est qu'un vieillard — un grand bébé qui ne sait pas prendre soin de lui-même.

Elle prit la main d'Anselmo et essaya de le faire entrer dans la maison.

— Allons, venez, vieux fou. Rosa vous mettra au lit et veillera sur vous...

Mais le vieil homme titubait et trébuchait, et serait tombé si Meyer ne l'avait soutenu. Ce dernier dit d'un ton brusque :

— Allons, Monseigneur. Nous ferions mieux de le porter jusqu'à son lit. La femme est presque aussi vieille que lui.

Ils le soulevèrent par la tête et les pieds, et montèrent un escalier aux marches branlantes, Rosa Benzoni éclairant le chemin en avant, avec une chandelle. La maison sentait le moisi et le renfermé comme un trou de rat, et lorsqu'ils entrèrent dans la chambre à coucher, Meredith vit qu'elle contenait un grand lit pour deux personnes aux couvertures graisseuses, et dont un côté était déjà défait. Ils déposèrent le vieillard dessus et Meyer commença à lui défaire le col et les souliers.

La vieille femme le bouscula en grommelant.

— Laissez-le! Laissez-le par pitié! Vous lui avez fait assez de mal, ce soir. Je peux m'occuper de lui. Je le fais depuis assez longtemps.

Après un moment d'hésitation, Meyer haussa les

épaules et sortit de la chambre. Meredith le suivit en cherchant à tâtons son chemin, descendit les marches qui craquaient, dans l'atmosphère de renfermé, et sortit dans l'agréable fraîcheur du clair de lune.

Meyer mit un cigare entre ses lèvres minces, l'alluma et aspira profondément. Puis il lança à Meredith un long regard de côté, interrogateur, et dit sans embarras :

— Êtes-vous choqué, Monseigneur?

— Je suis désolé pour lui, répondit à voix basse Meredith. Profondément désolé.

Meyer haussa les épaules.

— L'Église est en partie responsable de cela, mon ami. Ils envoient un pauvre diable, comme Anselmo, dans un endroit comme celui-ci, avec un semblant d'éducation, sans traitement et sans aucune sécurité — et ils attendent de lui qu'il reste célibataire, pendant quarante ans. Ce n'est qu'un paysan, et pas très intelligent d'ailleurs. Il a une damnée chance d'avoir trouvé une femme telle que Rosa Benzoni, pour le rudoyer et laver ses chaussettes.

— Je sais, répondit d'un air absent Meredith. C'est ce qui m'a le plus touché. Elle s'est comportée comme une épouse avec lui. Elle... elle l'aime.

— Cela vous surprend-il. Monseigneur?

— Cela m'humilie... Il secoua la tête comme pour chasser un obsédant cauchemar. J'ai passé toute ma vie dans la prêtrise et je pense... je pense que je l'ai gaspillée.

Dans la chambre basse, faiblement éclairée, de la villa de Meyer, avec ses meubles paysans et ses rangées d'ustensiles, astiqués par les mains soigneuses de Nina Sanduzzi, Meredith sentit la même détente et la même intimité qu'il avait goûtées dans la maison de l'évêque Aurelio. Il en fut reconnaissant comme il l'avait été auparavant, mais cette fois, cela le réchauffa plus rapidement et moins inconsciemment. Il savait maintenant combien il avait besoin d'amitié et il était prêt à faire plus que la moitié du chemin pour y arriver. Tandis que Meyer allait et venait dans la pièce pour poser les tasses sur la table, faire le café et couper le reste du pain pour accompagner le fromage, il lui demanda brusquement :

— Que signifiait la réunion de ce soir? Tout semblait très calculé, mais je n'ai pas pu comprendre à quoi on voulait en venir.

— C'est une longue histoire, lui répondit Meyer. Il vous faudra un peu de temps pour y voir clair. La réunion était une idée de la comtesse. Elle voulait vous montrer le genre de personnes à qui vous alliez avoir affaire et combien il serait préférable pour vous de vous fier à elle et non à deux rustres paysans, tels qu'Anselmo et moi.

— J'avais l'impression qu'elle avait peur de ce qui pourrait être dit.

— Cela aussi, approuva Meyer. Nous avons tous eu peur pendant longtemps.

— De moi? Meredith le regarda, surpris.

— De nous-mêmes, lui dit Meyer avec un sourire oblique. Nous tous, qui étions là ce soir, avons été mêlés d'une manière ou d'une autre, à la vie et à la mort de Giacomo Nerone. Aucun de nous ne s'en est tiré très honorablement.

— L'Anglais aussi — le peintre?

— Lui est une complication récente. C'est un homme bizarre, il a pris en affection le jeune Paolo Sanduzzi. Et s'est assuré l'aide de la comtesse pour l'attirer.

Meredith fut choqué.

— Mais c'est monstrueux!

— C'est humain, lui dit tranquillement Meyer. Cela paraît plus naturel lorsque c'est une fille et non un garçon. Mais l'idée est la même.

— Mais la comtesse disait que vous aviez convenu de faire travailler le garçon à la villa?

— Elle mentait. C'est une menteuse achevée. C'est pour cela qu'il est difficile de l'aider.

Il apporta la cafetière sur la table et versa le liquide brûlant dans les tasses de terre cuite. Puis il s'assit en face de Meredith, qui le regardait avec des yeux intrigués.

— Vous êtes très franc, docteur, pourquoi?

— J'ai appris quelque chose, très tard dans la vie, lui dit Meyer d'un ton ferme. Vous ne pouvez jamais enterrer la vérité si profondément qu'on ne puisse la déterrer. Nous avons essayé d'enterrer la vérité sur Giacomo Nerone et à présent elle nous envemine l'existence. Tôt ou tard vous l'obtiendrez — et à mon point de vue, vous devriez la connaître, dès à présent. Ensuite vous pourrez retourner à Rome et nous laisser en paix.

— Cela signifie-t-il que vous êtes prêt à donner aussi votre témoignage?

— Oui.

— Et c'est votre seule raison — la vérité?

Meyer leva rapidement les yeux et vit, pour la première fois, l'inquisiteur qui était en Meredith. Il dit prudemment :

— Ma raison importe-t-elle, Monseigneur?

— Elle modifie le témoignage, lui répondit Meredith. Elle peut voiler la vérité — la vérité sur l'âme d'un homme.

Meyer hocha gravement la tête. Il comprit le point de vue de Meredith. Il eut du respect pour l'homme qui l'exprimait. Après un instant de silence, il dit :

— Pour autant qu'un homme puisse être honnête,

quant à ses motifs, voici le mien. J'ai fait de ma vie un gâchis. Je ne suis pas très sûr de savoir pourquoi. J'ai eu aussi ma part de responsabilité dans la mort de Giacomo Nerone. En cela j'ai eu tort. Mais je ne crois pas m'être trompé dans mon jugement sur lui quant au reste. Je veux raconter cela jusqu'au bout. Qu'un autre me présente cela sous sa vraie perspective. Autrement je finirai comme le vieil Anselmo, en me donnant une cirrhose du foie, parce que je ne peux plus affronter mes cauchemars... C'est pourquoi j'avais peur de vous, comme les autres. Si je n'avais pas confiance en vous, je ne pourrais pas vous parler.

Une lueur d'amusement parut dans les yeux de Meredith.

Il demanda d'un ton plaisant :

— Qu'est-ce qui vous fait penser que vous pouvez avoir confiance en moi, docteur?

— Parce que vous avez la grâce d'avoir honte de vous-même, dit franchement Meyer. Et c'est assez rare dans l'Église ou en dehors d'elle... Maintenant buvez votre café et nous bavarderons encore un peu avant que je vous envoie au lit!

Mais, pour Meredith ce soir-là, la conversation ne se prolongea pas. La première gorgée de café le fit suffoquer; sa douleur à l'estomac le reprit et Meyer l'emmena tout chancelant jusqu'au jardin, pour vomir la bile et le sang qui l'étouffaient. Puis, lorsque le spasme fut passé, il l'étendit sur son lit et commença à palper le ventre contracté, pressant la masse dure, mortelle, qui croissait contre la paroi.

— Cela vous arrive-t-il souvent, Monseigneur?

— Cela devient de plus en plus fréquent, répondit péniblement Meredith. Les nuits sont pires.

— Combien de temps vous ont-ils donné?

— Douze mois, moins peut-être.

— Divisez par deux, lui dit nettement Meyer. Divisez en deux encore, et vous serez plus près de la vérité.

— Si vite que cela?

Meyer inclina la tête.

— Vous devriez être actuellement, et en toute justice, dans un hôpital.

— Je veux rester sur pied aussi longtemps qu'il me sera possible.

— J'essayerai de vous y maintenir, lui dit Meyer avec une admiration contenue. Mais avec beaucoup de crises dans ce genre il faudra un miracle!

— C'est ce que l'évêque voulait me faire demander — un miracle.

Il dit cela avec humour pour rire de la douleur qu'il sentait revenir. Mais Meyer saisit la balle au bond.

— Répétez cela!

— L'évêque voulait que je prie pour un signe — une preuve tangible de la sainteté de Giacomo Nerone. Quelques-unes des guérisons rapportées pouvaient être des miracles, mais je doute fort que nous puissions donner juridiquement la preuve de l'un de ces miracles... de cette manière, je pourrais être un miracle vérifiable.

— Et vous, Monseigneur? Qu'avez-vous répondu à cela?

— Je n'ai pas eu le courage d'accepter.

— Vous supporteriez plutôt la douleur que vous endurez maintenant — et ce qui doit encore venir?

Meredith inclina la tête.

— Avez-vous tellement peur de votre Dieu, mon ami?

— Je ne sais pas de quoi j'ai peur... C'est... c'est comme si l'on me demandait de faire un saut à travers un cerceau de papier, de l'autre côté duquel se trouveraient soit les ténèbres, soit une écrasante révélation. Le seul moyen pour moi de savoir, c'est de faire le saut. Et je... je n'ai pas le courage de le faire. Cela vous paraît-il étrange, docteur?

— Étrange, et pourtant pas si étrange, répondit pensivement Meyer. Étrange de la part d'un homme tel que vous; mais assez facile pour moi à comprendre.

Il pensait aux papiers de Giacomo Nerone qui étaient toujours dans son bureau et auxquels il n'avait pas touché; et il pensait à la peur dont il était saisi chaque fois qu'il essayait d'ouvrir le paquet.

Mais Meredith ne demanda pas d'explication. Il ferma les yeux et se laissa retomber sur l'oreiller, pâle et épuisé. Meyer le laissa s'assoupir jusqu'à minuit et, lorsqu'il se réveilla, l'accompagna jusqu'à la villa et demanda au portier de le conduire jusque dans sa chambre.

A minuit, Nicholas Black n'avait pas sommeil non plus. Assis dans son lit, il fumait une cigarette et contemplait avec une profonde satisfaction le portrait de Paolo Sanduzzi, posé sur le chevalet, devant les rideaux tirés. Il avait choisi avec soin cette position et de telle sorte que la lumière tombait sur le tableau de l'angle exact, et que le visage blanc du garçon semblait se détacher du bois sombre de l'arbre-potence. Les lèvres rouges souriaient à l'homme qui les avait dessinées et les yeux brillaient dans la contemplation de l'obscur et décevant avenir.

Narcisse dans son étang ne s'était pas vu plus beau que Nicholas Black dans cette solitaire contemplation de son œuvre. Cependant, même ce plaisir ne pouvait le rendre aveugle à sa pitoyable situation : ceci représentait le maximum de ce qu'il pouvait obtenir, de ce que les autres hommes avaient par droit naturel — des fils, nés d'eux, à aimer, chérir et préparer à la maturité d'homme. Y aurait-il jamais une fin à la poursuite, l'effrayante étreinte, l'aigre humiliation de la défaite?

Il faudrait bien qu'il y ait un terme à cela, un jour ou l'autre avec quelqu'un. D'autres viveurs ont épousé des vierges, qui leur ont donné des enfants, et réchauffé leurs pantoufles, tandis qu'ils se repentaient heureux, dans leur tardif été. Bientôt, très bientôt, il devait lui aussi arriver au port, avant que commencent à souffler les vents d'hiver et que les feuilles mortes bruissent dans les allées du jardin.

Puis il se rappela la conversation au cours du dîner, et l'espoir commença à renaître. Demain, avait dit Meyer, le garçon viendrait. Sa mère parlerait à Anne-Louise de Sanctis et il serait engagé pour travailler avec les jardiniers. Matin et après-midi, il serait là — un fruste paysan à pousser vers le raffinement, un domestique à attirer à la qualité de fils. Cela demanderait du tact et de la douceur, de la fermeté aussi quelquefois, afin que, dès le début, la nature de leurs relations soit clairement établie. Nicholas Black connaissait pertinemment l'attraction qu'il exerçait sur le garçon, et aussi l'attirance que le garçon exerçait sur lui, pour leur ruine réciproque. Le garçon devait être amené à comprendre que tous ses espoirs reposaient sur une association disciplinée et que toute tentative d'exploiter son patron les perdrait irrémédiablement. Cependant, avec le temps et l'intimité naturelle de la villa, il se sentait sûr de parvenir à ses fins.

Il était aussi troublé de ne pouvoir comprendre qu'à moitié le motif qui poussait la comtesse à l'aider dans cette conquête. Ce qu'il en comprenait était très simple. Elle demandait sa coopération pour manœuvrer le prêtre. Elle avait besoin d'un allié compréhensif pour soutenir son courage. Mais les motifs qu'elle gardait encore pour elle l'inquiétaient bien davantage.

Le monde des amants déchus est une jungle où sévit toujours la saison du rut. Il n'y a nulle trêve dans la fuite désespérée, impétueuse, de la solitude.

La victoire est au plus rapide, la possession au plus fort. La sauvage impulsion de s'accoupler et d'oublier colore les gestes les plus civilisés, les mots les plus simples prennent le ton de la passion et de l'intrigue.

Nicholas Black avait longtemps vécu dans cette jungle et il ne lui restait aucune illusion. Si Anne de Sanctis l'aidait, ce serait pour arriver à ses propres fins. Quelles étaient-elles? La passion peut-être? Chaque saison apportait sa moisson de douairières, qui retroussaient leurs jupes et jouaient à la main chaude avec les garçons, dans le printemps méditerranéen. Les matrones payaient et les garçons jouaient la froide comédie avec le cynisme latin, puis ils retournaient épouser leurs petites amies, grâce aux bénéfices. Mais la comtesse avait trop d'expérience pour se ridiculiser dans son propre village. Capri était tout près. Rome était éloignée et plus discrète. Elle avait de l'argent et la liberté de faire tout ce qui lui plaisait, là où elle voulait.

Aussi, il devait y avoir une autre raison. Sa peur de Meredith indiquait une histoire personnelle avec Giacomo Nerone. La femme de Putiphar, peut-être? Madame la Bienfaitrice, devenue chienne lorsque Joseph lui échappa, lui laissant son manteau dans les mains — et prenant son plaisir avec une gaillarde paysanne plutôt qu'avec la *padrona* de la villa.

La jalousie prenait des formes fantasques parfois. Paolo Sanduzzi, l'adolescent, devait être un perpétuel reproche à son échec, en tant que femme et qu'amante. Le séduire et l'enlever à sa mère serait une tortueuse revanche sur son père... et une parfaite insulte pour Nicholas Black.

Une lente fureur grandit en lui; il s'étendit sur les coussins, fixant le portrait de Paolo Sanduzzi, exécrant la femme qui, pour un toit et la promesse d'une exposition, avait songé à l'acheter pour une si dure servitude.

*

Anne-Louise de Sanctis, étendue dans sa baignoire de marbre, sentait courir l'eau douce sur sa peau, comme un symbole d'absolution. La vapeur parfumée montait agréablement, brouillant les bords aigus de la réalité, se mêlant à la brume légère des barbituriques qui bientôt l'entraîneraient, caressants, dans les profondeurs de l'oubli.

Cette pièce étroite avec ses flacons de cristal et ses miroirs couverts de buée était le sein duquel elle émergeait neuve, chaque matin, dans lequel elle se réfugiait tous les soirs pour échapper à la houleuse confusion de la solitude. Suspendue dans l'eau régénératrice, entre les chaudes parois de marbre veiné, elle pouvait se laisser aller, absorbée en elle-même, justifiée à ses propres yeux, irresponsable, plongée dans une illusion d'éternité.

Mais l'illusion devenait plus mince chaque nuit, le choc de chaque matin, plus brutal. Des mains envahissantes se tendaient vers elle dans sa retraite : des voix la sommaient de sortir de l'ombre crépusculaire, pour l'amère lumière du jour et elle savait qu'elle ne pouvait les étouffer plus longtemps.

Meyer était le premier de ses adversaires, le talonnant docteur au visage découragé et aux manchettes effilochées, le minable réformateur, le philosophe de deux sous, l'homme qui savait tout et ne faisait rien, l'ennemi de toutes les illusions parce qu'il n'en avait aucune. Autrefois, elle aurait pu se servir de lui comme d'un allié contre Giacomo Nerone, mais maintenant, toute son attention se concentrait sur Nina Sanduzzi, qui avait donné naissance au fils de Nerone. Il lui avait même refusé la pitié pour laquelle elle avait plaidé auprès de lui, et d'une phrase brutale, il avait mis à nu ses illusions.

Elle désirait un enfant. Il y avait du vrai en cela. Elle voulait Paolo Sanduzzi. Il y avait du vrai en cela aussi. Mais elle le voulait pour elle. Il était le fils de Nerone, la chair de sa chair, l'os de ses os. Elle avait de l'amour à lui donner — de l'argent aussi. L'amour que Nerone lui avait rejeté au visage. De l'argent pour le racheter de l'existence sordide à laquelle son père l'avait condamné. Mais Meyer se mettait en travers de son chemin, Meyer et Nina Sanduzzi et même le blême ecclésiastique de Rome.

Elle avait vécu longtemps en Italie et elle connaissait le travail subtil de l'Église dans les vignobles du Sud. Ses princes faisaient une politique d'une machiavélique habileté, mais ils étaient sévères dans l'application des principes moraux avec lesquels ils gouvernaient un peuple passionné et récalcitrant. Ils n'hésitaient pas à invoquer le code civil comme sanction pour les dix commandements. En tant qu'allié, Meredith pouvait l'aider énormément; en tant qu'ennemi, il serait implacable et invincible.

Ainsi, par des voies détournées, elle revenait à Nicholas Black. Elle avait peu confiance en sa stabilité, mais elle avait besoin d'un allié, et celui-ci était déjà acquis et facile à manœuvrer. Elle n'avait pas cru un instant en ses protestations d'affection pure pour le garçon. Elle avait vu cela comme une manœuvre calculée pour la persuader; et sa promesse à elle, de l'aider, était également calculée.

Elle donnerait au peintre le temps et l'occasion d'agir sur le garçon, de le tenter par l'amitié et la promesse d'une existence de monsieur à Rome. Le garçon y répondrait rapidement, étant déjà atteint par les mécontentements de l'adolescence. Le petit scandale de leurs relations prendrait de l'ampleur. Le contrôle maternel de Nina Sanduzzi serait mis en question. Alors... alors, la comtesse interviendrait, la *padrona* pleine de sollicitude, la châtelaine ayant à cœur les intérêts de ses gens. Elle offrirait d'enlever le garçon à une tentative de corruption de le faire éduquer, d'abord à Rome, et plus tard en Angleterre.

L'Église même trouverait du mérite à pareille action. Si Giacomo Nerone devait être élevé sur les autels, ils ne voudraient pas que son fils se prostituât dans les villages comme tant d'autres jeunes paysans. Que Nicholas Black jouât tout son soûl à l'intrigant au petit pied, elle finirait toujours bien par gagner la partie. Elle se promènerait avec Paolo le long de la via Veneto, fière et comblée, comme si Nerone avait conçu son fils dans son corps stérile à elle.

Elle sortit de son bain, se sécha, se parfuma et s'habilla pour le lit. Puis elle se coucha sous le grand baldaquin de brocart et se laissa tomber dans un sommeil drogué, rêvant d'un jeune homme brun et souriant dont la main serrait fermement la sienne. Et quand il se mua d'adolescent en homme, de fils en amant passionné, ce n'était, après tout, qu'une illusion de la nuit, une innocente illusion...

X

LE lendemain matin, de bonne heure, pendant que Nina Sanduzzi balayait et astiquait dans sa villa, Aldo Meyer était assis sous le figuier et parlait à Paolo.

L'entretien commença de façon embarrassée. Le garçon était morose et renfermé, et les premières questions trébuchantes du docteur ne firent rien pour gagner sa confiance. Il gardait les yeux fixés sur le dessus de table, mâchait nerveusement une brindille et répondait en marmottant à voix basse, de telle sorte que Meyer était forcé de lutter pour contrôler son irritation et garder le ton amical qui convenait.

— Ta mère t'a parlé d'un travail pour toi chez la comtesse?

— Oui.

— Tu sais que la jeune Rosetta va travailler à la villa, elle aussi?

— Oui.

— Quel est ton sentiment là-dessus?

— Je s'pose que c'est bien.

— Tu veux y aller ou non?

— Ça m'est égal.

— Le salaire n'est pas mal. Tu seras à même d'aider ta mère et il t'en restera encore quelque chose pour toi-même.

— Oui, je sais.

— Ceci signifie que tu vas devenir un homme, Paolo.

Le garçon haussa les épaules et se mit à se curer les dents avec la brindille. Meyer but une gorgée de café et alluma une cigarette. La prochaine manœuvre était la plus importante. Il espéra ne pas la gâcher. Un moment après il dit avec toute la douceur possible :

— Le début de la vie d'un homme en est la partie la plus importante. Habituellement c'est le travail du père d'engager son fils dans le droit chemin. Tu es orphelin, aussi... j'aimerais bien t'aider à la place de ce père.

Le garçon leva les yeux pour la première fois et regarda le docteur en face. Il y avait du défi et une légère hostilité dans son regard. Sa question fut brusque et peu amicale.

— Pourquoi vous en soucieriez-vous?

— J'essayerai de te le dire, répondit avec calme Meyer. Si je ne te convaincs pas, pose-moi n'importe quelle question. Avant toute chose je n'ai pas de fils, j'aimerais bien en avoir un. Tu aurais pu être le mien, car autrefois j'ai aimé ta mère. Je l'aime toujours beaucoup. Toutefois elle a choisi ton père, et ce fut ainsi. Je connaissais ton père. Nous avons été amis pendant quelque temps, puis... nous sommes devenus ennemis. J'ai trempé dans sa mort. Je le regrette à présent. Si je peux t'aider, c'est une dette que je lui payerai.

— Je n'ai pas besoin de votre aide, lui dit rudement le garçon.

— Nous avons tous besoin d'aide, lui dit tranquillement Meyer. Tu en as besoin parce que tu t'es compromis avec l'Anglais et que tu ne sais pas du tout ce qu'il faut faire à ce sujet.

Paolo Sanduzzi demeura silencieux, regardant la brindille tordue dans sa main. Meyer continua :

— Je peux t'expliquer quelque chose, Paolo. Tu sais comment sont les hommes et les femmes. Tu sais comment ils en arrivent à s'embrasser et à se caresser et ce qui se passe entre eux quand ils sont amoureux. Tu sais ce que tu ressens lorsque tu regardes une fille dont la poitrine s'est développée et que cette fille commence à marcher comme une femme. Mais ce que tu ne comprends pas, c'est comment tu peux ressentir cela pour Rosetta, et aussi quand l'Anglais te touche.

De nouveau le garçon releva brusquement la tête, sur la défensive :

— Il n'y a rien entre l'Anglais et moi. Il ne m'a jamais touché!

— Parfait! lui dit calmement Meyer. Alors, il n'y a rien dont tu doives avoir honte. Cependant, tu devrais savoir que lorsque le cœur d'un homme s'éveille et son corps aussi, ils peuvent pencher d'un côté ou de l'autre, comme le vent fait pencher un arbrisseau. Mais après un certain temps, l'arbrisseau se raidit et devient dur comme un arbre. Alors, il ne peut plus être plié, mais pousse librement dans sa forme à lui. La voie convenable pour un homme qui grandit est du côté de la femme — et non du côté d'une *femminella*. Voilà pourquoi tu ne peux rester avec le peintre. Tu comprends cela, n'est-ce pas?

— Alors pourquoi m'envoyez-vous travailler à la villa? Il est là tout le temps. Il me fait peur. Il me donne le sentiment de ne pas savoir ce que je veux.

— Qui veux-tu? Lui ou Rosetta?

— Je veux m'en aller de Gemello! cria le garçon sauvagement. Je veux aller quelque part ailleurs, où les gens ne savent rien de moi ni de ma mère ni de mon père. Croyez-vous qu'il me plaît d'être appelé le bâtard d'un saint, le fils d'une prostituée? C'est pour cela que je veux rester avec l'Anglais. Il peut du moins faire cela pour moi. Il peut m'emmener à Rome, me donner un nouveau départ dans la vie...

— Et à Rome ils te colleront une plus sale étiquette encore, et tu ne pourras jamais t'en débarrasser, où que tu ailles! Écoute-moi, mon garçon...

Le docteur continua d'une voix basse, passionnée :

— Essaye d'être patient avec moi. Essaye de comprendre ce que je vais te dire. Ta mère est une honnête femme, dix fois plus honnête que ceux qui lui donnent ce nom de prostituée. Quoi qu'elle ait fait, elle l'a fait par amour, tandis qu'une prostituée est une femme qui se vend pour de l'argent. Ton père était un homme avec de la grandeur en lui... et je te dis cela, moi, l'homme qui a aidé à le faire tuer.

— Alors pourquoi n'a-t-il pas épousé ma mère et ne m'a-t-il pas donné son nom? Avait-il honte de cela? Ou de nous?

— As-tu jamais demandé cela à ta mère?

— Non. Comment l'aurais-je pu?

— Alors, je crois que nous devrions le lui demander maintenant, lui dit Aldo Meyer. Sans attendre une réponse, il appela à haute voix : Nina! venez ici un moment, s'il vous plaît.

Nina Sanduzzi sortit de la maison et le garçon, les yeux effrayés, la regarda s'approcher.

— Asseyez-vous, Nina!

Elle s'assit entre eux, les yeux graves, interrogateurs, allant de l'un à l'autre. Meyer lui dit sobrement :

— Le garçon a posé une question, Nina. Je crois qu'il a droit à la réponse. Vous êtes la seule à pouvoir la donner. Il veut savoir pourquoi son père ne vous a pas épousée.

— Me croiras-tu si je te le dis, mon enfant?

Le garçon leva les yeux, troublé et honteux, et inclina silencieusement la tête. Nina Sanduzzi attendit un moment, rassemblant son courage et ses mots; puis d'une voix ferme, elle le lui dit.

Blaise Meredith s'éveilla de bonne heure en cette matinée de printemps. Après sa crise dans la maison du docteur, il avait dormi d'un sommeil plus calme que d'habitude, et lorsque le domestique vint lui apporter son café et ouvrir les rideaux, il décida de se lever et de commencer son travail.

Il but son café, mangea un peu du pain frais et du beurre salé de la campagne, prit son bain, se rasa et descendit lire son Office au soleil. Ce devoir liturgique terminé, il serait libre de commencer ses entrevues avec les témoins. L'avertissement de Meyer était encore vivace dans son esprit. Son temps était plus court qu'il ne l'avait espéré et il ne pouvait se permettre d'en perdre une minute. Il fut content que la comtesse et Nicholas Black soient encore au lit, les salutations rituelles et les banalités du petit déjeuner lui seraient épargnées.

Il avait fini de réciter les matines et en était à la moitié des laudes, quand il entendit un bruit de pas dans l'allée sablée; il leva les yeux. Une femme et un garçon se dirigeaient vers l'arrière de la maison. La femme était habillée à la mode paysanne, d'un vêtement noir sans forme, et un mouchoir d'indienne était lié autour de sa tête. Le garçon portait une chemise rayée et un pantalon rapiécé; il avait aux pieds des sandales de cuir usées.

Il marchait de façon incertaine, regardant d'un

côté et de l'autre, comme s'il était surpris par la splendeur de ce qui l'environnait, après l'aride nudité du village. La femme marchait fièrement, la tête haute, les yeux droits devant elle, comme si elle était déterminée à s'acquitter avec dignité d'une tâche ennuyeuse. Meredith fut frappé par la sérénité du visage aux traits classiques, arrondi par l'âge, mais gardant encore la beauté de la jeunesse.

Ce doit être Nina Sanduzzi, jugea-t-il. Le garçon doit être le fils de Giacomo Nerone qui, lui avait dit Meyer, est l'objet de la conspiration de séduction, tramée entre la comtesse et Nicholas Black. Ils devraient attendre longtemps avant que la comtesse soit levée et prête à les recevoir.

Mû par une soudaine impulsion, il posa son livre et appela :

— Signora Sanduzzi!

Ils s'arrêtèrent net et se tournèrent pour le regarder. Il appela de nouveau :

— Pouvez-vous venir un moment, s'il vous plaît?

Ils se regardèrent incertains, puis la femme s'avança à travers la pelouse, le garçon la suivant de quelques pas en arrière. Meredith se leva pour les saluer.

— Je suis Monseigneur Meredith, de Rome.

— Je sais, répondit tranquillement la femme. Vous êtes arrivé hier. Voilà mon fils, Paolo.

— Je suis heureux de vous connaître, Paolo.

Meredith tendit la main et après un coup de coude de sa mère, le garçon la prit mollement.

— Vous savez pourquoi je suis ici, signora?

— Oui, je sais.

— J'aimerais avoir un entretien avec vous, le plus tôt possible.

— Vous me trouverez chez le docteur — ou chez moi.

— J'ai pensé que nous pourrions, peut-être, parler à présent.

Nina Sanduzzi secoua la tête.

— Nous devons voir la comtesse. Paolo commence à travailler aujourd'hui.

Meredith sourit.

— Vous attendrez longtemps, la comtesse n'est pas encore levée.

— Nous sommes habitués à attendre, lui répondit-elle gravement. D'ailleurs, je ne parlerai pas avec vous ici.

— Comme vous voudrez.

— Mais lorsque Paolo travaillera ici, vous pourrez lui parler. Ce sera différent.

— Bien entendu. Puis-je venir vous voir aujourd'hui?

— Si vous voulez. Je suis chez moi dans l'après-midi. Nous devons aller maintenant. Viens Paolo.

Elle s'éloigna sans dire un mot de plus. Le garçon la suivit et Meredith les regarda repartir jusqu'à ce qu'ils eussent disparu derrière la villa.

Quelque brève qu'eût été leur rencontre, la femme avait fait une profonde impression sur lui. Il y avait en elle quelque chose comme de la sérénité, de la réserve, de la sagesse peut-être. Elle marchait et parlait comme une femme qui savait où elle allait et comment elle y parviendrait. Elle n'avait ni l'impudence effrontée de certaines paysannes, ni l'habituelle humilité que des siècles de servitude ont imposée à d'autres. La langue qu'elle employait était le dialecte le plus rude d'Italie, pourtant sa voix était douce et étrangement aimable, même dans son refus brusque. Si Giacomo Nerone lui avait appris cela, il devait, durant sa vie, avoir été un homme bien supérieur à la plupart des autres.

Meredith se rendit compte que son attention errait

de la cadence latine des Psaumes à la considération de deux éléments importants dans la vie si peu précise de Giacomo Nerone.

Le premier était l'élément de conflit. C'est un axiome de l'Église : le premier signe de la sainteté, c'est l'opposition qu'elle soulève même parmi les honnêtes gens. Le Christ lui-même a été un signe de contradiction. Il a promis non pas la paix, mais le glaive. Nul saint du calendrier n'a pratiqué le bien sans rencontrer d'opposition. Aucun d'eux n'a échappé aux détracteurs et aux calomniateurs. L'absence de cet élément dans les comptes rendus de Battista et de Saltarello avait préoccupé Meredith. Maintenant il commençait à réaliser l'existence de cet élément, sa force et sa complexité.

Le second élément était tout aussi important : le bien ou le mal réels qui découlent de la vie, des œuvres et des miracles d'un candidat aux honneurs de la sainteté. Là aussi il y a un axiome : l'axiome biblique qu'un arbre se reconnaît à ses fruits. La sainteté d'un homme laisse son empreinte, comme un sceau, dans le cœur des autres. Une bonne action se reproduit comme la graine d'un fruit en produit un autre. Un miracle qui ne produit pas de bien dans le cœur humain est un tour insignifiant de prestidigitation, indigne de l'omnipotence.

S'il y avait du bien en Nina Sanduzzi, et si ce bien était né des relations avec Giacomo Nerone, alors, on devait en tenir compte, dans le méticuleux calcul de l'avocat du Diable.

Meredith se pencha de nouveau sur son bréviaire, ses lèvres murmurant les strophes familières du roi-poète. Puis, ayant terminé, il ferma le livre, le glissa dans la poche de sa soutane et quitta la villa pour aller s'entretenir avec le Père Anselmo.

La vieille Rosa Benzoni le reçut à la porte et après

avoir marmotté quelque chose, le laissa entrer dans la maison, où il trouva le vieux prêtre en bras de chemise et en bretelles, se rasant maladroitement devant un miroir cassé, cloué au mur de la cuisine. Ses yeux étaient plus larmoyants que d'habitude et ses mains noueuses tremblaient tandis qu'il rasait son menton à la barbe dure. Il utilisait un rasoir de modèle ancien et Meredith s'étonna qu'il ne se fût pas encore coupé la gorge avec cet instrument. Il salua Meredith froidement.

— Bonjour! Que voulez-vous?

— J'aimerais vous parler, répondit doucement Meredith.

— Je vous écouterai. Quoique je ne vous promette pas de répondre.

— Il vaut mieux que nous soyons seuls, ne croyez-vous pas? suggéra Meredith.

Le vieillard eut un petit rire, puis jura parce qu'il s'était blessé.

— Vous voulez parler de Rosa? Elle est à moitié sourde et je doute fort qu'elle comprenne un mot de ce que vous dites lorsque vous parlez avec un grain romain dans la bouche. De plus, elle a mauvais caractère, et je dois vivre avec elle. Allez-y, mon cher, et dites ce que vous avez à dire.

Meredith haussa les épaules et reprit :

— C'est au sujet de Giacomo Nerone. J'ai remarqué à la lecture des premiers rapports que vous aviez refusé de donner le moindre témoignage sur lui. Est-ce parce que vous étiez son confesseur?

— Non. Je n'ai pas aimé les individus qu'ils ont envoyés ici. Des blagueurs au long nez, tous les deux. M'ont fait un long discours sur le jour du Jugement et la damnation. Je les ai renvoyés avec une puce dans l'oreille. De plus, qui diable se soucie de ce que je peux dire? Je suis le scandale du diocèse.

— Les scandales ne m'intéressent pas, lui dit calmement Meredith.

Le vieillard posa son rasoir et se passa une serviette sale sur le visage. Il dit rudement :

— Alors, vous êtes le premier que je vois ne pas s'y intéresser. Seigneur, comme la plupart des gens les aiment! Donnez-leur un peu de saleté et ils se jettent dessus comme des chiens sur un os de jambon. J'ai reçu une lettre de l'évêque me disant qu'il espérait que mes relations avec Rosa avaient perdu leur caractère charnel... Il eut un rire fort et strident. Combien de temps se figure-t-il qu'un homme peut continuer cette sorte de chose? A mon âge, le mieux que l'on puisse espérer est d'être réchauffé la nuit.

— A votre âge, insinua Meredith avec douceur, la plupart des gens mariés dorment dans des lits séparés.

— A Rome, peut-être, grommela le Père Anselmo. Mais ici nous n'avons pas les moyens d'acheter un autre lit, sans parler des deux couvertures. Écoutez... Il jeta la serviette avec un geste d'impatience. Nous ne sommes pas des enfants, Monseigneur. Pas plus que l'évêque, je n'aime la situation dans laquelle je me trouve. Mais à mon âge, comment m'en sortir? Je ne peux pas jeter Rosa à la rue. C'est une vieille femme. Elle a été bonne pour moi, quand un tas de mes damnés confrères ne se seraient pas souciés de savoir si j'étais vivant ou mort. Je ne suis pas riche, Dieu le sait, mais elle a droit à la moitié de ce que je possède. Son Excellence peut-il répondre à cela?

Meredith était ému. Le dilemme de cet homme, posé dans toute sa nudité, était effrayant. Pour la première fois de sa vie de prêtre, il commençait à comprendre le vrai problème du repentir, lequel problème n'est pas le péché même, mais les conséquences qui en découlent et se multiplient comme des parasites sur un arbre. L'arbre ne peut y remédier mais il doit continuer à donner de sa vie au parasite, profitant de sa beauté, mais mourant lentement et continuellement, par manque de jardinier compétent. Il était affolant de penser qu'un homme peut tomber dans le désespoir et la damnation, parce qu'il ne peut s'acheter une paire de couvertures. Soudainement le cas de Giacomo Nerone sembla petit et insignifiant auprès de celui du Père Anselmo. Si Giacomo Nerone était un saint, il avait bien de la chance, il en avait fini avec la longue lutte. Tout le reste n'était que glose et de peu d'importance. Une pensée subite frappa Meredith, mais il hésita à l'exprimer à haute voix. Au bout d'un moment, il dit prudemment :

— Son Excellence est un homme surprenant. Il aimerait bien vous aider. Je crois — je suis sûr — que si vous installiez Rosa dans un autre lit et dans une autre chambre, il accepterait cela et oublierait tout le reste.

Le vieillard secoua la tête avec obstination.

— Qui payera le lit et les couvertures? Vous ne semblez pas comprendre. Nous vivons de façon très misérable ici. Nous avons juste de quoi manger.

— Je vous propose quelque chose, lui dit Meredith avec un sourire forcé. Je les payerai. Je vous donnerai suffisamment pour vous équiper, Rosa et vous, de quelques vêtements neufs et je déposerai cent mille lires en votre nom à la banque de Calabre. Cela vous aiderait-il?

Le Père Anselmo lui lança un rapide regard méfiant.

— Et pourquoi prenez-vous cela tellement à cœur, Monseigneur?

Meredith haussa les épaules.

— Je dois mourir dans trois mois. Je ne puis rien emporter avec moi.

Les yeux larmoyants le regardèrent, incrédules. La rude voix paysanne lui demanda de nouveau :

— Que dois-je faire d'autre?

— Rien. Si vous voulez vous confesser, je vous écouterai volontiers. Vous n'avez pas beaucoup à me raconter que je ne connaisse déjà, aussi cela ne devrait-il pas être trop pénible. A quoi bon vous arrêter à mi-chemin? Vous devriez mettre votre conscience en ordre, un jour ou l'autre.

— L'évêque parle de réparer le scandale. Il y avait encore du doute dans la voix, mais le ton rude et obstiné en avait disparu.

Meredith lui dédia un de ses rares et spirituels sourires.

— L'évêque est un homme qui sait ce qu'il doit faire. Je pense qu'il sait que la plupart des gens provoquent eux-mêmes leurs propres scandales. Les bons chrétiens se taisent et prient pour leurs frères en détresse. Bientôt tout le village saura que vous dormez dans des chambres séparées. Le reste viendra de ce que vous ferez par la suite... Eh bien! qu'en dites-vous?

Anselmo frotta d'une main noueuse son menton écorché. Ses lèvres grimacèrent un sourire.

— Je suppose... je suppose que c'est une solution. J'en ai été longtemps préoccupé, mais j'aime cette vieille femme d'une certaine façon, et je ne voudrais pas lui faire de la peine.

— Je ne pense pas qu'aimer fasse du mal. Je pourrais bien profiter d'un peu d'amour, moi-même, actuellement.

La voix semblait appartenir à un autre homme et pas à Blaise Meredith, le froid personnage de la Congrégation des Rites.

— C'est bon, dit brusquement le vieillard. J'y penserai. J'en parlerai à Rosa et lui expliquerai les choses. Mais, des choses comme celles-là, vous ne pouvez les faire hâtivement. Les femmes sont sensibles, et quand elles vieillissent, elles deviennent également stupides... Ses yeux de vieillard brillaient de ruse. Et quand verrons-nous la couleur de votre argent, Monseigneur?

Meredith sortit son portefeuille et posa sur la table trente et une mille lires.

— C'est le commencement. Vous pouvez acheter les couvertures et le lit. Pour le reste, je dois m'arranger à Valenta. Cela suffira-t-il?

— Cela doit suffire, dit à contrecœur le vieil homme. Nous aimerions que la chose soit réglée avant notre mort. Une fois que les avocats mettent la main sur un bien, fini! Tout ce qui reste, c'est des miettes pour les moineaux. Maintenant que voulez-vous que je fasse encore?

— Giacomo Nerone... Que pouvez-vous me dire à son sujet?

— Qu'arrivera-t-il si je vous le dis?

— Je prendrai des notes et puis vous serez interrogé par le tribunal de l'évêque, après avoir prêté serment.

— Écoutez, Monseigneur. Attendez que je me confesse à vous. Après je vous raconterai toute l'histoire. Cela vous va-t-il?

— Un secret de confession n'est pas admis devant un tribunal.

Le vieillard rejeta la tête et rit de son rire fort et strident.

— C'est ce que je veux dire, mon ami! Ils ont déjà assez de scandales occasionnés par moi. Du diable si je vais leur en fournir un autre.

— C'est comme vous voulez, dit Meredith d'un

ton las. Je viendrai vous rendre visite dans quelques jours.

— Et n'oubliez pas ce que vous devez faire à Valenta.

— Je n'oublierai pas.

Il se leva et s'en alla vers la porte. Il n'y eut pas d'au-revoir, pas un mot de remerciements, et tout en descendant la colline, vers la villa du docteur, il avait le désagréable sentiment de s'être rendu ridicule.

Meyer l'accueillit avec un sourire enjoué, le conduisit au jardin et lui versa un gobelet de vin du pays, d'une cruche en terre cuite, mise à rafraîchir au soleil. Meredith remarqua aussitôt la transformation du docteur : ses yeux étaient sereins, son visage tiré était détendu et il avait l'aspect réconfortant d'un homme arrivé à un accommodement avec lui-même et avec sa situation. Meredith lui en fit l'observation d'un ton plaisant :

— Vous paraissez être mieux, ce matin, docteur.

Meyer rit dans son verre.

— J'ai bien commencé ma journée, Monseigneur. j'ai parlé à un garçon comme un père; et j'ai entendu des choses sages de la bouche de sa mère.

— Nina Sanduzzi?

— Oui. A nous deux, j'espère que nous avons fait quelque chose pour le garçon.

— Je les ai vus à la villa et leur ai parlé pendant quelques minutes. Je vais rendre visite à Nina Sanduzzi cet après-midi. Elle est prête à parler.

— Parfait! Meyer inclina avec satisfaction la tête. Je vais vous donner un conseil, mon ami. Allez-y doucement et vous apprendrez beaucoup par elle. Elle est disposée à dire la vérité et elle désire que vous surveilliez le garçon pendant qu'il sera à la villa.

— Je ferai de mon mieux. Elle m'a fait une profonde impression.

— Et Paolo?

— Est comme n'importe quel adolescent.

— Pas tout à fait..., le mit en garde Meyer. Il traverse les années dangereuses. Il est attiré par l'Anglais et il a peur de lui tout à la fois. Il est curieux de tout ce qui concerne sa mère et son père. Depuis que nous lui avons parlé, Nina et moi, il n'est plus tout à fait aussi curieux. Mais quand on est vieux, on ne sait jamais à quel point comprend un jeune homme, ni quelles idées lui trottent dans la tête. Et alors, Monseigneur, qu'y a-t-il?

— J'aimerais bien m'entretenir avec vous, docteur.

— Au sujet de Nerone?

— Oui.

Aldo Meyer prit une longue gorgée de vin et essuya ses lèvres minces du dos de la main. Il dit avec un humour triste :

— L'usage n'est-il pas de mettre une étole lorsque vous confessez?

— J'enlèverai plutôt mes chaussures, répondit Blaise Meredith.

— C'est une longue histoire, Monseigneur. Quand vous aurez soif, vous vous servirez...

... On était en plein été, dans une région sans hommes. Des matins chauds et des midis brûlants et des nuits où les nuages grondaient dans la vallée, n'apportant qu'une étouffante humidité et passant sans se déverser en pluies. Les nerfs étaient surexcités et l'énergie faible, car les armées, comme des sauterelles, dévorent tout ce que donne la terre. Il n'y avait plus d'hommes dans les lits, rien que des vieillards, souci de plus, et d'occasionnels visiteurs, tels que la *polizia* et les *carabinieri*, l'inspecteur agronome et les officiers de l'armée, qui venaient réquisitionner. Ces derniers ajoutaient encore du désagrément, car après leur départ, c'était des querelles dans les maisons, et dans les champs, des visages ensanglantés et des jupons déchirés.

La vallée ressemblait à un nid de chats, musquée et chaude et languissante de désir, puis éclatant soudainement en cris et en violences. Meyer y vivait parce qu'il était juif et exilé, et tous les deux jours il devait cheminer à travers la vallée jusqu'à Gemello Maggiore pour prouver à la *questura* qu'il n'était ni malade ni mort. Ils ne se souciaient ni de l'une ni de l'autre de ces éventualités, mais le couvraient d'injures quand il se présentait et le menaçaient s'il s'avisait de manquer une fois; et puis, ils lui donnaient du vin, du fromage et des cigarettes, si leurs enfants étaient malades ou leurs amies enceintes ou qu'ils souffraient eux-mêmes de malaria. Ils plaisantaient grossièrement sur le fait qu'il était juif et circoncis et l'avertissaient de ne pas souiller le sang pur des femmes, qui, en bonnes Calabraises, descendaient des Phéniciens, des Français, des Espagnols, des Italiens et des Arabes levantins, de n'importe qui et de tout le monde, excepté de juifs.

Meyer avalait tout cela et le digérait en secret et gardait les oreilles ouvertes à toutes les rumeurs qui bourdonnaient comme des abeilles dans la vallée et au-dehors. Les Alliés occupaient la Sicile, ailleurs c'étaient des têtes de pont. Les partisans s'armaient dans les collines. Les déserteurs se terraient dans les grottes et des lits amis. Les Allemands dépêchaient des renforts au sud. Tôt ou tard on en verrait la fin et il voulait vivre pour la voir.

Il cultivait ses arpents de mauvaise terre, faisait la

tournée des malades, dormait à l'heure de la sieste et veillait tard la nuit, sur ses livres et sa bouteille.

S'il se tenait à l'écart des femmes du village, c'est d'abord parce qu'il était difficile à contenter, et aussi parce qu'il ne voulait pas non plus envisager le proche avenir, avec les mégères du village à ses trousses. Il avait attendu longtemps. Il pouvait attendre un peu plus.

C'est tard dans la nuit que Nina Sanduzzi vint le trouver. Les pieds nus, pour que l'on n'entende pas le bruit de ses sandales de bois dans le village endormi, elle escalada le mur du jardin du côté de la vallée, de peur que quelque fâcheux attardé ne la vît frapper à la porte du docteur. Elle était au milieu du rond de lumière que dessinait la lampe, avant qu'il ne fût tiré de sa rêverie et ne la vît. Il fut saisi et furieux.

— Nina! Que diable faites-vous ici?

Elle mit son doigt sur les lèvres pour l'empêcher de parler et puis lui expliqua à voix basse, dans un dialecte rapide :

— Il y a un homme chez moi, un déserteur; il est blessé. Il a une balle dans son épaule toute rouge et enflée et il s'agite et marmonne comme s'il avait de la fièvre. Voulez-vous venir le voir, je vous en prie? J'ai apporté de l'argent.

Elle fouilla dans l'encolure de sa robe et en sortit un petit paquet de billets sales. Meyer les repoussa avec impatience.

— Gardez cela pour l'amour de Dieu. Quelqu'un d'autre sait-il qu'il est là?

— Personne. Il est venu la nuit dernière. Je lui ai donné le petit déjeuner et il est resté enfermé tout le jour. Lorsque je suis revenue de mon travail, il était dans cet état-là.

— C'est bon, je viens.

Il ferma son livre, baissa la lampe, prit sa trousse d'instruments et sa petite provision d'antiseptiques et la suivit en sortant par l'arrière de la villa, par-dessus le mur et vers la petite masure cachée dans un bouquet de houx.

Il trouva le malade délirant dans le grand lit de cuivre, un grand bonhomme brun, les joues creuses envahies par une barbe de plusieurs jours, les yeux fixes et marmottant des mots et des phrases sans suite, que le docteur reconnut être de l'anglais. Jolie situation! Des déserteurs, c'était déjà bien mauvais, mais un soldat anglais, c'était la mort sans phrases. Il n'en dit rien à la femme, mais se pencha sur le lit et commença à couper les bandages tout trempés de l'épaule blessée.

Lorsqu'il l'eut mise à nu, il laissa échapper un long sifflement sourd de surprise. C'était une masse de chair enflée, et une lente suppuration jaune avait déjà commencé. Une délicate et sale opération. Sans anesthésique, cela allait faire un mal d'enfer et le bonhomme risquait fort de mourir d'ici quelques jours.

Il se tourna vers Nina Sanduzzi.

— Allumez le feu. Faites-moi bouillir une marmite d'eau chaude. Ensuite vous aurez à me le tenir.

La femme montra ses dents blanches dans un sourire.

— Cela fait longtemps que je n'ai pas tenu un homme dans mes bras, docteur. Ce sera avec plaisir.

Mais, même pour elle, tout plaisir disparut aussitôt. La balle avait pénétré dans l'omoplate et s'était enfoncée obliquement contre l'os. Meyer dut la chercher pendant vingt minutes, pendant que l'homme criait vainement vu le tampon qu'ils lui avaient mis dans la bouche, et Nina Sanduzzi dut employer toute sa force pour le maintenir.

Puis, quand tout fut terminé, et le plus pénible de la souffrance passé, ils l'étendirent dans le lit et le couvrirent; puis Nina et Meyer s'assirent pour boire un peu de vin et casser la croûte ensemble.

— Vous ne pouvez le garder ici. Vous savez cela, Nina. Si quelqu'un découvre la chose, vous êtes perdue.

Elle le regarda, étonnée.

— Vous voulez que je le jette dehors? Un homme malade à ce point?

— Plus tard, dit Meyer d'un ton las. Lorsqu'il sera mieux.

— Attendons alors jusqu'à plus tard, dit Nina Sanduzzi avec un sourire.

La regardant à ce moment, à la lumière de la lampe, dans cette humble pièce, il avait senti sa première vraie tentation depuis des années. Son visage était du pur type grec. Son corps était plus svelte que celui de ses sœurs paysannes. Sa poitrine était pleine et ferme et sous sa peau olivâtre perçait une vitalité animale. Elle était intelligente aussi et courageuse. Elle ne se lamentait et ne criait pas comme les autres, comprenait ce qui était demandé et le faisait avec calme et compétence. Il fut étonné de l'avoir croisée cent fois sans jamais l'avoir remarquée.

Mais il était un homme prudent et habitué à la continence. Aussi finit-il rapidement son vin et se prépara-t-il à partir.

— Comprenez, Nina. Il est très malade et il peut mourir. Faites un peu de soupe et voyez s'il peut l'avaler. Quand vous irez travailler, verrouillez la porte, et laissez-lui du vin et de la nourriture. Je n'ose pas venir en plein jour, mais je reviendrai la nuit, lorsque le village sera endormi.

— Vous êtes un homme bon, lui dit doucement Nina Sanduzzi. Dans un lieu plein de cochons, vous

vous tenez comme un homme. Elle saisit sa main et la baisa rapidement. Maintenant, *dottore mio*, partez! Je n'ai pas l'habitude d'avoir des hommes ici!

Tout en grimpant péniblement la pente rocheuse évitant la route, Meyer se demanda si la continence n'était pas comme tous ses autres sacrifices, une perte inutile... et si Nina n'était pas une femme avec qui il pourrait être heureux. C'était la chose qu'il avait le plus redoutée durant tout son exil — la chose que ses ennemis souhaitaient qu'il fasse — se relâcher, devenir paysan, s'adonner à la boisson et aux prostituées de la région, oublier de laver ses chemises et de se servir d'un couteau et d'une fourchette en mangeant. Jusqu'aujourd'hui, il était parvenu à éviter tout cela... Avec Nina, il pourrait peut-être continuer à l'éviter. Mais le risque était là, et de lointaines trompettes résonnaient dans les collines. Il valait mieux oublier cela et rentrer dormir.

Il fallut plus d'une semaine avant que le malade fût hors de danger. La blessure était profonde et de nouvelles infections se déclarèrent, et il dut continuer à drainer la plaie avec les moyens primitifs dont il disposait. Il veilla plus d'une nuit avec Nina, observant la fièvre monter et tomber, jusqu'à ce que l'aube pointât à l'est, et qu'il fût temps de rentrer avant le réveil du village.

Il vint toutes les nuits, sentant le besoin qu'il avait d'elle. Éprouvant chaque fois les affres de la jalousie, à la laisser seule avec l'homme malade, qui maintenant avait commencé à manger et à parler un peu, entre les accès de fièvre, et les longs intervalles d'un sommeil agité.

Au début l'homme se montra circonspect avec eux, mais quand il comprit la position de Meyer en tant qu'exilé politique, et les risques que la femme courait pour lui, il se détendit un peu, mais refusa toujours de dire autre chose que l'histoire racontée à Nina, le premier jour.

— Il est préférable que vous n'en sachiez pas davantage. Si l'on vous interroge, vous pourrez répondre sans mentir, bien que j'espère qu'avec l'aide de Dieu cela n'arrivera pas. Je suis Giacomo Nerone, un artilleur de Reggio. J'essaye de rejoindre ma famille à Rome. Quand croyez-vous que je serai assez fort, docteur, pour voyager?

Meyer haussa les épaules.

— Une quinzaine de jours, trois semaines, peut-être — à moins que vous n'ayez une autre infection. Mais où avez-vous l'intention d'aller? Le bruit circule que les Alliés ont débarqué au nord d'ici et qu'ils avancent depuis Reggio jusqu'à la pointe. Mais ce village est une poche dans les collines. Avec nos soldats en recul et les Allemands en mouvement vers le bas, vous aurez du mal à aller très loin. Votre accent n'est pas calabrais. Tôt ou tard, quelqu'un vous posera des questions... à moins que vous ne vous cachiez de nouveau — et comment vous nourrirez-vous, alors?

Nerone sourit tristement. et ils remarquèrent combien son sourire le rajeunissait.

— A quoi d'autre vous attendez-vous? Je ne peux rester ici.

— Pourquoi pas? demanda Nina Sanduzzi. Il y a une maison, un lit et de la nourriture. Ce n'est pas beaucoup, mais c'est tout de même mieux que de mourir, dans un fossé, d'une autre balle.

Les deux hommes se regardèrent. Après un moment de silence, Meyer approuva de la tête avec hésitation.

— Elle a peut-être raison. De plus... Il avança prudemment l'argument. Quand les choses changeront ici, vous pourriez être à même de nous aider.

L'homme brun secoua la tête.

— Pas de la façon dont vous pensez, docteur.

Meyer fronça les sourcils et dit d'un ton brusque :

— Vous ne me comprenez pas. Je vous ai entendu parler dans votre sommeil. Vous avez d'autres allégeances, il me semble. Cela pourrait nous être utile, plus tard.

Ce fut alors au tour de la femme d'écarquiller les yeux. Elle demanda vivement :

— Que voulez-vous dire, d'autres allégeances?

— Je suis anglais, répondit Nerone. Et maintenant que c'est dit, oubliez-le.

— Anglais! Les yeux de Nina s'ouvrirent tout grands.

— Oubliez-le, dit brutalement Meyer.

— C'est oublié.

Mais elle souriait en disant cela et alors elle fit une autre proposition qui leur enleva pendant un moment l'usage de la parole.

— Si vous restez ici, rien ne peut vous empêcher de travailler pour gagner votre vie... N'ayez pas l'air si surpris! Il y a une demi-douzaine de garçons qui le font actuellement. Ils ont fui eux aussi la guerre. Deux d'entre eux sont d'ici, et les autres viennent Dieu seul sait d'où. Mais nous manquons d'hommes, et il y a beaucoup à faire avant l'hiver — et personne ne cherche d'histoires à ce sujet. S'il arrive que quelqu'un de suspect rôde dans les parages, les garçons se cachent mais la plupart du temps, ils travaillent au grand jour... Elle rit de bon cœur. Et ils ne sont jamais à court de lit! Je pourrais vous procurer du travail chez le vieux Enzo Gozzoli. C'est le chef de mon équipe. Il a perdu deux fils à la guerre et il hait les Fascistes comme la peste. Lorsque vous irez mieux, je lui en parlerai... C'est-à-dire, si vous voulez.

— J'y réfléchirai, répondit Giacomo Nerone. Je vous suis très reconnaissant, mais je dois y réfléchir.

Il reposa sa tête sur l'oreiller, ferma les yeux et quelques instants plus tard il glissa dans le sommeil.

La femme versa un autre gobelet de vin à Meyer qui se mit à le boire pensivement en la regardant, tandis qu'elle se penchait sur le lit, arrangeait la tête brune sur l'oreiller, tirait soigneusement les couvertures autour de l'épaule blessée et s'arrêtait un moment dans une silencieuse contemplation de l'hôte endormi.

Quand elle revint, Meyer se leva, la prit dans ses bras et essaya de l'embrasser. Elle le repoussa gentiment.

— Non, *dottore mio*. Pas maintenant.

— Je vous désire, Nina.

— Vous ne me désirez pas vraiment, *caro*, lui dit-elle doucement. Sinon, il y a longtemps que vous m'auriez prise — et j'en aurais été heureuse. C'est l'été que vous êtes solitaire, et nous avons passé quelques soirées ensemble. Mais je ne suis pas pour vous et vous le savez... Vous me haïriez ensuite. J'ai besoin d'un homme, Dieu le sait! Mais je le veux à moi tout entier.

Meyer s'éloigna et prit sa trousse. Il fit un geste rapide vers le lit.

— Vous l'avez, lui, peut-être! lui dit-il d'un ton mordant.

— Peut-être, répondit Nina Sanduzzi. Puis elle alla à la porte et la tint ouverte pour lui; tandis qu'il s'en allait gravissant la colline, il l'entendit se refermer avec un bruit sec et aigu dans l'air languissant.

— ... Et ce fut là le commencement? demanda Blaise Meredith.

Le commencement. Meyer tendit la main vers la cruche de vin. En trois semaines, il était sur pied, travaillant pour Enzo Gozzoli. Le soir il retournait à la masure de Nina, et ils devinrent amants.

— Et sauf le fait qu'il était anglais, vous n'aviez toujours aucune idée de son identité?

— Non.

Meyer prit une longue gorgée de vin et s'essuya les lèvres avec un mouchoir sale.

— Il y avait trois possibilités : il pouvait être un prisonnier évadé, un agent britannique envoyé pour prendre contact avec les premiers groupes de partisans, un déserteur.

— Et lequel de ces trois vous paraissait-il être?

— J'ai essayé à tour de rôle, de le mettre dans la peau de ces trois personnages. Un prisonnier évadé? Oui. Sauf qu'il ne montrait aucune envie de faire ce que devait faire en pareil cas un prisonnier — essayer de rejoindre son unité. Un agent? Cela aussi était possible. Il parlait un bon italien, — pas l'argot de cuisine et des bordels militaires. Il était instruit. Il comprenait la politique locale. Mais lorsque j'ai essayé à mots couverts de le persuader de se joindre à moi dans une tentative pour prendre contact avec les partisans, il refusa.

— A-t-il donné une raison?

— Non. Il refusa poliment, mais de façon catégorique.

— Un déserteur, alors?

Meyer pinça pensivement ses lèvres minces.

— Cela me paraissait comme la déduction la plus vraisemblable. Mais un déserteur est un homme qui a peur. Il a le regard du fugitif. Il vit avec la conviction qu'il doit être pris un jour. Nerone n'avait rien de cela. Une fois rétabli, il marchait, parlait et riait comme un homme libre.

— Était-ce un officier?

— J'ai supposé cela. Comme je vous le disais, il était un homme cultivé. Il avait l'habitude de la décision, le talent de faire faire les choses. Mais il ne portait aucun signe permettant de l'identifier. Je lui fis remarquer que s'il se faisait prendre de la sorte, par les Allemands ou les Italiens, il pouvait être fusillé comme espion. Il ne fit qu'en rire et dit que Giacomo Nerone était un bon Italien, qui ne voyait aucun sens à la guerre... Un peu de vin, Monseigneur?

Meredith fit un vague signe de tête, et comme Meyer remplissait son verre, il demanda :

— Quelle opinion vous êtes-vous faite de son caractère dans les premiers temps?

— Je vous en ai déjà dit une partie, répondit Meyer. Courage, bonne humeur, une capacité de faire faire les choses. Le reste? Je n'en étais pas très sûr. J'étais jaloux de lui, vous comprenez.

— A cause de Nina Sanduzzi?

— De cela et d'autres choses. J'ai vécu parmi ces gens et leur ai rendu service aussi, pendant des années. Je n'étais jamais parvenu à être intime avec eux. En une semaine, Nerone, lui, était ici comme chez lui. Les hommes lui faisaient confiance. Les femmes l'aimaient. Il pouvait les faire rire en contractant ses sourcils noirs. Elles lui racontaient tous les scandales et lui apprenaient le dialecte et partageaient leur vin avec lui. Moi, j'étais toujours l'étranger — le juif de Rome.

— Je comprends ce que vous deviez ressentir, lui dit Meredith avec douceur. J'ai été comme cela, toute ma vie. Sauf que je n'ai jamais été utile à personne.

Aldo Meyer lui lança un rapide regard appréciatif, mais Meredith fixait distraitement le vin sombre dans son verre; Meyer continua :

— J'étais surtout irrité parce qu'il semblait tenir le tout pour acquis et définitif. Comme si le présent seul importait. Pour lui, c'était assez naturel, je suppose. Il avait eu sa guerre. Il était satisfait du présent. Mais moi, j'avais attendu si longtemps que je soupirais après l'action et le changement.

— Ainsi, vous ne vous entendiez pas, tous les deux?

Meyer secoua la tête.

— C'est le plus curieux de l'histoire. Lorsque je ne le voyais pas, il me déplaisait, mais quand nous nous rencontrions en passant — ou lorsque plus tard il prit l'habitude de venir chez moi le soir pour bavarder, ou m'emprunter un livre, il me charmait. Il se dégageait de lui un calme, une douceur. Cette même sorte de chose que vous trouvez en Nina Sanduzzi maintenant.

— De quoi parliez-vous?

— De tout, excepté de Nerone. Il refusait tout sujet qui aurait pu me donner un indice sur son identité. Il était intéressé surtout par l'endroit même, les gens, leur histoire, leurs coutumes, leurs rapports entre eux. Comme s'il cherchait à oublier tout ce qui lui avait appartenu et à se confondre lui-même dans la vie des montagnes.

— Se préoccupait-il d'eux?

— Au début, non. Il semblait se considérer comme l'un d'eux. Mais il n'avait aucun projet comme j'en avais. Aucun plan pour améliorer leurs conditions de vie.

— Quelles étaient ses relations avec Nina Sanduzzi?

Meyer sourit ironiquement et étendit les mains, demandant grâce.

— Ils étaient heureux ensemble. On le voyait sur leurs visages. C'est tout ce que je savais. Plus que je ne voulais en savoir. Pour le reste, vous aurez à le demander à Nina.

Meredith inclina la tête.

— Je regrette de vous harceler ainsi, docteur. Mais vous savez pour quelle raison j'ai été délégué.

— Je comprends. Je ne me dérobe pas. J'essaye de garder mon témoignage intact.

— Continuez, je vous prie.

— La seconde période commence vers la fin d'octobre... au milieu de l'automne. Nerone m'appela pour examiner Nina. Elle était enceinte de deux mois.

— Quelle fut la réaction de Nerone?

— Il en était heureux. Ils l'étaient tous les deux. Je crois que je n'ai jamais été plus jaloux de lui qu'en ce moment-là. Il était venu, Dieu sait d'où, et avait réalisé ce qui m'avait échappé toute ma vie : faveur, amour, l'espoir d'un but et d'une continuité.

— Il n'avait fait encore aucun geste pour épouser Nina?

— Non.

— Voulait-elle l'épouser?

— Je leur en ai parlé, à tous les deux, dit prudemment Meyer, non pas parce que cela me préoccupait — dans un pays sans hommes, un fils sans père légitime n'est pas une chose honteuse — mais parce que je voulais savoir quelle sorte d'homme était Nerone.

— Qu'a-t-il dit?

— Rien. Ce fut Nina qui répondit : « Nous aurons

bien le temps de nous marier, docteur, lorsque nous saurons ce qui va arriver. »

— Et Nerone?

Meyer regardait le dos de ses mains ouvertes et semblables à des araignées, sur le bois chaud de la table. Il hésita un instant, puis dit :

— Je me souviens très bien de ce qui suivit. Au moment même où je croyais avoir jaugé Nerone pour ce qu'il valait — un type sans scrupule, qui serait parti avant l'aube — il me surprit encore une fois.

— Comment?

— Il dit, très simplement, à propos de rien du tout : « L'hiver va être rude, docteur. Vous et moi nous ferions mieux de commencer à le préparer dès à présent! »

... Autrefois, avant que les hommes soient pris pour la guerre, avant que cette guerre ait commencé à prendre une mauvaise tournure, lorsqu'il y avait encore une autorité, et un but dans le pays, l'hiver était supportable, même si ce n'avait jamais été un temps heureux.

Il y avait des provisions de charbon, du vin en réserve et de l'huile dans les grandes bouteilles vertes. Des chapelets d'oignons pendaient des poutres et les épis de maïs s'entassaient dans le coin et il y avait des pommes de terre enterrées dans la paille. Il y avait des provisions de fromage à acheter, du salami, du jambon fumé et des lentilles, et les meuniers avaient de la farine à vendre pour la *pasta*. La nourriture était là, même si vous deviez gratter et faire un trou dans vos culottes pour trouver l'argent, et l'acheter. Avant que les villages fussent isolés par la neige, il se faisait toujours un trafic d'échanges entre eux; et quand le travail dans les champs se ralentissait jusqu'au point mort, la commune payait une petite gratification pour déblayer les routes et répandre du gravier sur les flaques de verglas.

Il y avait moyen de vivre — pas fameusement, bien sûr — mais si on s'y accrochait assez longtemps, on entendait le torrent gronder, on respirait les premières brises chaudes du Sud et on sentait la glace fondre de ses os avec l'arrivée du printemps.

Mais à cette époque-là, il n'y avait plus d'hommes et les récoltes étaient pauvres et les réquisitions du chef d'état-major en prenaient la plus grande partie. L'échange était réduit à rien, car personne n'aurait amené sa charrette et son âne au marché et risqué de rencontrer sur son chemin les voleurs, les déserteurs et les patrouilles. Il valait mieux rester à la maison et vivre sur sa propre substance aussi longtemps qu'il était possible. De plus, les garçons revenaient, en déroute, sans chef, déçus et le ventre affamé — nouvelles bouches à nourrir avec des provisions réduites.

Il n'y avait plus de gouvernement. Ceux des fonctionnaires qui s'étaient conduits raisonnablement restèrent, espérant que les sacs de leur paye arriveraient, et sinon, qu'on leur revaudrait un peu de leur bonté passée. Les autres, qui avaient été de faux frères, s'en allaient, s'attachant aux unités encore actives, ou se vendaient, eux et leur connaissance des lieux, aux détachements allemands qui se déplaçaient vers le sud, pour attaquer la 8e Armée alliée.

Et à Gemelli dei Monti, ils sentirent le vent et les premières bourrasques de pluie; ils comptèrent les premières gelées, et dirent :

— Il va faire un rude hiver.

Giacomo Nerone le dit aussi, avec sang-froid et

énergie. Mais il ajouta une ou deux réflexions personnelles.

— Vous et moi, nous sommes les seules personnes par ici, à avoir du jugement ou de l'influence. Nous aurons à diriger l'organisation.

Meyer le regarda bouche bée, abasourdi.

— Pour l'amour de Dieu, mon vieux! Vous ne savez pas de quoi vous parlez. Vous êtes un fugitif! Je suis un exilé politique. Dès le moment où nous exposerons nos têtes, on fera tomber la hache dessus.

— Qui, *on*, docteur? Nerone riait.

— Les autorités. La police. Les *carabinieri*. Le maire de Gemello Maggiore.

Nerone rejeta la tête et rit de bon cœur, comme si c'était une plaisanterie de laveuse au bord du torrent.

— Mon cher docteur! Ces individus ont tellement peur actuellement qu'ils ne songent qu'à sauver leur peau. Nous n'avons pas vu un seul d'entre eux, depuis des semaines. D'ailleurs, ceci est notre affaire, pas la leur. Nous en prendrons soin nous-mêmes.

— Prendre soin de quoi, pour l'amour de Dieu?

— L'élémentaire problème de survie pendant trois mois. Nous devons veiller à ce que chacun ait assez de nourriture et de combustible pour pouvoir vivre pendant l'hiver. Nous devons vous faire obtenir un peu plus de médicaments et essayer de trouver quelques couvertures supplémentaires. Nous devons constituer un approvisionnement central et veiller à ce que les rations soient équitablement distribuées...

— Vous êtes fou! lui dit simplement Meyer. Vous ne connaissez pas ces gens-là. Ils sont ladres dans les périodes les plus prospères, mais en période de famine, ils sont comme des oiseaux de proie. Ils se mangeront le foie avant de laisser sortir un croûton de pain d'une maison dans une autre. La famille est la seule chose qui compte. Le reste du monde peut pourrir dans un fossé.

— Alors nous leur apprendrons le premier pas à faire, dit calmement Nerone. Nous en ferons une tribu.

— Vous ne pouvez pas le faire.

— J'ai déjà commencé.

— Diable, vous l'avez fait?

— J'ai amené dix familles à accepter de mettre un quart de leurs provisions dans un approvisionnement commun. Chacune de ces familles va essayer d'y amener une autre. Puis vous et moi ferons le tour et tâcherons de mettre un peu de bon sens dans la tête de ceux qui s'obstinent encore.

— Je ne comprends pas comment vous avez réussi à faire cela.

Giacomo Nerone sourit et haussa les épaules.

— Je leur ai parlé. Je leur ai fait remarquer qu'il y aura encore d'autres réquisitions : italiennes, allemandes, alliées. Lorsque les choses deviendront difficiles — ainsi que cela arrivera en hiver — on recherchera dans les maisons les provisions cachées. Maintenant que les choses marchent bien, nous ferions mieux de nous entendre et de constituer un approvisionnement commun, dans un endroit secret. Je leur ai dit que Nina et moi apporterions les premiers notre contribution, comme preuve de notre bonne foi, et qu'ensuite nous formerions un comité pour l'administrer. Vous, moi et trois autres. Deux hommes et une femme. Cela m'a pris un peu de temps, mais ils ont été d'accord, à la fin.

— J'ai été ici, tout ce temps, dit Meyer d'un ton

triste, et je n'ai jamais réussi à faire quelque chose de pareil.

— Il faut payer le prix, bien entendu.

Meyer le regarda, étonné.

— Quelle sorte de prix?

— Je ne sais pas encore, répondit pensivement Nerone, mais je crois qu'il sera très élevé à la fin...

— A-t-il expliqué ce qu'il voulait dire? demanda Blaise Meredith.

— Non.

— Lui avez-vous demandé de vous l'expliquer?

— Oui. Meyer fit une grimace triste. Mais une fois encore, ce fut Nina qui répondit à sa place. Elle se tenait derrière lui, je me souviens, et elle se pencha et lui baisa les cheveux et lui prit ensuite le visage entre ses mains. Puis elle dit : « J'aime cet homme, *dottore mio*. Il n'a peur de rien — et il paye toujours ses dettes. »

— Cela vous avait-il satisfait?

Meyer rit tout bas et se rejeta contre le dossier de sa chaise pour atteindre la cruche de vin.

— Vous ne m'avez pas compris, Monseigneur. Lorsque vous voyez un homme et une femme heureux comme cela — et que vous êtes amoureux de la femme vous-même — il n'y a qu'une seule satisfaction. Et vous ne pouvez l'obtenir. Je me suis levé et je suis parti. Le lendemain Nerone et moi, nous sommes rencontrés et avons commencé à faire les préparatifs pour l'hiver.

— Et vous avez réussi?

— Oui. Avant les premières neiges, ils étaient tous d'accord à Gemello Minore, et nous avions presque trois tonnes de provisions cachées dans la Grotta del Fauno.

Les souvenirs s'agitèrent vivement derrière les yeux pensifs de Blaise Meredith.

— La Grotte du Faune... C'est là qu'ils l'enterrèrent, n'est-ce pas?

— C'est là qu'ils l'enterrèrent, répondit Aldo Meyer.

XI

TANDIS que Blaise Meredith s'entretenait avec Aldo Meyer sous le figuier, Anne-Louise de Sanctis, assise dans le salon décoré de la villa, parlait à Nina Sanduzzi.

Elle s'était levée tard, mais de moins mauvaise humeur que d'habitude, et quand le domestique l'informa que Nina Sanduzzi attendait pour la voir, elle s'attarda davantage à son petit déjeuner et à sa toilette. Elle avait bavardé dix minutes avec Nicholas Black, qui était déjà au jardin avec sa boîte de peinture, jeté un coup d'œil sur les comptes de sa maison et le menu du dîner, puis, installée au salon, avait envoyé un domestique chercher Nina Sanduzzi.

A présent elles étaient seules, tandis que Paolo traînait ses pas dans l'allée et regardait les jardiniers aller et venir dans les parterres, et le vol paresseux d'un papillon jaune, dans le bouquet d'arbrisseaux.

La comtesse, assise dans un fauteuil à haut dossier, était fraîche et soignée et légèrement triomphante, les mains posées calmement sur les genoux, ses yeux scrutant le visage impassible de la paysanne qui se tenait devant elle, couverte de la poussière de la route, les pieds nus dans des sandales de bois, mais droite et fière comme un arbre attendant que souffle le vent.

— Tu comprends, dit Anne-Louise de Sanctis, ceci est une grande chance pour le garçon.

Elle employait le *tu* familier, pour souligner le vaste abîme qui séparait la châtelaine de la servante.

— C'est du travail, répondit calmement Nina Sanduzzi. C'est bon pour le garçon. S'il travaille bien, c'est bon pour vous aussi.

— Qu'en pense le garçon? Est-il content de venir?

— Qui peut dire ce que ressent un garçon? Il est ici. Il est prêt à travailler.

— Nous n'avons pas encore parlé du salaire.

— Le *dottore* a dit que vous payeriez ce que l'on donne habituellement.

Anne-Louise de Sanctis sourit avec bienveillance.

— Nous ferons mieux que cela. Signor Black me dit que le garçon est intelligent et de bonne volonté. Nous lui donnerons un salaire d'homme.

— Pour un travail d'homme, c'est bon! Du moment que c'est un travail d'homme.

La réponse était ambiguë, mais la comtesse étant faible en dialecte n'en remarqua pas la pointe. Elle continua avec bienveillance et condescendance.

— Si le garçon travaille sérieusement et promet, nous serons à même de faire encore plus pour lui, lui donner une éducation, l'aider à se faire une carrière, l'envoyer à Rome peut-être.

Nina Sanduzzi hocha pensivement la tête, mais ses yeux étaient voilés et sans expression, comme ceux d'un oiseau. Elle répondit simplement :

— Son père était un homme instruit. Il avait coutume de dire : « On devrait instruire le cœur d'abord et la tête ensuite. »

— Bien entendu, dit la comtesse, avec une fausse

vivacité. Son père! Giacomo Nerone était votre amant, n'est-ce pas?

— Il était l'homme que j'aimais, répliqua Nina Sanduzzi. Il m'aimait et il aimait le garçon.

— Curieux qu'il ne vous ait pas épousée.

Il n'y eut aucune trace d'émotion dans les yeux impassibles et le calme visage de la paysanne. La phrase resta suspendue dans le silence qui se fit entre elles. Anne-Louise de Sanctis était irritée. Elle aurait voulu frapper et voir la marque de ses doigts sur les joues brunes de l'autre. Mais c'était un plaisir qu'elle ne pouvait se permettre, s'étant promis d'être diplomate et d'allier les sourires à la dissimulation. Elle dit vivement :

— Le garçon logera ici, bien entendu. Il sera bien nourri et confortablement installé. Vous pourrez l'avoir chez vous les dimanches.

— J'ai parlé au Monseigneur de Rome, dit tranquillement Nina Sanduzzi. Je lui ai demandé de conseiller le garçon et de l'aider. Il traverse les années ingrates de sa vie.

— Vous n'auriez pas dû importuner Monseigneur Meredith, lui fit vivement remarquer la comtesse. C'est un homme malade et occupé par des affaires importantes!

— Il est occupé de mon Giacomo, signora. Et qu'est-ce qui pouvait être plus important que le fils de Giacomo Nerone? De plus, le Monseigneur a dit qu'il serait heureux de nous aider.

— Vous pouvez aller, lui dit la comtesse. Laissez le garçon ici et le jardinier le mettra au travail.

Nina Sanduzzi ne fit aucun mouvement pour partir. Au contraire, elle se baissa et prit le panier de paille qu'elle portait toujours. Elle fouilla dedans et en sortit un petit paquet proprement enveloppé dans du papier et le tendit à la comtesse.

— Qu'est-ce que c'est?

— Mon garçon entre dans votre maison. Il ne doit pas venir les mains vides. C'est un cadeau.

La grâce simple du geste embarrassa la comtesse. Elle prit le paquet dans ses mains et dit gênée :

— Je vous remercie. Puis-je demander ce que c'est?

— Nous sommes des gens pauvres, répondit Nina Sanduzzi lentement. Nous donnons de notre cœur et non de notre richesse. Un jour Giacomo peut être fait *beato*, et alors ceci deviendra précieux pour vous. C'est un lambeau de ce qu'il portait lorsqu'ils l'ont tué. C'est taché de son sang. J'aimerais bien que vous l'acceptiez, de la part de son fils!

Anne-Louise de Sanctis ne dit rien, mais resta là, regardant le paquet, son visage tout pâle, les lèvres remuant silencieusement. Quand, après un long moment elle leva la tête, Nina Sanduzzi était partie, il n'y avait qu'un oblique rayon de soleil traversé par des particules de poussière et une échappée de pelouse verte où un garçon s'en allait côte à côte avec un jardinier, un garçon qui aurait pu être son fils.

Aldo Meyer et Mgr Meredith s'étaient levés et éloignés de la table, et faisaient les cent pas côte à côte, dans l'allée pavée qui courait tout le long du jardin. Ils passaient alternativement du soleil à l'ombre et leurs souliers faisaient un bruit sec sur les pierres.

— Jusqu'à ce point, commença de sa manière précise d'homme de loi Meredith, qu'avons-nous? Un homme en fuite, un homme amoureux, un homme assumant la conduite et la responsabilité d'une communauté qui lui a donné refuge. Son passé est un mystère. Son avenir incertain, même pour lui-même. Son présent... ce que vous m'en avez raconté. Nous n'avons aucune indication sur ses croyances religieuses ou son attitude morale. Apparemment, il vit dans le péché. Ses actes, bons en eux-mêmes, n'ont aucune valeur spirituelle. Maintenant... Il donna un coup de pied à un petit caillou et le regarda rebondir contre le mur de pierres inégales. Maintenant, selon mes rapports, il arrive à une crise, à une période de conversion durant laquelle ou à cause de laquelle il se détourne de son amie et se donne à Dieu. Que savez-vous de cela?

— Moins que je ne devrais peut-être, répondit délibérément Meyer. Certainement, beaucoup moins que Nina à qui vous allez parler cet après-midi. Mais, je sais quelque chose. Je vous le confie pour ce que cela vaut...

L'hiver fut plus rigoureux qu'on ne l'aurait jamais cru possible. La neige tomba en rafales aveuglantes, des hauts sommets jusqu'à l'ouest. Elle s'amoncela en tas le long des routes et dans les cavités. Elle bloqua les pistes dans la montagne, et cassa les branches des oliviers et s'entassa contre les portes des maisons. Elle durcit et les vents fouettaient les flocons légers, mettant à nu les arêtes de glace, semblables à des ondulations sur une mer morte et blanche. Puis il y eut des nouvelles accalmies et de nouvelles chutes, de sorte qu'une couche molle recouvrit la glace dure inférieure.

Dans le sud, les armées engagées se terrèrent et attendirent le dégel. Les patrouilles bivouaquant dans les collines perdirent des hommes par le froid et la gelure. Les traînards et les déserteurs vinrent frapper la nuit aux portes barricadées, et quand on ne leur ouvrait pas, mouraient dans la neige avant le jour.

A l'intérieur des maisons, les familles se serraient ensemble dans les grands lits de cuivre pour se réchauffer, se levant seulement pour faire leurs besoins ou pour chercher de la nourriture et préparer du café, car la provision de charbon devait être conservée. Le sol de terre battue était gelé; le vent perçait à travers les portes fendues et les fenêtres aux châssis branlants, bouchées avec de la boue et de vieux journaux. Les vieux toussaient et grognaient, leurs jointures perclues de rhumatismes, les petits pleurnichaient, les joues rouges, la gorge irritée et la poitrine congestionnée; lorsque l'un d'eux mourait, il était porté à l'extérieur et enterré là, dans la neige, jusqu'au dégel, car qui aurait fait des cercueils par ce triste temps, et qui aurait pu retourner la terre au Campo Santo, quand celle-ci était durcie comme du granit?

Ils vivaient comme des animaux hibernants, chaque litière, un îlot dans une mer de glace; tirant la chaleur de leurs corps, les uns des autres, habitués à leur puanteur mutuelle, mâchant aveuglément le croûton de pain commun, en se demandant tristement combien de temps ils dureraient encore, et s'ils verraient jamais un autre printemps.

Si on frappait à la porte, ils faisaient les sourds. Qui, si ce n'est des voleurs, des fous ou des affamés, serait dehors d'un temps pareil? Si les coups persistaient, les malédictions pleuvaient en chœur jusqu'à ce que les coups cessent enfin et que le bruit sec des pas se fût éloigné sur la neige durcie. Pour eux, seules la façon de frapper et la voix de Giacomo Nerone étaient reconnaissables et, à elles seules, ils répondaient.

Chaque jour et tout au long du jour, il était là,

faisant le tour des maisons, géant souriant aux joues barbues, ses bottes enveloppées dans des sacs, son corps recouvert par des couches de vêtements pour épouvantail, sa tête emmitouflée dans un bonnet fait d'un bas de Nina. Il portait sur le dos un vieux sac d'ordonnance rempli de rations, et ses poches étaient bourrées de tablettes d'aspirine, d'une bouteille d'huile de foie de morue et d'un tas de restes de médicaments.

Il s'arrêtait dans chaque maison aussi longtemps qu'on avait besoin de lui et pas davantage. Il contrôlait les provisions de nourriture, passait en revue les malades, leur donnait leurs doses quand il pouvait, préparait un bouillon pour ceux qui ne pouvaient le faire, nettoyait les saletés accumulées et puis s'en allait. Mais avant de partir, il avait toujours cinq minutes pour les nouvelles et les salutations, et quelques autres encore pour une plaisanterie qui les ferait rire, tandis qu'il s'enfonçait péniblement dans le désert au dehors. S'ils avaient besoin de Meyer, il revenait avec lui. S'ils étaient prêts à recevoir le prêtre, il essayait d'en amener un — quoique ceci fût une démarche plutôt hasardeuse, le Père Anselmo étant vieux et souffrant du froid, n'aimait pas se déplacer, et le jeune curé de Gemello Maggiore était souvent pris par ses propres mourants.

Sa dernière visite de la journée était toujours pour Meyer. Ils buvaient un gobelet de *grappa*, échangeaient des notes, puis Nerone redescendait la colline vers la masure de Nina.

Au début, il était allègre, exultant, dans le défi de sa force et de sa vitalité. Puis comme décembre s'en allait et que janvier arrivait et que le temps ne changeait toujours pas, il commença à devenir un peu nerveux et préoccupé, comme un homme dormant trop peu et réfléchissant beaucoup. Meyer le poussa à se reposer, à s'accorder quelques jours de répit à la maison avec Nina, mais il refusa nettement et par la suite, sembla se forcer encore plus durement.

Puis un soir, alors qu'il se faisait tard, et qu'un vent aigre se levait, il vint chez Meyer, laissa tomber son sac par terre, avala sa *grappa* d'un coup et dit brusquement :

— Meyer! je veux vous parler.

— Vous le faites toujours, répondit doucement Meyer. Qu'y a-t-il de différent ce soir?

Nerone passa sur l'ironie et enchaîna.

— Je ne vous ai jamais dit pourquoi je suis venu ici, n'est-ce pas?

— C'est votre affaire. Vous n'aviez pas à me le dire.

— Je voudrais vous le dire à présent.

— Pourquoi?

— J'en ai besoin.

— C'est une bonne raison, lui dit Meyer avec un sourire.

— Dites-moi... croyez-vous en Dieu, Meyer?

— J'ai été élevé dans la croyance en Lui, répondit Meyer sur ses gardes. Mes amis les fascistes ont fait de leur mieux pour me persuader du contraire. Mettons que j'ai un esprit ouvert en la matière. Pourquoi cette question?

— Je pourrais vous raconter des bêtises.

— Un homme a le droit de dire des bêtises, s'il en sent le besoin.

— Parfait. Vous en tirerez la conclusion que vous voudrez. Je suis Anglais, vous savez cela. Ce que vous ne savez pas, c'est que je suis officier.

— Je l'avais deviné.

— Je suis aussi un déserteur.

— Que voulez-vous que je dise? demanda Meyer avec un humour sec.

— Ne dites rien pour l'amour de Dieu. Écoutez seulement. J'étais dans l'avant-garde à l'assaut de Messine. C'était la dernière place forte de la pointe, en Sicile. Pour nous, c'était un jeu. Votre peuple était battu. Les Allemands reculaient en vitesse. Rien qu'une opération de nettoyage. Ma compagnie avait été désignée pour nettoyer un carré d'habitations d'un demi-mille, conduisant aux docks. Des tireurs éparpillés, deux postes de mitrailleuses... rien. Il y avait une impasse avec des fenêtres nous faisant face et un tireur à la plus haute fenêtre. Il nous avait coincés pendant dix minutes à l'entrée de l'allée. Puis, ayant pensé que nous pourrions l'avoir, nous sommes entrés. Arrivé jusqu'à la maison, j'ai suivi la routine habituelle et lui ai crié de se rendre. Il y eut un autre coup de feu, d'une fenêtre, plus basse cette fois. Un de mes hommes fut touché. Je lançai une grenade dans la fenêtre. j'attendis qu'elle eût éclaté, puis j'entrai. Je trouvai mon tireur, un vieux pêcheur, une femme et un nourrisson. Tous morts. Le bébé avait reçu en plein la décharge...

— Cela arrive à la guerre, dit Meyer froidement. C'est l'élément humain. Cela n'a rien à faire avec Dieu.

— Je sais, lui dit Giacomo Nerone. Mais j'étais l'élément humain. Pouvez-vous comprendre cela?

— Oui. Je peux le comprendre. Ainsi vous avez décidé que ceci était, pour vous, la fin de la guerre. Vous aviez fait ce pour quoi l'on vous avait payé. Vous étiez dispensé de tout le reste. Votre guerre était terminée. Est-ce exact?

— Plus ou moins.

— Vous vous êtes enfui. Mais, où pensiez-vous pouvoir aller?

— Je ne savais pas.

— Pourquoi êtes-vous venu ici?

— Je ne sais pas pourquoi, non plus. Appelez cela accident si vous voulez.

— Croyez-vous en Dieu, Nerone?

— J'y croyais. Puis pendant longtemps je n'ai plus eu la foi.

— Et à présent?

— Ne me pressez pas, mon vieux! Laissez-moi tout vous raconter.

Meyer haussa les épaules et versa dans le verre de Nerone une quantité extravagante de *grappa*. Lorsque ce dernier protesta, Meyer d'une humeur caustique lui dit :

— *In vino veritas*. Buvez.

Nerone prit le verre dans ses mains tremblantes et but avidement, puis essuya ses lèvres gercées, du revers de la main. Il dit tristement :

— Lorsque j'ai rencontré Nina, elle a été un refuge. Quand nous nous sommes aimés ce fut bien plus — une sorte d'absolution. Quand elle devint enceinte, j'eus le sentiment de réparer ce que j'avais fait, de remettre une vie nouvelle à la place de celle que j'avais détruite. Lorsque nous avons commencé à faire quelque chose pour ces gens, c'était une sorte de réparation de ma part, au vieux pêcheur et à la femme morte... Ce n'était pas assez. Ce n'est pas encore assez.

— Ce n'est jamais assez, lui dit Aldo Meyer. Mais où Dieu entre-t-il là-dedans?

— S'il n'y entre pas, tout est folie monstrueuse. La mort ne signifie rien, la réparation moins encore. Nous sommes des fourmis sur la carcasse du monde, nés du néant et nous agitant pour n'aboutir nulle part. L'un de nous meurt, les autres rampent et nous passent dessus pour prendre leur part. Toute cette vallée pourrait geler jusqu'à mourir et cela ne signifierait rien — rien du tout... Mais s'il y a un Dieu... tout devient énormément important... chaque vie, chaque mort...

— Et la réparation?

— ... Ne signifie rien du tout, dit sombrement Nerone, à moins que vous ne vous donniez vous-même, comme une partie de cette réparation.

— Vous êtes dans des eaux profondes, mon ami, lui dit avec douceur, Meyer.

— Je sais, répondit Nerone d'une voix accablée. Je suis fichtrement près de m'y noyer.

Il appuya la tête contre ses mains et se passa les doigts dans les cheveux. Meyer vint s'asseoir sur le bord de la table et dit en souriant :

— Laissez-moi vous donner un conseil, mon ami — un conseil médical. Vous vous épuisez de fatigue et par manque de nourriture. Vous n'avez jamais été tout à fait sûr d'avoir eu raison ou tort de sortir de votre guerre et, parce que vous êtes fatigué, vous commencez à vous tourmenter à ce sujet. Vous avez fait du bon travail pour nous tous ici et vous le faites encore. Maintenant, tout d'un coup, vous vous inquiétez de Dieu. Vous me pardonnerez cette façon de parler : la moitié du mysticisme de pacotille dans le monde provient d'une mauvaise digestion, du surmenage, de manque de sommeil ou de satisfaction sexuelle. Si vous voulez le conseil d'un médecin, restez à la maison et passez avec Nina une lune de miel, pendant quelques jours. Allouez-vous une ration supplémentaire et accordez-vous une *festa*.

Nerone leva la tête et son visage sombre et barbu se détendit dans un sourire.

— Vous savez, Meyer, c'est là où vous tous, libéraux, vous faites erreur. C'est pourquoi, il n'y a plus de place pour vous au XXe siècle. On ne peut faire que deux choses au sujet de Dieu : reconnaître Son existence comme les catholiques, ou la nier comme les communistes. Vous voulez Le réduire à un mal de ventre ou à un accès de fièvre, ou à une commode méditation à l'heure du café et des cigares. Vous êtes juif. Vous devriez mieux le savoir.

— Et vous, qu'êtes-vous? Meyer était irrité.

— J'étais catholique.

— C'est votre malheur, lui dit nettement Meyer. Vous pourriez faire un bon communiste, vous ne ferez jamais un bon libéral. Vous êtes un absolutiste de cœur. Vous avez de la religion comme des démangeaisons dans l'enfourchure et vous la garderez jusqu'au jour où vous mourrez... Mais mon ordonnance tient toujours.

— J'y réfléchirai, docteur. Je dois y réfléchir très attentivement.

Meredith cessa de faire les cent pas et s'arrêta un moment à l'ombre du figuier, déchiquetant d'un air absent une de ses feuilles épaisses et dures dont le suc blanc lui engluait les doigts. Au bout d'un moment, il dit :

— C'est la première lueur faible que j'entrevois de la chose que l'on recherche dans l'histoire de chaque cause : l'entrée de Dieu dans les calculs de l'homme, le commencement de l'acceptation des conséquences de la croyance, le début d'une relation personnelle entre le Créateur et la créature. Si ce thème continue...

— Il se représente, répondit lentement Meyer. Mais mon histoire a des lacunes. Vous aurez à les combler grâce à d'autres témoins, comme Nina Sanduzzi.

— S'il y avait des écrits, dit pensivement Meredith, ils seraient d'un secours énorme. On pourrait être à même de suivre une attitude personnelle qui expliquerait les relations extérieures.

— Il y a des écrits, Monseigneur. Je les ai.

Meredith le regarda surpris.

— Y en a-t-il beaucoup?

— Il y en a un grand paquet. Je ne l'ai pas encore ouvert. Nina me l'a donné.

— Pourrais-je les voir?

— Si vous voul:ez bien attendre quelque temps, consentit Meyer embarrassé. Je ne les ai pas encore lus. J'en avais peur, à peu près de la même façon dont vous avez eu peur de demander un miracle. Quelque part, dans ces papiers, peut se trouver la réponse à un tas de questions qui m'ont longtemps harcelé. Jusqu'à présent je n'étais pas certain de vouloir cette réponse. J'aimerais les lire cet après-midi tandis que vous vous entretiendrez avec Nina. Et demain, je vous les remettrai, avec le reste de mon témoignage. Cela vous conviendrait-il?

— Certainement. Gardez-les plus longtemps si vous voulez.

— C'est suffisant, répondit Meyer avec un sourire las. Vous êtes un bon confesseur, Meredith. Je suis heureux de parler avec vous.

Un plaisir profond se fit jour dans les yeux de Meredith. Il dit :

— Si seulement vous saviez combien je suis heureux d'entendre dire cela.

Meyer le regarda, la mine moqueuse.

— Pourquoi, Monseigneur?

— Pour la première fois de ma vie, je crois, je commence à me sentir proche des gens. Je suis terrifié à la pensée du temps que j'ai perdu, et du peu qu'il m'en reste.

— Ensuite, dit sombrement Meyer, vous serez près de Dieu.

— Cela me terrifie plus que tout, répondit Blaise Meredith.

Dans un coin éloigné du parc de la villa, Paolo Sanduzzi était au travail, sciant un olivier tombé, pour en faire du bois de chauffage. Le chef-jardinier, un homme taciturne, noueux et noir lui-même comme un arbre, l'avait laissé là avec la sèche injonction de garder ses mains hors de ses poches, d'éliminer en travaillant sa graisse de freluquet et de s'arranger pour que tout l'arbre fût scié et lié en fagots au coucher du soleil.

Paolo était content de se trouver seul. L'endroit lui paraissait nouveau et étrange. C'était son premier travail d'homme et ses mains étaient maladroites et inexpertes. Se faire railler serait pour lui un supplice, il avait besoin de temps pour apprendre le rythme de l'outil qu'il utilisait et le langage de cette vie parmi les *signori*.

Il avait enlevé sa chemise, car le soleil chauffait et après avoir élagué les brindilles avec une hachette, il commença à scier les branches principales. Le bois était sec et assez facile à couper, mais il était trop impatient et la scie se coinçait et grinçait dans sa main, jusqu'à ce que, petit à petit, il en saisit le tour de main et que les dents mordissent proprement dans le bois tandis que la sciure tombait sur les feuilles, à ses pieds. Il aima le bruit de la scie, l'odeur du bois et le goût salé de la sueur qui lui coulait sur le visage, jusqu'aux coins de sa bouche.

Il aurait été agréable d'avoir Rosetta ici, assise près de lui, lui parlant et admirant son adresse, mais elle ne viendrait que demain, et puis, elle devrait être à la cuisine avec la cuisinière ou en train d'épousseter et d'astiquer dans la villa avec les autres femmes de chambre. Elle dormirait dans le logement des domestiques, partageant un lit avec une des jeunes servantes, tandis que lui, aurait une chambre pour lui seul, un réduit étroit près du hangar à outils, meublé d'un matelas de paille, d'une chaise et d'une caisse avec une bougie dessus. Mais, ils se verraient aux repas et se promèneraient les dimanches, et peut-être pourraient-ils voler une heure pendant la sieste pour être ensemble. Il se sentirait mieux lorsqu'elle serait là; moins sauvage et moins effrayé par la comtesse qu'il n'avait pas encore vue et par l'Anglais, qu'il n'avait que trop vu.

Maintenant que son secret était dévoilé et partagé avec le docteur, maintenant qu'il en savait davantage sur son père, il se sentait plus en sécurité, plus homme. Être bâtard, n'était plus un terrifiant mystère, et être attiré par l'Anglais pas du tout, semblait-il, une chose si étrange.

Peut-être même serait-il possible de trouver un moyen de faire ce qu'il désirait plus que tout : secouer de ses sandales la poussière du village et aller à Rome, où vivaient le Pape et le Président et où il y avait des fontaines dans les rues, où chacun avait sa voiture, où les jeunes filles portaient de jolies robes et des souliers, où chaque maison possédait de l'eau courante et quelquefois une salle de bains et des toilettes. Le peintre lui avait souvent parlé de ces merveilles, dont l'enchantement agissait encore très fort sur lui. Il avait fait le premier pas. Il avait quitté le village et pénétré dans le monde vert et clos de la villa. Rome était tellement plus proche, tellement plus accessible.

Pensant à Rome, il pensa naturellement à Nicholas Black, à ses yeux moqueurs, à sa bouche au sourire en coin qui pouvait vous faire vous sentir un homme ou un enfant, et promettait toutes sortes de révélations, sans prononcer un seul mot. L'impression était si vive que, lorsqu'une brindille sèche craqua derrière lui, il se retourna effrayé, s'attendant à voir l'Anglais derrière lui.

Mais c'était la comtesse qui se tenait là, éclatante comme un papillon, dans une nouvelle robe de printemps, un chapeau de paille rouge abritant son visage du soleil.

Ne sachant que faire ou dire, Paolo resta là la bouche ouverte, les bras ballants, sentant la transpiration lui couler sur le visage et sur la poitrine et n'osant faire un mouvement pour l'essuyer. Puis, la comtesse lui sourit et ses yeux souriaient aussi.

— T'ai-je fait peur, Paolo?

— Un peu, murmura-t-il, embarrassé.

La comtesse s'approcha et regarda autour d'elle le bois scié.

— Tu as travaillé dur, je vois. C'est bien. Si tu travailles bien pour moi, Paolo, tu ne le regretteras jamais.

— J'essayerai, *signora.*

Le sourire de la comtesse lui donna confiance, et quand elle tira sa jupe de côté pour s'asseoir sur le tronc d'olivier abattu, dans une soudaine impulsion, il étendit sa chemise sur l'écorce rugueuse.

— L'arbre est sale, *signora.* Vous allez abîmer votre robe.

— Charmant garçon! murmura Anne-Louise de Sanctis. C'est cette sorte de chose que ton père aurait faite. Est-ce que tu savais que je connaissais ton père?

— Mon père a-t-il travaillé pour vous aussi, *signora?*

— Oh! mon Dieu! Non! Elle éclata d'un rire très fort. — Ton père était l'un de mes amis. Il venait ici quelquefois, pour me rendre visite. C'était un *signore — un gran' signore!*

Il fut soudain saisi de honte, d'avoir à se tenir comme domestique, là où son père avait été reçu comme l'hôte de la maison. Avant qu'il eût le temps de répondre, la comtesse reprit :

— C'est pour cette raison que je t'ai fait venir ici, à cause de ton père. M. Black me dit que tu es intelligent et que tu apprends rapidement. Si c'est vrai, il nous sera possible de faire de toi un gentleman, comme ton père.

Il remarqua qu'il n'avait pas été question de sa mère, et une fois encore, il eut honte d'elle, de son dialecte rude, de ses grossiers vêtements et de ses pieds nus et poussiéreux. Il dit rapidement :

— J'aimerais bien cela, *signora*. Je travaillerai bien, je le promets.

Puis, enhardi par le sourire encourageant de la comtesse, il lui dit :

— Je ne sais pas grand-chose sur mon père. Comment était-il?

— Il était Anglais, répondit la comtesse. Comme moi, comme *signor* Black, comme le Monseigneur de Rome.

— Anglais!

Il semblait ne pas croire sa propre voix.

— Cela veut dire que je suis à moitié Anglais aussi!

— C'est exact, Paolo. Ta mère ne te l'a-t-elle jamais dit?

Il secoua la tête.

— Ne t'a-t-elle jamais dit combien tu lui ressembles?

— Quelquefois. Mais pas très souvent.

— C'est une autre raison pour laquelle je veux que tu travailles bien ici. Je veillerai à ce que tu ailles à l'école à Valenta, que tu apprennes à lire, à écrire et à parler correctement, que tu portes les vêtements qu'il faut. Alors, peut-être, tu pourras devenir mon ami aussi. Est-ce que cela te plairait?

— Et je pourrais aller à Rome?

— Bien entendu! Elle lui sourit. Tu désires beaucoup cela, n'est-ce pas?

— Beaucoup, *signora*.

— Je pourrais t'y faire emmener par M. Black pour une visite.

Elle lui souriait toujours, mais il y avait dans ses yeux un drôle d'avertissement. Sans savoir pourquoi, Paolo lui dit rapidement :

— Je préférerais y aller avec vous.

Comme il tendait les bras dans le geste suppliant du Sud, elle lui saisit les mains et le tira, de telle sorte qu'il se trouva à moitié agenouillé et à moitié accroupi à ses pieds. Le parfum de la comtesse l'enveloppait, il pouvait voir sa poitrine se soulever et s'abaisser sous la robe mince. Elle lui prit le visage dans ses mains et le leva vers elle et dit avec douceur :

— Avant que cela me soit possible, Paolo, il faudra que j'aie confiance en toi. Tu devras savoir garder des secrets. Ne pas jaser avec les gens du village, pas même avec le Monseigneur de Rome ni avec *signor* Black.

— Je le ferai, *signora*, je le promets.

— Alors nous y penserons, Paolo. Mais pas un mot — même à ta mère.

— Pas un mot.

Ses mains étaient douces et parfumées sur les joues du garçon et il eut le sentiment curieux qu'elle voulait se pencher et l'embrasser; mais au même moment, il y eut un bruit de pas derrière eux et la voix doucereuse de Nicholas Black dit :

— Vraiment *cara*, vous êtes complètement éhontée! Le garçon n'a pas encore perdu ses dents de lait et vous essayez déjà de le séduire.

— Vous êtes joliment indiqué pour parler de séduction, Nicki!

Les mots étaient anglais et Paolo ne les comprit pas; mais quand il leva les yeux sur le maigre visage de satyre du peintre, et celui tout rouge de colère de la comtesse, il se sentit pris au piège, comme une souris dans un coin, avec deux chats prêts à lui sauter dessus.

Peu après midi, Blaise Meredith retourna à la villa pour se laver et se reposer un peu avant le déjeuner. Il n'était pas mécontent de son travail de la matinée. Meyer était un bon témoin et ses souvenirs étaient sans passion, mais vivaces, de sorte que, pour la première fois depuis que sa mission était commencée, Meredith commençait à voir Giacomo Nerone comme un homme et non comme une légende.

Il aurait préféré déjeuner avec Meyer, pour continuer à parler de la période critique suivante dans la vie de Nerone. Mais Meyer ne l'avait pas invité, et Meredith avait senti que le docteur avait besoin de temps pour se ressaisir et de solitude pour lire les papiers de l'homme mort.

Tandis qu'il se reposait, étendu sur le dos, dans le lit, sa douleur familière dans le creux de l'estomac, il se demanda quelle attitude adopter, pendant le repas, vis-à-vis de la comtesse et de Nicholas Black. Maintenant qu'il savait que la comtesse était menteuse, et la paire de conspirateurs qu'elle formait avec Black, sa position devenait terriblement déplaisante. En tant qu'hôte de la maison, il était tenu à la discrétion et à la courtoisie. En tant que prêtre, il ne pouvait, même par son silence, se faire le complice de la corruption d'un enfant. En tant qu'avocat du Diable, il était venu à la recherche de témoignages, et il avait besoin de coopération de la part de ses témoins.

Une fois encore, ainsi que cela s'était passé dans la maison du Père Anselmo, la cause de Giacomo Nerone perdit de son importance. Il y avait des âmes en jeu et si le sacerdoce avait une signification quelconque, c'était le souci des âmes. Simple exposé, mais proposition complexe. On ne résolvait rien en agitant les commandements comme une matraque, à la tête des gens. Il était inutile de crier damnation à un homme qui se dirigeait déjà vers l'enfer, sur ses deux pieds. On devait prier et demander la grâce de Dieu; ensuite, tel un bon psychologue, chercher la peur dont pourrait dépendre son repentir ou l'amour qui pourrait l'y entraîner. Même alors on devait attendre le lieu et le moment propices — et on pouvait encore échouer finalement. Lorsque le corps était malade et l'esprit préoccupé, la difficulté se doublait.

Quand vint l'heure du déjeuner, il se leva, se coiffa, mit une soutane d'été plus légère et descendit à la terrasse sous le parasol rayé. Nicholas Black était déjà assis seul à une table. Il fit de la main un léger salut et dit :

— La comtesse envoie ses excuses. Elle a une migraine. Elle mangera dans sa chambre. Elle espère nous voir tous les deux au dîner.

Meredith fit un signe de tête et s'assit, et immédiatement un domestique étala devant lui son napperon, versa du vin et de l'eau glacée dans les verres.

— Une bonne matinée, Monseigneur? demanda le peintre.

— Très bonne. Très instructive. Le Dr Meyer est un excellent témoin.

— Un homme intelligent. Je suis étonné qu'il n'ait pas mieux réussi dans la vie.

Meredith haussa les épaules et ignora l'insinuation. Il n'avait aucune envie de se laisser entraîner dans une discussion au moment de l'*antipasto*. Black attaqua son repas et sirota son vin et ils mangèrent en silence durant quelques instants. Puis le peintre demanda de nouveau :

— Et votre santé, Monseigneur?

— Médiocre, j'en ai peur. Le diagnostic de Meyer est plus mauvais que je ne m'y attendais. Trois mois, a-t-il dit.

— Souffrez-vous beaucoup?

— Beaucoup.

— En trois mois, lui dit le peintre, il vous sera difficile de terminer votre procès.

Meredith sourit tristement.

— J'en ai bien peur. Heureusement, l'Église ne se préoccupe pas de presser ces choses. Un siècle ou deux ne comptent pas.

— Et cependant j'ai l'impression que vous êtes désireux de le terminer.

— Les témoins sont disponibles, répondit calmement Meredith. Certains d'entre eux coopèrent. Plus je peux recueillir de témoignages actuellement, mieux cela vaut pour tout le monde. De plus...

Il enleva une miette de pain du coin de ses lèvres pâles.

— Lorsque votre terme de vie a été fixé, vous réalisez soudain combien il est court. La nuit vient quand un homme ne peut plus travailler.

— Avez-vous peur de la mort, Monseigneur?

— Qui n'en a pas peur?

Black lui grimaça un sourire sardonique.

— Vous êtes franc, au moins, à ce sujet. La plupart de vos confrères ne le sont pas, vous savez.

— Beaucoup d'entre eux n'ont pas encore eu à faire face à la réalité, répondit d'un ton mordant Meredith. L'avez-vous fait?

Black rit tout bas et prit une bonne gorgée de vin, puis s'adossa à sa chaise tandis que le domestique changeait les assiettes devant lui. Il fit semblant de s'excuser.

— Je vous taquinais, Monseigneur. Pardonnez-moi.

Meredith se pencha sur son poisson et ne dit rien. Quelques instants plus tard, Paolo Sanduzzi sortit du bouquet d'arbrisseaux, traversa la pelouse et se dirigea vers la cuisine. Le peintre l'observa et Meredith observa le peintre avec un curieux regard de côté. Lorsque le garçon eut disparu derrière l'angle de la maison, Black ramena son attention vers la table et dit négligemment :

— Charmant garçon. Un classique David. Quelle pitié de penser qu'il va monter en graine dans un village comme celui-ci! Je me demande pourquoi l'Église ne fait pas quelque chose pour lui. Vous ne pouvez tout de même pas laisser le fils d'un *beato* courir après les filles et avoir des ennuis avec la police comme n'importe quel autre garçon?

Cette douce effronterie de l'homme était plus que ne pouvait en supporter Meredith. Il posa bruyamment son couteau et sa fourchette et dit avec une froide précision :

— Si le garçon est corrompu, monsieur Black, vous en serez le seul responsable. Pourquoi ne partez-vous pas et ne le laissez-vous pas tranquille?

A sa grande surprise, le peintre rejeta la tête et rit.

— Meyer a dû être un très bon témoin, en effet, Monseigneur. Que vous a-t-il dit d'autre sur moi?

— N'est-ce pas suffisant? demanda calmement Meredith. Vous faites une chose détestable. Vos vices cachés sont une affaire entre vous et le Tout-Puissant. Mais lorsque vous entreprenez de corrompre ce garçon, vous commettez un crime contre nature...

Il avait à peine fini de parler que Black l'arrêta net.

— Vous m'avez déjà jugé, n'est-ce pas, Meredith? Vous avez recueilli les moindres bribes d'immondes commérages dans tout le village et cela vous a suffi pour me condamner, avant d'avoir entendu un mot pour ma défense.

Meredith rougit. L'accusation était désagréablement proche de la vérité. Il répondit calmement :

— Si je vous ai mal jugé, monsieur Black, j'en suis profondément désolé. Je serais plus qu'heureux de vous entendre démentir ces... ces rumeurs.

Le peintre rit amèrement.

— Vous voulez que je me défende devant vous? Du diable si je le ferai jamais, Monseigneur. Au contraire, je me placerai sur votre propre terrain. Mettons que je sois ce que tout le monde croit — un homme anormal, un corrupteur de jeunes gens. Que m'offre l'Église par la voie de la foi, de l'espérance et de la charité? Il pointa un doigt maigre, accusateur, vers le prêtre. Comprenons-nous, Meredith. Vous pouvez bluffer vos pénitents et charmer vos congrégations du dimanche, mais vous ne pouvez me leurrer! J'ai été catholique moi-même et je connais toute cette routine de pacotille. Vous savez pourquoi j'ai quitté l'Église? Parce qu'elle répond à toutes les damnées questions qui lui conviennent — sauf à celle pour laquelle on a besoin d'une réponse... Pourquoi? Vous me dites que je commets un péché contre nature, parce que vous pensez que j'aime ce garçon et que j'ai l'intention de le faire succomber. Examinons cela. Si vous pouvez me donner une réponse satisfaisante, je vous ferai une promesse. Je ferai mes valises et je m'en irai par le premier moyen de transport disponible. Êtes-vous d'accord?

— Je ne peux pas marchander avec vous, répondit vivement Meredith. Je vous écouterai et j'essayerai de vous répondre. C'est tout.

Nicholas Black rit insolemment.

— Vous vous esquivez déjà, vous voyez. Mais j'accepte quand même. Je connais toute votre argumentation sur la question de l'usage et de l'abus du corps. Dieu le créa pour la procréation des enfants d'abord, et puis pour le commerce d'amour entre l'homme et la femme. C'est le but. Tous les actes de notre corps doivent se conformer à cette fin, et tout le reste est péché. Le péché selon la nature est un acte d'excès de l'instinct naturel... comme de dormir avec une jeune fille avant de l'épouser, ou de désirer la femme d'un autre. Désirer un garçon, de la même façon, est un péché contre nature... Il sourit sardoniquement au visage pâle et attentif du prêtre. Est-ce que je vous surprends, Meredith? J'ai eu la tête farcie de Thomas d'Aquin, moi aussi. Mais il y a une colle, et voilà ce à quoi je veux que vous répondiez. Et ma nature? Je suis né ainsi. J'étais un jumeau. Si vous aviez vu mon frère avant sa mort, vous auriez vu le mâle parfait — le mâle excessif, si vous voulez. Quant à moi... Ce que j'allais être n'était pas tout à fait clair. Mais je l'ai compris assez tôt. C'était dans ma nature d'être plus attiré par les hommes que par les femmes. Je n'ai pas été séduit dans une salle de douches ou tenté par de l'argent dans un bar. Je suis fait ainsi. Je ne peux le changer. Je n'ai pas demandé à naître. Je n'ai pas demandé à naître tel que je suis — Dieu sait que j'ai assez souffert à cause de cela. Mais qui m'a fait? Selon vous, c'est Dieu! Ce que je désire et ce que je fais est conforme à la nature qu'Il m'a donnée...

Dans le feu de la discussion, son attitude était passée de l'insulte sardonique à un appel à la compréhension. Il en était inconscient lui-même, mais Meredith le remarqua très vite et il eut honte, encore une fois, de son manque de jugement. Là, le lieu et le moment lui avaient été propices, mais de nouveau, semblait-il, par manque de sagesse et de sympathie, il les avait mal utilisés. Le peintre enchaîna, les mots se déversant de sa bouche en un flot amer.

— ... Vous-même, regardez-vous! Vous êtes prêtre. Vous savez fichtrement bien que si j'entreprenais de séduire en ce moment une fille au lieu du jeune Paolo, vous auriez eu une opinion toute différente. Vous m'auriez désapprouvé, bien sûr! Vous m'auriez fait un discours sur la fornication et tout le reste. Mais vous n'auriez pas été aussi mécontent. J'aurais été normal... selon la nature! Mais je ne suis pas fait ainsi. Dieu ne m'a pas créé ainsi. Mais ai-je besoin de moins d'amour? De moins de satisfaction? Ai-je moins le droit de vivre dans le contentement, parce que quelque part au cours de sa création le Tout-Puissant a glissé d'un cran?... Quelle est votre réponse à cela, Meredith? Quelle est votre réponse pour *moi?* Me mettre la ceinture et m'adonner au badminton et attendre qu'on fasse de moi un ange dans le ciel, où on n'a plus besoin de cela?... Je suis solitaire! J'ai besoin d'amour, comme le premier venu! Mon genre d'amour! Dois-je vivre dans une cellule matelassée jusqu'à ma mort? Vous êtes l'Église et l'Église a toutes les réponses. Donnez-moi celle que je réclame!

Il se tut et s'assit, attendant, son silence défiant Meredith bien plus que son flot d'invectives. Meredith regarda le petit tas de miettes sur son assiette et choisit les mots pour formuler sa réponse. Il essaya de réciter une muette prière pour cette âme dénudée devant lui, mais la prière, comme l'argument qu'il proposa, semblait étrangement aride et impuissante. Au bout d'un moment il répondit gravement :

— Vous me dites que vous avez été catholique. Même si vous ne l'aviez pas été, vous comprendriez les mots et ce qu'ils signifient. A votre problème — et à un tas d'autres — il n'y a de réponse qui n'implique un mystère et un acte de foi. Je ne puis vous dire pourquoi Dieu vous a fait tel que vous êtes, pas plus que je ne puis vous dire pourquoi il a planté un carcinome dans mon estomac pour me faire mourir dans la souffrance, tandis que d'autres hommes meurent paisiblement en dormant. Les crans dans la création semblent glisser tout le temps. Des enfants naissent avec deux têtes, des mères de famille deviennent folles et courent, avec des couteaux à la main, les hommes meurent de la peste, de la famine et de l'orage. Pourquoi? Dieu seul le sait.

— S'il y a un Dieu.

— J'accepte le si, répondit Meredith avec un tranquille intérêt. S'il n'existe pas de Dieu, alors l'univers est un chaos sans aucune signification. Vous y vivez aussi longtemps et aussi agréablement qu'il vous est possible, en cherchant à en tirer le meilleur parti possible. Vous prenez votre Paolo et vous êtes heureux avec lui — la police et la société le permettant. Je ne peux me disputer avec vous. Mais, s'il y a un Dieu — et je crois qu'Il existe — alors...

— Ne me dites pas le reste, Monseigneur, dit le peintre amèrement. Je le connais par cœur. Quel que soit le sanglant désordre auquel aboutisse la création, vous l'acceptez et l'aimez, parce que c'est une Croix dont Dieu charge vos épaules. Si vous la portez assez longtemps, on fera de vous un saint comme Giacomo Nerone. Ce n'est pas une réponse, Meredith.

— En avez-vous une meilleure, monsieur Black?

— J'en ai une, en effet. Gardez votre croix et votre cilice, Meredith. Moi je prends l'argent comptant et je renonce au reste!

Il repoussa sa chaise, se leva de table et sans dire un mot de plus rentra dans la maison. Blaise Meredith essuya ses mains moites avec sa serviette et prit une gorgée de vin pour humecter ses lèvres sèches. Il fut surpris de trouver le vin soudainement aigre, comme du vinaigre sur une éponge.

XII

Au début du même après-midi, dans la petite masure nichée dans le bouquet de houx, Nina Sanduzzi parlait avec le Monseigneur de Rome. Ils s'étaient assis chacun d'un côté de la table rudimentaire et bien brossée, à mi-chemin entre la porte ouverte et le grand lit de cuivre où Giacomo Nerone avait dormi et où son fils était né. Après la chaleur brûlante de l'extérieur, la chambre était fraîche et sombre, et même le vacarme des cigales était assourdi jusqu'à devenir monotone et à peine perceptible.

La marche à travers la colline avait vite fatigué Meredith; son visage était livide, ses lèvres exsangues, et une petite douleur lui nouait le creux de l'estomac. Nina Sanduzzi le regardait avec une légère pitié. Elle avait très peu l'expérience des prêtres et ceux qu'elle connaissait, comme le Père Anselmo, étaient très peu recommandables. Mais celui-ci était différent; il devait avoir de la compréhension et de la délicatesse. Il ne violerait pas trop rudement l'intimité de son passé avec Giacomo. Néanmoins, elle était circonspecte et lorsqu'il commença à l'interroger, elle répondit brièvement et sans douceur. Meredith de son côté s'appliquait à être délicat.

— Je veux que vous compreniez quelque chose,

avant tout : il y a des questions qui doivent être posées. Quelques-unes d'entre elles peuvent paraître étranges, brutales même. Je les pose, non pas parce que je pense du mal de Giacomo, mais parce que nous devons essayer de tout savoir, le bon et le mauvais sur cet homme. Comprenez-vous cela, *signora?*

Elle inclina calmement la tête.

— Il vaut mieux m'appeler par mon nom de Nina. Le docteur le fait et vous êtes son ami.

— Je vous remercie, Nina. Maintenant, Nina, selon mes renseignements, peu de temps après son arrivée à Gemello, Nerone et vous, vous avez commencé à vivre ensemble.

— Nous étions amants, répondit Nina, ce n'est pas tout à fait la même chose.

Meredith, l'homme de loi, sourit, là où autrefois il aurait pu froncer les sourcils. Il continua :

— Vous étiez catholique, Nina. Giacomo aussi. N'avez-vous pas songé que c'était un péché contre Dieu?

— Quand vous êtes seule, Monseigneur, quand la peur est juste derrière la porte et que l'hiver vient et que demain, vous pouvez ne pas être vivant, vous pensez à ces choses et vous oubliez le péché.

— On ne peut jamais l'oublier tout à fait.

— Pas tout à fait. Mais lorsque ces choses arrivent si souvent — même à des prêtres — elles ne vous paraissent pas si mauvaises.

Meredith inclina la tête. Une semaine plus tôt, il aurait pu moins comprendre et en dire davantage. A présent il savait que le cœur a des raisons plus profondes que la plupart des prédicateurs ne l'ont jamais su. Il demanda encore :

— Vos relations avec cet homme — vos relations physiques — étaient-elles normales? Vous a-t-il jamais demandé ce qui ne devrait pas être permis entre hommes et femmes?

Elle le regarda avec un étonnement qui dura un moment. Puis elle releva fièrement la tête.

— Nous nous aimions, Monseigneur. Nous avons fait ce que font les amants et nous étions contents l'un de l'autre. Que pouvait-il avoir d'autre?

— Rien, répondit Meredith avec hâte. Mais si vous vous aimiez tant, pourquoi ne vous êtes-vous jamais mariés? Vous alliez avoir un enfant. N'aviez-vous aucun devoir envers lui? Qu'en pensait Giacomo Nerone?

Pour la première fois depuis qu'il la connaissait, il vit un sourire s'épanouir sur ses lèvres et illuminer ses yeux. C'était comme un reflet de l'ancienne Nina — celle qui avait désiré tenir un homme dans ses bras et était prête à affronter le bourreau pour l'avoir. Elle lui répondit dans un dialecte animé et coloré :

— Vous posez tous la même question, comme si elle était grosse et importante, quand ce n'est qu'une verrue sur un melon vert. Vous ne comprenez pas comment c'était en ce temps-là. Seul le jour que l'on vivait était certain. Le lendemain la police pouvait venir ou les Allemands ou les Anglais... Nous pouvions tous mourir du *tifo* ou de malaria. Un anneau au doigt ne signifiait rien. J'avais un anneau, mais pas d'homme pour aller avec l'anneau.

— Giacomo refusait-il de vous épouser?

— Je ne le lui ai jamais demandé. Plus d'une fois, il m'a dit qu'il m'épouserait si je le voulais.

— Et vous ne vouliez pas?

Encore une fois, l'ancienne flamme étincela dans ses yeux et le fier sourire grec releva les coins de ses lèvres.

— Vous ne comprenez pas encore, Monseigneur. J'avais eu un mari autrefois. Je voulais le garder et l'armée l'a emmené et il a été tué au loin. Pour le moment j'avais un homme. S'il avait voulu s'en aller il serait parti et aucun anneau ne l'aurait retenu. Si la police ou les soldats l'avaient pris, il aurait été encore perdu pour moi. Le mariage pouvait venir plus tard, si jamais cela était assez important. De plus, Giacomo parlait souvent d'autre chose...

— Qu'était-ce?

— Il s'était mis dans la tête qu'un jour, bientôt, quelque chose lui arriverait. Il était déserteur et si les Anglais gagnaient la guerre, ils l'arrêteraient. Les fascistes étaient encore actifs et pouvaient l'arrêter. Ou les Allemands. S'il était pris, je n'aurais jamais su s'il était vivant ou mort. Il voulait que je reste libre, pour pouvoir me remarier. Libre, pour le renier afin qu'ils ne puissent pas nous punir moi et l'enfant.

— Cela était-il important pour vous, Nina?

— Pour moi, non. Mais pour lui, oui. Si cela le rendait heureux de juger ainsi, j'étais heureuse aussi. Rien d'autre ne comptait. Avez-vous jamais aimé, Monseigneur?

— Jamais, je crains. Les lèvres minces de Meredith se plissèrent dans un sourire. Il vous faudra être patiente avec moi, Nina... Dites-moi, lorsque vous viviez ensemble, quelle sorte d'homme était Giacomo? Était-il bon pour vous?

C'était presque étrange de voir comme les souvenirs refluaient vers elle et comme son corps semblait reprendre vie telle une fleur sous la pluie. Dans sa voix même, on percevait une sorte de splendeur.

— Quelle sorte d'homme?... Comment voulez-vous que je réponde à cela, Monseigneur? Tout ce que peut désirer une femme se trouvait en cet homme. Il était fort dans le lit et pourtant aussi doux qu'un bébé. Il pouvait être si fâché qu'on tremblait devant son silence, et pourtant il n'a jamais levé la main sur moi, ni haussé la voix. Quand je le servais, il en était reconnaissant et me remerciait comme si j'étais une princesse. Lorsque j'avais peur, il me faisait rire, et lorsqu'il riait, c'était comme le soleil à son lever, le matin. Il n'avait peur de personne et de rien, sauf de me voir peinée...

— Et cependant, lui dit Meredith avec une brutalité voulue, il vous a quittée quand vous étiez enceinte et n'a plus jamais vécu avec vous de nouveau.

La tête de Nina se releva, fière comme une déesse de marbre au soleil.

— Nous avons vécu ensemble en nous aimant et nous nous sommes séparés en nous aimant — et il n'y eut jamais un jour dans la suite où je ne l'aie aimé.

L'hiver se traîna dans une longue alternance d'orages et de calmes glacés. Il y eut beaucoup de maladies au village et dans les montagnes. Quelques-uns moururent, d'autres guérirent — mais lentement, à cause de l'humidité et de l'air insalubre des masures fermées et parce que la nourriture diminuait chaque jour un peu plus.

Il y eut une fois une épidémie qui se manifesta par des taches sur le corps, des yeux rouges et de la fièvre. Nina elle-même l'attrapa, et elle se souvenait du docteur et de Giacomo, parlant gravement, dans un coin de la chambre, de quelque chose qu'ils appelaient *rubella.* Mais elle en guérit bientôt et n'y pensa plus.

Giacomo même montrait des signes de la fatigue de ce long hiver. La chair avait fondu sur sa puissante ossature, ses joues brunes et barbues étaient creuses et ses yeux, enfoncés et rouges, lorsqu'il rentrait péniblement le soir à la maison, après une journée dans les collines.

Nina, avec les nausées constantes et la fatigue qui accablent certaines femmes au début de la grossesse, se sentit dégoûtée par la monotonie de la nourriture, et tandis que son corps s'épaississait lentement, elle se trouva même peu disposée aux yeux de l'amour, alors qu'elle s'y était tellement et si franchement délectée antérieurement. Ces deux choses la tourmentaient. Un homme est un homme et il a besoin d'être apaisé et satisfait, quoi que puisse ressentir sa femme. Mais Giacomo ne ressemblait pas aux hommes de sa race à elle. Il était doux avec elle lorsqu'elle était malade. Il lui préparait lui-même des plats pour la tenter. Si elle n'était pas disposée à le satisfaire, il ne la forçait pas et, durant les longues nuits lugubres, quand l'orage grondait, il lui racontait pour la distraire des histoires sur des pays et sur des gens étranges, des villes, où les maisons s'élevaient comme des blocs presque jusqu'au ciel.

Elle l'aimait encore davantage, pour ses attentions, d'autant plus qu'elle lui connaissait des soucis personnels : des problèmes qui le tenaient éveillé la nuit et le préoccupaient le jour. Il en parlait quelquefois avec elle, cherchant la phrase exacte en dialecte pour bien s'expliquer. En cela aussi, il ne ressemblait pas aux hommes de sa race à elle, qui prenaient conseil dans la boutique du marchand de vins et non auprès de leurs femmes, parce qu'une femme était censée ne rien connaître, à part la maison, le lit et les plus simples aspects de la religion. Mais Giacomo parlait librement, de telle sorte qu'elle se sentait sage et forte auprès de lui.

— Écoute, Nina *mia,* tu sais qu'il arrive quelquefois qu'un homme fasse une chose qui le fait haïr par sa femme, parce qu'elle ne comprend pas le motif?

— Je sais, *caro mio,* mais moi je te comprends. Pourquoi t'en tourmenter?

— Quoi que j'aie fait, tu m'aimerais encore?

— Toujours.

— Alors, écoute donc, Nina. Ne m'arrête pas, car c'est difficile à dire. Lorsque j'aurai terminé, tu me diras si tu as compris ou non. Pendant longtemps, j'ai été un homme perdu. J'étais comme un Calabrais se tenant au beau milieu de Rome et demandant à chacun : « Qui suis-je? D'où suis-je venu? Où vais-je? » Personne ne lui répond, bien entendu, parce qu'on ne le comprend pas... Et même si on l'avait compris, lui n'aurait pas compris, car il ne parle pas la langue romaine. Cela n'a pas toujours été ainsi. Il fut un temps où j'étais comme toi. Je savais que je venais de Dieu et qu'à la fin je retournerais à Lui, que je pouvais Lui parler à l'église et Le recevoir en moi dans la communion. Je pouvais mal faire et cependant être pardonné. Je pouvais errer un peu et cependant revenir toujours dans le droit chemin... Puis soudain, il n'y eut plus de chemin. Rien que les ténèbres et des voix me criant : par ici! par là! J'ai suivi les voix dans une obscurité plus profonde encore, et là il y eut d'autres voix. Mais pas de chemin. J'étais perdu. Il n'y avait plus ni Dieu, ni Église, ni endroit pour aller à la fin. J'étais ton Calabrais, criant dans une ville d'étrangers... Quand cela m'arriva à Messine, je ne pouvais pas faire comme les autres et dire : c'est la guerre! C'est le prix de la paix! Je l'oublierai et continuerai à me battre pour ce en quoi je crois. Je ne croyais en rien — ni à la guerre, ni à la paix, à rien du tout! Il n'y avait qu'un enfant, une femme et un vieil homme, que j'avais tués sans aucune raison valable... Alors je commençai à courir, et soudain, sans savoir pourquoi, ni comment, je me trouve ici avec toi — chez moi de nouveau. Mais rien n'est tout à fait pareil. Je suis changé. Il ne fait plus noir, mais brumeux, comme dans la vallée aux premières lueurs grises du matin. Je te vois, je te connais et je t'aime, parce que tu es toute proche et que tu m'aimes aussi. Mais au dehors c'est la brume et l'étrangeté. Les gens mêmes sont autres. Ils me regardent avec des yeux étonnés. Sans que j'en comprenne la raison, je suis pour eux un grand bonhomme. Ils comptent sur moi. Je suis leur Calabrais qui a été dans la grande ville et l'a vue tout entière, qui connaît le Pape et le Président et la manière de réaliser quelque chose. Je suis leur homme de confiance. J'en devrais être fier, mais je ne le suis pas, parce que je marche dans la brume, ne sachant toujours pas d'où je viens, où je vais ni ce que je devrais faire... Peux-tu me comprendre, Nina? Ou est-ce que je parle comme un fou?

— Tu me parles avec amour, *caro mio,* et mon cœur comprend.

— Comprendras-tu ce que je vais te demander?

— Lorsque tu me tiens ainsi et que je sens ton amour dans tes mains et dans ta voix, rien n'est difficile.

— Il m'est difficile de te le dire... Quand viendra le printemps et que la vie sera plus facile, je voudrais te quitter — m'éloigner pour quelque temps.

— Non, *caro mio!*

— Pas loin de cette vallée. Mais de cette maison.

— Mais pourquoi, *caro mio?* Pourquoi?

— Pour deux raisons, et la première me concerne personnellement. Je veux me trouver un petit coin caché — le construire s'il le faut de mes mains. Je veux vivre là, seul avec ce Dieu dont je ne peux plus entrevoir le visage. Je lui dirai : « Regardez-moi, je suis perdu. Si vous êtes là, éclairez-moi. Montrez-moi ce que je suis, d'où je viens, où je vais. Ces gens qui sont Vos créatures, qui Vous connaissent — pourquoi se tournent-ils vers moi et non vers Vous pour être aidés? Ai-je sur le front un signe que je ne puis distinguer? Si je l'ai, dites-moi ce qu'il signifie... Je dois faire cela, *cara*.

— Et qu'adviendra-t-il de moi et de ton enfant?

— Je serai ici tout le temps. Je te verrai souvent si Dieu se manifeste à moi, je Lui parlerai pour toi — parce que s'Il sait absolument tout Il sait que je t'aime.

— Et pourtant tu t'en vas loin de moi?

— Il y a de l'amour en cela aussi, Nina, plus d'amour que tu n'imagines. Et une raison importante aussi. Quand viendra le printemps, les armées se mettront de nouveau en mouvement. Les Allemands d'abord et des combats se dérouleront au sud d'ici. Les partisans y prendront part pour harceler les Allemands, et les Alliés devront les repousser à la fin. Tous, ou presque tous, finiront par venir à tour de rôle à Gemello. J'attirerai leur attention à cause de ma situation ici — Giacomo Nerone, l'homme de confiance, l'homme grand et brun. Si j'ai de la chance. ils m'accepteront et je pourrai aider les villageois. Sinon, l'un ou l'autre d'entre eux m'arrêtera — et peut-être, me tuera.

— *Dio!* Non!

— Cela peut arriver, Nina. C'est peut-être cela qui se trouve derrière les brumes, et qui me fera voir le visage de Dieu en même temps que celui du bourreau. Je ne sais pas. Mais, quels que soient les événements, nous devons être séparés quand viendra le printemps. Tu ne peux te compromettre avec moi, à cause de l'enfant. Si je suis arrêté, Meyer prendra soin de toi. Sinon, je serai ici pour veiller sur toi. Et, si tout se termine bien, je t'épouserai et je donnerai mon nom au garçon. Vous êtes miens tous les deux et je vous aime et je ne vous laisserai pas souffrir, ni pour moi ni pour les autres.

— Je souffrirai de toute manière, lorsque tu ne seras pas ici.

— Moins de cette façon que de l'autre, Nina. Il y aura tant de haine que tu ne pourras le croire. J'ai vu tout cela déjà et c'est vraiment affreux.

— Serre-moi, *cario mio!* Serre-moi! J'ai peur.

— Repose-toi dans mes bras, *carissima*, et écoute battre mon cœur. Je suis ton homme de confiance aussi, et tu peux dormir en sécurité.

— Maintenant, peut-être, mais quand tu seras parti?

— Je ne serai jamais tout à fait parti, Nina *mia*. Jamais, jusque dans l'éternité...

La simplicité biblique de son récit était plus puissante que toute rhétorique, et Blaise Meredith, l'homme desséché des Congrégations, s'y trouva entraîné comme une brindille dans un torrent. Même à travers le rude dialecte, les paroles de Nina résonnaient comme les vers d'un poète dans la bouche d'un amant, longtemps chéri et survivant dans le souvenir. Derrière eux, le visage de Giacomo Nerone prenait forme et s'affirmait dans la réalité, visage émacié, sombre et douloureux, à la bouche tendre, aux yeux profonds, pleins de douceur. Le visage d'un chercheur, un de ces hommes sur qui pèse le fardeau des mystères et qui parvient parfois à une grande sainteté.

Mais ceci ne suffisait pas aux vieux avocats de la Congrégation des Rites, aux inquisiteurs du Saint Office. Il leur en fallait bien plus que cela, et Blaise Meredith devait s'en charger. Ainsi, avec plus de douceur, mais non moins d'insistance il interrogea encore Nina Sanduzzi.

— Quand vous a-t-il quittée?

— Après le dégel, quand éclata le printemps.

— Et jusqu'au moment où il vous a quittée, il a dormi avec vous, fait l'amour avec vous?

— Oui, pourquoi?

— Rien. C'est une question qui doit être posée.

Mais, ce que Meredith ne dit pas à Nina, c'est ce que cela lui prouvait, à lui, Meredith. Nerone, à cette époque, était toujours un homme dans les ténèbres, un chercheur peut-être, mais un homme qui n'avait pas encore trouvé son Dieu, ni fait l'acte d'abandon à Sa volonté. Il y avait de l'amour en lui, mais ce n'était qu'un symbole encore vague de l'amour qui est le commencement de la sainteté.

— Et après son départ, que s'est-il passé?

— Il monta jusqu'au col de la vallée à l'endroit où se trouvent les cavernes, et il commença à construire sa masure. Il dormait dans une caverne pendant ce temps et préparait lui-même sa nourriture, et pendant la journée, faisait ce qu'il avait fait tout l'hiver, parcourait la vallée, travaillant pour ceux qui ne le pouvaient pas, soignant les malades, apportant la nourriture à ceux qui en avaient besoin.

— Le voyiez-vous durant ce temps?

— Il venait tous les jours, comme il l'avait promis.

— Avait-il quelque peu changé?

— A mon égard, non. Sauf qu'il était encore plus doux et plus attentionné.

— Avez-vous fait l'amour?

Elle sourit encore une fois avec une légère pitié pour son ignorance de prêtre.

— J'étais enceinte de l'enfant, Monseigneur. J'étais calme et satisfaite... et il ne le demandait pas.

— Avait-il personnellement changé?

— Oui. Il avait encore maigri plus que jamais. Ses yeux s'étaient profondément enfoncés et il n'avait que la peau et les os. Mais il était toujours souriant et bien plus heureux que je ne l'avais jamais vu.

— A-t-il dit pourquoi?

— Au commencement, non. Puis un jour il prit mes mains dans les siennes et dit : « Je me suis retrouvé, Nina. Je me suis retrouvé de nouveau. » Il s'était rendu à Gemello Maggiore pour se confesser au jeune Père Mario, et me dit qu'il se préparait à communier le dimanche. Il me demanda si je voulais l'accompagner à l'église le même jour.

— Y êtes-vous allée?

— Non. Le samedi, les Allemands arrivèrent et établirent leur quartier général dans la villa...

Ils arrivèrent le matin, de bonne heure, tandis que l'on se frottait encore les yeux de sommeil au village. Une voiture blindée conduite par un sergent, avec un capitaine à l'air préoccupé assis à l'arrière. Deux camions de troupes et une quatrième voiture chargée de munitions et de fournitures. Ils secouèrent la route poussiéreuse de leurs moteurs vrombissants, inspectèrent un peu la rue étroite du village avec un vacarme de débrayages et quelques étranges jurons, puis se dirigèrent tout droit, du côté de la dernière colline, vers la villa de la comtesse de Sanctis.

Nina Sanduzzi les entendit venir, mais leur prêta peu d'attention. Lourde de sommeil et plongée dans la lointaine expectative d'une femme qui sent pour la première fois la vie remuer en elle. Elle ne fut complètement réveillée qu'en entendant des coups pressés frappés à sa porte et la voix d'Aldo Meyer lui demandant d'ouvrir.

Lorsqu'elle l'eut fait entrer, elle fut surprise de le voir habillé pour la route, avec de lourdes bottes, une veste en peau de mouton et un ballot accroché aux épaules. Il demanda d'abord à manger, et, pendant qu'elle s'affairait à lui préparer quelque chose, il se mit à lui parler en phrases rapides et précises, mi-effrayé, mi-exalté.

— Lorsque vous verrez Giacomo, dites-lui que j'ai déguerpi. Les Allemands sont ici et ils ne tarderont pas à savoir qu'il y a un juif dans la vallée. S'ils m'attrapent, ils m'enverront dans le nord, vers les camps de concentration. J'emporte mes instruments et quelques médicaments mais j'en ai laissé une provision pour Giacomo dans la grande boîte sous mon lit.

— Mais où allez-vous, *dottore?*

— Plus à l'est, dans les collines, du côté de San Bernardino. C'est une cachette de partisans et je suis en contact avec eux depuis quelque temps. Leur chef est un homme qui se fait appeler Il Lupo. Je crois qu'il est venu du nord spécialement pour cette tâche. Il paraît être un homme entraîné. Il possède des fusils, des munitions et un bon système de communications. Si Giacomo désire m'atteindre, dites-lui de suivre la route de San Bernardino pendant une dizaine de kilomètres, puis de tourner à l'endroit qu'on appelle le Rocher de Satan. C'est là que se trouvent les premiers postes de sentinelles des partisans. Il devra grimper jusqu'au sommet du rocher, s'asseoir, allumer une cigarette, puis prendre son mouchoir et le nouer autour de son cou. Quelqu'un viendra alors prendre contact avec lui. Avez-vous bien compris cela? C'est important. S'il l'oublie, on peut tirer sur lui.

— Je n'oublierai pas.

Elle posa sur la table devant lui du café, du pain et du fromage, et pendant qu'il mangeait, elle prépara un petit paquet de nourriture et le mit dans son havresac. C'est seulement quand elle vit le pistolet et sentit les formes dures des munitions, qu'elle comprit ce que Giacomo lui avait dit. La guerre entrait à Gemello Minore et toute la haine et la tuerie aussi.

La bouche pleine de pain et de fromage, Meyer lui dit :

— J'ai essayé de décider Giacomo à venir avec moi et de vous emmener aussi. Les Allemands ne seront pas beaucoup plus aimables avec lui qu'avec moi. Il peut être fusillé comme espion.

— Qu'a répondu à cela Giacomo?

— Il a ri et m'a répondu qu'il connaissait les Allemands mieux que moi. J'espère qu'il a raison. A quel moment de la journée le voyez-vous habituellement?

Elle haussa les épaules et fit un geste vague de la main.

— C'est variable. Parfois tôt dans la journée, parfois tard, mais il vient régulièrement.

Meyer la regarda, railleur, par-dessus sa tasse.

— Êtes-vous heureuse de cet arrangement, Nina?

— Je suis heureuse avec Giacomo. Il n'y a jamais eu un homme comme lui.

Meyer sourit aigrement.

— Vous pourriez avoir raison en cela. Savez-vous ce qu'il fait là-haut dans sa masure?

— Il prie. Il médite. Il travaille dans son jardin... quand il ne travaille pas pour quelqu'un d'autre ou qu'il ne se trouve pas dans les collines. Pourquoi demandez-vous cela?

— Je suis monté là-haut l'autre soir pour le chercher et lui parler de cette histoire. Je l'ai appelé, mais en vain quoique la lampe fût allumée. Je suis entré et l'ai trouvé agenouillé sur le sol au milieu de la masure, les bras étendus, les yeux fermés, la tête rejetée en arrière et les lèvres remuant. Je lui ai parlé mais il ne m'a pas entendu. Je me suis approché de lui et l'ai secoué, mais son corps était tout à fait raide. Je n'ai pas pu le remuer. Je suis parti quelques instants après.

Les yeux sombres de Nina n'exprimèrent aucune surprise. Elle inclina la tête et dit tout à fait négligemment :

— Il m'a dit qu'il prie beaucoup.

— Et ne mange pas grand-chose, dit Meyer avec une légère irritation.

— C'est vrai. Il est devenu très maigre. Mais il dit que la prière lui donne la force dont il a besoin.

— Il devrait prendre davantage soin de lui-même. Beaucoup de gens dépendent de lui. A présent que les Allemands sont ici, ils en dépendront bien plus. Cette histoire de prière est bien dans son genre, mais les hommes deviennent fous quand ils prient beaucoup.

— Croyez-vous que Giacomo soit fou?

— Je n'ai pas dit cela. Il est étrange, voilà tout.

— Peut-être parce qu'il n'y a pas beaucoup d'hommes bons autour de nous. Nous avons oublié à quoi ils ressemblent.

Meyer rit tout bas et s'essuya les lèvres du revers de sa main.

— Vous pourriez avoir raison, Nina *mia*.

Il se leva et rajusta son sac sur les épaules.

— Bon, je dois me mettre en route. Merci pour le déjeuner et tout le reste. Dites à Giacomo ce que je vous ai dit.

— Je le lui dirai.

Il posa ses mains sur les épaules de Nina et l'embrassa sur les lèvres. Elle ne le repoussa pas, car elle l'aimait bien et parce que c'était un homme qui partait pour sa guerre personnelle.

— Bonne chance, *dottore*.

— Bonne chance, Nina *mia*. Vous le méritez.

Elle resta à la porte et le regarda descendre vers la

vallée. Elle songea qu'il n'avait jamais semblé aussi jeune, ni aussi vivant, et se demanda avec nonchalance ce qui serait arrivé si Giacomo Nerone n'était pas venu à Gemello Minore.

Mais Giacomo était là, et sa présence remplissait toute sa vie, et, lorsqu'il vint la voir ce jour-là, juste avant le déjeuner, elle se jeta dans ses bras désespérément et pleura sur son épaule. Il la garda ainsi jusqu'à ce qu'elle se fût calmée, puis se dégagea avec douceur et l'écouta répéter ce que lui avait dit Meyer ainsi que son message. Il l'écouta gravement et dit :

— J'ai essayé de l'en dissuader. Ces Allemands ne sont pas nombreux, un détachement de patrouille, rien de plus. Ils n'ennuieront pas beaucoup les gens. Mais Meyer a attendu si longtemps sa guerre personnelle, qu'il ne peut voir au-devant de quoi il va.

— Cela lui fera probablement du bien, *caro mio;* je l'ai vu partir, heureux comme un jeune homme qui va à la chasse.

Nerone secoua gravement la tête et son visage s'assombrit.

— Meyer n'est pas l'homme qu'il faut pour cette bande. J'ai entendu parler de ce Il Lupo et je peux deviner d'où il vient. C'est un professionnel, et il a été entraîné en Russie. Il veut plus qu'une victoire. Il veut un État communiste en Italie. Quand les Allemands seront repoussés et que les Alliés entreront, il leur demandera le contrôle de l'administration civile. Il l'obtiendra probablement, d'après ce que l'on sait de leurs accords. Meyer s'est fourvoyé. Il s'imagine que Il Lupo a besoin d'un autre homme de plus à enrôler. Mais Il Lupo a besoin d'un homme, pour l'utiliser par la suite. Je me demande ce qui arrivera lorsque Meyer s'en rendra compte.

Giacomo haussa les épaules et sourit en posant ses mains ouvertes sur la table.

— De toute façon, c'est fait maintenant. Et nous avons notre propre tâche à accomplir ici.

Elle apporta un grand bol de pâtes, le posa sur la table et resta auprès de lui pendant qu'il mangeait, remarquant comme il se servait modérément et combien peu de sauce piquante il avait pris pour l'assaisonnement.

— Et toi, que vas-tu faire, Giacomo?

— Ce que je fais en ce moment, sauf que j'ai dû faire entrer les Allemands dans mes calculs. Je suis monté voir la comtesse il y a deux jours.

Il ne lui en avait pas parlé et elle en ressentit une peine soudaine et une vive jalousie. C'était comme si elle le voyait retourner dans un monde qu'il avait quitté, un monde où il eût été perdu, perdu pour elle et où elle ne pourrait jamais l'atteindre. Mais elle ne dit rien et attendit la suite.

— J'ai avoué à la comtesse que je suis Anglais. Je lui ai laissé croire, sans le lui dire, que je suis un agent, envoyé ici pour préparer la voie des Alliés. Elle a été contente de me voir. Elle se trouve dans une situation embarrassante. Je lui ai suggéré de me nommer intendant de son domaine afin qu'il me soit possible de parler au commandant allemand presque d'égal à égal. Elle m'a donné une chambre dans les logements des domestiques.

— Tu vas habiter la villa?

— J'y ai une chambre. J'y dormirai quand il le faudra. Mais j'obtiendrai un laissez-passer du commandant et je serai libre d'aller et de venir. J'en aurai besoin. Toute la villa a été transformée en un véritable camp retranché.

— C'est charmant pour la comtesse! lui dit Nina avec une soudaine méchanceté. Elle pourra changer d'homme chaque soir.

Le visage de Nerone s'assombrit. Il tendit les bras,

lui prit les mains et l'attira doucement vers lui.

— Ne disons pas cela, *carissima*. C'est une femme étrange, solitaire, avec un feu dans le sang, qu'aucun homme n'a été capable d'apaiser encore. C'est une torture et non une plaisanterie. Pourquoi lui jetterions-nous la pierre, nous qui avons tant reçu en partage?

— Elle dévore les hommes, *caro mio*. Et je ne veux pas qu'elle te dévore.

— Elle aura une indigestion, si elle essaye, répondit-il avec un sourire.

Mais après son départ, la peur resta en elle, et elle se réveillait souvent la nuit, rêvant que Giacomo l'avait quittée et avait épousé la femme du haut de la colline, au ventre plat, qui n'avait jamais porté d'enfant, la femme à la bouche pincée et aux yeux dévorants...

— ... Je dois encore vous demander autre chose, dit Blaise Meredith de sa voix sèche. Durant cette période, Giacomo Nerone a-t-il accompli ses devoirs religieux? Est-il allé à la messe et s'est-il approché des Sacrements?

Nina Sanduzzi inclina la tête.

— Chaque fois qu'il en avait la possibilité, sauf lorsqu'il y avait des malades dans les montagnes, ou des soldats égarés qu'il fallait cacher aux Allemands. Il allait à la messe ici tous les dimanches et cela me permettait de le voir, bien que nous ayons convenu de ne pas nous asseoir à côté l'un de l'autre et de ne pas nous saluer, à cause de quelques Allemands qui se trouvaient là. Ils venaient, semble-t-il, d'une partie de l'Allemagne où les catholiques sont nombreux. Quand Giacomo voulait se confesser, il traversait la vallée pour aller chez le jeune Père Mario.

— Mais pas au Père Anselmo.

Elle secoua la tête.

— Le Père Anselmo ne l'aimait pas. Ils échangeaient des paroles désagréables, quelquefois, lorsque le Père Anselmo refusait de sortir pour des malades, après le couvre-feu.

— Et que disait Giacomo du Père Anselmo?

— Qu'on devait le plaindre et prier pour lui, mais que les hommes qui l'avaient envoyé ici seraient sévèrement jugés. Que Jésus a fondé Son Église comme une maison pour que toute sa famille y vive, mais que certains hommes — des prêtres même — en faisaient comme un marché et une boutique de marchand de vins. Que ceux-ci l'exploitaient comme un commerce et la remplissaient de leurs querelles et de leurs cris et même en salissaient le sol comme des ivrognes. Il disait que, n'était l'amour de Jésus et la protection du Saint-Esprit, elle tomberait en ruine après une génération. Que ce qu'il faut à chaque foyer c'est beaucoup d'amour et peu d'arguments. Et il avait raison.

— Je sais qu'il avait raison, approuva Meredith. Et il fut étonné de s'entendre parler avec une telle véhémence. A présent, dites-moi ce que Giacomo disait et pensait des Allemands?

Pour la première fois, la question semblait la faire hésiter. Elle y réfléchit un long moment, et puis répondit :

— Il a souvent parlé d'eux et parfois je trouvais que ce qu'il disait était difficile à comprendre. Il disait que les pays ressemblent aux hommes et aux femmes, et que les gens prennent le caractère du pays où ils vivent. Chaque pays a ses péchés et ses vertus particuliers. Que les Anglais sont un peuple sentimental mais dur et égoïste aussi, parce que vivant sur une île et voulant la garder pour eux seuls, comme ils l'ont toujours fait. Qu'ils sont polis, ont le sens de la justice, mais peu de charité. Quand ils se battent, c'est avec opiniâtreté et bravoure, mais ils oublient toujours que plusieurs de leurs guerres découlaient de leur égoïsme et de leur indifférence. Les Américains sont différents. Ils sont sentimentaux et durs, aussi, mais plus simples que les Anglais, étant une nation plus jeune et plus riche. Ils aiment posséder des choses, même lorsqu'ils ne savent comment en jouir. Et comme tous les hommes jeunes, ils sont enclins à la violence. Ils peuvent être facilement abusés par les voix retentissantes et la magnificence. Et s'abusent souvent eux-mêmes parce qu'ils aiment le son des mots, même s'ils n'en comprennent pas le sens. Les Allemands sont autre chose encore. Durs travailleurs, ils aiment l'ordre, la valeur, la capacité et en sont très fiers. Mais il y a en eux de la lourdeur et de la violence, qui se libèrent par la boisson, les grands discours et le besoin de s'imposer. Giacomo riait, et disait qu'ils aiment sentir Dieu dans leur ventre quand joue la grande musique.

— Est-ce tout?

— Non. Giacomo aimait bien parler ainsi. Il disait : vous devez écumer la soupe sinon elle tournera à l'aigre. Mais il revenait toujours au même point : quels que soient les gens — ou les pays — ils doivent vivre ensemble comme une famille. C'est ainsi que Dieu les a créés; et si un frère menace son frère d'un fusil, ils finiront par s'entretuer. Il y a des moments où chacun doit ravaler sa fierté et céder, être poli, lorsque l'on a envie de cracher au visage de quelqu'un. Et c'est ainsi qu'il a essayé de vivre avec les Allemands ici.

— A-t-il réussi?

— Je le crois. Nous avons vécu en paix. Nous n'avons pas été volés. Une jeune fille pouvait aller puiser l'eau à la citerne et revenir, en toute sécurité, à la maison. Parfois quand les partisans tombaient sur une patrouille allemande dans les collines, ils se battaient à mort, mais c'était toujours loin de Gemello. Le couvre-feu était imposé et nous restions chez nous le soir. Si des querelles éclataient, Giacomo parlait au commandant et la chose s'arrangeait. Quelque temps après, les Allemands s'en allèrent, descendant vers le Sud, et les partisans les suivirent, comme les loups suivent les troupeaux dans les Abruzzes.

— Et après?

— En mai nous apprîmes que Rome était tombée aux mains des Alliés, et au début de juin, Paolo naquit, et il naquit aveugle...

Les premiers signes avertisseurs apparurent en fin de matinée un jour que Giacomo se trouvait chez elle. Des signes légers, incertains, mais Giacomo était si inquiet qu'il insista pour appeler Carla Carrese, la sage-femme, et Serafina Gambinelli et Linda Tesoriero. Il les avait tellement pressées qu'elles vinrent en courant et en poussant des clameurs, mais lorsqu'elles virent que Nina était encore debout et ne souffrait pas du tout, elles entourèrent Giacomo, les mains sur les hanches, et se mirent à rire de lui. Nina riait aussi et fut surprise de voir le visage de Giacomo s'assombrir de colère. Sa voix, aussi, était irritée quand il les arrêta net :

— Vous êtes folles, toutes. Restez avec elle et ne la laissez pas. Je vais aller chercher le Dr Meyer.

Elles le regardèrent ébahies et Nina elle-même fut stupéfaite, parce que cette affaire d'enfantement ne concernait que les femmes. Les docteurs, c'était pour les gens malades, et elles savaient que, si tout marchait bien, un enfantement n'était qu'une simple affaire, même si elle était bruyante et suivie par un tas de réjouissances. Mais avant qu'elles aient eu le temps de lui dire tout cela, Giacomo était parti, maigre et inquiétante silhouette, fonçant vers la piste qui conduisait à la route de San Bernardino.

Nina se faisait du souci pour Giacomo à cause de la longue distance, mais les femmes se moquèrent d'elle et la rassurèrent. L'enfant serait né avant qu'il soit de retour, lui dirent-elles, le docteur et lui pourraient se saouler ensemble comme doivent le faire de bons amis, lorsque l'un d'entre eux devient père d'un resplendissant bambino.

Elles eurent, au moins à moitié, raison. L'enfant était né, lavé et enveloppé et dans ses bras, une heure avant le retour de Giacomo accompagné d'Aldo Meyer. Mais ils ne se comportèrent pas comme les autres hommes en pareille circonstance. Giacomo embrassa Nina et la garda un long moment dans ses bras. Aldo Meyer l'embrassa lui aussi, légèrement, comme un frère. Puis Giacomo lui enleva l'enfant des bras et le posa sur la table et tint la lampe tandis que Meyer auscultait le cœur, regardait dans les oreilles et soulevait les petites paupières en se penchant de plus en plus près pour les examiner.

Les femmes formaient un petit groupe près du lit et Nina se souleva sur les coussins pour demander, effrayée :

— Qu'est-ce qu'il a? Qu'est-ce que vous cherchez?

— Dites-le-lui, murmura Aldo Meyer.

— Il est aveugle, *cara*, répondit avec douceur Giacomo Nerone. Il est né avec une cataracte mûrissant dans ses yeux. C'est la fièvre que tu as eue, la maladie avec les taches, qu'on appelle *rubella*. Une femme qui contracte cette maladie le second ou le troisième mois de sa grossesse donne naissance quelquefois à un enfant aveugle ou sourd.

Elle mit presque une minute à comprendre le sens de ce que lui disait Nerone. Puis elle cria comme un animal et se cacha le visage dans les coussins, tandis que les femmes s'agitaient autour d'elle, en caquetant comme des poules pour la réconforter. Un moment après, Giacomo vint près d'elle et lui mit l'enfant dans les bras et essaya de lui parler, mais elle détourna son visage, car elle avait honte d'avoir donné un enfant aveugle à l'homme qu'elle aimait tant.

Puis, beaucoup plus tard, les femmes partirent et Giacomo vint près d'elle avec Aldo Meyer; elle s'était calmée et Meyer lui parla sobrement :

— C'est une chose triste, Nina; mais c'est arrivé et pour le moment on ne peut rien faire. Si les choses étaient différentes, j'aurais pu vous emmener à l'hôpital de Valenta, et, peut-être plus tard, à Naples pour voir un spécialiste et savoir s'il est possible de faire quelque chose. Mais la guerre n'est pas encore finie. On se bat toujours et les routes sont encombrées de réfugiés. Des unités allemandes en débâcle se battent pour se frayer un passage et retourner chez eux et les partisans les harcèlent. Naples est une scène de carnage et vous n'y seriez qu'une paysanne de plus sans personne pour vous aider; Giacomo est un homme en fuite et moi je suis lié à ma bande dans les montagnes. Ainsi, pour le moment il n'y a rien à faire, qu'attendre. Quand la paix reviendra, nous verrons ce que nous pourrons faire.

— Mais l'enfant est aveugle! C'est tout ce qu'elle pouvait penser ou dire.

— Les infirmes ont besoin de beaucoup d'amour, lui dit Aldo Meyer.

Giacomo Nerone ne dit rien, mais le cœur de Nina

se brisa presque, devant la peine et la pitié qu'elle lisait dans ses yeux. Meyer continua à lui parler à sa façon apaisante de médecin, lui expliquant le développement de la cataracte dans les yeux de l'enfant, essayant de raisonner sa frayeur du début. Giacomo leur versa du vin et se mit à préparer un repas. Les deux hommes se mirent à table et Nina mangea dans le lit en tenant le bol sur ses genoux et de sa place elle prit part à la conversation. Lorsque l'enfant pleura, elle le prit contre elle et quand le petit paquet aveugle se mit à chercher son sein, elle s'aperçut qu'elle pleurait silencieusement.

Meyer partit avant minuit pour dormir chez lui, enfin à l'abri de la menace du camp de concentration. Au moment où Giacomo l'accompagna à la porte, Nina somnolait, mais elle entendit la voix précise de Giacomo dire :

— Vous êtes mon ami, Meyer, et même si je ne suis pas de votre avis, je vous comprends. Mais gardez Lupo loin du village. Retenez-le loin de moi.

Et la voix de Meyer répliqua nettement :

— C'est de l'histoire, mon ami! Vous ne pouvez l'arrêter. Pas plus que je ne le puis! Quelqu'un doit commencer à organiser...

Le reste de la phrase se perdit tandis qu'ils sortaient dans la nuit claire. Quelques instants plus tard, Giacomo revint et mit la barre à la porte. Il dit tranquillement :

— Tu ne peux pas rester seule cette nuit, *cara*. Je resterai avec toi.

Alors tout le désappointement de Nina jaillit comme une source en elle, elle se serra contre lui, pleurant comme si son cœur s'était brisé, et il l'était presque en vérité.

Puis, lorsqu'elle fut redevenue calme, Giacomo lui

arrangea les coussins et baissa la lampe et à travers ses paupières mi-closes, elle le vit faire une chose étrange. Dans un élan tout à fait inconscient, il s'agenouilla sur le sol, ferma les yeux et étendit les bras comme Jésus sur la croix, tandis que ses lèvres remuaient pour une muette prière. A un certain moment tout son corps sembla devenir raide, comme un arbre, et quand, effrayée, elle l'appela, il ne l'entendit pas. Elle s'allongea dans le lit et l'observa jusqu'au moment où la fatigue eut raison d'elle et où elle glissa dans le sommeil.

Lorsqu'elle se réveilla, la chambre était inondée de soleil et Giacomo préparait le café pour le petit déjeuner. Il vint l'embrasser, prit l'enfant dans ses bras et dit gravement :

— Je désire te dire quelque chose, Nina *mia*.

— Dis-le-moi.

— Nous nommerons le garçon Paolo.

— C'est ton fils, Giacomo. C'est à toi à lui donner un nom, mais pourquoi Paolo?

— Parce que Paolo, l'apôtre, ne connaissait pas Dieu, et, comme moi, le trouva sur le chemin de Damas. Parce que, comme cet enfant, Paul était aveugle, mais il vit de nouveau la lumière, par la grâce de Dieu.

Elle le regarda, incrédule.

— Mais le docteur a dit...

— Je te le dis, *cara* — la voix de Nerone était forte et profonde comme une cloche — le garçon verra. La cataracte disparaîtra après trois semaines; lorsqu'un bébé doit commencer à distinguer la lumière, notre Paolo verra aussi. Tu tiendras la lampe devant ses yeux et tu verras comme ils vont clignoter et suivre la lumière. Je te le promets au nom de Dieu.

— Ne me dis pas cela rien que pour me réconforter. Je ne pourrais supporter d'espérer et d'être déçue après. Il y avait de l'angoisse dans la voix de Nina. Mais Nerone lui sourit simplement.

— Ce n'est pas un espoir, Nina, *mia*. C'est une promesse. Crois-moi.

— Mais comment sais-tu? Comment peux-tu être sûr?

Il dit simplement :

— Lorsque cela arrivera, Nina, fait comme si cela était une surprise, pour toi aussi. Ne parle à personne de ce que je t'ai dit ce matin. Me le promets-tu?

Elle inclina la tête en silence, se demandant comment elle pourrait supporter l'attente et le doute.

Trois semaines plus tard, au jour et à l'heure fixés, elle prit le bébé dans son berceau et le réveilla. Lorsqu'il ouvrit les yeux, ils étaient clairs et brillants comme ceux de son père, et quand elle le tint devant la lumière, il clignota des paupières. Elle couvrit la lampe de sa main et les yeux de l'enfant regardèrent fixement, puis clignèrent de nouveau lorsqu'elle retira sa main.

Le prodige du moment fut comme une révélation. Elle eût voulu crier, chanter et courir les appeler dans la rue du village, pour dire à tout le monde que la promesse de Giacomo s'était accomplie.

Mais Giacomo était déjà mort et enterré. Les gens du village se détournaient de honte quand elle passait. Aldo Meyer lui-même était parti pour Rome et elle pensait qu'il ne reviendrait jamais...

— Je dois rentrer à présent, lui dit Mgr Blaise Meredith. Il est tard, et vous m'avez dit beaucoup de choses qui me donnent à réfléchir.

— Croyez-vous tout ce que je vous ai raconté, Monseigneur?

La voix et les yeux de Nina réclamaient calmement une réponse. Il la regarda pendant un long moment et puis répondit de façon curieuse et définitive :

— Oui, Nina. Je ne sais pas encore ce que cela signifie. Mais je vous crois.

— Alors vous veillerez sur le fils de Giacomo et le garderez de tout mal?

— Je veillerai sur lui. Mais, même en lui disant cela, sa conscience le défiait : comment? Au nom de Dieu, comment?

XIII

POUR le Dr Aldo Meyer, le soir tombait après un après-midi de calme étrange.

Immédiatement après déjeuner, il s'était assis pour lire les papiers de Giacomo Nerone. Il s'en était approché, hésitant et effrayé comme avant un moment de crise ou de révélation. Mais lorsqu'il eut ouvert le paquet, mis en ordre les papiers, et qu'il commença à lire la fière et cursive écriture, il lui sembla entendre la voix, voir le sourire et écouter les vieux arguments provocants de Giacomo lui-même.

Il eut des moments de honte au rappel de ses échecs personnels, des moments de souvenirs poignants, de nostalgie, d'une relation qui avait commencé par un complet désaccord, qui parfois avait été proche de l'amitié et qui devait bientôt finir par une tragédie. Mais il n'y avait aucune amertume dans ces écrits — comme il n'y en avait jamais eu chez Giacomo lui-même. Certains passages étaient d'une simplicité d'enfant et touchèrent Meyer presque aux larmes, et quelques phrases d'une exaltation mystique le laissèrent, cherchant à tâtons comme l'avait souvent fait Giacomo, l'explication de sa propre faillite.

Mais à la fin, l'apaisement, le calme et la certitude que contenaient ces écrits l'envahirent même après tant d'années. Et du dernier de tous ces écrits, la lettre à Aldo Meyer, se dégageait une grande douceur et une grâce singulière de pardon. Tout était écrit en anglais, mais la lettre était en italien et ceci, aussi, était une délicatesse qu'il ne fallait pas de sitôt oublier :

« Mon cher Aldo,

« Je suis à la maison, et il est tard. Nina dort enfin, l'enfant aussi. Avant de m'en aller au matin, je lui laisserai cette note parmi mes autres papiers; et, quand tout sera fini, et la première peine passée, peut-être vous parviendra-t-elle entre les mains.

« Nous nous rencontrerons demain, vous et moi, mais comme des étrangers, chacun de nous, lié par des convictions et des comportements opposés. Vous vous assoirez parmi mes juges, vous marcherez avec mes bourreaux, et lorsque tout sera consommé, vous signerez mon certificat de décès.

« Je ne vous reproche rien de cela. Chacun de nous ne peut suivre que le sentier tracé devant lui. Chacun de nous est soumis aux conséquences de ses propres convictions — quoique je pense qu'un jour vous changerez de convictions. Si cela arrive, vous haïrez ce qui a été fait, et en viendrez peut-être à vous haïr vous-même, pour la part que vous y avez prise, d'autant plus que vous ne trouverez personne à qui exprimer vos regrets.

« Aussi je veux vous dire à présent que je ne vous hais pas. Vous avez été mon ami et un ami pour Nina et l'enfant. J'espère que vous vous pencherez toujours sur leur sort et prendrez soin d'eux. Je sais que vous avez aimé Nina. Je pense que vous l'aimez encore. Et ceci sera pour vous une autre croix à porter, parce que vous ne serez jamais certain si, en vous joignant à ceux qui m'ont condamné, vous l'avez fait par conviction ou par jalousie. Mais je sais, et je vous le dis à présent, que je mourrai en vous considérant comme mon ami.

« Maintenant, je voudrais vous demander un service. Lorsque vous recevrez cette lettre, voulez-vous aller voir le Père Anselmo et Anne-Louise de Sanctis et leur dire que je ne leur en veux pas pour ce qu'ils ont fait et que, lorsque je serai près de Dieu, comme j'espère que cela me sera accordé, je me souviendrai d'eux.

« Ainsi, *dottore mio,* je vous laisse. L'aube n'est pas loin, et j'ai froid et j'ai peur. Je sais ce qui doit advenir et ma chair frémit de terreur rien que d'y penser. Je n'ai plus de force et je dois prier un moment. J'ai toujours aspiré à cette chose : la grâce de mourir dans la dignité, mais jamais, jusqu'aujourd'hui, je n'avais compris combien cela est dur.

« Adieu, mon ami. Dieu nous garde tous deux dans les heures sombres.

« Giacomo NERONE. »

Quand Meyer relut la lettre pour la troisième fois, il fut ému jusqu'aux larmes, ce qui lui arrivait rarement, mais lorsqu'il eut médité tout en marchant pendant un moment, sur son contenu et qu'il la relut encore, la charité qui s'en dégageait se répandit sur lui comme une absolution. S'il avait échoué dans toute autre chose — et ses échecs étaient la réponse à la question qui l'avait si longtemps torturé : pourquoi de grands hommes meurent et disparaissent du monde sans laisser l'ombre d'un regret, tandis que le souvenir de certains autres demeure chéri dans le secret des cœurs des humbles.

Cette pensée s'attarda dans son esprit tout l'après-midi, elle y était encore quand il entendit frapper à la porte. Il alla ouvrir et trouva Blaise Meredith attendant dehors.

La mine du prêtre l'effraya. Son visage était livide, ses lèvres exsangues, et de petites gouttes de transpiration perlaient sur son front et sur sa lèvre supérieure. Ses mains tremblaient et sa voix était altérée et haletante.

— Je suis désolé de vous importuner, docteur. Je me demande si je peux me reposer un moment avec vous.

— Naturellement, mon cher! Entrez, pour l'amour de Dieu. Que vous est-il arrivé?

Meredith eut un sourire las.

— Rien n'est arrivé. Je reviens de chez Nina. Mais le trajet est long et pénible avant d'arriver à la route et cela a été un peu trop pour moi. Je serai très bien dans un moment!

Meyer l'introduisit dans la maison, le fit s'étendre sur le lit et lui apporta un grand verre de *grappa*.

— Buvez cela. C'est fort, mais cela vous ranimera.

L'alcool vit fit hoqueter Meredith, mais il l'avala, et quelques instants plus tard, il sentit la chaleur l'envahir, et la force revenir dans ses membres. Meyer l'observait, les yeux graves.

— Vous m'inquiétez, Meredith. Cela ne peut pas continuer ainsi. Je suis à moitié décidé à me mettre en rapport avec l'évêque pour vous faire hospitaliser.

— Donnez-moi quelques jours encore, docteur, ensuite ce sera sans importance.

— Vous êtes un homme très malade. Pourquoi vous forcer ainsi?

— Je serai mort pour longtemps. Il vaut mieux brûler que moisir.

Meyer, désespéré, haussa les épaules.

— C'est votre vie à vous, Monseigneur. Dites-moi... comment cela s'est-il passé avec Nina?

— Très bien. Je suis profondément impressionné par ce qu'elle m'a raconté. Mais il y a quelques questions que j'aimerais bien éclaircir avec vous — si vous voulez bien, naturellement.

— Demandez ce que vous voudrez, mon ami. J'en ai trop dit pour reculer à présent.

— Je vous remercie. Voici la première question. Y a-t-il eu une épidémie de roséole ici, au cours de l'hiver de 1943? Et Paolo Sanduzzi est-il né aveugle à la suite de cela?

— Oui.

— Après combien de temps avez-vous revu l'enfant?

— Trois ans — non, près de quatre. Je suis parti pour Rome, voyez-vous.

— Lorsque vous êtes revenu, le garçon pouvait-il voir?

— Oui. La cataracte avait disparu.

— Médicalement parlant, était-ce étrange?

— Complètement anormal. Je n'ai jamais connu un seul autre cas.

— L'avez-vous fait remarquer à Nina Sanduzzi?

— Oui. Je lui ai demandé comment et quand cela était arrivé.

— Qu'a-t-elle dit?

— Elle a simplement haussé les épaules, et dit à la manière des paysans : « C'est arrivé. » Nos relations n'étaient pas aussi bonnes qu'elles le sont actuellement. Je n'ai pas insisté. Mais cela m'avait intrigué. Cela m'intrigue encore. Pourquoi demandez-vous cela, Monseigneur?

— Nina m'a raconté que le jour de la naissance, après votre départ, Giacomo avait prié toute la nuit — et que le matin il lui avait promis que le bébé verrait normalement comme les autres bébés, au bout de trois semaines. Selon elle, c'est exactement ce qui est arrivé. La cataracte avait disparu. L'enfant pouvait distinguer la lumière et l'ombre. Et par la suite, sa vue s'est développée comme chez les autres enfants. Quelle est votre opinion là-dessus, docteur?

Mais Meyer ne répondit pas immédiatement. Il semblait perdu dans ses propres pensées. Quand il répondit, on aurait dit qu'il se parlait à lui-même :

— Ainsi, c'était là ce qu'elle voulait dire, lorsqu'elle m'a déclaré que Giacomo avait accompli des miracles, et qu'elle les avait vus.

— Quand a-t-elle dit cela? demanda vivement Meredith.

— Lorsque nous discutions de votre arrivée et que j'essayais de la persuader d'avoir un entretien avec vous.

— Vous voulez dire qu'elle disait la vérité?

— Si elle l'a dit, répliqua d'un ton sombre Meyer, c'était la vérité. Elle ne mentirait pas, même pour sauver sa peau.

— Quelle serait votre opinion comme médecin?

— De prime abord, je dirais que cela ne pouvait pas arriver.

— Mais cela est arrivé. Le garçon voit aujourd'hui.

Meyer le regarda longuement d'un regard pénétrant, puis sourit et secoua la tête.

— Je sais ce que vous voulez me faire dire, Meredith, mais je ne peux le faire. Je ne crois pas aux miracles, mais seulement à des faits inexpliqués.

Tout ce que je puis admettre, c'est que normalement, cela n'arrive pas. Je pourrais aller plus loin et dire que je n'ai jamais entendu parler d'un cas analogue, et que je ne lui connais pas d'explication médicale. Mais je ne suis pas prêt à faire un saut dans l'inconnu, et vous dire que ceci est un miracle causé par l'intervention divine.

— Je ne vous demande pas de dire cela, lui dit avec bonne humeur Meredith. Je demande si vous pouvez l'expliquer du point de vue médical.

— Je ne peux pas. D'autres le pourraient, peut-être.

— S'ils le pouvaient, pourraient-ils expliquer comment Nerone connaissait par avance la guérison?

— La clairvoyance est un phénomène établi, quoique non expliqué. Mais vous ne pouvez demander à quelqu'un de juger un rapport de seconde main, sur quelque chose qui s'est passé quinze ans plus tôt.

— Mais vous acceptez la véracité du rapport?

— Oui.

— Vous le relateriez comme inexpliqué, et peut-être inexplicable dans l'état actuel des connaissances médicales?

— ... De mes connaissances médicales, rectifia en souriant Meyer.

— Et vous témoigneriez en ces termes devant le tribunal de l'évêque?

— Je le ferais.

— C'est tout, dit Meredith gentiment ironique. Je rapporterai cela dans mes notes.

— Quelle est votre opinion à vous, Monseigneur? lui demanda Meyer, railleur.

— Je n'ai pas d'opinion arrêtée, répondit judicieusement Meredith. J'essayerai, ainsi que le fera mon successeur, de prouver, par tous les moyens possibles, que ceci n'est pas un miracle, mais simplement un rare phénomène physique. Comme cela ne repose que sur un seul témoignage et sur le vôtre, plus tard, nous finirons probablement par refuser de l'accepter en tant que miracle — quoique en fait, il peut être un vrai miracle. Là où vous et moi sommes d'avis différent, mon cher docteur, c'est que vous rejetez la possibilité du miracle et que moi je l'accepte. On pourrait en discuter longtemps, mais je crois que mon assertion est plus soutenable que la vôtre.

— Vous auriez fait un bon avocat, Monseigneur. Meyer esquiva la discussion. Quelle est votre question suivante?

Meredith la posa carrément.

— Qui était Il Lupo? Et pourquoi Nerone vous a-t-il demandé de le tenir éloigné du village?

Meyer le regarda, vivement surpris.

— Qui vous a dit cela?

— Nina. Elle était à moitié endormie, mais elle vous a entendus parler, Nerone et vous, à la porte.

— Qu'a-t-elle entendu d'autre?

— Vous disiez... « C'est de l'histoire! Vous ne pouvez l'arrêter. Pas plus que je ne le puis. Quelqu'un doit commencer à organiser... »

— Était-ce tout ce qu'elle a entendu?

— Oui. J'ai pensé que vous pourriez me dire ce que cela signifiait.

— Cela a plusieurs significations, Monseigneur. Je ne puis vous dire que ce que cela signifiait pour moi.

Leur camp, cuvette peu profonde, se trouvait bien haut, sur le versant des collines de l'est. Des éternités avant, cela avait peut-être été le cratère d'un volcan. Les bords en étaient dentelés comme une scie, et les versants extérieurs étaient arides et couverts d'éboulis. Mais à l'intérieur, il y avait un petit lac dans lequel l'eau s'écoulait, et tout autour se trouvaient des buissons touffus et une étendue d'herbes sèches et dures. Leurs tentes étaient cachées dans les buissons; les chèvres et la vache qu'ils avaient réquisitionnées aux paysans de l'endroit, paissaient en sécurité à l'intérieur de la cuvette, tandis que leurs guetteurs fouillaient des yeux les environs, du haut de leur abri en dents de scie.

Il n'y avait qu'un chemin pour y accéder — la piste de chèvre qui commençait au Rocher de Satan, où était postée la première sentinelle. Les veilleurs d'en haut pouvaient le surveiller durant toute la journée — et si un visiteur était admis, ils pouvaient suivre des yeux chacun de ses pas sur le sentier. Lorsqu'il atteignait le bord du cratère, ils allaient au-devant de lui et le fouillaient, et deux hommes l'accompagnaient à travers les touffes d'herbes jusqu'à la tente d'Il Lupo, leur chef.

Meyer se souvenait de lui de façon très précise — un homme blond de petite taille, aux yeux clairs, au visage joufflu et à la bouche souriante; il avait la voix douce et s'exprimait tantôt dans le toscan le plus pur, tantôt dans le plus rude dialecte provincial. Il portait des vêtements grossiers pareils à ceux de ses hommes, mais ses mains et ses dents étaient d'une blancheur immaculée, et il se rasait soigneusement chaque jour. Il parlait peu de son passé, mais Meyer avait conclu qu'il s'était battu en Espagne, puis était allé en Russie, pour retourner ensuite en Italie, avant que la guerre n'eût éclaté. Il avait travaillé à Milan et à Turin, et plus tard encore à Rome; cependant comment, ou à quoi, cela ne fut jamais tout à fait éclairci. Il avait admis être homme de parti, et il discutait politique avec autorité et habileté.

Le jour où Giacomo Nerone fut amené du Rocher de Satan, Meyer se trouvait dans la tente d'Il Lupo, discutant d'une nouvelle opération de patrouille. Les gardes donnèrent le nom du visiteur et expliquèrent ce qu'il voulait. Il Lupo se leva et lui tendit la main.

— Ainsi, vous êtes Nerone! Je suis heureux de vous connaître. J'ai beaucoup entendu parler de vous. J'aimerais bien m'entretenir avec vous.

Nerone lui rendit son salut, mais dit vivement :

— Ne pourrions-nous laisser cela? Ma femme subit les douleurs de l'enfantement, j'aimerais bien que le docteur la voie le plus tôt possible. Le chemin du retour est très long.

— Elle a eu la *rubella*, expliqua en hâte Meyer. Nous craignons des complications.

Les yeux clairs d'Il Lupo montrèrent aussitôt de l'inquiétude. Il débita un flot de mots compatissants.

— C'est une pitié! Une grande pitié. C'est en des moments pareils qu'un service médical est d'un grand secours. On peut commencer à vacciner dès les premiers signes. Vous n'avez pas de sérum, bien entendu, Meyer?

— Non. Nous ne pouvons qu'attendre et voir dans quel état naîtra l'enfant.

— Les sages-femmes sont avec elle?

Nerone inclina la tête.

— Alors on veille sur elle, au moins. Nous ne sommes pas à dix minutes près. Prenons une tasse de café et parlons un peu.

— Détendez-vous, Nerone, lui dit cordialement Meyer. Nina est aussi forte qu'un bœuf. Nous rattraperons le temps perdu en descendant la colline.

— Très bien.

Ils s'assirent sur des chaises de toile déchirée. Il Lupo offrit des cigarettes et cria pour demander du café, puis après quelques instants d'assauts courtois, il en vint au fait.

— Meyer m'a parlé de vous, Nerone. Si j'ai bien compris, vous êtes un officier anglais.

— C'est exact.

— Et déserteur.

— C'est également exact.

Il Lupo haussa les épaules et envoya un nuage de fumée vers le plafond de toile.

— Bien entendu, cela nous importe peu. Les armées capitalistes ont atteint leur but en gagnant la guerre. C'est notre travail à nous d'établir la paix que nous voulons, Aussi, votre histoire personnelle ne vous fait pas de tort. Au contraire, elle pourrait même vous être utile — auprès de nous.

Nerone ne dit rien, mais attendit tranquillement.

Il Lupo continua de sa voix posée d'homme instruit :

— Meyer m'a parlé aussi du travail que vous avez fait à Gemello. La confiance que vous avez acquise auprès de la population. C'est excellent... en tant que mesure temporaire.

— Pourquoi temporaire? demanda calmement Nerone.

— Parce que votre position est temporaire — et équivoque. Parce que, lorsque la guerre sera terminée — comme elle doit bientôt l'être — ce pays aura besoin d'un gouvernement fort et uni pour l'organiser et le gouverner.

— Cela signifie un gouvernement communiste?

— Oui. Nous sommes les seuls à posséder un programme clair, et la force voulue pour le mettre en pratique.

— Il vous faut une charte aussi, n'est-ce pas? Un mandat?

Il Lupo approuva aimablement de la tête.

— Nous l'avons actuellement. Les Anglais ont laissé clairement entendre qu'ils joueraient le jeu avec quiconque les aiderait à mettre de l'ordre dans le pays. Ils nous ont armés et nous ont donné tout au moins un champ raisonnable, pour des opérations militaires. Les Américains ont d'autres idées, mais, politiquement, ils ne sont pas mûrs et nous pouvons ne pas en tenir compte pendant quelque temps. Cest la première partie du mandat. Nous devons gagner nous-mêmes la seconde.

— Comment?

— Comment un parti gagne-t-il la confiance? En montrant les résultats. En établissant l'ordre dans le chaos. En éliminant les éléments dissidents, et en construisant l'unité sur la force.

— C'est ce que les fascistes ont essayé de faire, lui dit Nerone.

— Leur erreur a été de fonder leur dictature sur un seul homme. La nôtre sera la dictature du prolétariat.

— Et vous voudriez que je me joigne à vous pour cela?

— Comme l'a fait Meyer, fit remarquer calmement Il Lupo. Il est libéral par nature, mais il a vu la faillite du libéralisme. Il n'est pas suffisant d'offrir des promesses de travail, d'éducation et de prospérité, comme récompense de la coopération. Les gens ne sont pas faits ainsi. Ils sont naturellement stupides et égoïstes. Il leur faut de la discipline, de la force, et de la peur. Prenons votre cas, par exemple. Vous avez fait du bon travail, mais où cela vous a-t-il conduit? Vous allez courir à la ronde avec un panier d'œufs au bras et jouer à la Dame bienfaitrice jusqu'au jour de votre mort... Et ils vous laisseront faire. Quel avenir y a-t-il là?

Pour la première fois depuis son arrivée, Meyer vit Nerone se détendre. Son maigre et sombre visage s'épanouit dans un sourire de sincère amusement.

— Il n'y a pas d'avenir du tout. Je le sais.

— Pourquoi le faire, alors?

— Le monde serait sinistre sans cela, répondit Nerone d'un ton léger.

— Je suis d'accord, lui dit Il Lupo. Mais dans le monde que nous construisons il n'y aura pas besoin de cela.

— C'est ce dont j'ai peur, dit Giacomo Nerone. Il se leva. Nous nous comprenons, je crois.

— Je vous comprends parfaitement, répondit Il Lupo sans animosité. Mais je ne suis pas sûr que vous me compreniez. Nous allons entrer dans les villages, un par un, et y établir notre propre administration. Gemello est le prochain sur la liste. Qu'est-ce que vous proposez à ce sujet?

Nerone sourit, refusant la proposition avant qu'elle fût émise.

— Je pourrais rallier la population et vous combattre.

Il Lupo secoua la tête.

— Vous êtes trop bon soldat pour cela. Nous avons les fusils et les balles et l'entraînement nécessaire pour les utiliser. Nous vous mettrons en pièces en un après-midi. Quel profit y a-t-il à cela?

— Aucun, répondit calmement Nerone. Aussi je conseillerai à la population d'attendre sans violence jusqu'aux prochaines élections libres.

Une ombre de sourire releva les lèvres minces d'Il Lupo.

— A ce moment ils auront oublié les fusils. Ils ne se rappelleront que le pain, les pâtes et les tablettes de chocolat américain.

— Et les garçons que vous avez fusillés dans les fossés! Une colère soudaine résonna dans la voix de Nerone. Les vieillards abattus, et les jeunes filles aux têtes rasées! La nouvelle tyrannie établie sur l'ancienne — la liberté à nouveau mise en gage pour une illusion de paix. Ils se soumettront maintenant parce qu'ils sont perdus et ont peur. Plus tard ils se lèveront pour vous juger et vous chasser!

— Donnez à un homme sa journée de travail, un ventre plein pour la nuit et une femme dans son lit et il ne pensera jamais au Jour du Jugement. Il Lupo se leva. Sa mince silhouette sembla grandir en stature, remplissant la tente. Encore une chose, Nerone.

— Oui.

— Il n'y a pas de place pour nous deux à Gemello. Vous devrez partir.

De façon surprenante, Nerone rejeta la tête et rit de bon cœur.

— Vous voulez la viande sans la moutarde. Vous voulez que je sois discrédité et que je fuie, comme un lapin, tandis que vous ferez votre entrée comme le Sauveur de l'Italie. Vous êtes trop glouton, mon vieux!

— Si vous restez, lui dit Il Lupo avec une froide décision, je serai obligé de vous tuer.

— Je sais, répondit Giacomo Nerone.

— Vous voulez faire de vous-même un martyr, c'est cela?

— Ce serait de la folie et de la présomption, lui dit simplement Nerone. Je n'ai pas plus envie de mourir que n'importe qui, mais je suis sur un sol que j'ai cultivé de mes propres mains, en un lieu où j'ai trouvé l'amour, l'espoir et la foi. Je refuse d'en être chassé pour vous donner une victoire à bon marché.

— Parfait, dit Il Lupo sans s'offenser. Nous savons où nous en sommes.

— Cela vous ennuierait-il que Meyer vienne maintenant?

— Pas du tout. Si vous voulez bien attendre une

seconde dehors, nous allons immédiatement régler nos affaires.

Quand Nerone sortit, Il Lupo dit calmement :

— C'est un zélateur. Il devra s'en aller.

Meyer haussa les épaules, mal à l'aise.

— C'est un brave type. Il fait beaucoup de bien et aucun mal. Pourquoi ne pas le laisser?

— Vous êtes faible, Meyer, lui dit gentiment Il Lupo. Nous prendrons possession de Gemello dans dix jours. Vous avez tout ce temps-là pour le ramener à la raison.

— Je m'en lave les mains, dit nettement Meyer.

Il Lupo lui sourit.

— C'est l'attitude de Pilate, mon cher docteur. Les juifs en ont une autre : « Il est expédient qu'un homme meure pour le peuple. »

Il souriait encore lorsque Meyer sortit pour rejoindre Giacomo Nerone...

Blaise Meredith était étendu sur le lit, le corps détendu, mais l'esprit actif, il écoutait le récit froid, clinique du docteur. Lorsque Meyer marqua un temps, Meredith demanda :

— Cette question est personnelle, docteur. Vous êtes-vous vraiment affilié au parti communiste?

— Je n'ai jamais eu de carte de parti. Mais cela est en dehors de la question. Il n'y avait pas de cartes dans les montagnes. L'important, c'était que je m'étais lié à Il Lupo et à tout ce qu'il représentait : la dictature du prolétariat, l'ordre imposé par la force.

— Puis-je en demander la raison?

— C'est bien simple. Les mains de Meyer gesticulèrent éloquemment. Pour moi, c'était le déroulement le plus naturel. J'avais vu l'effondrement du libéralisme. J'avais vu les inconvénients du cléricalisme. J'avais été la victime de la dictature d'un seul homme. Je comprenais le besoin d'égalité, d'ordre et de redistribution du capital. J'avais également vu la stupidité et l'obstination des gens déprimés. La solution d'Il Lupo me paraissait unique.

— Et sa menace à Giacomo Nerone?

— Était logique également.

— Mais vous y étiez contraire?

— Je ne l'aimais pas. Je ne la désapprouvais pas.

— En aviez-vous parlé à Giacomo?

— Oui.

— Qu'avait-il dit?

— Chose assez surprenante, Monseigneur, Nerone était d'accord avec Il Lupo. A ce souvenir le visage de Meyer se rembrunit. Il m'avait dit très clairement : « On ne peut croire d'une manière et agir d'une autre. Il Lupo a raison. Si vous voulez construire un mécanisme politique parfait, vous devez rejeter les parties qui ne fonctionnent pas. Il Lupo ne croit pas en Dieu. Il ne croit en l'homme qu'en tant qu'entité politique, il est donc très logique. C'est vous qui êtes illogique, Meyer. Vous voulez des omelettes au petit déjeuner, mais vous ne voulez pas casser les œufs. »

— Avez-vous trouvé réponse à cela?

— Pas une très bonne, je crains. Elle était trop proche de la vérité. Mais je lui ai effectivement demandé comment il conciliait son propre aveu qu'il n'y avait pas d'avenir dans son œuvre avec le fait qu'il était prêt à mourir pour cette œuvre.

— Qu'a-t-il dit?

— Il me fit remarquer que lui aussi avait sa logique propre. Il croyait que Dieu est parfait et que l'homme, depuis la chute, est imparfait; que le désordre et l'injustice existeront toujours dans le monde. On ne peut créer un système qui détruirait ces choses, car les hommes qui régiraient ce système seraient également imparfaits. La seule chose qui donne de la dignité à un homme et l'empêche de se détruire est sa filiation divine et sa fraternité dans la famille humaine. L'œuvre de Giacomo était une expression de cette relation. Entre lui et Il Lupo, le conflit était inévitable, leurs croyances étant opposées et contradictoires.

— Et Il Lupo étant l'homme avec les fusils devait détruire Giacomo?

— Exactement.

— Pourquoi n'est-il pas parti?

— Je lui ai demandé cela aussi, dit Meyer d'un ton las. Je lui ai suggéré d'emmener Nina et l'enfant et d'aller ailleurs. Il a refusé, disant qu'il ne serait fait aucun mal à Nina — quant à lui, qu'il avait fini de courir, depuis longtemps.

— Il resta donc à Gemello Minore?

— Oui. Je retournai dans les montagnes. La veille du jour où Il Lupo devait entrer à Gemello et y établir son administration, je revins. Ils allaient faire de ma maison leur quartier général et je devais la mettre en état. Aussi, il m'avait été recommandé d'avoir un dernier entretien avec Giacomo Nerone pour l'amener à changer d'avis...

C'était le début de l'après-midi, chaud en cette fin du printemps et bruissant des premières cigales. Ils se rendirent tous deux au jardin sous le figuier, et parlèrent aussi calmement qu'un avocat et son client de ce qui adviendrait, quand Il Lupo arriverait avec ses hommes. Il n'y eut pas de discussion entre eux. Nerone fut ferme dans son refus de partir et les paroles de Meyer ne furent qu'un brutal exposé de l'inévitable.

— Il Lupo ne laisse aucun doute sur ce qui se passera. Vous serez d'abord discrédité et ensuite exécuté.

— Comment se propose-t-il de me discréditer?

— Leur arrivée est fixée au lever du soleil. Vous serez arrêté aux environs de neuf heures, et amené ici pour un jugement sommaire.

— Sur quelles charges?

— Désertion de la cause alliée et collaboration avec les Allemands.

Nerone sourit légèrement.

— Ce ne devrait pas être bien difficile à prouver cela. Et après?

— Vous serez condamné à mort et emmené pour être exécuté immédiatement et publiquement.

— Comment?

— Le peloton d'exécution. Ce sera un tribunal militaire. Il Lupo est très strict sur les formalités.

— Et Nina et l'enfant?

— Il ne leur sera fait aucun mal. Il Lupo a été très catégorique à ce sujet. Il ne voit aucun profit à soulever l'opinion publique en punissant une femme et un enfant.

— C'est un homme intelligent. Je l'admire.

— Il m'a demandé de vous faire remarquer que cela vous donne environ près de dix-huit heures jusqu'au lever du soleil, pour quitter les lieux si vous le voulez. J'ai assez d'argent sur moi pour vous permettre de vivre pendant deux mois avec Nina et l'enfant. Je suis autorisé à vous le remettre si vous promettez d'avoir quitté la région avant le lever du soleil.

— Je reste. Rien ne changera ma décision.

— Alors, il n'y a plus rien à dire, n'est-ce pas?

— Rien. Je vous suis reconnaissant d'essayer de me persuader, Meyer. Nous avons été de bons amis. J'apprécie cela.

— Il y a une chose, je l'avais presque oubliée.

— Qu'est-ce que c'est?

— Où serez-vous à neuf heures du matin?

— J'éviterai le dérangement à Il Lupo. Je viendrai ici.

— Cela ne marcherait pas, je le crains. Il veut une arrestation publique.

— Il ne peut tout avoir. Je viendrai tout seul sur mes deux jambes, à neuf heures.

— Je lui dirai cela.

— Je vous remercie.

Puis, comme tout était dit, et qu'aucun d'eux ne savait comment se dire adieu, ils firent les cent pas en silence dans l'allée pavée, sous le figuier jusqu'à ce que Meyer dît gauchement :

— Je suis désolé que cela finisse ainsi. Cela ne me regarde plus, mais qu'allez-vous faire à présent?

Nerone répondit calmement et franchement :

— Je vais voir le père Anselmo pour me confesser. Puis j'irai à la maison prendre certaines choses pour aller les remettre à Nina. Ensuite j'irai à la villa pour demander à la comtesse si elle accepte de garder Nina et l'enfant jusqu'à ce que tout soit terminé. Elle est Anglaise de naissance et Il Lupo est trop intelligent pour se compromettre aux yeux des gens qui lui donnent ses fusils. Puis... Le visage sombre et maigre de Nerone se détendit dans un sourire... Puis je dirai mes prières. J'ai de la chance d'avoir le temps de me préparer. Il n'est pas donné à tout homme de connaître l'heure et le lieu de sa mort.

Il s'arrêta de marcher et tendit la main.

— Adieu, Meyer. Ne vous blâmez pas trop. Je me souviendrai de vous dans l'éternité.

— Adieu, Nerone, je veillerai sur Nina et sur l'enfant.

Il allait employer la vieille formule familière et dire : « Dieu vous garde. » Mais il se souvint à temps que dans le monde nouveau d'Il Lupo, devenu à présent le sien, il n'y avait plus de Dieu. Cet adieu, par conséquent, était déplacé et il ne le prononça pas...

Blaise Meredith demanda :

— Qu'est-il arrivé avec le père Anselmo?

Meyer fit un geste d'indifférence.

— Rien d'important. Le vieil homme ne l'aimait pas. Ils se disputaient souvent, comme vous le savez. Il refusa d'entendre sa confession. Je l'ai appris plus tard au village.

— Et la comtesse?

— Je n'ai pas appris directement ce que je vais vous dire. Je l'ai appris de Pietro, son domestique et l'un de mes clients. Giacomo monta à la villa demander refuge pour Nina et le garçon. J'ai compris aussi qu'il aurait voulu passer la nuit là-bas afin qu'Il Lupo ne sût pas où il se trouvait et renonçât à l'arrestation publique. Anne de Sanctis y aurait bien consenti, semble-t-il, mais à une certaine condition.

— Quelle condition?

— C'est une femme étrange, dit Meyer à contrecœur. Je la connais depuis longtemps, mais je ne prétends pas la connaître parfaitement. Elle est passionnée de nature et a un grand besoin d'un homme, besoin plus pressant maintenant qu'elle affronte la crainte de l'âge mûr. Son mari l'a déçue. Ses amants n'ont fait que passer, comme des soldats en campagne. Elle a toujours été trop fière pour se contenter d'un homme du village. Nerone aurait pu être un partenaire, mais il était déjà amoureux de Nina Sanduzzi. Cela la rendit jalouse dès le début. Ainsi, toute sa vie sentimentale a pris un caractère de perversion. Son prix était que Nina lui confiât l'enfant comme pupille, et que Giacomo Nerone passât la nuit avec elle.

— Un homme à la veille de son exécution? Meredith était choqué.

— Je vous l'ai dit, répondit calmement Meyer, tout est coloré pour elle. C'est pourquoi, ce type, le peintre, a pris tant d'influence à la villa. Il se prête à tout pour elle. De toute façon, comme vous le pensez, Giacomo refusa. Apparemment, elle fut assez avisée pour deviner qu'il passerait la nuit chez Nina. Elle envoya un homme avec un message à Il Lupo. Giacomo fut arrêté deux heures après le lever du soleil.

— Voilà donc pourquoi elle hait son fils.

— Je ne crois pas qu'elle haïsse l'enfant, répondit Meyer avec un humour sombre. Elle est probablement attirée par lui, plutôt. Mais elle est toujours jalouse de Nina, et elle se hait elle-même, mais elle l'ignore.

Blaise Meredith jeta les pieds à terre et s'assit sur le lit, se passant les doigts dans ses rares cheveux en un geste pathétique de lassitude et de perplexité. D'une voix qui ressemblait à un soupir, il dit :

— Il est tard. Je ferais mieux de rentrer pour le dîner. Quoique, Dieu le sait, je n'aie nulle envie de les voir tous deux ce soir.

— Pourquoi ne pas dîner ici? demanda spontanément Meyer. Vous mangerez plus mal, mais vous n'aurez pas à faire des politesses. Je suis presque à la fin de mon témoignage, vous pourriez aussi bien en entendre le reste ce soir. J'enverrai un gamin à la villa avec vos excuses.

— Je vous en serais reconnaissant, je l'assure!

— Je vous en suis reconnaissant, répondit Meyer avec un sourire. Et d'un juif à un inquisiteur, c'est un grand compliment.

Dans la salle à manger décorée de la villa, la comtesse et le peintre dînaient aux chandelles, dans l'intimité gênée des conspirateurs. La comtesse était irritable et hargneuse. Elle commençait à comprendre à quel point la situation avait échappé à son contrôle, avec Nicholas Black, la tenant à sa merci, et Meredith récoltant Dieu sait quelles informations de Meyer, de Nina Sanduzzi et du vieil Anselmo. D'ici peu, il devait venir à elle avec ses questions sèches, pédantes, et ses yeux enfoncés, inquisiteurs. Qu'elle répondît ou qu'elle se tût, elle était exposée au discrédit, tandis que le peintre s'en sortirait, gagnant en ricanant.

Nicholas Black, lui aussi, était nerveux. Meredith lui avait forcé la main au déjeuner et des choses avaient été dites qui ne pouvaient plus être rétractées. A présent, ils étaient en franche opposition et, en dépit de toute son ironie, Black gardait un solide respect à l'égard de l'influence temporelle de l'Église dans un pays latin. S'il venait à l'idée de Meredith d'invoquer l'aide de l'évêque, toutes sortes d'influences pourraient être mises en branle — influences qui atteindraient Rome même — et la conclusion pourrait en être une visite discrète de la police et du retrait de son permis de séjour. C'était déjà arrivé. Les démocrates-chrétiens étaient au pouvoir et, derrière eux, le Vatican, vieux, subtil et impitoyable.

Il se hâta donc de profiter des craintes de la comtesse et de les exploiter à son propre avantage.

— Le prêtre est une maudite peste, j'en conviens, *cara*. Je sens que j'ai eu tort de l'amener ici. Vous êtes dans le pétrin. Je voudrais vous aider à en sortir.

Le visage de la comtesse s'éclaira immédiatement.

— Si vous pouviez faire cela, Nicki...

— Je suis sûr que nous le pouvons, *cara*. Il se

pencha et lui tapota la main en signe d'encouragement.

— Maintenant écoutez! Le prêtre est ici. Nous sommes coincés avec lui. Nous ne pouvons nous en débarrasser sans commettre un impair, et vous ne voulez pas cela.

— Je sais. Elle inclina misérablement la tête. Il y a l'évêque, voyez-vous, et...

Black l'interrompit vivement.

— Je sais qu'il y a l'évêque, moi aussi, *cara*. Vous devez vivre ici et vous avez tout à gagner à être amicale avec lui. Meredith doit rester. Nous sommes d'accord là-dessus. Mais rien ne vous empêche de partir, n'est-ce pas?

— Je... je ne comprends pas.

— C'est simple, *cara*.

Il agita une main éloquente.

— Vous ne vous sentez pas bien du tout. Meredith lui-même n'ignore pas que vous avez souffert de migraine et Dieu sait de quels autres malaises féminins. Vous avez besoin de consulter votre médecin immédiatement. Vous partez donc pour Rome. Vous avez un appartement là-bas. Vous avez besoin de personnel pour l'entretenir. Vous emmenez votre femme de chambre et Pietro, et comme une faveur particulière pour Nina Sanduzzi, vous emmenez le garçon. Vous désirez lui acheter des vêtements neufs. Vous voulez lui apprendre à servir dans une société raffinée. Vous pouvez même songer à le faire élever par les Jésuites... Il gloussa sardoniquement. Quelle mère refuserait pareille occasion? Et si elle refusait? Le garçon est sous contrat de service chez vous. La loi italienne est d'une telle satanée confusion que je pense que vous auriez gain de cause, à condition que le garçon accepte. Il incomberait alors à la mère d'expliquer pourquoi elle tient à le garder ici, et quel travail elle pourrait lui trouver. Vous pareriez à cela aussi, en lui faisant remettre chaque semaine, par votre majordome ici, une partie du salaire de son fils.

Les yeux de la comtesse brillèrent à la nouvelle et encourageante perspective, mais se voilèrent immédiatement de nouveau.

— C'est une idée merveilleuse, Nicki. Mais, et vous? Meredith n'ignore pas le but que vous poursuivez. Il ferait de son mieux pour susciter des ennuis.

— J'ai prévu cela aussi, répondit le peintre avec son sourire ironique. Je resterai ici, pour une semaine au moins. Si Meredith pose des questions, vous pouvez lui dire très franchement que vous pensez que j'ai une mauvaise influence sur l'enfant. Vous voulez agir en bonne chrétienne et l'éloigner de moi. C'est simple, n'est-ce pas?

— Merveilleux, Nicki! Merveilleux! Ses yeux brillèrent et elle applaudit de plaisir. Je prendrai toutes les dispositions demain et nous partirons après-demain.

— Pourquoi pas demain?

— Nous ne pourrons pas, Nicki. Le train pour Rome part de Valenta le matin. Le temps nous manquerait pour tout préparer.

— Quel dommage! dit Black avec irritation. Mais tout de même ce n'est qu'un jour. Je pense que nous pourrons garder en respect notre Monseigneur pendant ce temps. Vous feriez mieux de parler vous-même au garçon. Je ne dois pas avoir l'air de m'en mêler.

— Je lui parlerai demain matin. Elle tendit la main et lui remplit son verre de vin. Buvons, chéri, nous ouvrirons une autre bouteille ensuite pour célébrer cela. A quoi boirons-nous?

Il leva son verre et lui sourit par-dessus le bord.

— A l'amour, *cara!*

— A l'amour! » dit Anne-Louise de Sanctis. Puis elle hoqueta soudainement à cette pensée : « Mais qui m'aime? Et qui m'aimera jamais? »

— Je serai franc avec vous, docteur, dit Meredith morose, en mangeant du bout des dents le reste de son dîner. Je suis plus préoccupé en ce moment du fils de Giacomo que de Giacomo lui-même. Nerone est mort et, espérons-le, parmi les bienheureux. Son fils traverse une crise morale grave et est quotidiennement exposé au danger d'être corrompu. Je me sens responsable de lui. Mais comment m'acquitter de cette responsabilité?

— C'est un problème, répondit Meyer soucieux. Le garçon est devenu presque un homme. Il agit à son gré et il a atteint l'âge de la responsabilité morale, même s'il manque d'expérience. Il n'ignore certainement pas ce qui est en jeu. Les enfants mûrissent précocement dans les lits conjugaux. Je crois que c'est un garçon sain, mais Black est un personnage très persuasif.

Meredith jouait distraitement avec un croûton qu'il avait écrasé dans son assiette, composant de petits dessins avec les miettes grises.

— Même au confessionnal, il est difficile d'atteindre un adolescent. Ils sont craintifs comme des lapins et bien plus compliqués que les adultes. Si je pouvais en parler à la comtesse, ou à Black lui-même, je pourrais avoir quelque chance.

— Avez-vous essayé?

— Avec Black, oui. Mais cet homme est ancré dans l'amertume et la rancœur. Je n'ai pu trouver un terrain d'entente. Je n'ai pas encore essayé avec la comtesse.

Meyer eut un froid sourire.

— Il se peut que vous trouviez cela encore plus difficile, Monseigneur. Les femmes n'ont déjà aucune logique dans leurs meilleurs moments, et celle-ci souffre d'un mal : le mal de l'âge mûr et d'un amour ancien devenu aigre et honteux. Il y a remède pour l'un de ces maux, mais pas pour l'autre...

Il s'arrêta un moment, les sourcils froncés, hésitant.

— Une chose cependant dont je suis certain, Meredith, c'est qu'aucun prêtre ne peut le guérir.

— Comment finira-t-elle, alors?

— Drogue, boisson ou suicide, répondit Meyer calmement. Trois mots pour une même chose.

— Et c'est la seule solution?

— Si vous voulez me faire dire que Dieu est la solution, Monseigneur, je ne puis le faire. Il y en a une autre, mais le nom en est sale et il pourrait vous déplaire.

A la surprise de Meyer, Meredith leva son pâle visage et lui sourit gaiement.

— Vous savez, Meyer, c'est là le dilemme des matérialistes. Je m'étonne que si peu d'entre eux s'en rendent compte. Ils ont supprimé Dieu du dictionnaire et leur seule réponse à l'énigme de l'univers est un vilain mot.

— Que le diable vous emporte, dit Meyer avec un sourire en biais. Que le diable vous emporte avec votre long nez d'inquisiteur. Allons prendre le café et parler de Giacomo Nerone...

A huit heures du matin, ils arrêtèrent Giacomo Nerone dans la maison de Nina. Ils ne furent pas trop brutaux, mais lui ensanglantèrent le visage et déchirèrent sa chemise, afin de laisser croire qu'il y avait eu résistance de sa part. En réalité, il ne lutta pas du tout, mais s'était laissé faire, silencieux, tandis que deux hommes lui tenaient les bras, qu'un troisième le frappait et que d'autres maintenaient Nina qui criait et luttait comme une sauvage, pour retomber en gémissant sur le lit, quand ils l'emmenèrent. Le bébé ne cria pas, mais resta tranquille dans son berceau, cherchant avec ses petites mains dans les plis de l'oreiller.

Ils l'emmenèrent alors en haut de la colline et jusque sur la route et afin de rendre la chose plus spectaculaire, lui tordirent les mains derrière le dos et le firent plier presque en deux pour traverser le village. Les gens se tenaient devant leurs portes et regardaient muets; on fit même taire les enfants au moment où ils passaient. Nulle voix ne protesta, nulle main ne se leva pour venir à son secours. Il Lupo avait calculé juste. La faim n'a aucune fidélité. Ces gens avaient vu trop de conquérants venir et s'en aller. Leur allégeance allait aux forts et non aux doux. C'était une terre rude et son histoire était rude. Ce n'était pas l'héritage des doux.

Arrivés devant la maison de Meyer, ils le poussèrent brutalement à l'intérieur et fermèrent la porte. Les gens vinrent en courant, comme des fourmis, et se tinrent à l'extérieur, mais les gardes les firent rentrer chez eux en les insultant. Il Lupo voulait un jugement en règle, sans manifestations pour le troubler.

A l'intérieur, dans la chambre, Nerone passa un instant à détendre ses bras engourdis et à essuyer le sang sur son visage. Il regarda ensuite autour de lui. La chambre était disposée comme un tribunal. Il Lupo, Meyer et trois autres hommes étaient assis derrière la table; les gardes étaient rangés derrière eux, des hommes aux visages sombres et à la barbe hirsute, en veste de cuir, avec un béret, de côté sur la tête, ils avaient des revolvers à leur ceinture et des fusils automatiques à la main. Deux autres gardes se tenaient entre Nerone et la porte; entre Nerone et la table se trouvait un espace vide, avec une seule chaise.

Tous les visages étaient tendus et sérieux, comme il convient à des hommes assistant à un fait historique. Seul Il Lupo souriait, poli et l'œil calme, comme un maître de maison à une réception à dîner. Il dit de sa voix posée :

— Je regrette que nous ayons dû être rudes avec vous, Nerone. Vous n'auriez pas dû résister.

Nerone ne dit rien.

— Vous avez le droit, bien entendu, de connaître les chefs d'accusation portés contre vous.

Il prit une feuille sur la table et lut dans un toscan soigneux : « Giacomo Nerone, vous êtes accusé devant ce tribunal militaire de désertion de l'armée britannique et de collaboration active avec les unités allemandes en opération dans la région de Gemelli dei Monti. » Il posa la feuille sur la table et continua : « Avant que vous soyez jugé sur ces charges, vous êtes libre de dire tout ce que vous désirez. »

Nerone le regarda avec des yeux calmes.

— Mettrez-vous mes remarques dans le dossier?

— Certainement.

— Sur l'accusation de désertion, ce tribunal n'a aucune compétence. Seule une cour martiale de l'armée britannique peut me juger pour ce motif. La procédure à suivre est de me garder en détention et de me remettre au plus proche commandement britannique.

Il Lupo hocha placidement la tête.

— Nous noterons votre objection qui me paraît

fondée, en dépit du fait que vous n'avez aucune preuve de votre identité, en tant que soldat britannique. Vous serez toutefois jugé pour le deuxième chef d'accusation.

— Je dénie votre compétence sur cela aussi.

— Pour quelle raison?

— Ceci n'est pas un tribunal régulier. Ses membres n'ont aucun mandat légal.

— Je ne suis pas d'accord avec vous, dit Il Lupo clairement. Les groupes de partisans sont des groupes de guérillas opérant pour appuyer les Alliés. Ils sont reconnus *de facto* comme Unités militaires possédant une juridiction sommaire sur les théâtres de guerre locaux. Leur autorité dérive en dernier ressort du Haut Commandement allié et de l'Autorité d'occupation en Italie.

— Dans ce cas, je n'ai rien à dire.

Il Lupo inclina poliment la tête.

— Bon. Nous sommes désireux, bien entendu, que justice soit faite. Il vous sera donné du temps pour préparer votre défense. Je propose d'évacuer la salle. On vous donnera du café et quelque chose à manger. Le Dr Aldo Meyer, ici présent, est prêt à remplir le rôle de votre avocat. En tant que président de ce tribunal, je suis prêt à donner toute leur importance aux points que vous désireriez soulever avec moi. Est-ce clair?

Pour la première fois depuis son arrivée, Nerone sourit.

— Tout à fait clair. Le café me ferait plaisir.

A un signe d'Il Lupo, les gardes sortirent dans le jardin, et les trois hommes demeurèrent seuls. Meyer ne dit rien mais se dirigea près du fourneau et commença à préparer le café. Nerone s'assit et Il Lupo lui offrit une cigarette et la lui alluma. Puis il s'assit sur le bord de la table et dit d'un ton aimable :

— Vous avez commis une folie en restant, vous savez.

— C'est fait, lui répondit brièvement Nerone. Pourquoi en discuter.

— Vous m'intéressez, voilà pourquoi. J'ai beaucoup d'admiration pour vous. Mais je ne vous vois pas dans le rôle d'un martyr.

— Vous me l'avez assigné.

— Et vous l'avez accepté.

— Oui.

— Pourquoi?

— J'en aime les répliques, répondit gravement Nerone. La dernière surtout : *Consummatum est*.

— Vous... et votre œuvre, dit Il Lupo.

Nerone haussa les épaules.

— L'œuvre importe peu. Un million d'hommes peuvent mieux l'accomplir. Vous l'accomplirez probablement mieux vous-même. L'œuvre meurt. Combien d'hommes le Christ a-t-il guéris? Et combien de ces hommes sont vivants aujourd'hui? L'œuvre est une expression de ce qu'est l'homme, de ce qu'il sent, de ce en quoi il croit. Si elle se perpétue et si elle se développe, ce n'est pas tant à cause de l'homme qui l'a entreprise, mais parce que d'autres hommes pensent, sentent et croient de la même façon. Votre propre parti en est un exemple. Vous mourrez aussi, vous savez. Et alors?

— L'œuvre continuera, répondit Il Lupo.

Ses yeux clairs s'illuminèrent soudainement comme devant une grande révélation.

— L'œuvre continuera. Les vieux systèmes périront de leur propre corruption et les peuples y viendront d'eux-mêmes. C'est déjà arrivé en Russie. Cela adviendra en Asie. L'Amérique sera isolée. L'Europe sera forcée de suivre les même idées. Cela arrivera, Nerone. Je ne serai peut-être plus ici pour le voir, mais moi, je ne suis pas important.

— C'est la différence entre nous, répondit Nerone doucement. Vous dites que vous n'êtes pas important. Moi je prétends que je le suis... Ce qui m'arrive est éternellement important, car j'étais de toute éternité dans la pensée de Dieu... moi! L'aveugle, le vain, le tâtonneur, le raté. J'étais, je suis, je serai!

— Vous croyez cela, vraiment! Il Lupo le sondait comme un scalpel.

— Je le crois.

— Vous mourrez pour cela?

— C'est ce qu'il me semble.

Il Lupo écrasa sa cigarette et se leva. Il dit avec une nette conviction :

— C'est une folie monstrueuse.

— Je sais, répondit Giacomo Nerone. Elle dure depuis deux mille ans. Je me demande si la vôtre durera aussi longtemps.

Il Lupo ne répondit pas. Il regarda sa montre et dit brièvement :

— Nous prendrons le café et vous vous reposerez pour le reste de la matinée. Le jugement aura lieu à une heure. Comment vous proposez-vous de plaider?

— Cela importe-t-il?

— Pas réellement. La sentence est fixée d'avance. L'exécution est fixée pour trois heures.

Le visage de Nerone s'assombrit pendant un moment et il demanda :

— Pourquoi si tard? J'aimerais bien en finir.

— Je regrette, répondit poliment Il Lupo. Je ne suis pas cruel. C'est une question de diplomatie. Il y aura ainsi moins de temps pour des troubles ou des manifestations. A peine les gens auront-ils terminé leurs commentaires et commencé à réfléchir que ce sera l'heure pour eux d'aller souper. Vous comprenez, j'espère?

— Parfaitement, répondit Giacomo Nerone.

Meyer apporta le café et ce qu'il fallait pour le déjeuner et ils s'assirent autour de la table, mangeant en silence, comme une famille. Lorsqu'ils eurent terminé, Il Lupo lui demanda :

— Pendant que j'y pense, avez-vous l'intention de faire un discours avant l'exécution?

Nerone secoua la tête.

— Je n'ai jamais fait de discours de ma vie. Pourquoi?

— J'en suis heureux, lui dit cordialement Il Lupo. J'aurais été, autrement, forcé de vous faire battre avant votre sortie d'ici. La seule chose que je ne peux permettre, c'est de voir faire de l'héroïsme.

— Je ne suis pas un héros, déclara Nerone.

Pour la première fois depuis son arrivée, Meyer lui adressa la parole.

Sans lever les yeux de dessus la table, il dit d'une voix bourrue :

— Si vous voulez vous isoler un moment, vous pouvez aller dans l'autre chambre. Nul ne vous dérangera. Je vous appellerai, lorsque nous serons prêts à commencer.

Nerone le regarda avec de la reconnaissance dans ses yeux sombres.

— Je vous remercie, Meyer. Vous avez été un bon ami. Je me souviendrai de vous.

Il se leva et entra dans l'autre pièce en refermant la porte derrière lui. Les deux hommes se regardèrent. Il Lupo dit après un moment, d'un ton sans colère :

— Je vous libérerai du service après l'exécution. Si j'ai un conseil à vous donner, Meyer, vous partirez au plus vite, au loin pour quelque temps. Vous n'êtes pas fait pour cette sorte de choses.

« Je sais, répondit Meyer d'une voix éteinte. Je ne suis pas assez convaincu, dans un sens ni dans l'autre...

— ... Et le reste de l'histoire? demanda Blaise Meredith.

Les longues mains de Meyer firent un geste fataliste.

— Ce fut très simple. Il fut jugé et trouvé coupable. Ils l'emmenèrent au haut de la colline, jusqu'au vieil olivier, l'y attachèrent et le fusillèrent. Tout le monde était là, même les enfants.

— Et Nina?

— Elle aussi. Elle s'approcha de lui, l'embrassa, puis se tint un peu en retrait. Même quand ils tirèrent sur lui, elle n'ouvrit pas la bouche, mais quand tous les autres s'en allèrent, elle resta là. Elle y était encore lorsque le groupe qui devait l'enterrer vint, le soir même, pour l'enlever.

— Qui l'a enterré?

— Anselmo, la comtesse et deux hommes de la villa, Nina et moi.

Meredith fronça les sourcils, cherchant à comprendre.

— Je ne comprends pas cela.

— C'est tout simple. Nous trois avions voulu le haïr, mais en définitive, c'est lui qui nous fit honte et il nous força à l'aimer.

— Et pourtant, insista Meredith, lorsque je suis arrivé, vous aviez tous peur de lui.

— Je sais, répondit Meyer, d'un ton bourru. L'amour est la plus terrible chose du monde.

Meredith quitta la maison du docteur à onze heures passées. Avant son départ, Meyer lui montra la dernière lettre de Nerone et lui remit le paquet contenant le reste des papiers. Ils se souhaitèrent une bonne nuit et Meredith remonta lentement le long de la rue caillouteuse, dans le clair de lune gris.

Un sentiment d'éloignement et de dissolution s'empara de lui, comme s'il se détachait de son propre corps et marchait dans un lieu étrange et dans un autre temps. Il n'y avait plus ni doutes ni orages, rien qu'une grande tranquillité. Les orages l'environnaient, grondant sans répit, mais il demeurait calme, faisant face au cyclone dans un émerveillement de silence et d'eau calme.

Tout comme Giacomo Nerone, il était arrivé au terme de sa quête. Comme Nerone, il avait compris comment il devait mourir, dans un bouleversement violent, inévitable, mais bref comme un crépuscule. Il en avait peur, cependant il s'y dirigeait de lui-même, enveloppé de la paix d'une décision finale.

Il arriva devant les grilles de fer de la villa, les dépassa, se pressant et avançant sur la dernière pente raide qui montait jusqu'à l'endroit où Nerone fut exécuté, le petit plateau où l'olivier se dressait comme une croix noire contre la lune blanche. Quand il l'eut atteint, il posa le paquet et s'appuya contre l'arbre, sentant battre son cœur, et la rude écorce de l'arbre contre sa peau. Il leva lentement les bras afin de les étendre le long des branches noueuses et les brindilles mortes lui piquèrent les mains.

Giacomo Nerone s'était tenu ainsi, les poignets et les chevilles attachés, les yeux bandés, au moment de l'abandon final. C'était son tour à lui, maintenant, Blaise Meredith, le froid religieux du Palais des Congrégations. Son corps se raidit, son visage se contracta dans le supplice de la décision, tandis qu'il luttait pour rassembler sa volonté pour le dernier acte de la soumission. Il lui sembla qu'une éternité s'était passée avant que les mots ne fussent arrachés de sa bouche, à voix basse, suppliciée :

— ... Prends-moi, O Dieu! Fais de moi ce que tu veux... une merveille ou une dérision! Mais accorde-moi le salut du garçon, pour l'amour de son père!

C'était fini, terminé, achevé! L'homme vendu sous le marteau à son Créateur. Il était temps de rentrer. D'aller au lit, mais pas pour dormir. Le temps pressait. Avant que vienne le matin, il fallait avoir lu les papiers de Giacomo Nerone, et avoir écrit une lettre à Aurelio, l'évêque de Valenta.

XIV

POUR Blaise Meredith, l'homme de loi — même en ce moment où tout était près de finir, il ne put s'affranchir de l'habitude spirituelle de toute une vie — les écrits de Giacomo Nerone étaient à bien des égards, une déception. Ils n'ajoutaient rien, sauf par déduction, à la biographie de son passé, et rien qu'un peu de mots, aux détails connus de sa vie, de son œuvre et de sa mort à Gemello Minore.

Ce qu'Aldo Meyer y avait trouvé — des souvenirs poignants, une lueur dans les pensées d'un homme autrefois connu, autrefois haï et finalement aimé — se présentait sous un autre aspect à l'avocat du Diable. Blaise Meredith avait lu les écrits de centaines de saints, et tous leurs tourments, toutes les révélations, tous leurs épanchements passionnés, lui étaient familiers comme de vieilles connaissances.

Ils se conformaient à la même croyance, à un même modèle fondamental de pénitence et de dévotion, à une même progression de l'expiation à l'illumination, de l'illumination à une union directe avec le Tout-Puissant dans l'acte de la prière. C'était cette conformité qu'il cherchait maintenant, comme la chercherait chaque examinateur et assesseur, dans chacun des processus qui devaient suivre les premières dépositions des témoins devant le tribunal de l'évêque.

Pour le biographe, pour le dramaturge, pour le prédicateur, la personnalité de l'homme est importante. Ses répliques, ses bizarreries, son génie individuel, sont ce qui le lie à la communauté des hommes et les fait s'incliner devant lui, en tant que modèle. Mais, pour l'Église elle-même, pour les théologiens perspicaces et les inquisiteurs qui la représentent, l'importance reposait sur sa personne en tant que chrétien — sa conformité au prototype qu'est le Christ.

Ainsi se penchait Blaise Meredith, pendant les heures lentes de la nuit, sur l'examen minutieux, froidement et analytiquement. Mais, lui-même ne put échapper au choc personnel — l'homme vivait et jaillissait des pages jaunies et de la forte écriture masculine.

Le style était décousu : les notes d'un homme déchiré entre la contemplation et l'action, qui sentait encore le besoin de clarifier ses pensées et de rendre ses assertions plus claires pour lui-même. Meredith se l'imagina, veillant tard dans la petite masure de pierre, ayant froid, l'estomac contracté, cependant singulièrement content, écrivant une page ou deux avant qu'il fût temps de commencer la longue veillée de prières, qui, pour lui, remplaçait de plus en plus le sommeil.

Toutefois, en dépit de leur caractère désordonné, les écrits possédaient un rythme et une unité qui leur étaient particuliers. Ils grandissaient en même temps que grandissait l'homme. Ils finissaient comme lui, dans la dignité, dans le calme et dans un étrange contentement.

« ... J'écris à cause du commun besoin de l'homme de se confier, ne fût-ce qu'à une feuille de papier blanc, parce que la connaissance de moi-même me pèse et que je n'ai pas le droit de tout faire supporter à la femme que j'aime. Elle est simple et généreuse. Elle supporterait tout cela, et serait encore prête à en supporter davantage, mais cacher fait partie de l'amour autant que s'abandonner. Un homme doit payer pour ses propres péchés, il ne peut emprunter l'absolution d'un autre... ... Être né dans l'Église — et je ne puis parler que de la mienne, n'en connaissant pas d'autre — est à la fois un fardeau et un réconfort. C'est d'abord le fardeau qu'on sent. Le fardeau des commandements, des défenses et, plus tard, celui des croyances. Le réconfort vient plus tard, lorsque l'on commence à poser des questions et lorsqu'il vous est offert une clef pour chaque problème de l'existence. Faites le premier acte conscient de foi, acceptez les premières prémices, et tout vient à sa place. Il se peut que l'on pèche, mais on pèche à l'intérieur d'un cosmos. On est contraint au repentir par la règle absolue de ce dernier. On est libre à l'intérieur d'un système et le système est sûr et consolant, tant que la volonté reste fixée dans le premier acte de foi...

« ... Lorsque les catholiques jalousent les incroyants comme ils le font souvent, c'est parce que le fardeau des croyances pèse lourd et que les contraintes du cosmos commencent à les irriter. Ils se sentent frustrés comme ce fut mon cas. Ils demandent pourquoi le hasard de naissance devrait faire de la fornication un péché pour les uns et une récréation de fin de semaine pour les autres. Mis en présence des conséquences des croyances ils commencent à regretter les croyances mêmes. Certains d'entre eux finissent par les rejeter, ainsi que je le fis, lorsque je quittai Oxford...

« ... Être catholique en Angleterre, c'est se soumettre à un conformisme étroit, plutôt qu'à un autre plus souple, mais non moins rigide. Si l'on appartient comme moi à une des vieilles familles, aux derniers Élizabethains, aux derniers Stuarts, il est possible de porter la foi, comme une excentricité historique — de même que certaines familles exhibent la barre de la bâtardise, ou se vantent d'un débauché sous la Régence, ou d'une douairière joueuse. Mais dans le conflit des conformismes, ce n'est pas suffisant. Tôt ou tard, on est forcé de revenir au premier acte de foi. Si on rejette cela, on est perdu.

« ... J'ai été longtemps perdu sans le savoir. Sans la foi on est libre et c'est un sentiment agréable au début. Plus de questions de conscience, plus de contraintes; excepté les contraintes de la coutume, des conventions et de la loi, contraintes assez souples pour la plupart de nos desseins. Ce n'est que plus tard, que surgit la terreur. On est libre — mais libre dans un chaos, dans un monde inexpliqué et inexplicable. On est libre dans un désert, d'où il n'y a nulle retraite, sinon intérieure, vers le vide tréfonds de soi-même. On n'y peut rien construire, sinon le petit rocher de son propre orgueil, et cela est un rien, fondé sur rien... Je crois, donc je suis. Mais que suis-je? Un accident né du désordre, n'aboutissant nulle part...

« ... Je me suis longuement interrogé sur la nature de mon acte de désertion. Au moment même, il n'avait aucune signification morale. Le serment militaire expire à l'invocation de Dieu. Mais pour moi, il n'existait pas de Divinité. Si j'avais choisi de risquer liberté, réputation et de souffrir les sanctions de l'État, c'était mon affaire. Si j'échappais aux sanctions, tant mieux. Mais je ne raisonnais pas ainsi alors. Mon action était instinctive — une réaction irraisonnée, provoquée par quelque chose qui faisait violence à ma nature. Mais ce en quoi je croyais alors ne me donnait rien qui puisse être appelé une nature. J'avais été créé sous une forme commune, telle une étincelle jaillie d'un four, mais s'il se perd une étincelle quelle importance? J'étais déjà perdu. Je ne pouvais que m'enfoncer plus profondément dans la nuit...

« ... Puis, il y eut Nina. Je m'éveillai à elle ainsi qu'on s'éveille à la première lumière du matin. L'acte d'amour est ainsi que l'acte de foi, un abandon; et je crois que l'un est condition de l'autre. Dans mon cas, du moins, il en a été ainsi. Je ne puis regretter de l'avoir aimée, car l'amour est indépendant de la façon dont il s'exprime — seule ma façon de l'exprimer était contraire à la loi morale. Cela, je l'ai regretté, et je m'en suis confessé et j'ai prié pour en être pardonné. Mais même dans le péché, l'acte d'amour — fait avec amour — représente un symbole divin. S'il est répréhensible dans la forme, sa nature n'est pas altérée, elle reste créatrice, communicative, splendide dans l'abandon...

« ... C'est dans la splendeur de mon abandon à Nina et de son abandon à moi que je compris pour la première fois comment un homme peut s'abandonner à Dieu — s'il existe un Dieu. L'instant de l'amour est un instant d'union — du corps et de l'esprit — et l'acte de foi est mutuel et implicite...

« ... Nina avait un Dieu, moi je n'en avais pas. Elle était en état de péché, mais à l'intérieur du cosmos. J'étais au-delà du cosmos, dans le péché, dans le chaos. Mais en elle je voyais tout ce que j'avais rejeté loin de moi. Notre union n'était pas parfaite à cause de cela. Un jour, elle comprendrait cela, et pourrait en venir à me haïr...

« ... Comment revient-on de l'incroyance à la foi? Se repentir du péché, c'est aisé; un acte de contrition. Un enfant égaré revient à un Père, parce que le Père est toujours là, la relation n'est pas brisée. Mais dans l'incroyance, il n'y a ni Père ni relation. On ne vient de nulle part et on ne va nulle part. Nos actes les plus nobles sont dépouillés de signification. J'ai essayé de servir les gens Je les ai servis. Mais qui étaient ces gens? Qui étais-je?...

« ... J'ai essayé de revenir, en me raisonnant, à une première cause, à un premier mouvement, ainsi qu'un enfant trouvé essaierait de se convaincre à nouveau de l'existence de son père. Il doit avoir existé, tous les enfants ont un père. Mais qui était-il? Quel était son nom? A quoi ressemblait-il? M'aimait-il ou m'avait-il oublié à jamais? C'était là la peur réelle, et, quand je regarde en arrière, de la certitude à laquelle je suis parvenu, je tremble, je transpire, et je prie désespérément : « Gardez-moi tout près de vous. Ne me laissez plus jamais repartir. Ne me voilez jamais Votre Face. Il est terrible d'être dans le noir!... » ... Comment suis-je venu à Lui? Lui seul le sait. Je L'ai cherché à tâtons et n'ai pu Le trouver. Je L'ai prié sans Le connaître, et Il n'a pas répondu. J'ai pleuré la nuit, parce que je L'avais perdu. Larmes perdues et peine stérile. Puis, un jour, Il fut là, de nouveau...

« ... Cela devait avoir lieu, je sais. On devrait être à même de dire : voilà quand, où et comment cela s'est passé ma conversion à la religion; un homme bon m'a parlé et je suis devenu bon; j'ai vu la création dans le visage d'un enfant et j'ai cru. Mais ce ne fut pas du tout ainsi. Il était là. Je savais qu'Il était là et qu'Il m'avait créé et qu'Il m'aimait toujours. Il n'y eut pas de mots à rapporter, ni de pierres gravées d'un doigt de feu, ni tonnerres sur le mont Thabor. J'avais un Père et Il me reconnaissait et le monde était une maison qu'Il avait bâtie pour moi. J'étais né catholique, mais je n'avais jamais compris, jusqu'à ce moment, le sens des mots « le don de la foi ». Après cela, que pouvais-je faire d'autre que dire : « Me voici, guidez-moi, faites de moi ce que vous voulez. Mais de grâce, demeurez toujours avec moi... »

« ... Conversion est un mot teinté par ses associations et altéré par l'abus. Je me souviens des plaisanteries que nous faisions sur la hausse de la natalité après une réunion de la Renaissance galloise. Il n'y a rien d'orgiaque dans un changement de croyance ou de conscience. Il y a de l'émotion — joie, gratitude, soulagement — mais ceci n'est qu'une réaction. L'acte lui-même est une décision de la volonté; on y est aidé, mais non forcé. L'exaltation vient de son accomplissement. Il est curieux que Nina puisse comprendre cela, sans questions ni explications, tandis que Meyer persiste à essayer de l'expliquer comme si c'était une purge de réglisse, après laquelle on doit se sentir mieux...

« ... J'ai bien peur pour Aldo. Il y a beaucoup de mérite dans son honnêteté de sceptique, mais qu'adviendra-t-il de lui quand les autres auront prise sur lui? C'est la différence entre les deux absolus — l'Église et le communisme. L'Église comprend le doute et enseigne que la foi est un don, qui ne peut être acquis ni par la raison ni par le mérite. Le communisme ne permet aucun doute et prétend que la croyance peut être inculquée comme un réflexe conditionné... Cela est exact jusqu'à un certain point, mais les réflexes conditionnés ne donnent aucune solution — et les questions sont toujours là. Quand? Où? Pourquoi?

« ... La question de la réparation me tourmente parfois énormément. Je suis changé. J'ai changé. Mais je ne puis changer aucune des choses que j'ai faites. Les peines, les injustices, les mensonges, les fornications, les amours goûtées et rejetées. Ces choses ont changé et continuent encore à changer la vie d'autres personnes. J'en suis peiné pour eux maintenant, mais le regret ne suffit pas. Je suis tenu de réparer autant qu'il m'est possible. Mais comment? C'est l'hiver. Les chemins sont fermés, devant et derrière moi. Je suis prisonnier du petit monde que j'ai découvert. Je ne puis que dire : lorsque la voie sera libre, je ferai ce qu'il est de mon devoir de faire. Mais la voie n'est jamais libre, le moment présent est le seul que l'on vive avec certitude. Pourquoi ai-je si peur? Parce que le repentir n'est que le commencement. Il reste encore une dette à payer. Je demande la lumière et prie pour obtenir la soumission, mais la réponse est confuse. Je ne puis que continuer dans le présent...

« ... Meyer se moque de moi au sujet des bonnes œuvres. Il fait observer qu'elles n'ont aucune continuité. Les malades meurent et celui qui a faim aura encore faim demain. Pourtant Meyer lui-même fait instinctivement la même chose. Pourquoi? Des hommes tels que Meyer doutent de l'existence de Dieu, et c'est pourquoi ils doutent de toute relation, autre que pragmatique, entre les hommes. Cependant j'ai vu Meyer se dépenser plus généreusement que je ne l'ai jamais fait. L'homme qui fait le bien, tout en étant dans le doute, doit avoir beaucoup plus de mérite que celui qui le fait dans l'éclatante certitude de la foi. « J'ai d'autres brebis, qui ne font pas partie de ce troupeau... » Un avertissement contre les présomptueux qui ont hérité de la Foi...

« ... Nina me dit que je maigris. Je ne mange ni ne dors suffisamment et je prie trop avant dans la nuit. J'essaye d'expliquer comment le besoin de manger et de dormir semble diminuer, lorsque l'on est absorbé par ce nouveau prodige : Dieu. Elle semble mieux le comprendre, lorsque je lui fais observer qu'elle ne ressent plus le besoin physique de moi, depuis que l'enfant emplit son sein... Je me demande quelle décision prendre au sujet de cette question de mariage. Nous sommes actuellement séparés de corps, mais proches par le cœur et l'esprit. J'ai le sentiment que certaines choses se préparent pour moi, contre lesquelles je suis impuissant, et que, pour cette raison, le mariage pourrait être une plus grande injustice que celles que j'ai déjà commises. Je suis prêt à faire ce qui me semblera être juste. J'ai dit à Nina qu'il lui appartient à elle de décider, mais que je crois qu'il est sage d'attendre... J'ai été si comblé ces derniers mois — d'amour, de joie, de consolation spirituelle. Je devrai le payer un jour. Je ne sais comment sera exigé le paiement. Je prie et j'essaye de me préparer...

« ... Le Père Anselmo m'inquiète. Je me suis querellé avec lui et je regrette. Rien ne se résout par la colère. Je dois comprendre qu'un prêtre n'est qu'un homme, avec des pouvoirs sacramentels. Les pouvoirs sont indépendants de son mérite personnel. Anselmo porte sa propre croix, le poids d'une faute, amplifiée par ses conséquences. Mais, dans le péché même, il y a un élément d'amour et ceci, je le sais, est une grâce qu'il ne faut pas mépriser. Le célibat du clergé est une discipline ancienne et non un article de foi. On en reconnaît le mérite, mais on ne doit pas juger trop sévèrement les hommes qui trébuchent sous son poids. La pauvreté est un état que certains hommes acceptent pour se sanctifier. Elle peut en conduire d'autres à leur damnation. S'il y avait moyen de parler à Anselmo comme à un ami… mais ceci, pour un prêtre, est un autre problème. Il est instruit pour guider les fidèles, mais jamais pour accepter d'eux des conseils. C'est un défaut dans le système…

« … J'ai rencontré aujourd'hui l'homme qui se fait appeler Il Lupo. C'est curieux comme nous nous sommes compris rapidement et aisément. Je crois en Dieu. Il croit qu'il n'y a pas de Dieu. Cependant les conséquences de chacune de ces croyances sont également rigides et inéluctables. Il est honnête dans ses convictions. Il considère que je ne le suis pas moins dans ma foi. Il sait qu'il ne peut y avoir de coexistence entre nous. L'un doit détruire l'autre. Il est le prince de ce monde et possède le pouvoir de vie et de mort. Quel pouvoir ai-je contre lui? « Mon royaume n'est pas de ce monde. » Je pourrais faire appel aux villageois. Je pourrais les pousser à me suivre pour résister à la bande d'Il Lupo. Mais à quelle fin? Le fratricide n'est pas chrétien. Des balles n'engendrent pas l'amour… Il Lupo voudrait que je discute, que j'agisse. Je ne dois pas discuter. Je dois accepter seulement. Mais j'ai peur pour Meyer. C'est un homme trop doux pour cette confusion. Je dois essayer de lui montrer que je comprends. Il aura beaucoup à souffrir plus tard. Le poids du doute est lourd pour les hommes honnêtes…

« … J'ai un fils et il est aveugle. Le chagrin de Nina m'est très pénible. Je comprends, à présent, comment la foi peut chanceler devant le mystère de la douleur. Je comprends comment les anciens Manichéens ont pu tomber facilement dans leur hérésie — car il est difficile de comprendre comment la peine et le mal entrent dans une création dont une Omnipotente Bonté est le seul auteur. Sombre temps pour moi. Il me semble que je suis de nouveau dans le noir; je prie désespérément et je m'accroche au premier acte de foi. Je dis : « Je ne comprends pas; mais je crois. Aidez-moi à tenir... »

« ... Si la foi peut transporter les montagnes, la foi peut donner la vue aux aveugles. Si Dieu le veut. Comment puis-je savoir ce qu'Il veut? Parlez-moi, ô Dieu, pour l'amour de Votre Fils... *Amen...* »

Il y en avait plus, bien plus, et Blaise Meredith dépouilla tout méticuleusement, comme un bon avocat doit le faire, mais il en avait sondé le fond et le fond était sain et solide. La conformité y était la conformité de l'esprit, du cœur et de la volonté. Et le renoncement avait été fait par lequel l'homme se détache de tout soutien matériel pour s'abandonner à la foi, l'espérance et la charité, entre les mains qui l'ont formé.

Sur la dernière page, Giacomo Nerone avait écrit son propre obit :

« S'il en est, après ma mort, qui lisent ce que j'écris, qu'ils sachent ceci de moi : « Je suis né dans la Foi; je l'ai perdue; j'y suis revenu par la main de Dieu. »

« Ce que j'ai accompli fut animé par Son souffle.

« Je n'y ai aucun mérite personnel.

« J'ai aimé une femme et engendré un fils, et je les aime toujours en Dieu, et pour toute l'éternité.

« Je demande pardon à ceux à qui j'ai fait du tort.

« Je recommande à Dieu ceux qui me tueront, comme des frères que j'aime.

« Ceux qui m'oublieront feront bien. Je demande

à ceux qui se souviendront de moi, de prier pour l'âme de

Giacomo Nerone,
mort dans la foi.

Blaise Meredith posa les feuilles jaunies sur le couvre-lit, s'appuya sur les coussins et ferma les yeux. Il savait avec certitude à présent qu'il était arrivé au bout de ses recherches. Il avait plongé dans la vie d'un homme et en avait vu le déroulement — un long fleuve coulant lentement, mais sûrement, vers la mer. Il avait regardé dans l'âme d'un homme et l'avait vue grandir comme un arbre et monter de l'obscurité de la terre vers le soleil.

Il avait vu les fruits de l'arbre : la sagesse et l'amour de Nina Sanduzzi, l'humanité en lutte d'Aldo Meyer, l'hésitant repentir du Père Anselmo. Les fruits en étaient bons, et dans sa fleur, il voyait le signe du doigt levé de Dieu. Mais tous les fruits n'étaient pas encore mûrs. Certains de ces fruits pouvaient se dessécher sur la branche, d'autres, encore verts, tomber et pourrir et se perdre par la négligence du jardinier. Et lui, Blaise Meredith, était le jardinier.

Il commença à prier, lentement et désespérément, pour Anne de Sanctis et Paolo Sanduzzi, et Nicholas Black, qui avait choisi de marcher dans le même désert que Giacomo Nerone. Mais avant que la prière ne fût achevée, son vieux mal le reprit, le saisissant et le déchirant, au point qu'il en pleura de douleur, jusqu'au moment où le sang lui monta, tout chaud à la gorge, le faisant suffoquer.

Un long moment plus tard, faible et chancelant, il se traîna jusqu'au bureau et d'une main tremblante, il commença à écrire...

« Monseigneur,

« Je suis très malade et je crois que je mourrai avant d'avoir eu le temps de relater tous les résultats de mon enquête ici. En dépit de toutes les précisions médicales, je sens que je suis rapidement poussé hors de la vie, et je suis accablé à la pensée du peu de temps qui me reste. Je voudrais que Votre Excellence sache, toutefois, que j'ai fait mon sacrifice comme vous l'aviez prévu, et que je demeure content, sinon courageux, dans le dénouement.

« D'abord, laissez-moi vous dire ce que j'ai trouvé. Je crois très fermement, d'après les témoignages de ceux qui l'ont connu et les écrits que j'ai trouvés, que Giacomo Nerone était un homme de Dieu, qu'il est mort dans la foi et dans l'attitude du martyr. Ce que le tribunal décidera est une autre question — une légalité, basée sur les règles canoniques d'évidence, et indépendante, me semble-t-il, des faits fondamentaux, que le doigt de Dieu est ici, et que le levain de la bonté de cet homme est encore actif dans la vie de ceux qui l'ont connu.

« Les meilleurs témoins de Votre Excellence seront le Dr Aldo Meyer et Nina Sanduzzi. Cette dernière a donné le témoignage d'une guérison qui pourrait bien être miraculeuse, quoique je doute sérieusement qu'elle soit acceptée par les assesseurs. Les écrits de Giacomo Nerone, que je vous enverrai avec cette lettre, sont authentiques et définitifs, et, à mon avis, une solide confirmation pour lui reconnaître une sainteté héroïque.

« Je vous avoue, Monseigneur, en toute franchise, que je suis moins préoccupé en ce moment de la cause de béatification que du salut de certaines âmes ici, à Gemello Minore. J'ai parlé au Père Anselmo et pris la liberté de lui suggérer que s'il se sépare physiquement de Rosa Benzoni, même en continuant à la loger chez lui, et s'il fait une confession sincère, Votre Excellence accepterait cela comme preuve de son amendement. Je suis désolé pour lui. C'est une question d'argent et de sécurité, pour un homme pauvre et plutôt ignorant. Je lui ai promis une somme globale de cent mille lires sur mes biens, ainsi que suffisamment d'argent pour acheter les fournitures d'un lit et les autres choses nécessaires pour une chambre à coucher séparée, pour Rosa Benzoni. Il semble à présent que je pourrais manquer du temps nécessaire pour arranger tout cela. Puis-je compter sur Votre Excellence pour le faire pour moi et pour user de cette lettre par devers mes exécuteurs testamentaires? Manquer à mes engagements envers Anselmo à présent serait pour moi une intolérable pensée.

« L'autre question concerne la comtesse de Sanctis, Paolo Sanduzzi qui est le fils de Giacomo Nerone, et un peintre anglais, hôte de la comtesse. L'histoire est trop sordide pour que je vous la décrive dans cette lettre, et j'ai grand-peur que Votre Excellence ne puisse faire grand-chose à ce sujet. Je les ai tous recommandés à Dieu et je Lui ai demandé d'accepter mon sacrifice comme prix de leur salut. J'espère que demain, je serai à même de préparer des moyens plus efficaces; mais je suis si faible et si malade que je n'ose compter sur rien.

« J'ai deux faveurs à demander, et j'espère que Votre Excellence ne les trouvera pas trop importunes. La première est que vous écriviez à Son Éminence le cardinal Marotta, pour lui expliquer ma position et lui faire mes excuses pour ce que je considère comme un échec dans ma mission. Présentez-lui mes respects et priez-le de se souvenir de moi dans sa messe. La seconde, c'est que vous me permettiez d'être enterré ici, à Gemello Minore. J'avais demandé autrefois à être enterré dans l'église de Son Éminence, mais Rome est très loin — et ici, pour la première fois, je me suis retrouvé comme homme et comme prêtre.

« Il est très tard, Monseigneur, et je suis fatigué. Je ne peux écrire davantage. Pardonnez-moi et dans votre charité priez pour moi.

« Je suis de Votre Excellence le très obéissant serviteur en Jésus-Christ.

« Blaise MEREDITH. »

Il plia la lettre, la mit dans une enveloppe qu'il ferma et la jeta sur le bureau. Puis il se traîna jusqu'au lit et dormit jusqu'au moment où le soleil fut parvenu bien haut au-dessus des vertes pelouses de la villa.

Paolo Sanduzzi travaillait dans le jardin de rocaille, derrière la villa; les terrasses avaient des brèches aux endroits où le mortier s'était désagrégé et le sol s'effritait. Quand il pleuvrait, la terre glisserait par ces brèches, et dans ce terrain rocheux elle était trop précieuse pour cela. Le vieux jardinier lui avait montré comment mélanger la chaux au sable noir volcanique du fleuve, comment le travailler et le mettre dans les fentes avec une truelle, puis le tasser et l'égaliser.

C'était une nouvelle chose apprise, une nouvelle habileté dont il était fier; il s'agenouilla là, le soleil chauffant son dos et il sifflait avec contentement. La chaux lui brûlait les doigts et rendait ses mains dures et rugueuses, mais c'était là encore une autre petite fierté — ses mains durcissaient comme celles d'un homme. De plus, le jardinier était content de lui. Il s'arrêtait parfois et il lui parlait à sa façon bourrue, mâchant les mots, et lui apprenait les noms des plantes, comment elles poussaient et pourquoi les larves mangent une plante et pas l'autre.

Aux repas, dans la longue cuisine dallée, le vieil homme le protégeait contre les taquineries des femmes qui plaisantaient sur sa jeune virilité et ce que les filles lui feraient lorsqu'elles s'empareraient de lui. La seule qui ne riait pas de lui était Agnese la cuisinière, une montagne de femme à la démarche dandinante qui le nourrissait de doubles portions de *pasta* et avait toujours un morceau de fromage ou un fruit à fourrer dans la poche de ses culottes.

Il n'aurait su comment qualifier tout cela, mais il comprenait que c'était une bonne manière d'être. Il avait une place, du travail à faire et des gens bienveillants autour de lui et, à la fin du mois, il y aurait des lires à faire sonner dans sa poche et à porter à la maison à sa mère. Rome même commençait à s'estomper au loin. La comtesse ne lui en avait pas reparlé et le peintre l'avait laissé tranquille, à part un ou deux mots gentils au passage. Sa crainte d'eux avait commencé à diminuer et ils se mêlaient agréablement aux rêves éveillés qu'il faisait, de fontaines, de jeunes filles portant des chaussures et de rues pleines d'automobiles brillantes.

Il rêvait à présent, au rythme de son sifflement et du grattement de la truelle contre la pierre grise, quand soudain, le rêve devint une réalité. La comtesse se tenait derrière lui et lui disait de sa voix la plus douce :

— Paolo, je voudrais te parler.

Il se redressa immédiatement, laissa tomber sa truelle et descendit de la rocaille pour se tenir devant elle, pleinement conscient de sa transpiration, de son torse nu, et de ses mains sales.

— Oui, *signora*, à votre service.

Elle regarda rapidement autour d'elle, comme pour s'assurer qu'ils étaient seuls. Puis, elle lui dit :

— Demain, Paolo, je vais à Rome. Je ne me sens pas très bien et je dois voir mon médecin. J'emmène Zita et Pietro pour s'occuper de mon appartement, et j'ai pensé t'emmener aussi.

Il ouvrit la bouche et bégaya d'émerveillement, et la comtesse éclata d'un rire sonore :

— Pourquoi es-tu si surpris? Je te l'ai promis, non? et tu as bien travaillé.

— Mais... Mais...

— Mais, tu ne me croyais pas? Eh bien! c'est vrai. Seulement tu auras à le demander à ta mère. Tu lui diras que tu seras absent deux mois et qu'une partie de ton salaire lui sera payée chaque mois, ici. Est-ce clair?

— Oui, *signora!* C'était clair et brillant comme l'été.

— Tu lui diras que Pietro et Zita iront aussi, et que Pietro te formera pendant tout ce temps.

— Oui, *signora*. Mais...

— Mais quoi, Paolo?

Il ne savait comment le dire, mais finalement il l'exprima dans un rapide bégaiement de mots.

— Ma... ma mère n'aime pas beaucoup l'homme anglais, *signor* Black. Il se peut qu'elle ne me laisse pas partir.

Elle rit de nouveau et exorcisa toutes ses craintes.

— Tu diras à ta mère, Paolo, que le *signor* Black restera ici pour travailler. Et c'est pourquoi je t'emmène, parce qu'il vaut mieux que tu ne le voies pas.

— Quand... quand pourrai-je le lui dire?

— Maintenant, si tu veux. Ensuite reviens me faire savoir ce qu'elle aura dit.

— Merci, *signora*. Merci mille, mille fois.

Il saisit sa chemise, se démena si brutalement pour la mettre, qu'il la déchira, puis s'en fut au pas de course le long de l'allé sablée vers les grilles de fer. Anne-Louise de Sanctis le regarda s'en aller, souriant de son impatience juvénile. C'était bon à voir, quelque chose d'agréable à avoir près de soi, dans sa maison. Cela devait être là ce que les autres femmes trouvaient en leurs fils à l'automne de leur mariage, lorsque la sève de la passion se desséchait, et qu'un mari devenait un compagnon, peut-être, mais n'était plus un amant vigoureux.

Soudain, et très clairement, elle comprit ce qu'elle venait de faire. Elle en vit la méchanceté, le caractère sordide et l'abominable damnation dans laquelle elle s'était engagée, au bras de Nicholas Black. Son sang se glaça à cette pensée. Elle frissonna et s'éloigna; et comme elle contournait le coin de la maison, elle tomba presque dans les bras de Meredith qui s'engageait sur la pelouse, un gros dossier à la main.

Lorsqu'il la salua, tranquillement, elle fut saisie par sa mine. Son visage semblait s'être ratatiné pendant la nuit. Ses yeux étaient comme deux charbons ardents, enfoncés dans son crâne. Sa peau avait la couleur des vieux parchemins et ses lèvres étaient exsangues. Son dos était voûté comme s'il portait une lourde charge et ses longues mains tremblaient contre le tissu noir de sa soutane.

Elle oublia ses propres pensées pour un moment et dit :

— Monseigneur! Vous êtes malade?

— Très malade, j'en ai bien peur, lui répondit-il. Je ne crois pas qu'il me reste beaucoup de temps à vivre. Voulez-vous faire quelques pas avec moi?

Elle aurait voulu refuser carrément, courir loin de lui, se cacher dans sa chambre à coucher, à portée du petit flacon d'oubli, mais il lui prit doucement le bras et elle se retrouva marchant du même pas, près de lui, écoutant sa voix et lui répondant d'une voix qui ne semblait pas lui appartenir.

— J'ai vu le jeune Paolo courant dans l'allée. Il paraissait très excité par quelque chose.

— Il était... très excité. Je l'emmène à Rome avec moi, si sa mère le laisse partir.

— M. Black part-il aussi?

— Non, il reste ici.

— Mais il vous rejoindra plus tard, n'est-ce pas?

— Je... je ne sais pas quels sont ses projets.

— Vous savez.

La voix était fatiguée, mais douce et elle l'hypnotisait.

— Vous savez, ma chère comtesse, car vous avez établi les plans avec lui. Projets terribles. Terribles pour vous et lui... et le garçon. Pourquoi l'avez-vous fait?

La comtesse suivait au rythme d'écureuil de leurs pas. Les mots sortirent de sa bouche malgré elle :

— Je... je ne sais pas.

— Vous voulez encore votre revanche sur Giacomo Nerone?

— Ainsi, vous savez cela aussi?

— Oui, je sais.

Cela n'avait pas d'importance, maintenant. Rien n'avait de l'importance. Il pouvait demander ce qu'il voulait, elle répondrait; et quand ce serait fini, elle irait, là-haut, prendre un bain et s'étendrait pour dormir et pour ne plus jamais se réveiller. C'était sa dernière peur. Et bientôt tout serait fini.

Les paroles qui suivirent la ramenèrent avec un choc à la réalité. Meyer aurait pu les dire, mais non ce prêtre marqué par le signe de la mort. Dans la bouche de Meyer, elles auraient manqué de quelque chose —

intimité, douceur, amour, peut-être? C'était difficile à dire.

— Vous savez, ma chère comtesse, l'Italie est un mauvais pays pour une femme comme vous. C'est un pays de soleil, agressif dans son adoration de la procréation. Il est primitif et passionné. Le symbole mâle est souverain. La femme non aimée, sans homme dans sa couche, sans enfant, est un sujet de moquerie pour les autres et un tourment pour elle-même. Vous êtes une femme passionnée. Vous avez un grand besoin d'amour — un besoin, également, du commerce sexuel qui l'accompagne. Le besoin est devenu une frénésie chez vous — et la frénésie vous fait tomber dans le mal, tandis qu'elle empêche votre satisfaction personnelle. Vous en avez honte et vous faites des choses pires, parce que vous ne savez comment mieux faire... Est-ce exact?

— Oui.

Ce fut tout ce qu'elle dit, mais elle aurait voulu ajouter : « Je sais tout cela, je le sais plus terriblement que vous. Mais le savoir n'est pas suffisant. Où aller? Que faire? Comment trouver ce dont j'ai besoin? »

Meredith continua de sa voix sèche, qui s'échauffa à mesure qu'il parlait.

— Je pourrais vous dire de prier pour cela, et ce ne serait pas une mauvaise chose, car la main de Dieu atteint jusqu'aux enfers privés que nous nous créons pour nous-mêmes. Je pourrais vous dire de faire une confession générale, et ce serait encore mieux, car cela vous donnerait une conscience pure, et vous mettrait en paix avec votre Dieu et avec vous-même. Mais ce ne serait pas toute la solution. Vous seriez encore dans la crainte. encore insatisfaite, encore seule.

— Que faire, alors? Dites-le-moi! Dites-le-moi, pour l'amour de Dieu!

La supplication lui était enfin arrachée. Meredith lui répondit calmement.

— Quittez ces lieux pour quelque temps. Partez loin. Pas à Rome qui est une petite ville et peut être une ville néfaste. Retournez à Londres et installez-vous là pour quelque temps. Je vous donnerai un mot pour un de mes amis de Westminster qui vous mettra en contact avec un spécialiste qui traite les problèmes comme les vôtres — problèmes du corps et de l'esprit. Confiez-vous à lui. Ne vous attendez pas à beaucoup de grands résultats trop tôt. Allez au théâtre, faites-vous de nouveaux amis, trouvez une œuvre charitable pour vous y intéresser... Peut-être trouverez-vous aussi un homme, non pour dormir avec lui, mais pour vous épouser et vous aimer. Vous êtes toujours séduisante, et particulièrement quand vous souriez.

— Mais si je ne le trouve pas?

Il y avait une note de panique dans sa voix.

— Laissez-moi vous dire quelque chose de très important, répondit Meredith avec patience. Être seul n'est pas chose nouvelle. Cela nous arrive à tous, tôt ou tard. Les amis meurent, les familles meurent. Les amants et les maris aussi. Nous devenons vieux, nous devenons malades. Et la dernière et la plus grande solitude, c'est la mort que j'affronte actuellement. Il n'existe pas de pilules pour guérir cela. Pas de formules pour l'exorciser. C'est la condition humaine à laquelle nous ne pouvons échapper. Si nous essayons de reculer devant elle, nous aboutissons à un enfer encore plus noir — nous-mêmes. Mais, si nous lui faisons face, si nous nous souvenons qu'il y en a des millions d'autres comme nous, si nous essayons de les atteindre et de les consoler, eux et non nous-mêmes, nous découvrirons à la fin que nous ne sommes plus seuls. Nous sommes dans une nouvelle famille, la famille de l'homme, dont le Père est le Dieu Tout-Puissant... Voulez-vous que nous nous asseyions à présent? Je suis... je suis très fatigué.

Ce fut à son tour à elle, alors, de lui prendre le bras et de l'aider à marcher jusqu'au petit banc de pierre sous le chèvrefeuille. Meredith s'assit, mais elle resta debout, le regardant avec un lent émerveillement et une pitié qu'elle n'avait jamais ressentie pour personne, sauf pour elle-même. Au bout d'un moment, elle lui demanda :

— Comment faites-vous pour comprendre tout cela? Je n'ai jamais entendu un prêtre parler ainsi, auparavant.

La bouche exsangue de Meredith s'étira dans un sourire las.

— Les gens exigent trop de nous, ma chère comtesse. Nous sommes nous aussi des êtres humains. Certains d'entre nous sont très stupides et il nous faut toute une vie pour apprendre les plus simples leçons.

— Vous êtes le premier homme qui m'ait jamais aidée.

— Vous avez rencontré les hommes qu'il ne fallait pas, répondit Meredith avec ironie.

Elle lui sourit et il vit, comme si c'était la première fois, combien elle avait été belle.

— Voudriez-vous... voudriez-vous entendre ma confession, Père?

Meredith secoua la tête.

— Pas encore. Je ne crois pas que vous soyez prête.

Elle le regarda, rembrunie, plus qu'un peu effrayée. Il reprit gravement :

— La confession n'est pas le cabinet du psychiatre, un moyen d'encourager les révélations sur soi-même, de favoriser le bien-être par une purgation de la mémoire. C'est un sacrement judiciaire, par lequel le pardon est donné après l'aveu de la faute et la promesse de repentir et d'amendement. La première partie est aisée pour vous — elle est déjà à moitié faite. Vous devez vous préparer à la seconde par la prière et le contrôle de vous-même et en commençant à réparer le mal que vous avez déjà fait.

Elle le regarda, inquiète.

— Vous voulez dire Nicki... Monsieur Black?

— Je veux parler de vous, ma chère comtesse, de vos propres désirs, de votre jalousie envers Nina Sanduzzi et son fils. Quant à M. Black...

Il hésita un moment, puis ses yeux devinrent sombres et sa bouche se crispa.

— Je lui parlerai moi-même. Mais j'ai bien peur qu'il ne m'écoute pas.

XV

A mi-chemin, à travers le village, Paolo Sanduzzi tomba tête baissée sur sa mère. Elle se tenait devant la forge et parlait à la femme de Martino. Rosetta était avec elles, endimanchée et prête à être emmenée à la villa pour la première fois. Nina le regarda surprise.

— Où crois-tu aller? Tu es supposé travailler. Pourquoi toute cette hâte?

Les mots se déversèrent de la bouche de Paolo en un seul flot.

— Je n'ai pas à travailler aujourd'hui. La comtesse me l'a dit. Je vais à Rome. Elle m'a dit de te le demander et de te dire que Pietro va aussi et Zita et que je vais être formé...

— Attends une minute! La voix de Nina Sanduzzi était dure. Recommence! Qui a dit que tu vas à Rome?

— La comtesse. Elle y va pour voir son docteur. Elle y restera deux mois.

— Et elle veut t'emmener?

— Oui.

— Pourquoi?

— Elle a besoin de domestiques, non?

— Tu es jardinier, fils. Il n'y a pas de jardins à Rome.

Il fit une moue obstinée.

— Elle me veut, en tout cas. Elle m'a envoyé ici pour te le demander.

Les deux femmes se regardèrent de façon significative. Nina Sanduzzi dit brutalement :

— Alors tu peux retourner lui dire que tu n'iras pas. Je sais qui te veut à Rome et ce n'est pas la comtesse.

— Mais ce n'est pas du tout ça! Elle m'a dit de te le dire. L'Anglais reste ici.

— Pour combien de temps?

Une lente colère commença de s'amasser derrière les traits classiques.

— Une semaine — dix jours, peut-être! Et puis il fera ses bagages pour la grande ville — et pour toi, Paolo *mio!* Cette ruse ne tromperait pas un bébé.

Elle prit brutalement le bras de son fils.

— Tu n'iras pas et c'est net. Je suis ta mère, et je ne le permettrai pas.

— Alors je m'en irai de toute façon.

Elle leva la main et le gifla très fort.

— Lorsque tu seras un homme et que tu pourras payer ta nourriture, et trouver du travail, toi-même, alors tu pourras parler ainsi. Si la comtesse me le demande, je le lui dirai en face. Et si l'on prétend faire quelque bêtise, je dirai au docteur d'en parler à la police de Gemello Maggiore. Cela tiendra ton Anglais tranquille pour quelque temps. Maintenant, oublie tout cela comme un bon garçon!

— Je ne l'oublierai pas! Je ne l'oublierai pas! Elle me l'a demandé et je veux y aller. Elle est la *padrona* et tu n'es rien! rien... que la prostituée d'un saint!

Puis, il s'arracha d'elle et partit en courant dans la rue, les pans de sa chemise flottant sur son dos. Nina

Sanduzzi, le visage pareil à un masque de marbre, le regarda courir. La femme de Martino frotta ses pieds nus contre le sol et dit avec gêne :

— Il ne savait pas ce qu'il disait. Ce n'est qu'un enfant. Ils entendent des choses...

— Son père était un saint, dit amèrement Nina Sanduzzi. Et son fils veut se faire une *feminella*.

— Mais pas du tout, dit Rosetta de sa voix haute et claire. Ce n'est qu'un enfant. Il ne sait pas ce qu'il veut. Je le ramènerai et lui ferai demander pardon.

Avant que sa mère pût protester, elle était partie, courant rapidement dans ses souliers de dimanche, et bientôt elles ne virent d'elle qu'une envolée de jupons et une paire de jambes brunes disparaissant par-dessus le mur qui séparait la rue du torrent.

Dans un coin ensoleillé du jardin, Nicholas Black mettait le vernis final sur le portrait de Paolo Sanduzzi crucifié sur l'olivier. Au bruit des pas de Meredith, il leva les yeux et lui lança un salut ironique.

— Bonjour, Meredith. J'aime à croire que vous avez bien dormi?

— Pas très bien, malheureusement. J'espère que je ne vous dérange pas?

— Pas du tout. Je finis justement. Voulez-vous voir cela? Je crois que c'est mon meilleur travail jusqu'ici.

— Je vous remercie.

Meredith fit le tour pour se placer devant le chevalet, et regarda le tableau. Le peintre sourit quand il vit l'expression du visage de Meredith.

— Vous plaît-il, Meredith?

— C'est un blasphème, monsieur Black. La voix du prêtre était froide.

— Cela dépend du point de vue, bien entendu. Pour moi, c'est un symbole. Je l'ai appelé : *Le signe de contradiction*. Un titre approprié, ne croyez-vous pas?

— Très.

Meredith s'éloigna d'un ou deux pas du tableau et dit :

— Je suis venu vous dire, monsieur Black, que ni la comtesse, ni Paolo Sanduzzi n'iront à Rome. La comtesse serait contente de vous voir quitter la villa le plus tôt possible.

Le peintre rougit de colère.

— Elle aurait pu avoir la politesse de me le dire elle-même.

— J'ai offert de le faire pour elle, lui répondit calmement Meredith. C'est une femme malheureuse, elle a énormément besoin d'aide.

— Que seule l'Église n'est que trop prête à lui donner. Elle est très riche, je crois.

— L'Église aimerait bien vous aider aussi, monsieur Black, et vous êtes très pauvre, en vérité.

— Au diable votre aide, Meredith. Je ne veux rien de vous. Maintenant voulez-vous partir? Je suis occupé.

— Je vous ai apporté quelque chose qui pourrait vous intéresser.

— Qu'est-ce que c'est? un tract de la Société de Vérité catholique?

— Pas du tout. Ce sont les papiers personnels de Giacomo Nerone. Voulez-vous y jeter un coup d'œil?

Malgré lui, le peintre fut intéressé. Il s'essuya les mains avec un chiffon et, sans dire un mot, prit le dossier des mains de Meredith. Il ouvrit la couverture de cuir et parcourut quelques pages en silence. Puis il referma le dossier et demanda d'une voix régulière, tendue :

— Pourquoi me montrez-vous cela?

Meredith fut étonné de son étrange attitude, mais il répondit simplement :

— Ils constituent un document fort émouvant — le dossier spirituel d'un homme qui avait perdu la foi comme vous, et l'a retrouvée ensuite. J'ai eu le sentiment qu'ils pourraient vous aider.

Nicholas Black le regarda un moment, puis ses lèvres s'ouvrirent dans un sourire qui ressemblait davantage à une grimace de douleur.

— M'aider! Vous avez un sens merveilleux de l'humour, Monseigneur! Vous savez ce que vous avez fait, n'est-ce pas? Vous m'avez fait chasser de cette maison. Vous m'avez enlevé ma dernière chance de faire financer une exposition qui aurait pu rétablir ma réputation en tant qu'artiste. Et vous avez sali la seule chose honnête que j'aie jamais essayé de faire dans ma vie.

Meredith le regarda bouche bée, confondu.

— Je ne vous comprends pas, monsieur Black.

— Alors je vais vous l'expliquer, Monseigneur, répondit le peintre de la même voix tendue. Comme tous les autres dans ce maudit village, vous vous êtes convaincu que je ne m'intéresse à Paolo Sanduzzi que pour le séduire. C'est vrai, n'est-ce pas?

Meredith inclina la tête, mais ne dit mot. Le peintre se détourna et resta un long moment à regarder par-delà les pelouses ensoleillées, vers la villa. Lorsqu'il parla, enfin, ce fut avec une étrange et lointaine douceur.

— L'ironie est, Meredith, qu'à n'importe quel moment de ces quinze dernières années, vous auriez pu avoir raison. Mais pas maintenant. J'ai de la tendresse pour ce garçon, oui. Mais pas de la façon dont vous l'imaginez. J'ai vu en lui tout ce qui manque à ma nature. Je voulais l'emmener, l'éduquer et faire de lui ce que je n'avais jamais pu être — un homme complet, de corps, d'intellect et d'esprit. Si cela devait signifier pour moi renoncer à tout élan de passion et tout besoin d'amour et d'affection que je puisse avoir, j'étais prêt à le faire. Mais vous ne croiriez jamais cela, n'est-ce pas?

Alors, sans réfléchir, Meredith fit la plus brutale remarque de sa vie. Il dit gravement :

— Je pourrais vous croire, monsieur Black, mais vous ne pourriez jamais le faire, du moins pas sans une grâce extraordinaire de Dieu. Et comment pourriez-vous la demander, étant incroyant?

Nicholas Black ne répondit pas. Il regarda le portrait de Paolo Sanduzzi cloué au sombre olivier. Après un temps, il se tourna vers Meredith et lui dit avec une morne politesse :

— Voulez-vous partir, je vous en prie, Monseigneur? Il n'est rien que vous puissiez faire pour moi.

Blaise Meredith retourna lentement vers la maison, malade du sentiment de son propre échec.

Le déjeuner de midi fut pour lui un triste repas. Sa tête bourdonnait, ses mains tremblaient et chaque fois qu'il respirait profondément, il ressentait une douleur aiguë dans les côtes. La nourriture lui semblait fade, le vin avait un arrière-goût aigre. Mais il fut forcé de sourire et d'entretenir la conversation avec la comtesse, qui, maintenant qu'elle n'avait plus peur de lui, était tout disposée à parler.

Nicholas Black ne parut pas du tout. Il envoya un message par le domestique, pour s'excuser et demander qu'une collation lui fût envoyée dans sa chambre. La comtesse était curieuse de savoir ce qui s'était passé entre eux, et Meredith fut forcé de la tromper par un mensonge poli; ils avaient échangé, Black et lui, quelques mots de mauvaise humeur, et

Black était probablement trop embarrassé pour venir les rejoindre.

Le repas terminé, Meredith monta se reposer durant les heures chaudes. La montée de l'escalier lui fit comprendre, plus clairement qu'un médecin, combien il était malade. Chaque marche était un effort. Son visage et son corps se couvrirent de transpiration, et la douleur dans les côtes le perçait comme un couteau, chaque fois qu'il respirait profondément. Il connaissait assez de médecine pour comprendre que c'est ce qui arrive aux cancéreux. La croissance de la tumeur et les hémorragies les affaiblissent au point qu'ils finissent par contracter une pneumonie, rapidement fatale. Mais selon toutes les normes, il était encore loin de ce stade. Il était encore sur pied et voulait continuer ainsi, aussi longtemps que cela lui serait possible.

Arrivé au dernier palier de l'escalier, il ne se dirigea pas directement vers sa chambre, mais tourna dans le corridor vers celle de Nicholas Black. Il pouvait entendre le peintre se déplacer à l'intérieur mais, lorsqu'il frappa à la porte, il n'y eut pas de réponse; et quand il essaya de tourner la poignée, il constata que la porte était fermée à clef. Il frappa de nouveau, attendit un instant, puis retourna vers sa chambre.

Seul dans sa grande chambre, le soleil filtrant obliquement par les lattes des persiennes jusque sur le portrait de Paolo Sanduzzi, Nicholas Black sombra lentement dans l'abîme final du désespoir. Aucune démence dans l'acte, aucune folle perte de la raison, due au choc d'inexplicables terreurs. C'était la simple et finale reconnaissance que la vie était une énigme sans solution, un jeu ne valant pas la chandelle qui coulait sur ses dernières et infructueuses tentatives.

Les gagnants peuvent s'abandonner un peu plus longtemps à l'illusion du joueur, mais les perdants, tels que lui, n'ont aucun autre recours que celui de s'en aller avec autant de dignité que possible, loin des cartes éparpillées, de la boisson répandue et de l'odeur rancie des derniers cigares.

Il avait tout risqué sur le dernier jeu — l'argent, le patronage de la comtesse, l'occasion de rétablir sa réputation d'artiste, même l'espoir de justifier cet état d'homme diminué, incomplet, dont la nature l'avait affligé. Mais il comprenait à présent qu'il avait joué, comme toujours, contre des cartes marquées et tout le paquet accumulé contre lui. Sa propre nature, la société, la loi, l'Église, tous avaient conspiré pour le priver des satisfactions les plus simples et les plus nécessaires de l'existence. Il était proprement dépouillé — ayant tout perdu, même l'espoir. Nul endroit pour lui où retourner, sauf cette moitié de monde, d'où il avait été chassé avec des rires.

L'Église le reprendrait, mais elle exigerait un prix brutal, la soumission de l'intellect et de la volonté, le repentir et l'amer sacrifice de toute une vie. Les vieux inquisiteurs comme Meredith, le purgeraient impitoyablement, puis l'aguicheraient avec les vieilles carottes de l'éternité. Il ne pouvait affronter cela et ne le ferait pas. On ne devait exiger d'aucun homme de payer pour les lubies et les caprices d'un Créateur sardonique.

Il se leva, alla jusqu'au bureau, y prit une feuille de papier, griffonna trois lignes à la hâte et les signa. Ensuite il prit un couteau de peintre, alla jusqu'au tableau sur le chevalet et commença froidement et méthodiquement à lacérer la toile.

De sa vie, Meredith ne s'était jamais senti aussi honteux de lui-même. Quels que fussent les péchés passés de Nicholas Black, quels que fussent les errements de sa nature perverse, il avait été malgré tout l'objet de la calomnie, et il avait révélé en lui-même un élan profond et non moins noble, vers le bien. La bienveillance aurait pu élever cet élan, la douceur aurait pu le faire pencher vers un meilleur dessein. Cependant, sa seule observation, sa seule offre en tant que prêtre, avait été une grossière et brutale indiscrétion. Il n'y avait aucune excuse à cela. En inventer une, serait de l'hypocrisie. La charité qu'il croyait avoir acquise grâce à Giacomo Nerone n'était qu'un monstrueux simulacre; elle lui avait fait défaut lorsqu'il en avait eu le plus besoin. Il n'était que ce qu'il avait été au début : un homme vide, dénué de toute humanité, de toute piété.

La pensée hanta son peu profond sommeil et quand il se réveilla dans la fraîcheur tardive, elle ne l'avait pas quitté. Il n'y avait qu'une seule chose à faire. Il devait s'excuser de sa grossièreté et essayer de nouveau d'établir un contact humain avec Black, qui devait souffrir énormément.

Il se leva, se lava et fit un peu de toilette, puis il s'en fut dans le corridor, vers la chambre du peintre. La porte était entrebâillée, cette fois mais, quand il frappa, il n'y eut pas de réponse. Il poussa la porte et regarda à l'intérieur de la chambre. Il n'y avait personne. Le lit n'avait pas été défait. Mais le portrait de Paolo Sanduzzi, sur son chevalet près de la fenêtre, était en charpie.

Meredith entra dans la chambre et se dirigea vers le tableau pour l'examiner. En passant devant le bureau, ses yeux furent attirés par une feuille de papier, posée sur le feutre vert. La suscription portait son propre nom :

« Mon cher Meredith,

« J'ai supporté toute ma vie les plaisanteries du Tout-Puissant. La vôtre en est une de trop. Vous pourrez faire le vieux sermon sur moi : Tu as vaincu, Galiléen. Tous les meilleurs prédicateurs s'en servent.

« Votre

Nicholas BLACK. »

Les secondes passèrent inaperçues, tandis qu'il restait là, debout, regardant le papier dans sa main pâle. Puis toute l'horreur de la chose éclata soudain à ses yeux, et il se précipita hors de la chambre, dévala l'escalier et l'allée sablée, criant au gardien de lui ouvrir. Le vieil homme ouvrit la grille, se frotta les yeux pour en chasser le sommeil et courut sur la route pour regarder le Monseigneur fou escaladant la colline, sa soutane battant contre ses talons.

Il était bien tard, quand on s'aperçut de leur absence et plus tard encore lorsqu'ils furent retrouvés, Nicholas Black se balançant à une branche de l'olivier et Blaise Meredith étendu visage contre terre, au pied de l'arbre. Tout d'abord, on crut qu'ils étaient morts tous les deux, mais Aldo Meyer entendit les faibles battements du cœur de Meredith et envoya chercher le Père Anselmo, tandis que Pietro conduisait comme un fou la voiture de la comtesse vers le Palais de l'évêque à Valenta.

Maintenant la chose, dont il avait eu le plus peur, allait se passer. Il essayait de s'expliquer — non pour se justifier, car il savait que la justification était impossible — mais simplement pour expliquer à Dieu comment cela était arrivé, comment il avait commis cette erreur, sans aucune intention de méchanceté.

Mais Dieu n'était pas là, rien que la brume et le silence et dans ce silence l'écho de sa propre voix.

— ... Je dormais, voyez-vous. J'ignorais qu'il était parti. J'ai couru pour le retrouver, et il était déjà pendu. Je n'ai pu le détacher, je n'étais pas assez fort. J'ai pensé qu'il pouvait encore être vivant et j'ai essayé de prier avec lui. J'ai dit les actes de contrition et d'amour, de foi et de charité, espérant qu'il m'entendrait et s'unirait à moi dans ces prières. Mais il n'entendit pas. Après cela, je ne me souviens plus...

— Mais Dieu devait entendre et se souvenir.

La voix vint à lui, sortant de la brume, familière, mais très lointaine.

— J'ai manqué à mon devoir envers lui. Je voulais l'aider, mais j'ai échoué.

— Nul ne peut juger notre faiblesse, excepté le Tout-Puissant.

— Un homme doit se juger d'abord.

— Et puis se soumettre à la miséricorde.

Les brumes se dissipèrent lentement et la voix se rapprocha, puis il vit penché sur lui, le visage d'Aurelio, évêque de Valenta. Il tendit une main émaciée et l'évêque la prit dans les siennes.

— Je meurs, Monseigneur.

L'évêque Aurelio lui sourit de ce vieux sourire, fraternel et ironique.

— Comme doit mourir un homme, mon fils. Avec dignité et au milieu de ses amis.

Il regarda par-delà l'évêque et les vit groupés au pied de son lit. Anne de Sanctis, Aldo Meyer, Nina Sanduzzi, le vieil Anselmo dans sa soutane tachée, avec l'étole sacramentelle autour du cou. Il demanda faiblement :

— Où est le garçon?

— Avec Rosetta, répondit Nina en dialecte. Ils sont amis.

— J'en suis content, dit Blaise Meredith.

— Vous ne devriez pas trop parler, lui dit Meyer.

— C'est ma dernière chance, docteur.

Il tourna la tête sur l'oreiller et regarda de nouveau l'évêque.

— Nicholas Black... vous lui donnerez une sépulture chrétienne?

— Qui suis-je pour la lui refuser? répondit l'évêque Aurelio.

— J'ai... j'ai écrit une lettre à Votre Excellence.

— Je l'ai. Tout sera fait.

— Comment vont les oranges?

— Elles mûrissent bien.

— Vous devriez... en envoyer quelques-unes à Son Éminence... elles pourraient l'aider à comprendre. Un cadeau de ma part.

— Je le ferai.

— Votre Excellence voudrait-elle me confesser? Je suis très fatigué.

L'évêque Aurelio retira l'étole sale du cou du père Anselmo et se la posa sur les épaules; lorsque les autres eurent quitté la chambre, il se pencha pour écouter le dernier aveu des derniers péchés de Mgr Blaise Meredith. Après l'avoir absous, il rappela les autres et ils s'agenouillèrent autour du lit en tenant des bougies allumées, tandis que le vieil Anselmo lui donnait le Viatique, la seule nourriture pour le plus long voyage du monde.

Après l'avoir reçu, il resta étendu, les yeux fermés et les mains jointes, tandis que la chambre se remplissait lentement du murmure des vieilles prières pour l'âme qui s'en va. Un long moment après, lorsqu'elles furent terminées, Meredith ouvrit les yeux et dit très clairement :

— J'ai eu peur si longtemps. Et maintenant c'est si facile.

Une faible raideur le secoua et sa tête roula mollement sur l'oreiller blanc.

— Il est mort, annonça Aldo Meyer.

— Il est avec Dieu, répondit l'évêque.

Le cardinal Eugenio Marotta était assis sur sa chaise à haut dossier, derrière le bureau Boulle sur lequel son secrétaire venait de déposer les papiers du jour. Près de lui se trouvait une petite boîte de bois verni, dans laquelle il y avait six oranges dorées reposant chacune dans un nid d'ouate. Il tenait à la main une lettre de Son Excellence l'évêque de Valenta. Il la relisait lentement pour la troisième fois :

« ... Je regrette d'informer Votre Éminence que Mgr Blaise Meredith est mort hier matin à neuf heures, en pleine possession de ses facultés et après avoir reçu les derniers Sacrements de Notre Mère l'Église.

« Je le regrette comme je regrette peu d'hommes. Je le pleure comme le frère qu'il était devenu pour moi. Il possédait un grand courage, une singulière honnêteté d'esprit et une humanité dont il ne réalisa jamais complètement la richesse. Je sais que ce sera une grande perte pour Votre Éminence et pour l'Église.

« Avant de mourir il m'a chargé de présenter ses excuses à Votre Éminence, pour ce qu'il appelait l'échec de sa mission. Ce ne fut pas un échec. Ses investigations ont jeté une grande lumière sur la vie et le caractère du Serviteur de Dieu, Giacomo Nerone et ont prouvé que celui-ci était, au sens moral, sinon canonique, un homme d'une grande sainteté. Je doute encore qu'il soit utile de faire avancer cette Cause, même jusqu'au tribunal Ordinaire, mais je n'ai aucun doute sur le bien qui a déjà été réalisé grâce à l'influence de Giacomo Nerone et de feu Mgr Blaise Meredith. Un prêtre égaré est revenu à Dieu, un enfant a été préservé d'un grand dommage moral et une femme perdue et malheureuse a été suffisamment éclairée pour chercher remède à son état.

« Aux yeux du monde, ce sont de petites choses insignifiantes. Dans le vrai sens de notre foi, elles sont très importantes, et en elles, moi qui suis normalement sceptique, j'ai vu clairement le doigt de Dieu.

« Les oranges que je vous envoie sont le dernier cadeau de Mgr Meredith. Elles viennent de mes cultures — premiers fruits d'une souche nouvelle que j'ai importée de Californie. L'année prochaine, si Dieu veut, nous espérons avoir beaucoup plus de ces arbres, pour les distribuer sur une base coopérative aux planteurs locaux; Mgr Meredith était très intéressé par ce travail; et s'il avait vécu, je crois qu'il aurait bien aimé y prendre part. Sa demande de vous envoyer ce présent fut faite sur son lit de mort. Il avait dit, et je répète exactement : « Elles pourraient l'aider à comprendre. » Votre Éminence, sans aucun doute, comprendra l'allusion.

« Le corps de Mgr Meredith repose en ce moment dans l'église de la Madonna des Douleurs à Gemello Minore, d'où il sera enlevé demain pour être enterré dans une terre nouvellement consacrée, près de la tombe de Giacomo Nerone. J'officierai moi-même à la messe et à l'enterrement.

« Les messes habituelles seront dites, bien entendu, et je dirai personnellement, de façon permanente, une prière spéciale dans mes messes — ainsi que Votre Éminence sans doute désirera le faire dans les siennes.

« J'ai cru comprendre que Mgr Meredith a fait autrefois la demande d'être enterré dans l'église de Votre Éminence à Rome. La raison du changement de son cœur peut être de quelque ultime intérêt. Dans la dernière lettre qu'il m'a écrite, à la veille de sa mort, il disait : « Rome est très loin, et ici pour la première fois, je me suis retrouvé comme homme et comme prêtre. »

« Je suis humilié par la pensée que plusieurs d'entre nous ont vécu plus longtemps et accompli beaucoup moins.

« Fraternellement vôtre en Jésus-Christ. »

AURELIO †
évêque de Valenta.

Son Éminence posa la lettre sur le bureau, s'adossa à la chaise et réfléchit sur ce qu'il venait de lire. Il devenait vieux, semblait-il. Ou peut-être avait-il vécu trop longtemps à Rome. Il était devenu incapable de comprendre une lettre ou de juger un homme.

L'homme qui était mort n'était pas l'homme qu'il avait envoyé — un pédant desséché, avec toute la poussière des bibliothèques répandue en couche épaisse sur son cœur.

L'évêque qui avait écrit la première requête pour un avocat du Diable, n'était pas cet Aurelio à l'esprit tranchant, et doté de plus qu'un peu d'ironie.

Ou peut-être étaient-ce les mêmes hommes, et lui seul avait-il changé — autre victime des insidieuses tentations des princes : l'orgueil, le pouvoir, l'aveuglement et la froideur du cœur. Le Christ avait fait des évêques et un pape, mais jamais un cardinal. Le nom même avait plus qu'un soupçon d'illusion — *cardo*, une charnière — comme s'ils étaient les charnières auxquelles sont suspendues les portes du ciel. Charnières, ils pouvaient l'être, mais les charnières ne sont qu'un métal utile, à moins d'être fermement ancrées dans la structure vivante de l'Église, dont les pierres sont les pauvres, les humbles, les ignorants, les pécheurs et les charitables, les oubliés des princes, mais jamais de Dieu.

C'était une troublante pensée et il se promit d'y revenir à l'heure de son examen de conscience du soir. Il était homme méthodique et pour le moment il avait à s'occuper d'autres choses. Il prit dans sa poche un petit agenda de cuir et écrivit à la date du lendemain : « Memento à la messe... — Meredith. »

Puis il remit son carnet dans sa poche, jeta un rapide coup d'œil sur sa correspondance et sonna pour qu'on amène sa voiture devant la porte de la villa. Il était onze heures moins un quart. Le second vendredi du mois, le jour où le Préfet de la Sacrée Congrégation des Rites se rend auprès de S.S. le Pape, pour discuter, entre autres choses, de la béatification et de la canonisation de Serviteurs de Dieu.

Achevé d'imprimer en mai 1989
sur les presses de l'Imprimerie Bussière
à Saint-Amand (Cher)

PRESSES POCKET - 8, rue Garancière - 75285 Paris
Tél. : 46-34-12-80

— N° d'imp. 8442. —
Dépôt légal : 2e trimestre 1978.

Imprimé en France

WILBUR SMITH

L'ŒIL DU TIGRE

Harry Fletcher n'est pas un saint. Lorsqu'il convoyait l'or pour l'Afrique du Sud, il lui arrivait parfois d'égarer une caisse de lingots. Mais c'était il y a longtemps. Depuis, il s'est acheté une conduite et un paradis bien à lui, sur une île de l'océan Indien, avec des filles de rêve et de riches clients pour la pêche à l'espadon.

Mais l'Aventure ne lâche pas ainsi ses amants prédestinés. C'est Harry qu'elle a choisi pour mettre à jour le Tigre d'or massif et le fabuleux diamant du Grand Mogol. Un mythe ? Peut-être pas. Peu à peu, les indices s'assemblent.

Wilbur Smith détient la formule magique, entre « Indiana Jones » et Hemingway, qui entraîne ses fidèles aux confins de la vraisemblance et du rêve. Vaguement inquiets, éberlués, nous sentons qu'avec lui tout peut arriver, sauf l'ennui.

WILBUR SMITH

AU PÉRIL DE LA MER

Dans la lutte de titans qui l'oppose à Duncan Alexander, l'armateur milliardaire, Nick Berg a presque tout perdu : sa femme, son fils et le plus gros de sa propre flotte marchande. Mais Nick est possédé par deux démons, celui de l'aventure et celui de la mer qu'il s'est juré de dompter et de vaincre.

Rapace s'il le faut, subtil et acharné en affaires, toujours imprévisible, son arme secrète reste cependant l'humour, et une façon inimitable de ne pas se prendre au sérieux. Cet homme qui repart de zéro au début de l'histoire est un flibustier de notre temps.

Le sauvetage hallucinant d'un paquebot pris dans les glaces polaires n'est que le prélude à une patiente reconquête parsemée de violence et de traîtrises mais aussi d'émotion, stimulée par des scènes d'un érotisme piquant, et cent éclats de rire.

WILBUR SMITH

L'OISEAU DE SOLEIL

A marches forcées, une petite troupe d'hommes et de femmes du XXe siècle progresse à travers la brousse. Un portique, des tours mutilées, de rutilantes peintures murales se dessinent soudain devant leurs yeux éblouis. Ce sont les restes calcinés d'une de ces métropoles que les Carthaginois faisaient surgir des sables africains.

La métropole est devenue nécropole, à jamais silencieuse, offerte à la curiosité passionnée de ces aventuriers. A moins qu'une antique malédiction ne protège encore l'étrange cité morte et ses dangereux tombeaux ? C'est alors que les surprises commencent.

Avec l'exactitude du géographe et la verve haletante du romancier, Wilbur Smith ouvre grandes les portes de l'imaginaire. Il redonne à l'aventure terrestre, dont il est le dernier magicien, ses couleurs de cauchemar et d'apothéose.

WILBUR SMITH

LE LÉOPARD CHASSE LA NUIT

L'Afrique envahit les romans de Wilbur Smith de sa présence intense et obsédante. Elle offre à ses récits d'aventures des espaces illimités, la magie de ses traditions millénaires, la brutalité des conflits du monde moderne. L'homme y vit plus largement, à la démesure de ses rêves.

Craig Mellow, écrivain new-yorkais, revient au Zimbabwe, sa terre natale et son pays bien-aimé. L'action violente et le danger l'y attendent, mais aussi l'amour et l'amitié. Une guerre tribale et des massacres d'éléphants seront le prélude à une énigmatique et sanglante chasse au trésor. Au cœur du mystère, peu à peu, la vérité émerge.

Avec Wilbur Smith, le lecteur achète le droit de dévorer l'univers. De posséder le monde. De découvrir l'arche perdue dans un divertissement perpétuel de couleurs et d'émotions fortes. D'être, pour quelques heures, un sauvage, un innocent, un héros.